书吧周末会

荷舞东风——著

九州出版社
JIUZHOUPRESS

图书在版编目（CIP）数据

书吧周末会 / 荷舞东风著. -- 北京：九州出版社，2020.3

ISBN 978-7-5108-8708-6

Ⅰ.①书… Ⅱ.①荷… Ⅲ.①长篇小说－中国－当代 Ⅳ.①I247.5

中国版本图书馆CIP数据核字（2019）第281837号

书吧周末会

作　　者	荷舞东风　著
出版发行	九州出版社
地　　址	北京市西城区阜外大街甲35号（100037）
发行电话	（010）68992190/3/5/6
网　　址	www.jiuzhoupress.com
电子信箱	jiuzhou@jiuzhoupress.com
印　　刷	河北盛世彩捷印刷有限公司
开　　本	710毫米×1000毫米　16开
印　　张	26.5
字　　数	430千字
版　　次	2020年3月第1版
印　　次	2020年3月第1次印刷
书　　号	ISBN 978-7-5108-8708-6
定　　价	69.00元

目 录

第三幕　懂得我

第一幕

勿忘我

书　吧　周　末　会

第一场　主讲席

1

闲荡在树荫下，我被知了吵得不知道目标。

奇怪！和陶然阁约会的日子，不是接到周末加班的通知，就是得到周一准备加班的通知；今天我没有男友，也没约会了，手机异常安静。没人需要我的日子，不习惯。

昨天，我和陶然阁分手了。这家伙把我惹着了，他那够窄的房间一夜间摆满了各种肉肉花，他还趁着朝阳拍了九宫格的照片在朋友圈里炫了一把摄影技术，却一个花名也叫不出。

他哪里知道，我们滋利集团新出的内刊《饮响力》正有我的署名文章《远离肉肉花》。文章大意是说，各科室到处都养着肉肉花，这不能证明我们懂美、爱环境、讲情调、在与辐射斗争，只能证明网店里的肉肉真便宜，某些人上班都在逛网上花店，还一盆又一盆地送人；办公桌够窄了，肉肉侵占了文件夹的地盘，为了美就不嫌挤吗；全国各地都流行养肉肉，我们的从众思维严重，已形成羊群效应；那些因别人送来了肉肉花而养花的人，已进入鸟笼效应，扔也不是留也不是，还得找个地盘把花儿供着。我希望伙伴们不要沉迷肉肉花，不然我们会被肉肉花同化，不要求什么也不追求什么；作为滋利员工，我们要有市场思维，肉肉花如果不能开发成饮料，就放弃它吧。

由此，我连续遭到养花同事的揶揄，包括我对面的姜姨：“你这小姑娘，应该懂点生活情趣！”

喜欢肉肉花就养，我忍。但陶然阁家的肉肉花是他的高中同窗金旗不要的，他这位曾经饰演过电影配角的同学已退了出租房外出求财了，陶然阁将其处理品当成了收藏品，一幅陶醉的样子让我想起准备退休就养一阳台肉肉的姜姨，我一怒之下将所有肉肉花扔了出去，并骂着：“你就跟这肉肉花一样，一成不变。”

陶然阁就指着门说：“柳念秋——，你看不惯肉肉就扔，看不惯我阁子就分！”

分就分，我可不是随便开玩笑的人。就这样，无论陶然阁怎么道歉怎么挽留，他君子一言驷马难追了。我很大度的，不做恋人，还可以做朋友，做做网友也行。

摆脱陶然阁，我理应轻松自如，却难以释怀。这家伙有个致命缺点，没有梦想，粉碎了我今生只爱一个人的灰姑娘之梦。

这个从小镇走来的灰马王子连个赚钱的俗气梦想也没有。他吃苦耐劳又红运当头的父母早年前一鼓作气到二线城市抓住了“房子”这个潜力股，让他坐上了三套房子房东的交椅。

陶然阁一点没骄傲，在一家物资公司做后勤人员，属无考勤、无推销、无应酬、无加班的“四无”工人。他既无考研跳槽的想法，也无换岗升职的渴望，吃不饱也饿不死，他是隐形房东根本不急。

不爱钱的人往往有两种：一种是本身有钱，不需要更多；另一种是爱艺术，靠精神食粮活着。

陶然阁两种都属于，我却两方失望。爱艺术固然很好，而他却没有梦想！

他有唱歌的天分，很多歌曲听一遍就能八九不离十地唱出，嗓音干净，情感充沛，使人陶醉。他不打算当歌手，理由很谦逊：“我鹦鹉学舌行，成不了百灵鸟。”

“那就用参赛证明你阁子是最好的学舌鹦鹉。”

“那还得在朋友圈求投票，究竟是比唱歌还是比朋友圈？”

“去音乐学院深造，成为百灵鸟不好吗？”

“我不能再让父母供着。”

他也爱好摄影，那九宫格的肉肉花图片正是他用单反相机拍出后传到朋友圈的。他才不打算成为摄影家：“摄影是一门用光的艺术，用得净光，小心穷三代。”

一旦我怂恿他去开影楼创业，要力争摄影富三代，他就使性子：“摄影图自己舒服，开影楼得求别人舒服。”

他最厉害的是解说电影，导演选角、演员角色拿捏、摄影手法，乃至故事结构等等他都能说出见解来，不知道的还以为他是某个电影奖项的评委。他并不打算当影评家：“挑别人的缺点和优点都容易，获奥斯卡金人奖的电影我都能挑出毛病来。”

我跟陶然阁的思想境界就不在一个层次：“阁子，你别总闲着！你那么爱看电影，又懂电影，讲故事也好听，家里资助点，自己拍部短视频靠流量挣点零花钱呀！”

“你是说微电影吗？那片子的好坏不是我能决定的，得由一个团队整体来决定，我把控不了别人。”

“用单反相机自己拍，不需要团队那种。”

“我讨厌剪辑。”

“我剪，我可以学。”

“那你还得学配乐、配音、混音，以及制作道具……”

“不拍微电影，拍几十秒那种短视频。”

“来得短，死得快，看完就忘完。”

这懒得一摊泥的德性，像极了他最爱吃的砂糖橘——不用洗，不用切，不用吐核，不用担心弄湿手或弄脏衣裳，还可以不扔果皮让其变成陈皮。

上周陶然阁又找了部电影来看，我就想不通：“影视公司当年不录用你是最大的失策。”

“影视公司分的活儿未必是我想干的。”

“当初你怎不报考想去的影视专业呢？”

“我爸妈老说买了房子家里一穷二白，我怕他们供不起。”

“现在你知道不是一穷二白了，就往电影方向去深造呀！”

“深造的跟这影片里的星星一样多，明星你看有几颗……我就想陪你一起看星星不好吗！”

“我才不想傻傻地看星星！我宁可和你一起从早到晚地研究星星，让一颗星星以我们的名字命名。”

他就笑我心比天大。

我和陶然阁的最大矛盾，不是经常加班和从不加班的矛盾，也不是我把身体给他还是不给他的矛盾，而是有梦想和无梦想的矛盾。

别看我寂寂无闻，也正因我寂寂无闻，我才有梦想。我的梦想可大了，大得都不敢与人说起，陶然阁也不知道。

我的梦想不是工作离家近、活儿少、工资多、职务高、权力大；甚至不是在上海有房子、车子、聪明漂亮的孩子。

我的终极梦想是——

真的不敢说！

我和陶然阁之间的距离，就像天上那星星，望去近在咫尺，其实遥不可及。

不提陶然阁，想点别的，比如我是不是该离开滋利集团，尤其是它下属的雪力公司？

十年前，姜姨还是陶然阁的邻居，也是镇上小厂的高管，她为了防止远在上海打工的丈夫遇上小三，卖掉房子辞掉铁饭碗，转身成为上海雪力冷饮公司的一名收发员兼清洁工。

陶然阁大学毕业前，已任办公室副主任的姜姨向他鼓吹雪力冷饮公司的人性化，他就暗中让我应聘成雪力公司的文员。人性化原来是管理松懈，哪怕雪力冷饮把名称由“公司”升级成了“集团”，一年后就被滋利集团给兼并，成为其下属子公司，名称又回到“公司”。

我亏大了，天天接受严格的考勤不说，活儿多了三倍，收入却分文没涨。这还不包括我帮姜姨做的那些活儿。姜姨说，职都给她免了，凭什么还要做那么多？好像她的活儿就该扔给我这个年轻的平级做。

要不是滋利集团的十年发展远景规划给了我一点员工入股的希望，要不是姜姨帮我完成全年十万块的滋利饮料销售任务，我早跳槽跑了。

还不是姜姨知道我和陶然阁是一对儿，才肯帮我完成销售任务。今年的任务我已交差，明年后年，年复一年，怎么办……

噫，昔思路口的这间闲置铺子成了一家书吧！读书人真不少，他们在高低错落的书架旁一站或一坐，无须言语，品位豁然提升两成。有人在窗边的书桌旁摆出优美的姿势用手机自拍着，与书籍亲密如伴侣的样子，不知要向谁证明自己爱读书。

书吧大门是暗红大漆三关六扇门，门上的木雕大牌匾上刻有黑底金字的繁体行书“華年憶書吧”。

落款，我没看花眼吧，草书的繁体“閑之”，不易识别。这可是大名鼎鼎的书画家，准确地说，是我特别欣赏的书画家！

牌匾旁有块绿色门牌“299昔思路”，这是我第二次看到它了。

门两侧刻有繁体楹联“心系萬千中國結，閱覽古今華夏情”，行书没有偃笔和拙滞之笔，行气萧疏，带有牵丝。

盯着那个虚灵的“情”字，我触景生情。这门前，是我和陶然阁曾停留过的地方，如今物非，人也非。

两年前，我和陶然阁路过这门口，铺子还是清水房，很像这块繁华地带的烂尾铺。我俩透过卷帘门里的玻璃门朝空荡荡的铺子望去，臆想着如果这宽达两层的铺子是自己的，会拿它来做什么？

我摸了摸陶然阁借我用的专业级单反相机：“开艺术影楼，你在外面跑摄影，我在门店做后期。”

“影楼老板不收女摄影师，你还耿耿于怀呀！”

“不让我当女摄影师，我就当老板娘。”

“手机自拍兴起了，影楼没前途。”

“手机能与相机比吗？把艺术摄影做到极致就有顾客，何况我P人像有一手，让顾客个个拍上瘾。”

“你P图当业余爱好过得去，要靠它吃饭，恐怕要挨饿。”

“言外之意是说，我，没那个能耐对吧？你懒，不能用同样的眼光看我，认为我不会学、学不好啊！”

“当老板，上对管理部门，下对员工，还要对付长得丑却怪你拍得丑的客户，更要担心有没有顾客上门，操碎你的心。”

“这总比我当小文员好，一个小主管就能把我支来呼去。”

“小天真，当小文员只管不被扣钱钱，做老板就得面对生死存亡。”

“你总怕这怕那，能成什么大事？那你怎么用这铺子？”

“把这铺子卖掉，咱们去环球旅行。”

“只晓得卖卖卖，败家子啊！”

“你这没情趣的！”

“我的情趣点不在吃喝玩乐上面，坐吃山空，我心会慌！”

“你从小不愁吃穿，我小时穷怕过、饿怕过，就想吃喝玩乐。”

“阁子，你那么沉迷电影，怎么不把卖铺子的钱用去拍部你喜欢的电影呢？”

陶然阁哑口无言。

我也哑火了，这铺子我们一分钱都卖不出去。

后来，我俩再也没逛过这条街，哪怕这一带被誉为石库门建筑的摄影天堂。

那天之后，陶然阁对钱有了点儿敏感，开始主动关心起父母出手的房子究竟赚了多少，开始建议新买进什么城市什么地段的房子。

陶然阁的父母对他的建议一笑而过，他们的操作已变了套路，比如在小城市花二三十万买套二手房，花二十万精装成地中海式或者榻榻米式，再以一百二十万出手。陶然阁学得到这套理论，学不到如何迅速找到下家接盘。

若问陶然阁怎不跟着父母炒房？答案很简单，他不是炒房的料。

若问我高富帅的男友不要还想哪样？答案更简单，他那肉肉花般的人生我不喜欢。

2

进入“华年忆书吧”，来到高大的黑色书架旁，我的选择恐惧症就犯了。

一个书架就是一个分类，诸子百家、琴棋书画、诗词曲赋、中国建筑、民间工艺、地域民俗、名山大川……书架上不只有书，还有与主题内容契合的小装饰摆件，如书中跃出的音符。每个分类我都喜欢，每本书都与中国文化有关，每本书的装帧都典雅，每本书我都想读又知道读不完……最终我不知道拿哪一本坐下来品读，或者买走哪一本，就在推荐好书展台前左翻右看，再好的书我似乎挤不出时间和热情来读了，去年买的几本书还安放在抽屉里一尘不染呢。

穿着盘扣黑马甲的服务小哥已路过我身边送了几趟茶，大概看不惯了，端着空茶盘过来："你好！我是多永，有想读的书吗？"

"有，我自己选。谢谢！"

多永的脸如鸡蛋般圆润，额头发亮，目光炯炯，有着普通服务生没有的灵气："有想要的茶水吗？书吧有龙茶和凤茶。"

这里面的茶水肯定是天价，我连忙摆手："我不渴，谢谢！"

多永指了指梯子那头："那边还有好看的书，也有聊书的人，可以去坐坐。"

梯子通向二楼，过道旁的一部书架摆放着中国茶道书籍，顶部一角摆有袖珍紫砂茶具做点缀。

神经放松下来，我注意到身边两位读者在书桌前轻声聊着什么，喝着不一样的茶，有龙井茶，也有红茶。如果说靠梯子这方属于气氛较为随意的交谈区的话，刚才那头则属于比较安静的阅读区。

选了本裸背装书籍，封面没有图案，白底上题写有隶书书名《小镇茶品》，作者佟雪。我是佟雪博客和公众号的铁杆粉丝，我嗅着油墨香味翻看扉页、作者简介页、序言页、目录页、后记页、版权页。我用拇指抵着书口迅速闪翻书籍正文，能看出正文排版、彩印图片富有中国元素。这是我的闪阅法，一轮翻下来，看与不看就基本定调。

不想和别人挤一张桌子，我决定去二楼读。哇，透过镂空的天花板，我看到了满天繁星。

书吧前台刚才还捂着嘴接电话的麦卡跟了过来。

麦卡并不认识我，但我认识她。大四放寒假，陶然阁送我去火车站，我们在车站一家留言板书吧小坐过，麦卡热情地招呼着我们，有人进来叫起她的名字。她那书气精致的瓜子脸和高耸的发髻，连同她浓浓眼线的丹凤眼，如她的名字给我印象极深。

华年忆莫非就是留言板的升级版！人家从火车站小角落做到了这商业街大商铺！我呢……我不和谁比。

麦卡指着旁边一块"会员通道"的提示牌微笑道："小妹妹，你挺眼熟！上面

不是书吧，你最好在这一楼选个喜欢的位子读书。”

我停下脚步：“上面是什么？”

“是会员沙龙室和华年网站。只有书吧会员可以上去。”

“华年网？它不是在静安寺那边吗？”

“书吧开业时，网站跟着搬过来的。”

“我在华年网发布过很多散文呢，我是网站会员。可以上去吧？”

“没事的话，就不行的。你的笔名是？”

“嗯，画魂。”

“哦……书吧周末会一小时后就开始，你愿意参加的话，可以安装华年忆App注册会员。”

“入会有什么条件？”

“每月要来书吧读书一次。”

“没时间来怎么办？”

“不来的那月可以在华年网发布一篇读书心得。”

“这个……万一工作太忙，也做不到呢？”

“书吧不定时有品书会，周五至周日有周末会。品书会或者周末会一年之内总共参加两次即可。”

“有入会费吗？”

“没有。”

“噢……书吧会员，我当！”

麦卡见我下载了书吧App并注册了会员“兴而”，把点茶平板递来：“书为山，茶为水，山水相伴，请兴而书友点茶！”

无论龙茶还是凤茶，分“湖、河、海”三级档次，分别为三十、六十、九十元。我指了指“湖级”凤翎茶，又把指头滑到“海级”点了点。

管它呢，自嗨一下，开启我红火的生活啦！

二楼的沙龙室门牌为“彼岸语”，现代中式布置，四十余平方米，空无他人。

门对面是冰裂纹的和合窗被撑开着，顶上安有投影设备。侧面一墙边是大型博古架，陈列着中国传统艺术品和少量书籍。另一侧面墙有留言区，贴有各种色彩和形状的便利贴；也挂有小型书画镜框。

屋中央是榫卯结构的祥云镂空实木大会议桌，桌子周围的中式木椅放有刺绣垫子。靠窗那头桌上有“主讲席”木刻牌子，旁边有七个座位放有“预定”的小木牌子。

桌子中部放有文房四宝，铺有一叠三尺宣纸，宣纸一角写有行草繁体毛笔字“大眾”。这字写得嘛，生生硬硬，运笔当露不露当藏不藏，难以恭维。笔架上挂着数支毛笔，桌上石雕砚台里有着未干的墨汁，旁边还有盛水的笔洗，那水已有墨色。

翻翻那叠宣纸，均写着不同笔迹和不同大小的毛笔字，专业的、业余的、乱画的都有，似乎每个在上面留下墨迹的人都没打算把下面的纸张扔掉。

选了个靠门的、没有“预定”牌的位子，我放下《小镇茶品》占个座位。

来到宣纸前，取出中楷毛笔，蘸上墨汁，我在那张写废的宣纸上挥笔画上了两根粗壮的墨竹，添上竹叶，又画上一只麻雀停在竹枝上。我本想用几片竹叶把“大衆”两字覆盖，又觉得不妥。

没想到在这里过了把久违的书画瘾，来劲！记得当年我想考美术学院时，父亲坚决反对，认为国画专业找不到好单位。于是，没信心的我就成了学校中文系里画儿画得最好的那个。

三天不练手生，我准备换张纸重画，一对身着休闲彩色T恤的男女走了进来，女子挽着男子，男子沉稳俊郎，女子高挑娇美，编着两条时尚的长辫子，挺般配的。向这对谈着恋爱也要逛书吧的情侣致敬！

不好显摆，我洗了洗笔，把笔挂回笔架，又去看窗前角落处的古琴。古琴被锦缎遮盖了一半，我抚摸起有木纹的琴面和七根琴弦，这不正如“锦瑟无端五十弦，一弦一柱思华年”吗？

女子的声音传来：“哥，这里多了一架古筝！”

“古筝这么小？”

“提琴都有大小嘛！”

“再好好看看。”

“哦，我想的是古琴，说成了古筝。”

我瞟了那“古筝女子”一眼，瘪瘪嘴，绕开他们朝屋外走去。

沙龙室的旁边是用磨砂玻璃隔离出来的一间间办公室。综合部门外墙上一块半平方米大的黑色木雕方牌，黑底金字写有简体的“华年美文网”。无落款和印钤，但那字体结构左低右高，带欹侧之态，书法风格仍属“闲之”。

多永送茶上来招呼我。呵，刚才那位男子坐在我用《小镇茶品》占的位置上，看起那本书来，还有没有人品？

我不讨厌看书的人，我现在想完成书吧会员的义务：“多永哥，今天的周末会，我可以主讲一个故事吗？”

“故事必须与华年忆书吧或者书籍有关才行。”

“当然有关。”

“主讲最晚要提前一天预约，今天不行了。你可以在书吧App上预约明儿上午的，已有两人预约，还有一个名额。”

“好吧。谁来听呢？”

“晚上十点后App上会显示第二天的主讲人和预约听众，预约听众会预留座位。”

“我不出名，万一没人听怎么办？”

“只要有一名听众，就得讲。”

原来，书吧每周五晚八时、周六下午三时、周日上午十时定时举办周末会，主题要围绕华年忆书吧，或者中国文化类的书籍。

主讲人除了报名时间和人数有限制，主讲时间原则上在半小时之内。主讲人的待遇则是免费点杯海级茶，在书吧读一天的书。主讲人若以打无关广告为目的，或者无故不到场，会进入会员黑名单。

听众必须是书吧会员，可网上预约座位，可临时参加，可以预约当主讲人。至于义务嘛，至少消费一杯茶水，或者购买一本不低于三十元的书，不能自带饮料到书吧开饮。

主讲人结束讲述后，听众可以提问。主讲人不能或者不愿回答的问题，听众可以写在便利贴上，贴于墙上的留言板作记载。该主讲人可择时回答，其他主讲人也可代做回答。

如果周末会无人主讲，就是会员沙龙会，谈天说地自由发挥。

3

主讲时间到，主讲席空着。主讲人是麦卡。

十余位书友围坐在大桌旁，我面前的凤翎红茶已成酒红色，茶汤中有两片茶叶，已散开如凤翎状，增一片则多，减一片则少。

大家等得无聊，相互报了名字，坐我身边的叫罗夕，她听我报上“柳念秋”，就问：“秋天对柳树有什么好？为啥柳树要念秋呢？”

我小时候自问过这问题，有答案：“姓柳的人不是柳树。叫我兴而吧，‘高兴而偶遇书吧’的意思。”

那位手拿《小镇茶品》听大家介绍的男子叫萧引城，他笑了。身边玩手机的“古筝女子”是他的表妹，叫萧映朵，听见大家笑起来，目光脱离手机迷惑着。

我不自觉地与她比较，我一向得意的大眼睛被她比成了小眼睛，我这让人羡慕的白皙皮肤在她面前多了雀斑，我自认为的女人味跟她一比就有了女汉子气息。要说漂亮，她算不上倾国倾城、惊心动魄那类，但她丽质内敛，若与一帮美女站在一起合影，应该是让人印象深刻的那个，是很有辨识度的那个。

一位体形壮实的中年男人阔步走进来，他寸发直立，太阳穴上发际线高高，仿佛长了两只猫耳朵。他坐到宣纸前唯一的听众空位上，对面的张立立热情地称他“扶桑老师”。

扶桑扫视着大家：“书友们好啊！今儿个有空了，专程来看看你们。呵呵，又有新的书友加入了，很好嘛！”

扶桑把面前的宣纸往里挪了挪，瞟了眼最上面的墨竹图：“大墨！……啥意思？”

我愣了下，反应过来，正想笑，只见扶桑指指墨竹图：“谁画的？”

我没有吱声，这只是随手涂鸦，不是我的真实水平。

“有些画国画的，三两笔就画出竹子来，简单嘛，哄哄外行还是行的。”扶桑把墨竹图拿起来看。

“业余爱好，没必要苛求。”萧引城看了我一眼。

“你画的？你是谁？”扶桑把宣纸抖了抖。

“我叫萧引城，我不会画。我觉得这竹子很有韵味啊！”

“什么韵味？你说说看。”

“这很像黑白摄影，水墨颜色单一但层次丰富，而且，整体构图疏密相间，主体突出。”

“你是做什么的？”

“摄影。”

“呵呵，不懂画的人，认为画这个很难。你这种人，最好哄！”

“能画国画的，不多见，我佩服。”

“证明你没去过美术学院，不知道什么画最火。”

“无论火不火，专业的以画谋生，业余的用画怡情。”

“男生会画画，哄哄小女生的感情没问题。哈哈，对吧？摄影也一样。”

“如果男生什么都不会，小女生图他什么呢？”

我感激地看着萧引城，恍惚回到了与陶然阁相识的那天……

那年，我在大学展馆里布置书画展，为参展作品贴标签，包括我的一幅工笔画《竹雀图》。

陶然阁扛着一架人字梯过来，他那瘦高的个子就似一架行走的梯子。他把梯子放到《竹雀图》旁，让学长踩着梯子把旁边一幅长长的国画取了下来，往高处挂。这时，他注意到《竹雀图》，凑近看了看标签：“柳念秋。啊，文学院的！取这么土的标题！叫《疾风劲竹》或者《比翼双飞》也好。”

我受不得批评意见，在旁边默默不快。我还想取个《姐弟归家》呢，一对麻雀天上飞，安能辨谁是雄雌？

陶然阁：“画得还挺细腻逼真，我以为是艺术院的呢！”

我喜欢听奉承话，又暗自得意。

陶然阁：“怎么老是这种构图啊！难怪考不起艺术院。”

我好想吼：“还有什么构图没被前人用过？你创新一个看！”

陶然阁转身注意到一幅《松鹤呈祥》：“画那仙鹤的，没去写过生吧？”

学长：“松鹤延年，咋了？”

陶然阁：“丹顶鹤的后趾无法抓握，不会站在树上，它又不是白鹭。”

我表示支持：“就是，我本来也想指出这个问题。”

学长：“真的？柳念秋，阁子，你俩去说服他，换一幅仙鹤站地上，或者飞起来的！”

陶然阁盯着我，大吃一惊，又难堪一笑。

至于丹顶鹤不能站松树上，我是从书里知道的，陶然阁是在拍摄丹顶鹤时从村民那里知道的。

那年我正疯狂地练摄影，就这样与陶然阁从国画说到了摄影。布置完画展，我没有找到能一起画画的人，却找到了可以一起去摄影的人。

当年我把陶然阁当摄影知己，同意他作陪，这一陪，就陪到我们都毕业参工。姜姨怂恿阁子去雪力冷饮公司做文员，陶然阁则怂恿我代他去，有时间发展爱好。

不是我不想去更好的公司，而是好公司根本看不上我。我和陶然阁同病相怜，有才华而不横溢，有十八般武艺而不精通，我们无依无靠，就抱团取暖。

不管怎样，陶然阁帮我在上海站稳了脚。作为感谢，我同意陪他去看电影，电影播放完毕，观众们都在散场，他还在原位专注着飞闪得看不清的片尾字幕，多么另类，就这样被退场人群中的姜姨发现了。

发现陶然阁不要紧，关键是发现了他旁边的我。姜姨叫起了我们的名字，当着那么多人的面大笑起来，为她发现的秘密得意着。

陶然阁把我的手一牵，就到了姜姨身边，生米顿时变成了熟饭，我就这样成了他的女友！

陶然阁没大毛病，他把我当空气，成为他一刻也不能或缺的东西，总比某些我暗中喜欢的男生，把我当空气，视我不见好。

最怕午夜时分，我躁动的思想质问内心——我究竟爱不爱陶然阁？还有比他更让我心动的人吗？

麦卡来了，身着打扮不再是服务员式，成了上海滩式。她换成了暗花紫色旗袍，披着流苏摆动的淡紫披肩，盘着有水钻首饰的头发，兴致安然地向大家挥手致意。路过留言墙边，她从墙上摘了张便利贴，翩然入座主讲席：“对不起各位了！刚才在接听大大的电话，让大家久等了。”

萧映朵的声音娇滴滴：“麦卡姐，恐怕换衣服去了吧？”

麦卡：“你好意思！也不下来帮帮我给会员注册！”

萧映朵：“注册那么简单，也需要我帮啊！”

麦卡：“言归正题，主讲之前，我先解答一位书友留下的问题。”

麦卡姐读起便利贴来，那样子，活脱脱一个脱口秀电视节目主持人：“麦卡姐，你在华年忆书吧当管理员，与从前在留言板书吧当老板，哪头的收入更高？”

我明白过来，这书吧不是麦卡的。我又迷惑了，她肯放弃那个留言板书吧？

麦卡扫视着大家：“扶桑老师，我没记错的话，这是你半年前提的问题。”

扶桑：“麦卡姐不愧是当过老板的人，记性好！”

我好诧异，扶桑看上去比麦卡年长不少，怎么称麦卡为“姐”？

麦卡：“这是个敏感的问题，以前不便作答。刚才我请示了大大，大大同意我来做个回复。”

扶桑：“谢谢大大关照！”

麦卡：“现在比以前操心的事更多，大大不会亏待我，收入肯定高于以前。”

扶桑：“生意越大越好做，这黄金路段，还用操心生意吗？”

麦卡：“从前的留言板我当成爱好在做，成败我看得淡。华年忆则是当作事业在做，我得考虑它的长远发展。”

扶桑：“长远？这是老板考虑的。”

麦卡：“书吧有长远，我才能长远嘛！”

扶桑：“你真的愿意放弃当老板？”

麦卡：“很多人都这么问我。留言板当时有位服务生，得知我不当老板娘，要过来做打工仔，直骂我见钱眼开变了心。她誓死不跟我到华年忆来，工资没结就跑掉了，好阔气啊！”

萧映朵：“别记恨我了，麦卡姐！我这不来了吗，今后再带朋友来可以吧？”

麦卡：“云朵，知道今天你要来，我就引用你当年骂我的话，作为主讲的标题——《变心》。”

萧映朵：“好啊，好啊！我变心的姐姐。”

麦卡:“我比你母亲小不了几岁，叫我阿姨。老是自长辈份！”

萧映朵:“你哪像阿姨嘛，不能把你叫老了。”

麦卡:“今天来说说我的变心历程吧，顺带怀念我曾用心经营了十五年的留言板书吧。留言板书吧如同我的青春，已不复存在，但它的影子还保留在这面留言墙上。未来的日子，我将我心交给华年忆，也交给各位书友。说起那次变心，就得说到三年前，那时留言板到了倒闭的边缘，我想让书吧换个地方起死回生……”

主讲期间，有听众陆续进来，有的坐到后排添加的长木凳上。

萧引城在座位上把手机横着，用手捂着机身缓缓移动着，似乎在偷拍。当他的手机镜头对准我时，我把头扭向了一边。人家在讲故事，你录什么像，礼貌不?

萧引城识趣地放弃了手机录像，听起麦卡的故事来。

故事并不复杂，我大致弄明白了，这书吧是她的“大大”开的。

麦卡最初因留言板书吧在火车站开不了了，就换在一座别墅区外重新开业，以儿童读物为主，生意勉强。“大大”把这套铺子打造成华年忆书吧，多次请麦卡来管理这书吧，甚至请她成为书吧的小股东。麦卡则不想给“大大”打工。当华年忆清水芙蓉般在昔思路口脱颖而出时，麦卡看到书吧的第一眼，心就变了。她转让掉留言板，誓与华年忆相伴到老，她和“大大”有个共同的梦想，希望把这座中国文化主题的书吧建成百年老店。当大家都老了，还能带着孙子来这里静静地读书。

听着有点悬，但思路合我的意。记得欧洲有不少小店，看似没什么名气，但它们精致而专一，一做就做了上百年。我如果去欧洲，就会逛那样的老店，沐浴一下积淀百年的厚重气息。

矛盾了，肉肉花数年不变我讨厌，陶然阁一成不变我不喜欢，百年老店我怎么就希望它原汁原味地保留？求解。

不对了，华年美文网的写手们原先在群里称总编方绪为“大大”，网站什么事都像总编说了算。方绪是男性，但麦卡嘴里的“大大”却是位女性，而且与男友成了家。

书吧的“大大”是谁?

主讲讲完故事，听众开始提问。

扶桑："请问，如此高端的书吧投资不少吧，大大是如何建成的？"

麦卡："嗯，这样说吧……书吧凝聚着好几个人的心血，有人出的是铺子，有人出的是资金，有人出的是管理，各尽所长各尽所能，齐心协力支撑着华年忆。"

萧引城："佩服你们这用心的团队！"

罗夕欲说还休，她有点像我一位爱网上淘劣质衣服的同事，也像我另一位因为素颜而显得嘴唇无色的校友，她提问："我本想约几个朋友来书吧，但他们都想去咖啡屋……我的问题不知当问不当问？"

麦卡："罗夕，你想知道什么？"

罗夕："如果书吧某天办不了了，你们会后悔吗？"

麦卡："我们不愁房租，书吧经营成本已降到最低。中国文化靠书籍传承了数千年，书吧会把它继续传承下去，形式上会紧跟时代。无论成败，我们不后悔。"

扶桑："不愁房租？什么意思？"

麦卡："有人出的铺子。"

扶桑："不可能长期不收租金吧？这可是商业圈的黄金地段。"

麦卡："这里面有一个很长很长的故事，有机会大大来讲。"

扶桑："麦卡姐这个变心的故事，如果进行加工打磨，能写成小品剧本，或者电视短剧。"

麦卡："扶桑老师不愧是小品编剧呀！不过，我这事谈不上戏剧性。"

萧映朵："对了，引城哥是摄像和剪辑高手，到时给书吧做个宣传片。"

麦卡："大大才不爱宣传！书友们对书吧有什么意见和建议，可以在这里畅谈。"

罗夕："茶水的品种能不能多增加一些？再好的茶我都不喜欢。看，这杯茶都浪费了，有奶茶就好了。"

麦卡："龙茶与凤茶，是书吧的茶水文化，试着喝吧！不喝，人生就少了一种味道！"

扶桑敲了敲他面前的凤翎红玻璃杯："凤翎茶是哪里冒出来的？一点名气也没

有，味道也不怎么样。”

麦卡：“这是大大的先生推荐的老家高山茶，味道与祁门红相似，我就喜欢呢！它来到书吧，又是一个故事了。”

扶桑：“书吧的故事值得挖掘，我要找大大单独谈谈。”

我忍不住了：“请问，你们说的‘大大’，究竟是谁？”

麦卡：“兴而，你多来几回书吧，就知道了。”

后悔我的提问太低级和直白，有的事不开口叫大智若愚，一开口就叫愚不可及。

扶桑指着留言区：“要不写个便利贴，贴在上面去？”

张立立：“我看过营业执照了，大大就是舒茗悦吧？”

罗夕：“不用看营业执照，华年网的老板就是茗悦大大。”

我虽在华年网上写过文章，并不知道华年网的老板是谁，也不打算知道。

下面的问题进入敏感区。有关书吧会员数量的，有关舒茗悦传闻的，有关铺子来历的……麦卡不愿意多做解答，却注意到萧引城手中的书：“引城，这本书怎么在你手里？”

萧引城懵了：“沙龙室的书，不能看吗？”

麦卡看着我：“兴而，刚才你拿的也是这本书，我没记错吧？”

我笑了：“他想看就看嘛！”

萧引城起身过来把书还给我：“不好意思，我不知道这是你选的书。”

有听众写起了便利贴，扶桑也写了一张，说是等待答案。

我的问题开始偏题，那个“摄像和剪辑高手”萧引城究竟怎么个“高”法？

我对有才艺的人尤其敏感，比钞票和美颜敏感多了。如果你说某人有几套房子，有多高的职务，有什么豪车，那不关我的事；如果你说某人帅得像某国际男星，我觉得陶然阁平时单眼皮、感冒时就双眼皮的俏皮模样也不逊色；如果你说某人有什么独到的作品，我就想一睹为快。

于是，我这选择性偏爱的性格，一下就原谅了萧引城在会场上录像的无礼举动，这位由水墨画联想到黑白摄影的人，手下会出什么样的作品？

当然，我也猜测着扶桑，或许他是小品领域的知名人士。我好久没看过小品了。

等周末会散了场，我去浏览新贴上去的几个花花绿绿的便利贴，确切地说是关注扶桑贴上去的那张：凤翎红价格虚高！

黄金有价玉还无价呢！这种问题也要煞有介事地来问。但我更在意扶桑的硬笔书法。他的每个字有我拇指甲那么大，笔压很重，字体潦草，运笔强硬，似乎每个字的边边角角能刺到人。

哼，这个把“大众”念成“大墨”的小品编剧，凭什么笑话我的画？

4

周日上午十点，我成了主讲。与其闲着，不如当主角。

我特意化了淡妆，选了件这个夏天我都不想穿的裙装。它看上去是乳白色荷叶边暗花纹衬衣配宝石蓝绣花珍珠边直筒裙，实际上是套连衣裙。裙子即便便宜，我因它显得稳重了些，不过上下楼梯绷得我难受，里衬也不透气。不想穿也得穿，总不能为了这次主讲再花钱配套正式点的裙装。

报名主讲的还有扶桑和倾杯。我本来排在第三位，扶桑说女士优先，我与他做了对调。听众八位，包括罗夕和萧引城。

时间一到，由不得我嫌听众少，开讲，主讲题目《勿忘我》：“自从我知道了宇宙的大体样子，我就开始怕死，怕被遗忘。我害怕在某天，世上没有一个人记得我来过人间，没有一件物品证明我曾从世界路过，有关我的东西消失得一干二净……只要我想到数万年、上亿年后，脑海里就会浮现出一幕情景，浩渺宇宙中，恒星带着行星、行星拖着卫星无休无止地旋转前进，地球繁华，或者人类在另一个星球狂欢，我却无知无觉，如同我从没有来过这个不可思议的世界。这就是传说中的万事皆空吧！越想越可怕，我希望用某种方式延续我的生命，让我不与这世间完全断绝关系。生育孩子是不够的，很多年后，我的后代也许都不知道我是谁。我更羡慕像孔子那样写本世代相传的圣书，书能保存多长，生命就延续了多长。是的，我这名来自雪力饮料公司的小文员，想要的，是完成我的一部不朽著作，让我的思想活在书里，永存于无尽的时间长河中。只有这么期望着，我对死亡的恐惧才会减少。”

我品了口凤翎红茶，味道醇香："伙伴们，我年纪轻轻就开始怕死，怕被世界遗忘，是不是很可笑？"

罗夕："兴而，你讲这些生啊死，地球啊宇宙，跟书吧有什么关系？"

我继续讲："马上有关系了。去年，在翰盛斋秋拍预展上，有幅现代国画吸引了我。画中人物算不上好看，但个性跃然纸上，眼神都有故事，并非旁边人物画那种漂亮却脸谱化的风格。市井画里，绘着一家老少五口在家里围着一盘象棋思考的样子，各异神情，四周有家具、用品等衬托，充满生活气息与构图趣味。我惊叹于奇特的画风，一看落款和印钤，闲之。嗯……请问，有听说过闲之老师的吗？请举个手。"

扶桑、倾杯以及刚进来就座的麦卡等五位举起了手，萧引城未举手。

我又问："喜欢闲之老师作品的书友能再举举手吗？"

有两位举手，麦卡、扶桑、倾杯都没举手。有书友陆续进来就座。

我很疑惑："那么好的画，你们怎么不喜欢呢？"

倾杯年纪偏老，精瘦，有着文人的儒雅："听说过其人，我没见过他的画。"

扶桑："他的画嘛，古怪。艺术家嘛，就喜欢弄些常人理解不了的。"

麦卡："我宁可把仕女画或者风景画挂家里。"

罗夕："兴而，你怎么又说到画家这里来了？偏题了！"

我瞟了眼这个老打断我的罗夕："偏不偏题，最后才知道。"

扶桑："兴而的这个过门有些长啊！"

我是有原因的："讲短了，怕大家体会不到我的心情。闲之老师是低产画家，每幅画作精益求精，网上也难找到几幅高清大图。他在接受一次专访时谈到，他怕死，怕被世界遗忘，他最大的愿望就是有一幅作品成为传世精品，成为他生命的延续。天啊——，这么一位名家，居然说出了我的心里话，太可爱了！"

扶桑："传世，得天时地利人和，那靠运气。"

我开始切入主题："闲之老师的大实话，让我不再认为怕死是件丢脸的事，为出名和留名而活怎么就不可以？"

罗夕还要追问："这又与书吧有啥关系？"

我的重点在后面："闲之老师姓翁名显梵。这个梵字，是'梵音'的梵。大家知道他的作品就在华年忆吗？"

大家面面相觑，听众已有二十余人。

麦卡："进书吧的时候，没人在意过吗？"

罗夕张望了四周："书吧里没他的国画吧，这楼上难道有？"

扶桑："准是在大大的办公室里。"

萧引城："想起了，华年忆大牌匾的落款就是'闲之'。"

我指了指隔壁："华年网的牌匾也是翁老师题写的。"

麦卡欣喜地点头："对的。"

扶桑："看不出，华年忆与翁大师还有这层关系！"

麦卡："兴而是有心人。引城勉强算一个。"

我笑了："昨天，正是书吧牌匾上那个落款吸引我进来了。"

萧引城看着手机："翁老师还曾任过翰盛斋的高管，董秘。这是家上市公司呢！他后来怎么辞职了？"

麦卡："有更重要的事要做吧！"

张立立："上市公司嘛，圈完了钱就溜罢！"

麦卡："张立立，不许这样对翁老师不敬！"

扶桑："找翁大师题写牌匾的人应该踏破他家门槛了。书吧不简单！"

倾杯："只要润笔费足够高，没有请不来的书法家！"

麦卡："不是的呢，书吧没花一分润笔费。"

倾杯："不可能！我给别人写篇宣传稿，我不要稿费，人家也会自觉给我拿些辛苦费。"

麦卡："翁老师真的分文不收。"

倾杯："不要润笔费，听起来高尚，其实破坏了行业发展。如果都免费写，别人不但不感激，反而觉得太容易得到的东西没价值。"

麦卡："翁老师对书吧有极深的感情，不能用什么费用来衡量，那是无价的。"

扶桑："除非他是书吧的股东。"

麦卡："不是。"

扶桑："这里面肯定有好故事！讲讲看。"

麦卡："具体我不清楚了。"

扶桑："我们能联名请大大出来讲吗？"

麦卡朝向我："兴而，你还有什么要讲的？"

我一吐为快，心里舒坦："没有了，请倾杯老师来讲吧！"

我的最大梦想就在主讲的故事里，我没有给陶然阁讲起，却向这帮陌生人讲起来了，就跟很多心里话不向父母讲、不对男友讲、不与朋友讲，却跟没见过面的陌生网友网聊个不停一样，想想就是个悲剧。

5

倾杯上场就亲自给到会的听众发书。他头发稀疏但乌亮，体形偏瘦但面色红润，脸看上去年近花甲，但长有老年斑的干枯手背又似古稀。

我接过没拆封的《酒友与美食》，他继续说着："书中提到的几位酒友也是华年忆的书友、华年网的笔友。欢迎各位到我的醉美酒吧品好酒，酒逢知己千杯少，情人正好诉衷肠啊！"

扶桑拆封看书："近两年，美食书跟美食节目都很热门啊，我都收到六本了！"

倾杯："食色，性也。生活条件好了，不吃不喝就白活了嘛！"

我拆开书封，抚摸着有一只红酒杯的封面，心生羡慕："谢谢倾杯老师的书！我如果能出本书就好了！"

扶桑仍盯着书："是啊，兴而的书就可以进图书馆永载史册了。"

我不怕讽刺："我有篇稿子在刊物上发表后，早进图书馆了。"

扶桑："是毕业论文吗？"

我听不得挑衅的话语，要维护自己的尊严："一篇全国获奖中篇小说，一等奖。"

扶桑："叫什么名字？有空我拜读拜读。"

我回道："叫《正面背面》，写的是一位中学生在学校和家里的两面人生。"

萧引城意外地看着我，朝我竖了个大拇指："佩服！"

我只是吹吹牛气气扶桑而已，那不过是全国大学生级别的征文赛，我一分奖金都没有得到，只得到快递来的水晶大证书加获奖作品合订本。这书究竟进没进图书馆，我没在意。

刚进来的焦糖显出特别的兴趣来，他有张方正的脸，度数显高的无框眼镜后面有双浓眉大眼，眼中已盛满惊奇，说起话来却有些绵软：“你也写中篇小说呀！我也爱写，在国家级刊物上发表过一篇，省级刊物上发表过两篇。”

扶桑沉稳地翻着书：“两位书友都是实力派呀！历史是残酷的，能大浪淘沙留下美名的文章少之又少。我就不追求什么青史留名，更追求活在当下。”

我讨厌扶桑这种说话一直不看人的人：“各有各的追求，不必分胜负对错。”

扶桑这下抬起头：“倾杯老师，我这人爱说实话，可不可以给你提个意见？”

倾杯：“人无完人嘛，我欢迎所有人的意见。”

扶桑把书举了举：“这书名，是不是……嗯，含蓄点更好。”

倾杯：“好酒都是没颜色的，朴实的书名不会干扰作品本身，没什么不好。世界名著中，不是有《老人与海》《战争与和平》嘛！好酒也怕巷子深，敬请各位书友帮我继续宣传和推销。我打九折，等周末会结束，谁想买书送人，就来拿。”

萧引城：“书吧会员出书，意义非凡，值得推广！”

倾杯：“茗悦她挑剔着呢，不收录我这酒文化的书，看不上。”

麦卡：“倾杯老师，上次书吧已为这书做过促销了。这是丛书，如果其他那五本书跟中国文化有关，就能整体收录进书吧藏书了。”

倾杯：“我这单本书怎么就不能破个例？”

麦卡：“都要求破例的话，书吧放不下所有的书。”

倾杯：“茗悦在的话，我还要找他。我不是为这书争取权益，我是为中国酒文化争取地位！”

我选了书中第一篇文章拜读了下，不敢说文章写得不好，用来写博客可以，用来出版就差点品相。

倾杯：“兴而，你既然是写小说的，文友、笔友应该不少，可以给他们送一些。”

我努力找借口：“我们公司隔壁就是书城，我发动同事们到书城去买，实力支持。”

倾杯不快地盯着我，我就埋头看书。

萧引城：“这书我要十本。”

倾杯：“谢谢！我的书都卖出几百本了，茗悦还看不上，她读过我的书吗？”

麦卡："读过的。"

倾杯："茗悦嫌我写得不好？我哪天请她喝杯酒好了！"

麦卡看起手表来："哎呀，我把大大交办的事给忘记了！倾杯老师，等会儿给你个惊喜！"

扶桑等麦卡起身离开，笑道："看，一到关键时刻，就走为上。大大教的！"

倾杯："大大……你和麦卡都比茗悦大不少，还叫她大大！现在的人啊，辈分都不讲，乱喊！大大，意思你们搞清楚没有？"

扶桑："这种叫法潮嘛，牛人都可以叫大大。人家小女子，年纪跟兴而、罗夕差不多，咱们还得在这里给她捧场，你说牛不牛？"

倾杯："还不是靠拼爹。再牛，也得讲究长幼尊卑。"

轮到扶桑坐到主讲席，已有部分听众只能站着听。他允许听众即时举手提问，要来个开放式主讲。

扶桑："前几个月，我忙于写剧本和组织排练，一直没空参加周末会，这两天才闲下来。以前听了一些书友的故事后，我就有了为书吧写剧本的念头，但缺少一条好的故事线。现在趁有空，我想把剧本完成。我专职写小品和电视短剧，但我更想写部电影剧本，书吧是个好题材。"

书友们惊叹与躁动起来，包括我。这是个绝妙的点子，书友不会在其他地方讲起的秘密，可能就会在这里成为故事。

张立立："我有好故事可以放在书吧来写，肯定震撼人心！"

扶桑："要注意一点，自己的故事，感动得要死要活，搬上银幕后，观众可能打瞌睡，我得做深加工才行。"

张立立："如果我的故事改编成了剧本，能给个署名吗？"

扶桑："你在乎署名吗？"

张立立："我想让初恋女友知道，电影演的是我眼中的她。"

扶桑："原型是原型，编剧是编剧，不是谁都能署名编剧的。"

焦糖："扶桑编剧，我有部中篇小说适合改编成电影，你能改编一下吗？"

扶桑："我不喜欢改编，怎么改原创都不满意。我擅长原创。"

焦糖："能不能给我介绍位编剧，帮我改编改编？"

扶桑："好啊，你给人家多少改编费？至少也得五万起吧！"

焦糖："啊！这么高！……不如我自己改编，如果能拍成电影就好了。"

扶桑："焦糖，别怪我打击你啊！电影是工业化生产，市场化运作，剧本不是写出来就能拍，拍出来也未必能上映，上映了也多半不能赚钱。剧本离上映赚钱有十万八千里路。"

焦糖："我试写，练手。"

扶桑："电影有那么容易写的话，我也不会坐在这里了。"

萧引城："我喜欢电影，特别羡慕电影摄影师。期待扶桑编剧的电影早日上映，如果我能参与拍摄的话就太好了。"

扶桑："还早还早！希望能从书友们的故事中找到灵感。正如我的主讲标题一样《你是我剧中的主角》，你们谁会是呢？"

会场七嘴八舌，扶桑面带笑意，听着书友们争先恐后各自说起自己的故事——

张立立是位网络工程师，经常熬夜加班，他有过几段恋爱史，最刻骨铭心的是初恋时爱上了比自己大十岁的已婚女人，现在已不知道什么样的女友才适合自己。他的工作压力很大，抽空来参加周末会就是放松。

罗夕与远在广州的男友只有长假期间才能相会，但他们都不愿放弃自己的公司，也不愿分手。她很喜欢这样的周末会，能排解孤独感。她也纠结是否来书吧，因为必须省下钱来作为去见男友的交通费。

焦糖生活在自己的文字世界里，工作很失意，想辞职写作，但稿费又不足以养活他。他也写网络小说，但那些网站对他各种压榨，他不指望。

倾杯说他的传奇故事多着呢，全写在华年网上的个人文集里，请大家有空去看，谁有兴趣可以免费改编。

我更想听萧引城的故事，他没讲。

6

麦卡所说的给倾杯一个惊喜，大概是指《酒友与美食》在书吧一角被多永码放成了螺旋形的柱状，比畅销书还有气势。

我从书吧App上搜索这书，没有相关信息。我另外搜索了本书吧新上架的书，则有信息。在网上书店查找倾杯的这本书，也是一样的效果，似乎并没全国发行。可能书吧藏书有标准，有的书收而不录。

我在过道旁找了个空位读起倾杯送我的书来，以视对老作家的尊重。我连丛书也没出一本嘛！

黑色书桌也是袖珍艺术品展示台，玻璃面下的方形红色剪纸更吸引我。这枚手掌大小的剪纸名为《天女散花》，为乐清细纹刻纸，完整的古代神话人物刻得精妙入微，作者为国家级非物质文化传承人。

细密如丝的线，还有多少人有耐心、有功夫刻得如此精密呀！如果说其他剪纸刻纸绘图软件可以设计、机器能够刻制，细密如乐清的刻纸，电脑能设计机器也无从下刀吧……遐想间，余光里，萧引城提着一摞书从我身边路过，一位在门口等妈妈的小男孩舞动玩具剑，将萧引城那塑料袋一剑给划破。

萧引城把快要落地的书籍托住，见小男孩还在乱舞玩具剑，就蹲下身严肃起来：“小弟弟，书宝宝受伤了，你要说对不起，它才会好。”

小男孩老老实实说了声“对不起”，萧引城朝他一笑：“好了，书宝宝没事了。”

小男孩的妈妈走到门口，从包里掏出一个布袋递给萧引城：“你这是什么山寨袋子呀？木头剑也能刺穿！”

萧引城不接布袋，用塑料袋裹着书准备离开。

我从斜挎小包里掏出一个塑料袋：“萧引城，我有袋子，换这个装书吧！”

萧引城道着谢，来到我桌边把书重新归整了一下，并递来三本倾杯的书：“送给你。”

“谢谢！我不需要。你打算把这十本书送谁？”

“在朋友圈里发条消息，谁先报名就送谁。你帮我送三本好了。”

“我的朋友圈基本就是同事，他们整天看文字都看吐了。”

“只要是送，总有人会要。”

“你何必买这么多本呢？”

萧引城又递来两本给我：“麦卡姐让我照顾一下老人家，没办法。你代我送掉几本是几本。”

我比较怕送东西给谁，送一个不送一个弄不好还得罪人：“这五本，我怎么销啊……对了，你在哪家公司做摄影？”

“俏佳人影楼。”

“哇，俏佳人！挺出名的！你是职业摄影家呀！”

“摄影家算不上。我的老板代峭才是，他认识茗悦大大。”

“传说人与人之间转几个弯就是熟人，真是这样呢！”

“大大还是中学生的时候，是俏佳人的常客，后来学摄影就少去影楼了。”

“哦。你周末有休假？”

“没客人预约我的话，我可以休假和补假。”

“你接触的客户多，故事也不少吧？刚才怎么不讲你的故事？”

“我更喜欢别人是我镜头里的主角。”萧引城已用新袋子装好了五本书，见旁边没有垃圾筐就把那个坏掉的袋子与书装到了一块儿，指上指桌上的另五本，“这五本，送你啦！不必客气！”

我又关注起另一位在窗边读书的人物——扶桑。如此近距离地接近一位打算写电影剧本的职业编剧，某种机会若隐若现。

陶然阁看电影的时候，除了爱评价导演和演员，还爱评价编剧，说编剧是一剧之本，剧本好了，导演、演员、摄影是可以替代的，好剧本是做好电影的基础。再好的导演、演员、摄影，也挽救不了一部烂剧本。

也就是说，剧本才是电影的灵魂，哪怕包括我在内的观众只在乎导演和演员。

陶然阁成天宅在屋里，哪能接触到他感兴趣的职业编剧啊！我代他去接触一下，说不定能介绍他们相互认识。不是有名人说过，你的圈子决定你的格局吗？

不过也有名人说过，朋友圈是个零圈圈，信念才决定你的格局。只要信念真，没有事不可以做成。

扶桑给我的印象横竖都带着刺，我不自主地排斥他，也许他同样对我没什么好感。但做文艺的，谁没脾气秉性呢？没个性的艺术家，多半也没什么个性化的作品；有脾气的艺术家，说不定就是能做成大事的人物。

我鼓起十二分勇气，克制着发自内心的反感，坐到扶桑身边，以拜师为由头。但愿所有的反感都是误会，他会是位令我尊敬的老师。

讲真，我对拜师是灰心的，这辈子我可能都没有真正意义上的师父。

高一时，我爸在家里大办酒席，请来远房的表叔来指点我的国画作品，打算让我拜他为师，既省些学费又能学点真功夫。表叔是全省有名的书画家，我家自惭形秽一直不好意思与他有什么联系。表叔头一次来我家，看了我的国画，没有夸奖之词，也没有指点我什么，更没有收我为徒之意，击垮了我走艺术生之路的信心。

大一时，我参加了学校的摄影社团，听完一位摄影家的讲座后，我缴费报名成为他的学生。他收的学生太多，我的摄影器材与我的作品一样太不突出，他除了在学员群里发些采风通知以及他的新作之外，并没真正指点过我。要不然，轮不到陶然阁来替代。

大四那年，我的中篇小说参加全国大学生征文获了一等奖。陶然阁就陪胆小自卑的我拿着作品去拜一位我崇拜的小说家为师。小说家却说，他已不写小说、不收学生，正在走访全国各地收集藏书票藏书章什么的。害得我对小说的未来都看淡了。

此时，一位编剧老师就坐在眼前，我假装拜扶桑为师，并不打算写剧本，成与不成不重要，重要的是帮陶然阁来接近编剧，为他们牵线搭桥，免得这家伙成天知道看电影，不知道可以写电影剧本。

扶桑对我不是那么热情：“很多人写剧本都是心血来潮，坚持不下去。我对学员很负责，不希望谁半途而废，反怪我没教好。”

“不会的，扶桑老师，没学好我只会怪自己愚钝，怎么能怪老师呢？”

“做编剧，适合专职，兼职不是吃这碗饭的。当然，你有特殊资源除外。”

“影视剧、网剧、短视频那么多，对编剧有兴趣的人自然会越来越多，不一定专职的才需要学吧？”

“嗯，如果你真心喜欢编剧，可以来我的靓笔尖大讲堂参加入门培训。”

“剧本写好了，能被表演出来吗？”

“学员写出的好剧本，我会推荐到多地电视台和演出公司，有上演的机会。”

“我有朋友对影视特别感兴趣，他作文底子厚，我动员他来。”

“是吗？他写过剧本吗？”

“写过，在学校表演过。”

“小品吗？”

我点头，怕他再深问核实。陶然阁在大学里写过小品剧本，但没获奖，我都差点忘记这事了。

扶桑：“他有基础来学，就找对人了。我在多地的电视台、文化馆、演出公司都工作过，做过制片人、总监制，有二十多年写小品和短剧的经验，舞台上和电视台播出的作品不下百部……”

扶桑滔滔不绝地讲起了他的什么作品获过什么奖，得到过多高的奖金，受到过什么扶持资助。反正，他那些作品名字，《我爱我娃》《一个都不缺》什么的，我反感。

扶桑似乎看出了我的心思：“我是认市场的人。那些只图自己写得嗨，却不顾观众心理的编剧，只有死路一条。市场，活者为王。”

人穷志短，一听靓笔尖大讲堂的每堂课四百元起，也就两小时，我的虚心劲和热忱劲顿时败落下来。就看陶然阁愿不愿意去学，他有个懒人加穷人的观点，能从网上学的就不上培训班。他学摄影就是这么学的，认为大师的作品才是最好的老师和教材。

我用流行的句子教育过陶然阁：“上的不是培训班，那是进的人脉圈。”

陶然阁反驳道：“不是所有圈子值得我耗费时间和钱财，不是所有女生值得我去追。”

扶桑看透了我那一瞬时的呆愣：“你朋友什么时候来？我的教学很灵活，一人一套教案。”

猫抓糍粑脱不了爪子，我应付：“我去动员动员。”

第二场　新相机

1

周五加班是常规行为，我在家里完善雪力公司的本月工作小结与下月工作安排、本月自查清单与下月整改方案、本月学习收获与下月学习计划。

不是我不会安排时间，是其他科室太会安排时间，不到总部规定的最后期限他们不报给我汇总，把我往绝处逼。他们道理充分——跑业务去了，梳理不过来；又没误时，哪点错了？

我有工作强迫症，能不过夜的工作一定要做完，我宁可一天忙死，一天玩死，也不愿意两天都在干活。

等各项材料搞定，我打开华年忆App查看明天的周末会报名情况。参加聚会就得消费，我要奔着价值而去。

我想再次遇见萧引城，给他说说推销倾杯那五本书的辛酸，同时也想对他的摄像作品表示赞赏，我已是他的铁杆粉丝，天天在逛他的空间等着他的新作发布。

很多场合都需要“灵魂”人物，QQ上没有牵挂的人在线，挂着QQ就没什么念想；篮球场上，没那么一个在乎的球员，谁输谁赢就无所谓；电影里没有欣赏的演员，掏钱买票就不情愿。

书吧周末会，出现了一位灵魂人物，有了我的挂牵。

我已通过万能的网络了解了几位书友。

扶桑，本名符良强，四十三岁，大学文化，现是F市电视台特约编剧，参与拍摄网络剧、微电影、情景喜剧等。擅长喜剧、悬疑、高智商争斗等写作。网上有扶桑提到过的部分作品信息或者报道，没有视频资料。

倾杯，本名王家伦，同一篇文章他不只发布在华年网上，还发布在各大纯文学网站、文学论坛、知名博客网站上。他经常参加一些小型文化活动，有些知名度。他都年近七十了！

萧引城则有实名原创视频作品空间，五六十个视频，有些属广告婚礼宣传类，他主要负责拍摄和剪辑，能看出他的艺术品位，百分之七十合我口味。最新的一部《线装书》，策划、导演、拍摄、剪辑全是他，他用十分钟的时间把线装书考究的手工流程展示出来，那镜头感、故事感、绘画感，配上简要的解说词与舒缓的音乐，美轮美奂，俨然是大片中的一个片段。点击量不到八十，但不能否定，他是位深藏功力的人。

主讲人信息已公布出来。有萧引城主讲的《走近你》，第一个讲！他有故事愿意讲了？

他想走近谁？他才气逼人，那般帅气，很有修养，被他喜欢的女孩子是多么幸运。

陶然阁的才气和颜值本不输于萧引城，但他连个作品网页也没有，大不了发个朋友圈露一手。知他者清楚他有才，不知他者视他为一庸常啃老的小混混。

我如果是陶然阁，定会有自己的音乐空间、摄影空间、影评空间，还要把网页打造成专业级的视觉效果，没个几万的粉丝都说不过去。

这话我得收回来。我曾经爱画画，并没一个绘画空间；我曾经拍了那么多照，就没一个专用摄影空间；我也曾爱写作，博客空间许久没登录了。我其实一个粉丝都没有。这些年我都忙什么去了？说不出来，似乎我又没闲过。

说改立改，我登录两年没发布过文章的华年网空间，原笔名“画魂”不能修改但我依然喜欢，空间名可以修改那就改为“兴而”，随后生成了《兴而文集》页面。

“画魂”是我的第一个笔名和网名，陶然阁不喜欢，忌讳里面有个“鬼”字。我的笔名和网名由此改过几回，都不如意，改来改去我都不知道正式网名和笔名叫啥了，跟那些网络密码一样。

我把获奖的中篇小说《正面背面》连同在滋利集团《饮响力》上发表的几篇文章搬了过来，向华年网宣布我的归来。

我要一改陶然阁式的懒惰风，成为萧引城式的勤奋者，用作品证明实力。我还要在华年网写有关滋利集团的碎碎念，打软广告，在笔友、书友中拓展客户去完成我的推销任务。

蝴蝶意象的华年网标识QQ头像闪动起来，这是总编方绪的头像，这个数年没联系的头像让我吃惊不小。聊天界面上显示起我们的对话来。

欢迎画魂归来！你许久没来发文了。

方总编你好！我改叫兴而了，我要支持华年忆、支持华年网。

兴而，你是滋利集团的呀！我喝过你们的茶饮料、果汁饮料呢，口感极好！

方总编如果还想喝的话，找我哈！

你打五折我也喝不起。

有经济版的饮料。华年网和华年忆需要的话，也找我。

大大只给龙凤茶放行。

为什么不能放宽呢？

饮品多了分散读者注意力。明天的周末会你会来吗？

有萧引城主讲，我可能会来吧。

你喜欢他讲？

他的视频太专业了，佩服他这种全能型高手！

你还喜欢其他主讲人吗？

方总编关心这个干吗？

调查一下，听听会员们的想法。

方总编，还有没有什么高手推荐一下，到时我来听听。

萧引城的妹妹也是高手哦！但她多半不会主讲。

她是什么高手？

网红/舞蹈演员/主演替身。麦卡老师是云朵的粉丝，我老婆也是，好些笔友也是。

方绪发了个网址过来。

惊诧之中，我点开网址。这是一个名为“长发秀”的直播空间，我看傻了眼——

直播做头发的是穿着汉服的萧映朵！她的直播已近尾声，那已成型的发型是盘在头顶的一种加辫子的丸子头，蓬松而不乱，随意而俏皮。再一看，她的粉丝量达二十余万。

从她保存在网上的视频看，做发型的视频只占一半，另一半则是她在秀舞姿，舞台上的、家里的、练舞房的、广场上的、专用直播房间里的……

那头秀发有时成了美妙的道具，随着她的舞姿飘逸地飞舞。她不但能跳街舞、印度舞，还能跳芭蕾舞；她不但能横向纵向劈腿、后弯腰双手着地，还能腾空翻！

原来这位在留言板书吧给麦卡打过工的服务员，是位深藏不露的舞蹈佳人；原来这位把古琴认成古筝的黄腔女，还是位能美自己也让别人学美的美发师！

我太轻视萧映朵了！我灰头土脸仿佛成了小矮人，感觉自己一无是处。方绪还想调查我喜欢华年网谁的文章，喜欢读什么类型的书……我一点聊天兴致也没了。

我四顾茫然，只想给陶然阁打电话。

“心肝，想我了吗？”陶然阁熟悉的声音在那头刺痛着我。

“阁子，你休息了吗？”

“没呢，正在看电影《狗镇》。这片子有点长，开头节奏太慢太沉闷，以前只看了开头，现在才发现后面更有看头。场景极简，人性极恶。有空你也看看吧！”

“你看了那么多电影电视，要不学着写剧本吧！”

“你穿了那么多衣服，我可没要求你当时装模特，或者当时装设计师。”

“你很爱讲故事，讲起来也很好听，做编剧正合适啊！今后的视频故事是发展趋势。”

“好吧，听你的，写部让你大吃一斤（惊）海鲜的赚钱剧本。”

“别敷衍，你又是那种间歇性才华横溢，持续性吃喝玩乐对不对？”

“不信就算了。”

“阁子，我认识一位编剧，你可以拜他为师，让他带你。”

“好编剧自己创作都没时间，哪有时间带徒弟。”

“你写个短剧本试试，小品那种就行，让专业编剧看看。”

“我才不写小品。”

“写小品不是目的，是让编剧老师看看你的潜力，你要请人家指点……”

“实话给你说吧，旗帜，那个金旗，也就是那个送我肉肉花的同学，这些年就在做电视剧编剧。旗帜出去炒房也不再写剧本了，因为按别人的要求这样改那样改，最后没个署名，甚至别人根本不用。”

“旗帜是旗帜，你是你。你的工作那么闲，上班就有时间写剧本。我上班如果有你那么闲……”

“别来规划我的人生。”

“我没规划你，是想提醒你，别止步不前，我们可以一起干。”

“那就快过来吧，一起干干！”

“我给你说正事呢！你正经些！”

“真希望你是来找我共度周末……唉，你多怀一点春好不好，别把秋怀多了，秋风秋叶秋煞人。”

“你一辈子活在别人的故事里，那才叫秋煞人！应该叫愁煞人！”

“你的QQ和微信都不理我了，你跟我说话就是教训我啊！”

我猛然挂了电话。我神经病！把希望寄托在一个分了手的人身上，荒谬透顶！

找陶然阁也不是没有原因，我和他各有所长也各有所短，能够互补。我敢想，他敢做；我能画，他能唱；我会写故事，他爱讲故事；我宁可洗碗也不想做饭，他宁可做饭也不想洗碗……

我执拗地认为，我俩各自单打独斗会双双失败，但我们联手，龙凤双剑出鞘就会一加一大于二，就可能所向披靡成就大事。

这家伙，偏偏只知道牵手漫步，不与我联手奋斗！

2

周六上午，我火速赶到公司迎接企业管理部牵头的突击检查，说是主管部门周一要来滋利集团抽查。

我心烦意乱，不是加不加班的问题，是能不能参加下午周末会的问题，错过萧引城的主讲可能就永远错过他的故事了。

集团总部的检查应该不会持续太久，我心烦的是检查出的问题要立即写情况说明、整改措施什么的。其他科室、其他人员出的错全得汇总到我这里统一报告上去，他们没写好的材料弄不好还得由我来完善，我没完善好的话郑主任还得改了再由我上报，这就耗费我的宝贵时间了。

综合办公室里，郑主任戴着新配的老花镜正慌张地抄着我做的笔记，有两种样式的本子，工作笔记和学习笔记。

总部处处都要求痕迹化精细管理，且不说日常管理所需要的各类材料，单单是学习笔记，每半天的培训记录就不得少于五页。要说这培训，就有集团公司的大型培训、外地参观学习培训、雪力公司的岗位培训、科室内部培训，以及上级部门组织的相关培训等等。

不到五十岁的郑主任视力已严重退化，看三号字都得戴老花镜，对做笔记恨之入骨，通常只记个时间、地点、主持人、主讲人之类的起头，内容则空上五至十页备用。年终考核时，他通常会成为考核组成员，由他去检查别人的笔记，基本不会有人来查他的笔记。

谁想，今天总部派人来，要查包括郑主任在内的所有管理员的笔记，以防被主管部门抽查到。

电话传来消息，检查组马上就来我们综合办。

郑主任一边叫着“完了完了”一边将他的工作笔记、学习笔记封面小心地扯了下来，又把我的那两本封面扯下来，拿起胶水，把他和我的封面做了个对调贴了上去！

“郑主任，我笔记里的记录人那项，写了我的名字！”我提醒道。

“只要他们不细看，还能蒙混过关。”

“我的字体比你的秀气。”

“他们才没那么多功夫比较字体。”

“我也要接受检查，岂不是要查到我了？”

“小柳啊，查到你，扣你多少我补你多少。查到我，帽子难保。把我们这笔记放最不起眼的位置，他们不翻最好。”郑主任开始准备茶叶和水杯，我纳闷着，往日招待来客来访，通常直接上滋利饮料，客人要求热茶才会上茶。

话没说完，总部检查组四名人员已走了进来，有位还手拿带变焦镜头的尼康相机。

郑主任热情地接待，对参与检查的集团办公室卓主任大力夸起我整理的那些资料有多么规范、多么详细、多么及时，并把头晚赶出的月度小结翻了出来。

体型略胖头发梳得油光的卓主任要抽查哪样，我就迅速从成排的文件盒里取出哪本，准确翻到相关的页面供他查看。他把一份资料翻给随行人员看：“这表格设计得比我们的参考模板还简单明了，可以在全集团推广嘛！”

郑主任：“都是小柳弄的。卓主任，你也知道，综合办是很辛苦的，费不尽的脑子。但跑市场的，就认为坐办公室只会吹空调玩电脑。”

卓主任又翻阅起我为科室做的会议记录：“市场部除了懂钱，哪懂全局目光啊！这字写得不错！”

郑主任：“小柳这字赶卓主任就差远了。”

摄影师用相机拍摄检查情况，等他拍完，就把还伸着变焦镜头的相机往桌上一放，开始逐一检查两大笔记。

郑主任为摄影师添上满满一杯茶水递过去，请他坐着看。说话间，郑主任右脚拌左脚，把水泼到了相机的变焦镜头以及笔记本上，他摔倒在地，手上正好抓住相机带子，相机被拖出桌面，砸到地上。

检查组乱作一团，摄影师赶紧去扶郑主任。

我捡起相机，镜头已不能缩到原位，我用面巾纸把镜头表面的水吸干，不敢再开机。

郑主任捂着头惭愧道：“唉，我老爸住院，我不能回老家照顾，昨晚一宿失眠，头晕。”

卓主任关切道：“郑主任，是不是去拍个片，别摔成内伤。”

郑主任揉着膝盖："不可能，这平处，等会儿就没事了。"

摄影师拿着尼康相机调来调去，仍不能恢复好镜头。

检查组不宜久留，粗粗看了一下资料就给了综合办公室一个好评，唯一指出的整顿之处就是清理室内过多的肉肉花。

我听从检查组的安排，拿起相机去指定的维修点。

3

从相机维修点那里来到华年忆沙龙室，我背的不是公家的尼康相机，是我的私人相机包，里面装着佳能70D套机。以前我用陶然阁的佳能5D2，现在我用自己的佳能70D。我相信我所迷信的，用中端相机拍出高端相机的效果才算物尽其用。

主讲时间未到，正在一旁看讲稿的萧引城注意到我的相机包："兴而，把你拍的片片给我看看可以吧？"

"试拍了几张，请指教！"我取出相机递了过去。

"新相机呀！"萧引城熟练地摆弄着相机，翻看起照片。那里面有相机专卖店里的随拍，昔思路上的街拍，还有几张是华年忆的外景。他连续地翻着，"拍这么多书吧外景呀！"

"本想拍些书吧内景，麦卡姐不许。"我叹道。文学书籍已不那么火爆，我有出本摄影作品集的心，主题都定下了——与书有关的人与物。摄影比码文有趣多了，多酷啊！

"这张，相机是怎么固定的？"萧引城注意到一张用慢门拍摄的书吧门面全景，平视角度，动态的车流成水流的模糊效果。

"用相机背带绕在树干上支撑相机拍的。"我服气他的提问水平。拍这张我用上了陶然阁教我的这招，花了点力气，拍了好几张才有这满意的效果。这是在书吧斜对面的人行道取的景，那里前面是小街，后面是高墙，行道树笔直没有分叉。我没有三脚架，那街上也没有停放的车辆或者适合固定相机拍摄的支撑物，若把相机放在手上用慢门拍照会糊，若放在地上又会被来去的车辆挡住景致。

“这张最好。”萧引城对这张的肯定，也是我对这张的肯定。

“谢谢鼓励！你摄制的那些短纪录片才真的美哦，尤其是《线装书》。”

“啊……”萧引城愣了下，“这机器也能拍些不错的短视频，要配手持稳定器。”

“我喜欢抓拍精彩的一瞬，连三脚架都没用过。我不喜欢摄像。”

“你不拍夜景吗？”

“也拍，不一定用三脚架固定嘛！”

“摄影更适合女生，摄像是个体力活儿，女生吃不消。”

坐在旁边玩着手机的扶桑这下看着我们：“兴而，你想当摄影师了？”

我感觉到扶桑的话中有个陷阱：“会摄影，才有镜头感，有利于写剧本呀！”

扶桑：“你想拜引城为师了？”

我否认：“我有摄影老师，嗯，就是那个写过小品剧本的朋友。”

扶桑：“我不懂摄影，照样能把剧本搬上舞台和屏幕。”

我怎么好说，如果懂摄影，剧本可能会写得更好。不信，你看那些精彩的剧照，就是一幅精美的摄影，如果不是编剧考虑到的，就是导演替编剧考虑到的。

作为首位主讲人，萧引城的听众直接达到三十余人，不知是为他的标题《走近你》而来呢，还是为了争当扶桑笔下的主角而来？

麦卡不时为新来的听众服务着，又是搬凳子又是添茶水又是为听众放包包，贴心姐姐一般。

萧引城穿着灰色花格衬衣，庄重而不失自如，比往常振作了几分，有我所喜欢的英气。原以为他的主讲内容跟书吧女书友或者个人情感有关，我大错特错，上了标题党一当。

人家的意思可深远了，虽然他不时瞟着准备的稿子在念，语言有些书面化：“听我的代峭老师讲起华年忆书吧时还是一年前，当我第一次踏入这里就闪过一个念头，把书吧拍成短片多好！不过，想起书吧的理念是建百年老店，我就知道，短片不足以承载书吧的未来。

“我酷爱摄影，从初一到现在已有十五年的拍摄经历，我的摄影博客‘天行

者’记录着我十年来的摄影历程。希望茗悦大大能看看我的摄影博客，相信我的能力和毅力，并允许我用余生的时间来记录书吧的历程。大大不在这里，请麦卡老师能代我转告大大。

“数码时代，摄影门槛越来越低，摄像也更为简便易行。我热爱用真实的声像来记录社会与历史，而不是用编写的搞笑故事成为快餐式娱乐。很多故事不能局限于静默的摄影，声画皆备的动态摄像才是最生动的表达方式，短片表达不尽的，就让长片来讲述。

“一句话，我想为书吧拍部跨越很多年很多年的纪录片，直到我，甚至我的后代再也无力拍摄。华年忆书吧，我只想对你说，我很想走近你，守望你，记录你。愿你敌过未来不可预知的竞争，坚持到百年，怀抱更多的中华文明。谢谢华年忆书吧！谢谢大家的聆听！”

听着萧引城短暂的一席话，我的脸火辣——我学国画时，人家去油画班了；我用胶卷相机学摄影时，人家玩起了卡片数码相机；我有了卡片数码相机，人家背着单反数码相机玩自驾摄影；今天我花光积蓄有了中档单反相机，人家又向往摄像的动态感了。我怎么老是成为退潮的那一波，成不了弄潮儿！

我摸了摸放在椅子上的相机包，只觉自己成了被时代淘汰的可怜虫，正被萧引城嘲笑。

我生气了：“萧老师，你一面说你有坚持数十年拍摄书吧纪录片的毅力，一面又说你放弃十多年的摄影师转行要当摄像师。你会不会在哪天，突然转行，连摄像也不做了？”

萧引城：“摄影仍是我的最爱，有着摄像不可替代的静态美。如同电子书我会看，但无法替代翻看纸质书的质感。摄影与摄像不是敌人，谁适合展现主题，就让谁出场。”

我怀疑：“用一生来拍书吧，说起来容易做起来难，可别失信哦！”

萧引城：“我热爱上海，此生会眷恋这座城；我酷爱摄影摄像，别的事没兴趣；我喜爱华年忆，终生会关注它的命运。让时间来证明我的诺言。”

我心里舒坦了点，不想与他成为敌人：“祝你心想事成！”

萧引城：“谢谢！我就想做成这件事。麦卡姐，我能不能约个时间与茗悦大大见面谈谈？”

麦卡："我给大大说说看，她愿意的话，会给你联系。"

萧引城："今天就告诉大大好吗？谢谢！"

麦卡："大大难得有休息日，我不便打扰她，明天就告诉她。"

萧引城："明天之后我要去外地拍婚纱，我今天有空，我等她，希望大大也能有空。"

扶桑："我也等大大，有事和她商量。我已给她发了微信。"

麦卡："你们这是在逼大大嘛！"

扶桑："没有啊！我听大大的口气，很乐意过来嘛！工作日，我又抽不出空过来。"

麦卡："你们今后别在周末打扰大大小两口团圆了，他先生很难得有休息日。大大周末能来书吧的时候，肯定会守在这里。"

萧引城："这样啊，我下不为例。"

扶桑："萧摄影家，你不喜欢用编写的搞笑故事成为快餐娱乐。你的意思是说，我写小品是瞎编乱造啰？我写电影剧本也是在瞎编啰！"

萧引城："我没这个意思！我主要是针对那种恶搞的、模仿的、低俗的短视频。拍纪录片算是写实，拍电影算是写意，我都喜欢。"

扶桑："纪录片，是什么就拍什么，创造性又会多大？电影剧本要提炼素材、升华主题，还要博得观众共鸣，比写实，难多了！"

萧引城："我语文基础差，用词不当，如果说话冒犯了扶桑编剧，请大人大量，对不起啊！"

扶桑："我看你的主讲，挺有文采的嘛！"

萧引城："实不相瞒，我不习惯这样慎重地来讲，稿子是请同事代写的。我来主讲，目的是逼自己兑现诺言。"

扶桑："呵呵，我欣赏你这类年轻人！"

麦卡："你们三位也神了。有的想把书吧拍成电影，有的想为书吧拍纪录片，还有想给书吧做系列摄影的。"

我是遗憾的："华年忆不让我拍，我就拍其他书店、书社、书屋什么的。"

麦卡："华年忆禁止拍摄内景，是为了不给阅读者造成干扰，更不想让书吧成为朋友圈里的打卡网红点。请兴而谅解！"

扶桑："书吧越出名才赚钱呀！"

麦卡："请大家关注好书，而不是书吧。"

我开始喜欢华年忆了，是不是越高冷的东西越有魅力？

算命先生曾说过，我年轻时不带财，老了连枕头里都是钱。

一旦有人夸我"有才"，我就想起更多人真正爱夸的是"有财"。我这不招财的才可能是注定的，大概是我的穷人思维决定了这格局。

比如说，萧引城送我的五本《酒友与美食》，我花了几天时间愣是没在同事中送出去，我总不能求他们要。最终远在外地的网友们倒是分头要走了，害得我倒贴了可以吃五顿盒饭的快递费。我呢，不但得罪了倾杯，欠萧引城一个人情，还要向那些收到书的网友们解释我怎么会结交倾杯那种笔友。

萧引城就不一样，他用五本一样的书换来他想要的几个二手摄像机小配件，不但赢得了倾杯和麦卡的好感，也给了我一个大方的印象。他说他的口才不好，那我的口才去哪儿了？

再比如说，我的第一部卡片式数码相机快门偶尔会反应迟钝，我就把它放在网上以低价出手。谁知买方接到货就发现本来偶尔才会遇上的快门毛病，并要求退货，还来了个快递到付。一卖一退，我白白倒贴了来去两个快递费。

萧引城不知哪里修来的福气，但凡他不想再用的相机和镜头，八九折就能出手，好像他用旧了的相机都不会出毛病，外表还能达到八九成新。每次他只需添一点点儿钱，就能用上全新的升级版相机和镜头。他就是如此以旧换新连摄像器材都拥有了。

还比如，我的摄影片子只能供自赏和分享，留下一堆大拇指数据，换不来一块钱的打赏。

萧引城的摄影片子就能传到一个图片版权网去出售，他也给各类商店有偿拍摄宣传图片……

不比较，我很快乐；一比较，我就忧伤。

何以解忧？唯有读书。我要在书中寻找黄金屋，万一哪天醍醐灌顶有了点石成金的金手指呢！

读到了晚上八点，参加周末会的基本都离开了，包括扶桑也被电话召唤而去。

我等待的耐心也耗尽了，提起相机包："萧老师，书吧快关门了，大大可能不会来了。"

萧引城仍在读一本民居题材的书："别叫我萧老师，太别扭了！叫我引城吧，叫天行者也行。"

我怕把"天行者"误叫成"孙行者"，就改了口："引城，我去拍几张夜景就回家。晚安！"

萧引城指了指我拿出来的相机："晚安！你这相机沉，拍夜景要找好支撑物。"

走出书吧，灯光下的华年忆与白天有着截然不同的五彩静谧！今晚来对了！

我又在大门斜对面人行道上选角度，用白天的角度拍夜晚中的书吧外景。

回翻照片，还有书吧内景照，那是萧引城拍街道夜景时从窗外往内拍摄的。

哇，居然有一张是我在书吧窗边读书的情景！橘色的台灯光下，我在书桌和书架旁低头看着书，专心致志，恬静之情溢于脸庞，那画面似油画又不是，那人物是我又不似。照片中的我，是我梦想中的样子！

曾经，我羡慕过艺术摄影作品中的那些读书的女子，她们摆拍得好美！

现在，我也成了唯美而诗意的女子，无意间！

谢谢萧引城在我无意的时刻，定格了美丽的我！

我莫名地激动，心怦怦直跳，跳得发疼，一阵又一阵！我还能见到他吗？

我把相机放在书吧对面人行道上，用仰视的角度延时二秒拍摄夜幕中的书吧大门，萧引城正从书吧里走出，定格。

萧引城走过来查看我拍的书吧，看着刚拍出的那张他出门时的剪影笑了："你配得上这相机。"

有的人夸奖毫无价值，萧引城的夸奖才有含金量。不过不能深想，怎么叫我配得上相机呢？该是相机配得上我。我不追究他用词当不当："你主讲时，怎么不提你的摄像空间，只提摄影空间？"

萧引城："摄影靠我个人，摄像要靠团队。我无法保证摄像的团队能否跟我一起坚持到底。"

我还是有疑问："你那摄像空间怎么只剩下八部作品了？"

萧引城：“有些不是我拍摄的，只是参与了剪辑。还有些，我没拍好，没必要挂在网上。”

我觉得有些可惜：“保存着作为纪念也好啊！”

萧引城：“你不是讲过翁显梵吗？他的作品并不多，因为他不满意的作品，绝不加盖印钤出门。我应该学习他，不满意的作品，就别拿出来污染别人的眼睛，浪费别人的时间。”

这时，我们都注意到，一男一女正朝书吧走去，亲密而又年轻的他们在书吧大门成为一道剪影，消失在书吧里。

萧引城兴奋起来，把相机还到我手中：“是不是大大和她先生过来了？”

说话间，萧引城已横穿小路，绕过路上的车辆跑向书吧。

我也激动，一定是舒茗悦回来了！这样晚的夜，普通恋人，不应该往书吧走的。

我托着相机来到书吧门口，萧引城打着手势与刚进书吧的那对男女说着什么。

那女人披着长发，恬静端庄，穿着布扣作装点的砖红长裙，宛若夜晚的仙子；那男人沉稳斯文，一幅休闲打扮，分明就是酷酷的王子。他俩听得认真。

我躲在窗外举起相机抵在格扇窗棂边沿，摄像。书吧需要进行真实的摄像，不受干扰。这一刻，我代替萧引城完成。

随即，他们三人走上楼去。这个女人，定是舒茗悦了！

我怅然收好相机，我真管闲事，关键时刻，谁叫上我一起了！

4

国庆长假是别人旅游添堵的日子，是我又去华年忆消费凤翎红的日子。

我一宅起来，可以从春宅到冬，我不能让宅的本性在体内蔓延。我要去寻找真正的朋友圈，让心灵有所归属。

书吧门外人潮涌动，一楼书吧已座无虚席，二楼沙龙室的座位已被预订一空。我就犹豫了那么一下，这次只能站着当听众，跟抢国庆火车票似的。

我的视线最大范围地搜寻着萧引城，没他的身影，周末会少了点什么。

我已把各类网络头像统统换成萧引城拍摄我在书吧阅读的那张照片。我的各种网络昵称全都统一定名为“兴而”，不再是“高兴而偶遇书吧”之意，而是“兴而遇见你”之意。你，泛指与我有缘的人，希望我所遇见的人都能带我成长，萧引城应该算一个。

萧引城的“天行者”摄影空间已有十多年的作品记载，能看出他的摄影技术一年比一年精湛，摄影理念从繁杂向简约、从具体向抽象转变，粉丝有五万之多，现在又多了微不足道的一个我。新作品已是三月前发布的，加了精的浏览量也仅数百，远不及五年前动辄数千，网络粉丝就是如此了，来得快去得更快。他的摄影视野和色调恢宏大气，哪怕一个细节特写都透着通透的哲理之力，有的效果分析不出是用什么方式和参数拍摄而成，也不知用了什么滤镜。我自叹弗如，我和陶然阁能够想象却无力表现出的效果，就如此真真切切地实现了。

陶然阁说得对，我们之所以不专业，就是怕吃专业级的苦，包括我带三脚架都嫌碍手，包括一些复杂的功能键我们都没去摸个透。

这摄影空间有五个国外摄影大师和英文摄影教程的网站链接，还有个不搭调的友情链接——编剧园。

编剧园网有电影、电视剧剧本方面的写作技巧，以及众多知名影视的剧本全文。网站推荐的中外电影我绝大部分都看过，不过那些剧本我一本也没读过，编剧是谁我基本不知道。

萧引城精通摄影，爱好摄像，还在研究编剧？！摄影的地位正在被摄像所动摇，剧本是不是将成为摄像的文字说明，并将动摇小说的地位？

有前瞻眼光的萧引城总让我把陶然阁拿来与他对比。

陶然阁看到我更换的头像后就猜出那是在华年忆，却猜不出是谁所摄。他就笑我是不是攀高枝了？我又不是藤。一问他在做什么，他说不出，准是在网上看电影。看看看，你看人家萧引城，奔跑在自己的路上，甩你几座城了！

焦糖是主讲人，他讲的是，他在书吧里借阅了一本书被同事拿走后遗失，而且还四处买不到，他不得不按书吧的规矩加倍赔偿，却仍为丢失那书深感可惜。

平淡的故事后，是个不平淡的目标。焦糖正着手把他的小说改写成电影剧本，准备今后向某些电影公司投稿。他在书吧里借的那本书，正是收集素材的参考资料。

扶桑对书友们的影响可谓大矣，会后的漫谈阶段，剧本和影视成了重点话题。

焦糖："扶桑编剧，国庆档好几部电影，都被骂成烂片，票房好的也不例外。你怎么看这种现象？"

扶桑："电影忽视了编剧的专业作用，导致剧本不过硬，硬伤不断。个别票房很好的烂片，也是炒作的结果，观众是被骗着去看的。"

焦糖："电影编剧那么多，名编剧也多，就没有好剧本吗？"

扶桑："影视编剧没有地位，剧本被导演改，被明星改，被投资方改，改得面目全非，逻辑混乱，内涵单薄，情感虚假，能打动谁？"

焦糖："你的剧本是不是经常被改呢？"

扶桑："相对来说，我的剧本被别人改得面目全非的情况极少，毕竟在短剧方面，我有话语权。至于电影，我会主张编剧的权利，所以现在也在着手培养电影编剧。"

我不禁问："扶桑老师，你还会写小品剧本吗？"

扶桑："当然要写，小品更有市场。你们在电视上看到的小品只是极少部分，绝大部分小品在各种舞台上演出，你们看不到。"

我追问："扶桑老师近期在创作什么小品呢？"

扶桑："我在筹备元旦小品大赛作品，剧本还在反复打磨。到时，敬请大家为我投票。"

我好羡慕扶桑的职业，成天就做自己喜欢的事，写剧本，并能把小品剧本推向舞台："能不能发个剧本给我们先睹为快？"

扶桑："正式演出前，剧本必须保密。上演过的小品剧本我只发给学员做参考。"

我顺水推舟："我好想来学学。"

扶桑注视着我："请你来参加培训，你和你朋友还没看得起嘛！"

我好难堪："那学费，能不能少点？"

扶桑："写剧本不是学摄影，得有师傅带才有出路。我这里的学费已低到没尊严了，你让我怎么去请名编剧来授课？”

我抱歉：“这贵族式培训，我消受不起啊！”

扶桑：“不先为自己投资，今后什么都消受不起。你投资的单反相机，会给你带来多少照片版权费？拍出来白白给别人看对吧？有人还懒得看。”

说得我很不高兴但又无力反驳。

焦糖：“扶桑老师，我要参加影视类的编剧培训，我相信名师出高徒。”

扶桑：“只要我的学员写出好剧本，我会推荐出去。没业内人士推荐，投资方不会理睬。不是书友，我还不会给你们道出这个秘密。”

焦糖：“我想把从前的一部小说改编成连续剧，扶桑老师能帮我推荐一下吗？”

扶桑：“你还不死心啊！原创连续剧本，要被制片人选中的可能性，我可以负责地告诉你，基本为零。”

焦糖：“只要写好了，为什么不可以？”

扶桑：“这么说可能你好理解点，不是谁长得美、谁有演技，就能成为明星。”

有人笑起来：“潜规则，嘻嘻！”

扶桑也笑：“那你去被潜潜试试，潜一千遍看你能不能成为明星？躺着就能成功，有那么简单，就好啰！”

焦糖：“难道好剧本就遇不到它的伯乐？”

扶桑：“伯乐认市场，你如果有市场，就有伯乐来认你。”

焦糖：“我就是在写适应市场的剧本。晚上我就把本子发给你，请扶桑老师指点。”

扶桑：“我教的学员很多，没时间指点你哦！我来这里，都很不容易。”

焦糖：“我肯花上几年把剧本改好，总有被伯乐拍摄出来的机会吧？”

扶桑：“剧本过关只是基础，要被采用，得靠剧本之外的功夫。”

我不明白：“扶桑老师能举个例说说吗？”

扶桑看着我：“兴而，你了解影视市场吗？比如你的粉丝群有多少，名气有多旺，当下影视的热门元素是什么，大众的观赏趣味是什么，你有哪些资源可以整合，哪些渠道能融资……”

我摇头，表示没有，也不懂。

扶桑：“如果不了解，你凭什么去写好作品，并让投资人把它运作起来搬上银幕？”

扶桑的语气是平和的，但看着我的眼神，是蔑视的。

我才不计较，正因我不懂才试着了解：“扶桑老师，留个QQ或者微信吧，今后来请教你。”

扶桑：“我不喜欢网聊。有意学编剧的，请关注‘靓笔尖大讲堂’微信公众号，并在上面报名。”

焦糖拿起手机就操作起来：“请扶桑老师把我领进门！”

周末会热闹地进行着，麦卡朝我招了招手，示意我跟她走。

这层有综合部、内容部、财务部、美术部、市场部……磨砂玻璃门上有各种各样与“心”有关的透亮词语，分别显示为“全心”“精心”“细心”“唯心”“雄心”“决心”……换成我们集团总部下的部室名称，大概是“集团办公室”“技术部”“财务部”“企业文化部”“市场部”“总经理室”之意？走廊深处这个“恒心”，就是“董事长室”了。

这“恒心”室有着含蓄的中式气派，与身着中国元素服装的舒茗悦自然地融合。

舒茗悦用凤翎红茶接待着办公桌旁的我：“兴而，听说你擅长摄影。”

我点着头，嘴还是诚实：“只熟悉两三种常规镜头的摄影。”

舒茗悦莞尔一笑，那张略施粉黛的脸更为迷人：“你不爱用三脚架？”

摄影人不用三脚架，跟战士自称射击不用瞄准一样张狂。我惭愧起来：“我有时用定时功能，三脚架能不用就不用。”

舒茗悦从她身后的书柜里提出一个小袋子放到桌上：“摄影讲究精准，不能全靠肉身，还得靠装备。”

我打开袋子一看，是简易手持稳定器，它能支撑相机边走边摄像，防抖性能好。无功不受禄，我哪敢要：“谢谢大大关心！我不需要这个。”

“这是萧引城托我转送给你的。他这段时间没空来书吧。”

“他不问我一声就送来了？”

“人家的好意，就收下吧，把它用起来。”

“请大大代我谢谢他，给你也添麻烦了！”

“摄友最了解摄友。”

“大大，萧引城不是想为书吧拍纪录片吗？”

“我已经答复他了。”

“同意他来拍，是吗？”

“我自己就能拍。”

“大大，自拍的话，你就成了局外人。让第三者来拍，你才能入镜，才能拍出这书吧的全貌，视角更客观。”

“我没答应他，也没拒绝他呀！”

“啊……”

“你对翁显梵老师的画很感兴趣？”

“我喜欢那种狂野而不失细腻的画风，太独到了！”

“翁老师正在筹备下个月的个人画展，十五号开展。到时去看看吧！”

“太好了！我一定去。大大会去吧？”

“你在华年网打滋利饮料广告，挺文艺的嘛！”

“没有啊，只是写点工作心得。”

“别暴露公司名称，要保护自己的隐私。”

“我这小员工，没什么隐私好保护的。”

“作者都或明或暗地谈这产品那产品，读者会放弃华年网。”

“好的，我回去就把公司名称隐了。”我在华年网的推销策划其实已失败了，因为文章没多少点击量，少有人在意。

“你觉得，华年网还需要从哪些方面改进呢？”舒茗认真地看着我。

我的思维跟不上舒茗悦的话题切换，迅速想到我不满意的一点：“网站的铂金自荐位，便于作者们付费自荐，本来是为了防止作者花钱找第三方刷点击，但它现在的价格，被抬得太高了，我这样的写手指望不上！”

舒茗悦笑了笑，顿了下：“让市场来调节它的价格吧。你可以写出好文章，争取网站的加精推荐，原则上不会推荐有广告目的的文章。”

没想到第一次与舒茗悦见面就被含蓄地警告不要在华年网玩小聪明，我脸上滚烫。

“兴而，你还有什么建议呢？”

“嗯……剧本也是一种文学体裁，何不纳入网站上，丰富一个分类？”

“真怪了，自从扶桑编剧过来，好些书友都开始关心剧本了。”

“现在视频和影视霸屏，剧本比从前应用更多，前景应该较好。”我其实是受萧引城的影响，我相信他的眼光。

“难得你能为华年网想到这点。我考虑一下。”舒茗悦眸子中光亮一闪。

麦卡敲着虚掩的门：“大大，周末会在散场了。”

舒茗悦：“哦，麦卡姐，请扶桑老师过来吧！”

没我的事了，我带上手持稳定器包，告辞。

第三场　培训班

1

连续一个月，扶桑次次不落地参加周末会，我偏不参加，不去听他高谈阔论，以此表示睥睨。

周末我可没闲着，我在编剧园网用读剧本的方式重温看过的电影，用听网络讲座的方式了解剧本写作要领。这并不意味着我要写剧本，而是想缩短与萧引城的距离，某天与他聊起来有共同话题。

读着剧本中别人的情感故事，我时常拉开瞎想的序幕。萧引城莫名其妙地送我五本书也就算了，又送我手持稳定器……几层意思？不亲自送，让舒茗悦转送……是啥意思？噢，那晚他没叫上我一起去见大大，用这种方式让我去见大大。高明！

可是，他那么出众，我那么不出众，他怎么可能在乎我呢？他的摄影作品里，有好多漂亮的女模特儿，包括萧映朵，三百六十度都迷死人的那种，举手投足都有风情的那种。我，只能用某个特定的角度看，才有迷人度。

面对美得我无力去相比的人，我通常用金玉其外腹中空空来自我安慰。萧映朵，还有舒茗悦，并没有给我这等借口。秀外慧中的人，比我美也比我优秀的人，就在我身边，也在萧引城身边。

想起萧引城送我的稳定器，我就心绪不宁，喜欢一位男生就是喜欢他送我的小东西，外加一种仰望之心，暗叹自己不及，怕他看不起我。他的“天行者”空间我已天天光顾好多遍，虽然久未更新，这是一种可怕而又可期的征兆。

家里的暖和留不住我，我还得去陶然阁家还他的钥匙。这丢三落四的家伙忘带钥匙了，说是他正在浦东机场那方送货，等会儿还要回家拿资料出门，只得让我把钥匙送到他家去。分手那天我忘记还他钥匙，早还早了断，我冒着寒风冷雨，破费些时间给这个成事不足败事有余的人送钥匙。他是个下雨天经常丢伞的人，不要为他穿着数千元的西装却打着十来块钱破伞心生同情，好伞他丢不完也丢不起。

等啊等，等啊等，等得我在陶然阁家门外吃了一斤在小区门口买的砂糖橘，仍然不能用其甜蜜镇压升腾的怒火。

我打起电话："喂，阁子，还没爬回来呀！"

陶然阁："小蜗牛，到了吗？"

我发火："你估算一下，我半小时前就该到了啊！我把钥匙塞到你门缝下，你回来自己掏。"

陶然阁："怎么不开门进来呢！"

都分手了，我才不会自投罗网："你的家，我有什么权利……"

话没说完，却见房门被打开，陶然阁接听着电话在门口朝我笑："我的家，就是你的家！"

本是感恩节的月份，却让我过了愚人节。我把装砂糖橘和雨伞的袋子朝他扔去，恨不得它们是手榴弹。

陶然阁眼疾手快抢过袋子，单手把我搂到屋里："炖了只散养的土鸡，你不来，有什么味道！"

窄小的屋里已被沸腾的鸡汤弄得仙雾缭绕，馋人的香味把我感化了，不是为这家伙请我打牙祭，而是我看到了那个曾摆过肉肉花的花架，摆放着一堆我们最爱喝的滋利巧克力和草莓味的乳饮料。

莫生气，莫生气，气出病来无人替。我同意陪陶然阁吃一顿饭，以滋利饮料当酒，就当是特别的分手仪式吧。我与他不是爱与恨的关系，是相知的心还差一点儿激情的关系。

陶然阁开门见山："你那网络头像《阅》，谁拍的？"

"华年忆的一位书友，叫萧引城，职业摄影师，准备向摄像发展了。"

"他的职业，正是你向往的职业哈！"

“是又怎么了？”

“寻寻觅觅，你寻到比我强的名师了？”

“哎，你还没交代过呢，你和谁去过华年忆？”

“旗帜带我去的，年初的事了。”

“你怎么没提起过？”

“有什么好说的！你又不能用它开影楼，还不许我把它卖掉去旅游。”

“是不是还有女同学？坦白从宽，我不追究。”

“我请你来，就是为了交代嘛！旗帜带我在书吧见了位投资人，姓柴。”陶然阁给我夹了块鸡肉，见我只顾吃没反应，“馋猫，你就不关心那个柴总是投资什么的？”

“柴总又没投资我，关心他多余。”

“柴总投资的是我呢？”

“怎么，要靠你去炒房？”

“我才不是炒房客。”

“旗帜靠你爸妈的怂恿去炒房子发了，他显然在发展下线罢了。”

“柴总投资的是我这个。”陶然阁从笔记本电脑前拿来一本打印的厚厚文件递给我。文件封面赫然写着几个大字“网络电影剧本《古书情人》”，下面有几个小些的字“编剧陶然阁”。

“柴总是干什么的？”这怎么可能？我咬了咬舌尖，痛起来。

“他是这部电影的制片人，兼出品人之一。”

我有些不信，近来我对电影的制作有了浅薄的了解，远比我之前想象的复杂。一部电影好比桌上这只鸡，出品人负责投资这块养鸡场，制片人负责把鸡养好养壮。负责把鸡肉包装后推销到超市去的，就是发行人。那些超市，就是指电影院和网络影视平台之类放电影的屏幕。

我对剧本能投拍好奇：“柴总个人投资这电影，还是他的公司？”

“这成本小，加上特效和宣发预算不到一千万。柴总的晶快影业是主要出品方，这是小型的影视公司，还得融资。”

“你居然在写剧本……好嘛，能拍出来就好。”

“这个机会，我从旗帜上表演专业就在等了，等了好多年。”

“你影评都不想写，怎么想起写剧本？”

“最先我想写个老家的故事让旗帜去演。后来他不演戏，去了编剧工作室，我就帮他写剧本了！”

“旗帜带你去见柴总，他肯把写剧本的机会让给你？”

“旗帜也写了，没被选中。我这部，原名叫《古树情人》，柴总对我的故事大纲感兴趣了，我才开写的。”

“懒人有懒福哈！祝贺你！”

“懒人得不到这样的机会。那天约柴总去华年忆看初稿，我当时有了灵感，把故事的起源地从一对金桂银桂古树，换成了书吧的两本古书，才定名为《古书情人》。”

“柴总给你多少报酬啊？”

“十万，税前。你知道就是了，别说出去。”

“一千万电影投资，这占比百分之一，还什么‘剧本剧本，一剧之本’！”

“总投资不是一步到位，是边拍边到位。编剧的处女作，网大电影基本就这行情，能拿到手就谢天谢地了。”

“钱给你了？”

“还没，要在网上播出后分完账才能到手。”

“定金给你多少？”

“人家冒险来投拍就是赏脸了，我还要啥定金！”

“万一到时不给你稿费，岂不白写？”

“我相信柴总的人品，他如果没诚信，也拉不来那么多投资。”

“电影赚钱我相信他会守承诺。如果亏钱呢？”

“我顶多白写嘛，名气至少会有。出品人不急我急什么？你说点儿吉利的话好不好！”

“哼，大半年前的事，你居然没给我透露一个字！”

“我不敢保证剧本能投拍，片子备案后也未必能开拍。昨天，剧组才确定开机时间，我这才敢叫你来庆祝一下。”

“剧本不是一两周写成的吧？你居然在我面前假装休闲和看电影！我们真的是互不了解。”

“有你在的时候，我写不出来。这两个月，你不理我，我又把它完善了。”

“你是说，没我在，你会写得更好？”

“我们在一起的时间本来就少，再用来集中精力写剧本，我于心不忍。”

“你写，我改；你念，我打字。我们一起做成一件事不好吗？”

“我这不是叫你来完善一下剧本嘛！”

“你根本就没叫……我不会完善，这跟写小说不一样。”

“知道这个就好，你就以观众的身份来审视一下，把不顺畅的台词改改就成。”

“把电子档发我。”

“剧本必须保密，不能在网上传。”

“那就用优盘考给我，我在上面直接改。”

“时间很紧，导演要写分场剧本，你最好现在就改在上面，一目了然。”

“阁子，你叫我还钥匙我就来，你叫我吃饭我就陪，你叫我马上改剧本，我偏就不改了！”我越想越是气，扔了剧本，抓起小挎包就走人，我不是蒙眼的蠢驴，被陶然阁一环扣一环的谎言哄得团团转。

陶然阁追到电梯口拦住我，把剧本递来：“小心眼儿，剧本没写好之前，我怎么能给你看垃圾内容呢？我要把满意的给你看。”

“你都满意了，还有什么好改的！”

“儿子是自己的乖，剧本是自己的好，我不能自以为嘛！”

“你做编剧，居然没告诉我！我们就是路人两个。”

“我怎不觉得呢？和你聊剧本，你并不外行呢！”

“你把我当傻白甜哄我瞒我，就错了。”

陶然阁见我走入电梯，用手抵住门：“上回，我给你讲《莫扎特传》的编剧手法，就是在告诉你呀！天才虽然被追捧，庸才也应有他的地位。做编剧我本平庸，剧本可能一辈子都上不了银幕，我怕你笑话我。”

“对，你就只给我讲编剧，不会给我讲制片人和出品人的关系。”

“你对编剧都没兴趣，我还能讲别的吗？”

“谁说我没兴趣了？”

陶然阁把剧本递进来：“有兴趣就好。周五之前我来拿，好吗？”

得饶人处且饶人，我接了剧本，懒得说一个字，我才不会看它呢。

电梯门合上前的一瞬，陶然阁把脸贴到门口："改好就给我电话，千万别给其他人看！"

2

又到了愉快的周五，陶然阁本说下班来拿剧本，却因剧组主创团队的会议还没结束来不了，我还得把剧本往家里带。我把它装入了半透明的文件袋里，我的斜挎小包装不下，只有用手紧拿，用眼严防死守。

走出雪力公司，我临时改变主意——去华年忆参加周末会，解解闷。希望遇到某位高人，给迷失方向的我指点迷津。

一路上我都在反复谩骂自己，别动不动就发誓，动不动自己打脸。

我发誓不看剧本《古书情人》，更不去改它，原样还给陶然阁，以报复他对我的不在意。我们没分手的时候，没我在的时候，他欢畅地写着这部剧本。我焦心他没目标没梦想，不知害死了多少脑细胞，全是穷操心。有我在的时候，他准是假装陪我，却在暗中构思剧本，一心二用，简直在玩弄我金贵的感情！难怪分手后，他无所谓，他心里哪有我啊，全是剧本！我再帮他改剧本，那是自讨其辱！

结果，熬到周三晚上，我还是读了这剧本，并给改了改。不是想给他改，我本意是想抓住里面的某个问题有理有据地羞辱他一番，比如某个情节老套得掉牙啊，某位人物设定虚假不堪啊，某条故事线逻辑牵强混乱啊，某些词用得不当啥的。哪知我一口气就把那剧本读完了，还没抓出条缺点来。弄得我又重读了一遍，勉强挑了些刺出来，优化了几句台词。

下午听陶然阁在电话里激动地说他去开主创团队会议了，我的心情莫名地跌落下来，直到现在。这个似乎没有梦想的人终于追梦去了，我这个成天叫嚷着"梦想"和"追梦"的人，却成了那个停在原地看着他背影的人。

天已黑，周末会还早，“恒心”室的灯亮着，舒茗悦和麦卡正在电脑前茫然而无助地查看着什么。

凭我的经验，已猜到是什么情况：“大大，电脑出什么故障了？”

舒茗悦指指电脑：“开机时，一进入登录密码的界面，就出现一刹那的蓝屏，电脑就开始重启。重启后，又是一样的现象，反复这样。从没遇到过。”

麦卡：“网管又下班了，我去下面问问那些书友，兴许能找到懂电脑的。”

我把文件袋放到桌上：“我来试试。”

来到电脑前，我先查看是软件故障，还是硬件问题。我按F8以安全模式进入系统杀毒，电脑仍不明原因重启。我在系统启动时选择最近起作用的配置的模式进入系统，将设置进行修改。重启，故障排除，电脑正常运行。整个时间不到三分钟。

舒茗悦笑道：“看不出呢，兴而这么行！”

我笑：“以前我和室友的电脑老出毛病，给逼出来的。”

麦卡：“兴而，扶桑编剧关注着你呢，他今晚要来。”

我冷冷地：“他关注我做什么？”

麦卡：“他见你这几周没来，就说，你有心参加编剧培训，他的话可能伤你积极性了。我猜他可能误会了。”

我借故道：“我有其他事做呢。”

麦卡招呼我入座，忙她的事离开了。

我是带着话题来的：“大大，翁老师的个人画展‘俗世梵音’我去看了，你也去看过吧？”

“看了，只有三十余幅作品。可惜，观展的人没我想象得多。”

“大众更喜欢通俗的作品，有的艺术家追求的是不通俗。你见到翁老师了吗？”

“没有，我一般不会去打扰他。”

“大大，你最喜欢哪幅画？”

“每幅都是凡人小事却那么有意境，我都喜欢。你印象最深的是哪幅？”

“有幅画叫……《初识恩人》，用工笔画的是位小伙子手拿一幅国画欣赏，但小伙子手中的国画是一幅写意市井画。这幅作品，画中有画，市井画中的市井画，工笔画中的写意画，创意好奇特！”

舒茗悦顿默片刻才说：“知道我在这画前看了多久吗？”

“嗯，十分钟有吗？我看了可能有十分钟，想象着翁老师是怎么画的。”

“我看了半小时。”

“啊！画中的人物，有真实原型吗？”

“是真的。”

“画得像不像？”

“极像。其他画作，翁老师在人脸上带有夸张，这幅的工笔人物脸，是写实。”

“我就觉得这张脸与翁老师笔下的风格不一致，原来是这样。他没有对人物进行夸张，很少见。”

“不夸张，是对恩人的尊重。”

“那么年轻的人，会是翁老师的恩人？”

“翁老师当年的画作卖不出去，不被藏家看好，是画中的这位向藏家们做了推荐。”

“哦……知遇之恩。”

“谢谢你注意到了这幅画！翁老师的用心没有白费。”

“这恩人来看画展，是不是要收藏这幅画呀？”

“这恩人来不了。”

“恩人如果看到了，肯定好开心。”

“这恩人忌讳‘开心’两个字。”

“为啥？”

舒茗悦强颜一笑，把话题跳开：“兴而，你上次建议增加剧本栏目，编辑们觉得没必要增设，因为网站懂剧本的编辑还没有。”

“可以招聘剧本编辑吧？”

“多一个人手，网站就多不少成本。”

“不是有些全国各地的兼职义务编辑吗，就找不出一个稍微懂剧本的？”

“兼职编辑流动性很大……扶桑老师也建议不开通这栏目。”

“不能完全听他的吧！”

“很多剧本网站名存实亡，无人管理。因为制片人和导演基本不在网上选剧本。”

“华年网可以让编剧们在这里练手，制片人和导演来不来看无所谓。”

“剧本是导演他们用的说明文，极为小众。剧本不能被演出被拍摄，就失去意义。我不鼓励作者把精力浪费在这上面。”

“华年网也许不能直接产生专职编剧，说不定多年后就培养出了专职编剧。”

“有专业的剧本网做这项工作，华年网在这方面不可能做成气候。扶桑老师的话，句句在理。”

“泼冷水谁不会？什么都不做，才最安全。”

“要珍惜给我们提不同意见、让我们冷静的人。扶桑老师有句话很中肯，编剧的门槛看似不高，能写作的都可以写点剧本，不会做别的就以为可以做编剧；其实它的门槛相当高，剧本只有被正式演出后，作者才算真正的编剧。你能保证写个剧本会被演出吗？”

我冷静下来。我这个不打算写剧本的人，在这里吆喝什么呢？还不是以为萧引城的空间有个编剧园链接，就以为剧本重要。

已离开的麦卡又走了进来，朝我招手：“兴而，你再帮我看看电脑，书吧管理系统这两天有些卡顿。”

麦卡身后还跟着扶桑，他朝我露出不正常的微笑：“兴而，好久不见！”

我也礼貌一笑：“是啊，今天又来听扶桑老师的见闻与感言。”

扶桑：“上次回家后，我意识到对你说话有点过分，本来想给你道歉，但你一直没来参加周末会。今天来了就好，得罪兴而你的地方，请见谅啊！”

有扶桑的一句道歉，我还有什么好计较的，对他的反感，这下化解了。为了证明我没那么小气，没记恨他，我指了指桌上的文件袋：“这段时间我在帮朋友修改这个剧本，也就没来书吧。我很喜欢听扶桑老师讲剧本的事，受益匪浅。”

扶桑瞟了眼文件袋：“那就祝贺你们啦！”

我神气地道谢，注意到麦卡还等着我，就跟着她下楼。

吧台电脑中的书吧管理系统并无卡顿，麦卡仍说没以前的功能切换流畅，我重新查看相关配置找不出毛病，就退出管理系统，重新登录查看，卡顿现象这才出现。

我查看有关设置，视线一角，有位像舒茗悦背影的女子走出了书吧大门。我突然意识到，剧本当随身携带，舒茗悦万一要关门离开可别将它锁住了。

等我返回“恒心”室，舒茗悦正在专注地接听座机电话，似乎在讨论华年网今年度的征文大赛优秀作品集的一篇稿子。

扶桑与舒茗悦隔着斜放的显示屏正在翻看《古书情人》。

一阵不爽袭来，我用文件袋装好的东西，扶桑你凭什么擅自打开翻看呢！

扶桑见我来了，赶紧把剧本放了回去：“这一本，真够写的！”

我不好气：“扶桑老师是不是想来指点一下？”

扶桑：“我只对学员的剧本进行指点。外面的剧本用不上，我不感兴趣。”

3

今晚的主讲人是为纸媒影视杂志写鉴赏专栏的影评人，他的名字中带“甲”字，笔名“铁甲”。他讲的是对一本书的鉴赏。

扶桑在提问环节说：“甲小子，你的影视朋友不少吧？如果有认识的年轻编剧，可以介绍他们来我的靓笔尖，有机会见识一些著名影视编剧，学到干货不成问题。”

铁甲有点蒙：“我还没接触过编剧呢！”

扶桑：“等你有认识的新手编剧，就推荐给我哈。”

扶桑郑重其事地给铁甲递了张名片，顺手给我也递了一张：“写剧本远比写小说、写散文向报刊投稿挣钱。连续剧的市场需求体量最大，知名编剧写一集就是数十万，普通编剧也能达到一集数万。我的靓笔尖，给新手们铺路，可以推荐他们去更好的编剧工作室。”

名片上印有扶桑的实名“符良强”，括号中是他的笔名“扶桑”，头衔有一长串，某会员某理事某顾问之类。头衔上看不出他与靓笔尖有任何关系，但名片的背面则是靓笔尖的公众号二维码。

几位书友听得血脉偾张，跃跃欲试，也有了当编剧去淘金的打算，开始问这问那。

焦糖最活跃："我已把小说改编成了剧本，有眼光的导演就会一眼看中，拍出经典之作不费吹灰之力。"

扶桑笑了："这么短的时间写不出好剧本。"

焦糖："写的时间短，但我构思的时间算有几年了。这剧本适合我自己来导，能准确把握每个角色的心态与表情动作。我扮演男主角，能把他鲜明的性格塑造为经典的银幕形象。"

扶桑："焦糖，你别狂，写剧本跟当导演、演员，各是一码事。"

焦糖："我有影视方面的天分，只要一学就会。我不敢保证能导别人的剧本，但导自己的剧本十拿九稳。剧中的男主角以我为原型，我能本色出演……"

扶桑做了个暂停的手势："建议你最好先赚上几千万，实现财务自由后，自编自导自演。"

焦糖："我知道我不帅，但是很多长得比我丑的男演员，不照样成了实力明星吗？"

扶桑："你安心当编剧，也许四五年后就能开工作室收徒弟。如果你想当导演或者演员，也许一年后就得背起铺盖卷讨饭吃。"

铁甲："对，我见到过好多群众演员，演技和模样都不差，演了十多年还是跑龙套的。"

扶桑："焦糖，群头管上千名群演，还认识很多导演，他都当不了个配角。我劝你还是安心写戏牢靠些，至少我这里还能给你提供发展渠道。"

焦糖不作声。

扶桑趁大家片刻安静之时，大谈影视行业和编剧行业极不规范的现象，说行业中鱼龙混杂，编剧的专业水平大多偏低，亟待提高，需要规范化和规模化地培养专业编剧，言语中带着不去他的靓笔尖进修就得不到剧本真传的口吻，似乎他扛起了拯救中国编剧行业的大旗，将把受排挤遭践踏的编剧们拯救于水火。

我对过度夸大其词的东西都有着条件反射，那就是随便找个例子就把它否了。不上培训班就难被带入影视圈？看看糊里糊涂的陶然阁吧，已在圈里了，上啥培训班，直接实战。编剧挣钱多？看看幸运的陶然阁吧，剧本都交剧组了，还没见到一分定金。编剧一集就挣多少万？你咋不抓紧写剧本去，还花这么多口水办什么培训班！

我的面前放着文件袋装着的《古书情人》，不过是反过来放着，看不到封面。我以为扶桑会提到这个剧本，以为他会顺便提及我参与了剧本修改，以为他会从我这里引申到编剧行业方兴未艾。

事实证明这些都没发生，扶桑对文件袋视而不见，只字不提。

坐在门口位置的罗夕和张立立没有受到会场气氛的影响，窃窃私语好一会儿了，两人各自在那里欢喜着什么，罗夕甚至捂着嘴埋头笑出声来。会场瞬间的安静让罗夕的笑声显得特别滑稽。

扶桑以为在笑他，转过头不满地瞟过去："小张，小罗，你俩有情况了吧？"

张立立抬起了头，笑容一下打住："扶桑老师，你莫乱讲！"

扶桑："我行走江湖这么多年，早就看出你俩的眼神了！"

张立立笑："编剧就爱编故事，我们都是未婚青年，不怕你编。"

扶桑的手机响起来，他一看："不打扰你俩的好事。我得去接一位朋友，不陪大家了啊！"

周末会散场，萧引城出现在沙龙室门口，与往外走的张立立面对面："立立，扶桑老师呢？"

张立立不好气："他有情况，去会女学员了。"

萧引城有点懵："啥？扶桑老师说好在这里等我呢！他会回来吧？"

张立立："就看那女学员能不能留住他了。"

萧引城把头一歪："啥意思？"

张立立与罗夕报复性地笑着走了，萧引城开始拨电话。

好久没有看到萧引城，我莫名有些小激动。他黑瘦了些，穿着薄薄的皮衫，精干利落，眼神有力，酷酷的。

萧引城接起电话："扶桑老师，对不起！我有事给耽搁了……你还回华年忆吗？……哦，好吧，我在微信里给你说。"

萧引城无奈地挂了电话，朝慢悠悠走到他旁边的我一笑："兴而，今晚讲的什么？"

我叹道："铁甲在做他喜欢的影视鉴赏，我好羡慕！他做着自己喜欢的工作。"

萧引城："你的文书工作，难道不喜欢？"

我叹道："我写那些公文和材料，一点艺术性也没有。"

萧引城："市场讲实用。好比在客户眼里，我给了他们一生最美、最有艺术感的照片。但在我眼里，那是无数人雷同的照片，一点艺术价值也没有，有的风格我会拍上两三年，拍得想跳河。"

我一下懂了，影楼的摄影真没那么自由浪漫，好风格难以新创突破，旧风格再美看久了也会发吐。工作不能中断，爱好想歇就歇，同样的摄影，用来工作与当成爱好，的确是不同的心境。

陶然阁也表达过类似的意思，我并没在意。萧引城则让我茅塞顿开，我对自己的工作瞬间不那么讨厌了。我的爱好那么多，哪样养活过我？倒是花费不少。反而是讨厌的工作，支撑着我来这书吧快活快活。

我关心起另一件事来："你找扶桑老师有什么事？能说说吗？"

萧引城："他老乡的旷野影视公司在招摄影师，我想请他做引荐人。"

我建议："你有实力，去应聘就是，不用谁引荐吧？"

萧引城："好公司、好片子有限，摄影师竞争激烈，有人引荐才能接到好活儿。"

我"哦"了一声，又感激起来："谢谢你送我的稳定器！我没联系你的方式，一直没机会谢你！"

萧引城："我的稳定器多，留着也是浪费。那天听群里的书友说起摄影，我就想起你需要一个。"

我被萧引城拉入了书友群。一看群主，扶桑！并没有舒茗悦和麦卡的名字或者头像。萧引城的微信名就是他的实名，头像是他本人的头像，回眸一笑的姿势。一贯的真实潇洒，要把别人甩在身后的气势。

我不解："这不是华年忆建的微信群？"

萧引城："大大要推广书吧App，那上面有相似的交流功能，她不建微信群。"

我见萧引城发给我的第一句微信对话是"向你学习！"就抬头问："你向我学什么呀？"

萧引城眼中闪着羡慕之光："你会国画，做的是文书工作，这正是我所不会的。"

“你会我不会的更多。云朵没进书友群吗？”

“这不是麦卡姐建的群，她不喜欢。”

“麦卡姐和大大知道这群不？”

“不清楚。”

“云朵的直播空间我看了，她的舞跳得太棒了，发型也做得好！”

“麦卡姐告诉你了？”

“不是她说的。云朵当年怎么会在麦卡姐的留言板书吧？”

“那年她第一次当替身，从威亚上掉下来，手臂骨折，为了养伤才去书吧打小工。”

楼下传来吵吵嚷嚷的声音，越来越大，似乎升级成了吵架，有女声骂着脏话。

原来张立立正抱住一位穿着时尚的女子向书吧门外拖，那短裙连肉色的丝袜让两条大长腿赤条条地裸了出来，仿佛没遮羞布。

麦卡立在围观的人群前面正对着张立立和那女子劝着：“有话好好说，别大动干戈！”

女子头发已凌乱，边挣扎边指着吧台前埋着头的罗夕吼叫：“你在这里装起高洁，其实肮脏得很！骚货！”

张立立：“亭亭，闹够没有！住嘴！”

亭亭：“网上认识的这些女人，有几个好的？你不陪我，躲到这里陪她！”

张立立：“你爱追电视剧，我就来看看书嘛……”

亭亭死死抓住门框：“你明明是看小妖精来的！这个骗人的网友！”

张立立：“咱们还不是在网上认识的？要怪就怪我好了，别怪人家。”

亭亭：“明明是她在勾引你，在QQ上约你到这里来！”

张立立：“不约，我也要来，你看这么多朋友都在这里聚会。”

亭亭：“这书吧也不是好东西，专门为狐朋狗友提供偷情之地，伪装得多高雅似的！”

麦卡：“你嘴巴放干净些啊！”

舒茗悦拨开围观的人群，威严地走到亭亭面前：“这是读书的地方，请说话注意一点儿。”

亭亭：“要注意的是来约会的网友，不是我！”

舒茗悦："无论是不是网友，人家愿意在这里看书、交流，就是高雅的。"

亭亭指着罗夕："你问她的心有多高雅？她安的什么色心？"

舒茗悦："在书吧你都不放心，还有什么地方你放心？"

亭亭："你们表面附庸风雅，想着的是偷鸡摸狗的事。"

舒茗悦："书看多了，你会看到蓝天与阳光。书读少了，你就只想到臭水沟。"

亭亭："你也别装，你的男人在外面与网友幽会，我看你还能不能优雅地看太阳！"

张立立对亭亭说："我现在不是你的男人，弄清楚！"

舒茗悦："如果男女间单独说说话，你就当是幽会，那你最好先把嘴巴封起来才保险。"

亭亭对着舒茗悦叫嚷："你帮着他们说话，是要助长他们乱来！"

舒茗悦："这里不是乱来的地方。书吧需要清静，不欢迎你，请回吧！"

亭亭指向罗夕："要不是为了抓住这个小三，请我我也不会来这挂羊头卖鸡肉的地方！"

张立立一耳光扇到亭亭脸上，趁亭亭捂脸大哭之机将她拖离了书吧。

夜幕下的昔思路传来亭亭的号啕大哭声："我不是你的女人，别碰我！救命啊，抓流氓！"

麦卡注意到很多人在用手机拍照："书吧严禁拍照，请大家不要拍摄。"

罗夕埋头抹着眼泪走出书吧，朝另一个方向走去。

暴力解决问题真是见效快！书吧顿时安静了不少，仍有人幸灾乐祸地议论着，我同情罗夕，在书吧里喜欢一个人，很容易，犹如我。

4

元旦节，我忙着搬到另一合租房，这里离滋利集团总部近点儿。

我已从雪力公司综合办公室"升"到集团综合办公室了，全仰仗那次总部的突然袭击，检查组对我整理的资料印象颇好。我在总部仍做文员老本行，仍属于科员一级，但岗位津贴会多上两百。这两百之差，在子公司，相当于晋升为主办。

我的身份发生了微妙变化。以前郑主任在雪力公司工作群里发布通知，我会回复“收到”，滋利集团总部发布的通知轮不到我回复。现在我偶尔代表集团办在群里发布一些次要通知，郑主任则代表雪力公司回复“收到”，我好不适应。

新年头新气象，陶然阁这头也带给了我些许不适应。他顾不得我的合租房还没收拾停当，就把我接到片场去开眼界，让我见识电影是怎么拍出来的。他仍然没有拿回剧本，还提醒我，在片场千万别提剧本，我只看，不问，我本来没资格进片场。

片场在城郊一个巨大的摄影棚里，有不同功能的小型置景场地，内景的、外景的，中式的、西式的，古代的、现代的、绿幕的。我头一次来这种大仓库似的魔术之地，一眼穿越到了好几个时代和国度。

各类专用设备发着金属质感的光芒，透着沉重而又精密的底气，无处不招摇着两个字“专业”。

巨大的摄影机及其滑轨与摇臂，各种灯具及反光板柔光箱，形状不一的监视器和录音器等等，全是我不知如何下手的设备。

《古书情人》摄制组只是三个剧组中的一个，剧组人员聚集在一个欧式小巷的布景里，旁边每个小窗上开着各种小花，跟真的一样，有种欧洲调子。

我怀疑来错了地方，剧本里根本没有欧式小巷场景，应该是上海最有特色的里弄场景，应该有蛛网般的电线或者窗外晾衣竿。

导演、监制、数位演员、灯光师、摄影师、化妆师、录音师及各类助理们围着主演忙碌着，没人顾及我。

马导演在那里指点江山，嗓门特大，红色鸭舌帽煞是亮眼。

我遗憾着男女主演，我想象中的女主角是萧映朵那类带时尚气质的，或者是舒茗悦那类带古典气质的，而这位女主演带着风尘气。男主演帅是帅，皮肤比我还白嫩，有着剧本里没有的稚气与娘气，我不喜欢。

剧本效果被打了折，我安慰自己，有的演员上镜比本人好看，有的情节导演做了丰富完善，我不能以貌取人、断章取义。

拍摄效果我看不到，摄制组的工作人员围着马导演和监视器在看，在讨论。从我这角度看片场看效果，大概就像书籍出版前看手写草稿一样吧。

摄影师在滑轨上按照导演的指令用不同的角度拍摄，拉，推，跟，摇，过肩，特写……几位摄影助理则按指令搬运搭建滑轨或者推着摄影机平台。

我心生敬意，远远地叹道："我是摄像师就好了。"

旁边的陶然阁悄悄纠正："这叫摄影师。摄像师主要指录制电视节目的人，在电影人眼中要低个段位。"

我是不解的："我们公司拍会议照的，还叫摄影师呢！"

陶然阁："那该叫摄影员。"

场记板再次打响，摄影师从男女主演之间进行拍摄，女主演面露愁容说起了剧本里并没有的台词，听着有些怪异。有个关键的神情特写，她做了十遍还达不到满意效果，反复重拍。

趁女主演喝水的片刻，我把陶然阁拉到一边问："剧本里哪有这出戏？与古书故事极端不搭调！"

陶然阁一脸黯然："马导要改戏。重新搭建剧本里描述的里弄场景很贵，实景拍里弄要办拍摄手续，要清场，费用很高。有的里弄摄影机摆不开，有的里弄花钱也不许剧组拍。"

我比陶然阁还着急："选公园、海滩也比这好啊！"

陶然阁舒了一口长气："这个搭景是二手的，免费用，凑合着了。"

我藐视持这种观点的人："你身为编剧，就凑合着拍电影，不提出反对意见吗？"

陶然阁："剧本是商品，卖出去了，就是人家的东西。马导允许我来探班，就是给我很大的面子了，我多什么嘴！"

我大失所望："有导演改剧本，你还叫我改什么？"

陶然阁笑了，露出我特别喜欢的玉质白牙："笨蛋，以为我真让你改剧本啊，以为我真让你来剧组啊，我不过是想见见你这小气鬼。"

女主演继续重拍，仍然过不了，跑到一旁哭鼻子去了："这无语凝噎，太抽象了！能不能具体化一些？"

马导演朝陶然阁招了招手，两人转到一边，说起了什么，似乎准备修改台词。陶然阁就在那里点头哈腰琢磨起来，念念有词地试说。

所有人都在等女主演回到状态，也等着陶然阁修改台词。男主演与几位工作人员摆着过时和新潮的手势合影起来。

摄影师去监视器旁看效果了，我就想去看那台传说很知名、很高档的阿莱牌摄影机，这是摄制组按天租来的。这成本还可以再降降，换个低端点的牌子或者型号啥的，但摄影师不肯，非这牌子不拍。

这事还是刚才坐车过来时，陶然阁和朋友谈起的。他的意思是摄制组只想压缩拍摄时间以降低成本，却把更大的成本浪费在了租用高档器材上，这网大片子不必用如此高端的摄影机和镜头。

我刚走到摄影机旁边，搭滑轨和搬苹果箱的黑皮肤助理就跟来了："喂，不是助理和跟机员，就别站这里。"

我很谦逊："师傅，我来欣赏……"

助理："欣赏成片就行了。"

我指指摄影机："机器又没工作，看一下行吧？"

助理挡在我和摄影机之间，假装查看配件："请让下。"

陶然阁朝我这头望来，用眼神示意我到一边去。

我见化妆师开始给女主演补妆，也就去长见识。我刚要往那巨大而复杂的化妆包里看，化妆助理就把盖子盖上，忙着为化妆师递这递那。不过就是工具而已，我又不当化妆师，犯得着吗？我识趣地走开，不稀罕。

再一看陶然阁，几个人围着剧本在讨论什么，包括男主演，陶然阁仍在点头哈腰，态度恭敬。

不看不要紧，这一看我好伤心——人家的摄影机和化妆包都不许我看，你原创的剧本被改了不说，谁都可以围着看，还指指点点，想怎么改就怎么改，说改就得改！

人家要尊严，要保密，你陶然阁就什么都不要了？

说不出的生气，无奈想去瞧瞧其他片场。

一个剧组就是一个封闭的圈子。我这个没有剧组专用工作证的闲散人员根本无法靠近别的剧组片场。

我不得不返回到《古书情人》剧组，马导演的大嗓门传来："陶编，你给我说清楚！”

我的心一紧，挤了过去，看他们在做什么。

陶然阁正与马导演怒目相向：“我没抄袭！我是被别人抄袭了！”

马导演指着手机：“人家的创意都获奖了！你还拿这创意来哄我们拍片。说吧，怎么办？”

陶然阁面红耳赤：“我找他去，要他说清楚！”

马导演：“说不说得清楚是你的事，片子搞砸了，你得负全责！”

我已挤到陶然阁身边：“阁子，谁抄袭你了？”

陶然阁把手朝我一挥：“让开，不关你事！你回去吧！”

对我竟是这恶劣态度，我真想扭身而去，但我不放心：“一起来，就要一起回。”

马导演对我鼓起了金鱼般的眼睛：“对了，你是他女友。他现在回不去了，得赔偿剧组的全部损失！”

我不信：“凭什么？不要污蔑阁子！”

马导演：“陶编会编啊，用别人的小品写剧本糊弄人，把我们害惨了！”

陶然阁：“我绝不抄袭别人的，我对天地发誓！”

我作证：“对，大半年前阁子就在写，是别人抄袭他的创意。”

马导演：“别替男友说话。柴总都说了，最初的创意是夫妻树，后来变成了两本书，原来是偷了别人的梗。”

我仍不服：“无数人写发生在上海滩的故事，不能说他们是抄袭吧？用古书作梗就算是巧合了，也不构成情节的抄袭吧？”

马导演递来手机，点开“古书摄制组”微信群，翻出几个视频：“你还没一个个仔细看，昨晚的元旦小品大赛视频，一等奖，关键的情节跟我们的片子都是相似的。”

陶然阁：“我根本就不认识这小品的编剧，从何抄起？”

几个视频片段是由柴总发在微信群的，并说：“终止拍摄，追究陶编责任。”

视频中的小品名叫《隔空对话》，我来不及细看所有情节，但那小品的道具和场景一目了然——大型道具是两本竖立的现代书籍，书中分别走出一男一女两位现代人来，与《古书情人》中的从两本古书中走出两位古代人物没实质差别。

我立马想到扶桑，他就写小品，关键是，他说过要参加小品大赛，而且就在一个月前翻过《古书情人》剧本……

我不敢再想，责任我承担不起，我又侥幸也许是其他人造成的这后果：“这小品编剧是谁？”

马导演：“不管小品编剧是谁，人家的创意已获奖，我们这就是在抄袭。陶编，别以为，抄袭无名小辈的小品创意就安全。”

陶然阁：“我抄让天打雷劈！我问心无愧。”

马导演：“柴总的意见也明确了，你看着办。你有理，就拿着版权登记去法院解决问题。”

陶然阁沮丧：“那天我正在网上版权登记时，你把我叫走了。过后我忙着修改剧本，把登记给忘记了。”

马导演冷笑：“呵——，你还赖在我身上了啊！是你不敢登记吧？”

陶然阁扫视了一下围观者：“这本子是四个月前交出来筹备的，一定有人泄了密！”

马导演：“泄不泄密已不重要，法律就认版权登记。你没抄袭，就去向小品编剧举证。”

陶然阁急得眼泪都要流下来，声音开始哽咽：“我没注意保存证据。”

马导演：“那是你心虚。”

陶然阁：“我真的没抄！马导你要相信我。”

马导演仍气急败坏：“我不敢。柴总到处挑剧本，拉来那么多投资，又请院线摄影师来，花如此代价是为什么？是为了参加电影节。”

陶然阁：“我知道，所以我把剧本改了又改。”

马导演：“我这导演获不获奖不重要，片子砸了，柴总怎么向出品方交代？”

陶然阁：“我没做对不起剧组的事，没抄！”

马导演：“这片子虽说是网大，摄影的品质是院线级的！”

陶然阁：“剧本我也是按院线标准在写。”

马导演：“你说的都是废话了！这下完了，一切都完了，你让大家全亏死了！”

马导演越说越急，拿起剧本，一手砸到陶然阁脚下。封面显示着“分场本”，编剧那一排赫然写着“柴得、马赴、陶然阁”。

侮辱人！我的火气升腾上窜，用皮鞋尖指着前两个编剧的名字："这两位编剧是谁？"

陶然阁把我拉了拉，示意我别说了，我才不肯："凭什么把责任全推到最后的阁子头上！前两位编剧咋不做版权登记？"

马导演轻视着我："你瞎嚷嚷啥，有什么资格在这里跟我说话？这是分场剧本，是我在陶编的基础上修改定稿的。"

我气愤："你们只管署名，就不担责任吗？"

马导演："陶编偷用别人的框架，我们再改也成了盗窃。你俩还有理了！"

陶然阁已蔫了下来，我不能再蔫了，提高五度音量："你们也无法证明自己没泄密吧？那就查清责任再说，别朝阁子凶。"

马导演："陶编是始作俑者，责任摆不脱！你看他已怂了！"

我也嫌陶然阁窝囊："阁子不是怕你们，是他太伤心，也只有他才伤心！他关心的是剧本，你们关心的不过是投资。"

我牵起陶然阁的手，他的手冰冷而且颤抖："阁子，你一分钱没拿到，他们就没把你当编剧，他们想当就去当编剧好了。"

马导演："你们想溜就溜了？"

我有理："你这排第二位的编剧，凭什么怪排第三位的编剧抄袭？"

我拉陶然阁走，他还舍不得离开，我几乎是把已经瘫软的他架起走的。

身后，马导演的声音传来："跑得了和尚跑不了庙，你赶紧去卖房，陪大家的血汗钱好过年！"

走出摄影棚，陶然阁突然大哭起来："我没抄袭！没有！"

这个什么名利也不在乎的男人，为他付之东流的心血无所顾忌地哭了一路。

5

追梦之路，艰辛幸福，就像陶然阁的曾经。

梦想破灭，唯余痛苦，正如陶然阁的现在。

我在家里盯着那本没有被陶然阁收回的剧本封面，想起他回家后的绝望。

陶然阁一句话也不想说，一个电话也不愿接听，最后见我问个喋喋不休，还把我推出了家门，说了句："不用你来可怜我！"

我向他保证没有泄密，他没有多问。不是他不信任我，而是他后悔没有做版权登记，责怪任何人也改变不了那部小品已获奖、电影已终止拍摄的现实。

这个故事他暗地里酝酿了两年才基本成型为故事大纲。大纲直接被柴总看中，细化成了剧本，进入备案和拍摄，看似顺风顺水，实属厚积薄发。其他电影编剧再牛，就算抄袭，还要找投资、定导演、选演员、建剧组、拍摄、做后期等等，这一轮下来，《古书情人》基本走到参展或者上映的尾声了。

电影参展或者上映自动就生成版权，后面的剧组有胆就尽管来抄，这正是陶然阁没有把剧本版权提前登记当个事的原因。他甚至不屑于早早给自己的另一邮箱发个剧本备份邮件作为原创依据，连稿子都是用后稿覆盖了前稿，保存时间显示的是最新编辑时间。

他所谓的怕剧本泄密仅是为了防止剧透，使观众失去新鲜感而已。怎么想到，他觉得安全无比的电影故事会被抄袭成速战速决的小品，还获了头奖，众人皆知！

在外地看房炒房的金旗打来电话要约陶然阁去找小品编剧税毕理论。

陶然阁才不打算去再寻烦恼，他深知维权的路是漫长乘以漫长，他消耗不起。他只有用冰冷的啤酒和呛人的香烟来麻醉自己。

我反复回想陶然阁零零星星的一些醉话，大概懂了他痛心疾首的原因——绝妙的灵感一生也许只遇得到一次；灵感能一次接着一次，生成完美剧本的也许一生只有一本；在满意的剧本中，能被制片人看中并且进入拍摄的，一生也许只一次；剧本拍出影片能拿去参加电影节、在网络上映甚至进入院线的，一生也许仅一次；有些编剧有多部片子上映，那是塔尖上的人物，小概率中的小概率。

陶然阁认为，自己这个理工男出身的编剧本来就饱受质疑，好不容易踏入幸运儿之门就被扫地出门，机会不会再眷顾于他。

陶然阁成了剧组群的八卦头条，形象灰暗，各种污言秽语泼向他。他不再申辩，他明白没人会信他。

我特意关注着"华年忆书友"微信群，害怕扶桑讥笑这件事，他曾讥笑过几位有抄袭行径的编剧；我更害怕扶桑与《隔空对话》有关系，那更让我不堪。

没有一点《隔空对话》的动静，扶桑很安静，书友们似乎不知道这小品，也不知道小品被抄袭。

扶桑不是说过，他的小品参赛时，请书友们去捧场吗？怎么这期间他一真缄口不言？不会是做贼心虚吧？

剧本泄密，究竟与我有无关系？电影与小品在两本书的创意上，乃至时间节点上，会如此巧合？税毕、扶桑……这两者之间有没有关系？

我一页一页地翻看《古书情人》：封面、目录、导语、梗概、大纲、人物小传、场景概述、情节一览、剧本正文……

我努力回想扶桑在“恒心”室翻看剧本的状态，难以想象他在等舒茗悦接电话的一点儿时间里，能从这么一大本文字中找出核心的故事情节来。如果他当时在用手机拍照……他并没有。

我模仿起扶桑翻看剧本的样子，大纲太长，三千余字，我这么翻真看不出什么重点来。

我把视线停留在五百字梗概那页，要从近一页的字迹中抓出那关键的几句，也不是一眼就能盯准。

但是，一分钟之内足以读完这关键的故事核。

我意识到，可能真是我犯下了大错！

我能挽回什么？我要挽回陶然阁的名誉。我要收集证据，证明扶桑窃取了剧本的创意，证明抄袭者就是扶桑，是那个税毕做了代笔。

只怕，证明了这些，也就证明我泄密，陶然阁泄密。想想后果就害怕。

真渴望剧本这事从头到尾只是一场梦，陶然阁还只是电影观众一枚。

还没正式跨入影视圈的萧引城从一个微信群里看到了我架着陶然阁离开摄影棚的照片和视频，也听说了一些小道消息，问我究竟是什么情况。

我就把扶桑偷看剧本的事，以及我的怀疑告诉了萧引城，请他帮忙。我想看看扶桑对获奖小品的反应。

萧引城不肯：“我有求于扶桑老师，出面谈别人的小品不妥吧？”

我恳求：“你既然问起这事，我只有请你出面了。他如果对你不快，那他心里有鬼。”

萧引城相信扶桑不是抄袭之人，就把《隔空对话》的小品网络链接发到群里。

萧引城：朋友圈里转发的《隔空对话》很好看，推荐给书友们。

焦糖：谁写的书？

铁甲：这是一等奖小品嘛！朋友圈都刷屏了。

焦糖：是吗，我这圈外人看看！

铁甲：编剧是税毕，在这群里，人呢？@万事不求人。

我赶紧寻找群里的“万事不求人”，头像是一双筷子，是早期加入的成员之一，此人平时潜水如我。

萧引城：原来是书友！我愿意给税毕录制个短片宣传下，谁做个介绍？

焦糖：学我，直接加好友。

万事不求人：@萧引城，多谢！我人丑，拍片子上镜吓人就是罪过了。

焦糖：@万事不求人，获奖也不分享下，我又不抢你奖杯和奖金。

万事不求人：这是书友群嘛！我在小品群分享过了。

焦糖：那就补发个大红包庆祝下，别当铁公鸡！

红包被“万事不求人”发了出来。五十位群友顿时窜出来不到八秒就哄抢而光，并发来各种感谢表情和动态搞笑图片，大半的表情不是在流泪就是在奉承，不是在下跪就是在磕头，“谢谢老板”也就算了，还有“谢谢爸爸”的，卑贱起来真是分秒间的事。

我捕获到了扶桑和张立立的影子，他们分别抢到了两块三角二和四毛五分钱的红包。

聪明的萧引城是不是天生带财啊，手气最好，高达十块五的红包不偏不倚地砸中了他。

要不是我心情特差懒得动手，可能条件反射地也会去抢。我再次提醒自己，施舍的红包，慎点。

我细看了下群成员，有“旗帜”，没有陶然阁。

萧引城继续话题：@万事不求人，税毕，你在哪家公司？能写出这么好的小品！

万事不求人：我是自由职业者，喜欢写小品。

萧引城：是吗，扶桑编剧认识吧？

万事不求人：我是他学生。

焦糖：难怪了，名师出高徒！

我的心已冰凉冰凉，坚信是扶桑把陶然阁的创意交给了这个学员。突然，一个熟悉感实足的“旗帜”在群里出现了！

旗帜：税毕，你的剧本啥时写的？

万事不求人：一年多前吧，反复修改。世上哪有随随便便的成功。

旗帜：你自己改，还是请别人也改？

万事不求人：我自己改。故事被别人看见了，就不新鲜了。

旗帜：你这创意不错嘛，灵感来自哪里呀？

万事不求人：就是华年忆书吧，我是会员呢！我在书吧看到了那么多好书，才有了写小品的想法。

张立立：难怪扶桑老师也在书吧找灵感！你成他老师了，哈哈！

扶桑开始发言：我来凑热闹，这段时间忙晕头了。

萧引城：扶桑编剧，是不是忙你的参赛小品了？

扶桑：人老啰，赶不上后生了。

萧引城：你哪叫老啊，叫年轻力壮。

扶桑：四十出头的编剧，再过几年，都没资格参加青年编剧创投会了。

焦糖：扶桑老师的新小品让我们也一睹风采吧！

扶桑：我的精力主要在电影剧本上，顾不上小品这头了。

萧引城：佩服扶桑编剧。

扶桑：税毕的小品初露锋芒，我推荐他去参赛，没有辜负我的期望，好样的！

焦糖：有高人指点就是不同。

扶桑：我算不上，我请的讲师才是专家。焦糖，你很有潜力。

……

我将剧本装入文件袋直奔华年忆，要去找舒茗悦，她若不在，我就到她在的地方。

6

舒茗悦正独自在电脑前吃方便饭，见我来了递给我一盒方便饭：“兴而，你也没吃吧？来，边吃边聊。”

我把装剧本的文件袋放到桌上，坐到对面，哪有胃口：“我吃过了，大大你吃完饭我再说。”

我抬头查看天花板，从监控这头找扶桑偷看剧本的线索中断了。

“究竟有什么事？”舒茗悦察觉出我的异常。

“大大先吃。”

“再不说，扶桑编剧等会儿来了，你就不便说了。”舒茗悦把方便饭搁到了一边。

“他有什么事？”

“他的学员获了小品大奖，要来感谢我，太客气了！我也想见见这位获奖的书友。”

“他什么时候说起要来感谢你？”

“就一小时前。”

“大大，你还记得一个月前，扶桑编剧在这里看过我剧本的事吗？”

“你好像说过在帮着朋友改剧本。怎么了？”舒茗悦看着我举起的文件袋。

“大大，你可以作证，扶桑他……他知道这剧本，还看过这剧本。”

“作证？我没注意他看过剧本啊！”

“你在接电话时，他就坐在我这个位置，打开文件袋在翻剧本。你接了多久的电话啊？”

“这么久了，记不清。”

“大大能不能抽空去查找那个电话记录，通话多久？具体时间我都记得，十一月底那个周五晚上八点前。”

“出什么事了？”舒茗悦注意到我欲哭不哭。

“大大，扶桑给你提到的那个获奖小品，就是这剧本的翻版。是扶桑把这电影故事换成了学员的小品。”

舒茗悦接过我递给她的剧本，看着我指着的梗概："那小品我还没看。"

"本来，我答应为剧本保密，结果那天我下楼看吧台的电脑，把剧本留在这儿……我赶上来时，扶桑正在翻，你正在接电话……我疏忽了……"

"我能帮你些什么呢？"舒茗悦见我的眼泪簌簌直掉，同情地看着我。

"大大，你可以作证。扶桑抄袭，不，是他让学员税毕抄袭了这剧本。那小品正是在扶桑看了这剧本后参赛的，时间上吻合得上。"

"看剧本我能作证，抄袭又怎么证明？我不能证明他看到的是什么。"

"大大，这电影，资金已投进去了，小品获奖直接导致电影停拍，这原创编剧叫陶然阁……呜，呜，呜……"

"别伤心，问题总得想办去解决才行。"

"阁子是我男友，我导致他被误解成抄袭者……我，我……我怎么办？"

"他不能证明自己是原创？"

"他也没留原始依据，无法证明，所以我才找到大大这里来……"

"我也无法证明呀！"

"至少你知道剧本被扶桑看过。呜……阁子也将面临巨额赔偿……他下午已经绝望了……呜……"

"没那么严重吧？"舒茗悦给我递来面巾纸。

"我们做牛做马不吃不喝也还不起……呜，呜，呜……"我的眼泪擦也擦不干，我点开微信群，"大大，这是书友微信群，扶桑和税毕在群里一直绝口不提小品参赛的事，我下午请萧引城帮忙提起了，他们才谈笑风生，我一句都不敢质问……"

"怎么有个这样的群？我都不知道。"舒茗悦上下翻看"华年忆书友"微信群。

"大大，我进退两难，如果证明扶桑的学员抄袭了剧本，也就证明阁子和我泄露了剧情。我都不敢在阁子面前承认我的这次失误……呜……"

"扶桑老师以前不赞成书友写剧本，现在却鼓动大家学写剧本。"

"大大，他肯定发现了培训班的商机，要营造出当编剧才时尚的氛围，跟怂恿女生都敷海泥面膜一样的目的。"

只听扶桑说话的声音越来越近，我赶紧收回手机，也把剧本放回文件袋，想往包里藏。

我的斜挎包放不下剧本，情急之中，我把文件袋放入了外套里，夹在胳肢窝下面，剧本在我手上就是陶然阁泄密的铁证。我注意到舒茗悦正盯着我这慌张的举动，眼泪又禁不住落下来，什么道理啊，我反倒成了贼人！

扶桑和一位提着大礼盒的陌生男人走进来，他盯着还在抹泪的我：“怎么了，兴而？失恋了？”

舒茗悦起身相迎：“扶桑老师有经验，劝劝这位失恋的兴而。”

“失恋好啊，不失恋，就没有新发现。”扶桑笑起来，转而说，“税毕，这就是舒茗悦大大。”

舒茗悦主动向税毕握手：“听扶桑老师说起税毕书友获大奖，我真为你高兴！祝贺！”

税毕不像自谦的那么难看，模样憨厚，穿着朴实，人偏瘦骨架偏大，看上去有近四十岁：“全靠扶桑恩师的栽培。”

扶桑：“税毕是铁杆小品迷，所写的小品参加过一些比赛，也有小品上演的经历，这次写的剧本是首次获大奖，得益于书吧给他的灵感呢！”

税毕举起了大礼盒：“舒大大，书吧开业时我就来过，今天还是第一次见到你！这点小礼物，不成敬意！”

舒茗悦：“这怎么行？不必这样！”

扶桑：“毕税专程来感谢，大大谢绝就说不过了！”

我已不适合再留在这里，我趁他们热谈之际夹着胳肢窝下的文件袋想不辞而别。

舒茗悦道着谢收下了礼物，注意到我：“兴而，别耍小孩子脾气，柴米油盐的事，今后遇到的多，别往心里去。”

我点点头，不知其意地退出这个伤心之地。

第四场　档案室

1

到处都在讨论年终奖讨论回老家过年，陶然阁失联的事我还不敢跟人说起。该不会喝酒醉死在屋子里了吧！我不看个明白，回老家也过不好这个年。

赶到陶然阁家门外已天黑，扶桑、焦糖正在倾杯的醉美酒吧里AA制地欢聚着，一张张倾杯颈挂红围巾向大家拜年的图片分享在“华年忆书友”微信群里。

打开陶然阁房门的是位陌生男人，我以为走错了楼层，正要抱歉，却见门口那熟悉的花架上摆着亲切的滋利饮料，七零八落地瘪着。窄小的屋子已坐满了十余个男人，沙发上、床上都挤挤的，满屋是烟。

开门的男人其实是片场上那个高傲的黑皮肤摄影助理，我还不知道他姓啥。

陶然阁躬身缩背，窝在摄影助理身后的行李箱上，见我来了，白了我一眼，把头扭向一边。

陶然阁再怎么逃避，还是没能遮掩那张已发肿的脸。平时从我这个角度看去，他脸颊这块是直线形，现在呈弧形，还胡子拉碴。

惊骇中，我嗅到不祥之气，不敢贸然进屋：“阁子，他们欺负你了？”

陶然阁：“没你事，出去。”

我掏起手机：“我要报警！”

摄影助理一把抢过我的手机：“我们只是来坐坐，报什么警！”

我被摄影助理推到了陶然阁面前，看清陶然阁时差点叫出声来。他的脸瘀青，嘴唇干裂，眼里布满血丝，头发不只长了很多，还花白了些！这是那个能写、会唱、擅摄的阁子吗？

陶然阁是那种一看就很斯文善良也好欺负的书生，少了小镇男孩的力量感，我都能欺负他，一点没有威慑力。为了互补，我都变得剽悍了，就知道不能完全靠他。

再剽悍的我，现在也成为刀俎上的鱼肉，我对着满屋看似认识其实陌生的剧组人员喊："你们人多势众，就会欺负手无寸铁的阁子！"

坐在沙发正中的是那个稚气未脱的男主演："大姐，我们没打人啊！是人家打的。"

打人还不承认，我怒了："别把我惹急了，我会拿刀砍人的！会点燃煤气罐的！"

男主演："大姐，我们这些小演员小剧务，只求拿回血汗钱，好回家过年。"

我不好气儿："找错人了，你们该去找柴总。"

男主演："摄影师已把拍摄的物料内存卡藏起来了，收不到钱就不交出内存卡。柴总拿什么向投资人交代？他拿不出钱来，摄影师只有委托我们找阁子来把账给大伙儿结清。"

我吼道："阁子被柴总他们陷害，你们欺软怕硬。"

男主演："美女，你要讲道理，剧本不出事，剧组也就不会停工，剧本是罪魁祸首，对吧？"

陶然阁："别争了。我已说过，我爸这两天就把钱打给你们，你们还要怎样？"

男主演："收不到钱，我们就在你家过年。你倒好啊，还有女友做伴。"

陶然阁："她才不是我女友。"

男主演："那就是老婆了。"

陶然阁："别乱说啊！"

男主演："我们不会拿她当人质的，你就别否认了吧！冤有头，债有主，我们只找你。"

陶然阁："过两天好不好？让我休息一下。"

男主演："想跑吧？可以，让女友代你赔偿也行。"

陶然阁："她只是我的校友，你问她，是不是我女友？"

男主演："大姐，你叫柳念秋吧？"

我反感：“别叫我大姐。”

男主演：“美女，阁子恋秋，就是为你取的吧？”

陶然阁：“才不是，我天生就喜欢秋季。”

男主演：“当我傻啊，你的微信号都把你和她的名字全拼捆绑在一起了。”

我和陶然阁不再狡辩，谁让阁子那么作呢，不随时把他和我捆绑在一起就不足以表明他爱我似的，他的网络登录ID号的密码甚至最先是“LNQTRG1314”风格，被我制止了，因为“1314”不仅是“一生一世”的谐音，也有“一生一死”的谐音，现在“1314”的代号基本被“520”“IOU”之类代替了，我有时蒙他的网络密码都能蒙出来。

男主演：“你再不解决问题，我们只好和你俩共度除夕，都不管爹妈了。”

陶然阁拿起手机拨打电话，摄影助理把电话给按成了免提。

原来这家伙手机没出毛病，我问：“阁子，你怎么不接我电话？”

陶然阁：“谁需要你打电话？”

阁子爸的声音传来：“催什么催？坏我手气！”

陶然阁：“爸，我春节在剧组加班，不回来，你和妈妈要保重身体啊！”

阁子爸：“做合伙生意要注意啊，小心被算计。七筒，清一色，胡了，哈哈！”

陶然阁：“谢谢我亲爱的爸！提前给你和妈妈拜年了啊！祝你多赢些钱！爸，我还等着呢啊！”

阁子爸：“明天再转。我手气好，只进不出，你别给我闪了。”

陶然阁：“制片方今天再收不到我的款，我就入不了股。”

阁子爸：“好好好！胡了就转，啰唆啥啊！”

陶然阁挂了电话，闭着眼睛继续等，满脸写着疲倦。

男主演：“你爸还要拖我们多久？”

陶然阁：“快了，这么多钱，不是那么好凑。”

男主演：“你家房产多，还缺钱？”

陶然阁：“大山里的房子你要不要？送你一套。”

男主演：“别装穷，柴总说你不差钱。”

陶然阁：“你们绑架要撕票的架势，卖了命也得拿啊！”

摄影助理：“一再说明啊，我们没绑架，没抢劫，没软禁，只是来协商，不会多要一分钱，就是拿回血汗钱而已。”

我能猜到这是怎么回事，还猜不到陶然阁他爸会转多少款。我给陶然阁端来一杯热水：“阁子，你想吃啥，我给你弄。”

陶然阁睁开眼，牵住我的手一笑，很苦。

男主演：“陶编会演戏啊！挺感动我的。”

摄影助理把手机还给我：“别来这一套。我们也是讲理的人，这两个月总不能白干，我们也得活命对吧？”

我不明白：“柴总没给你们工资吗？”

摄影助理：“有的人给了，现在还没我们的份。”

男主演：“我们又不是明星，演完了，没有影响影片上映，才领得到片酬。既然陶编影响了片子上映，只有找陶编，对不起了！”

我更不明白：“不是说投资近千万吗？难道前期一分也不给你们拿？”

男主演：“拿到首款的不是我们。我们这些靠边站！”

我糊涂：“你男主演总得拿一部分吧？”

男主演：“我是独立演员，跟陶编独立编剧一样，是可怜人，先要钱，那是找死。”

摄影助理指了指其他几人：“我们有时还当群众演员，要等播出平台分账后柴总才给我们结账。我们都是弱势群体，理解一下。”

我以为不得了的柴总剧组原来是这行情：“你们也要理解阁子的苦，他是被害人，被别人抄袭了，你们不要这样来逼他。”

男主演：“抄没抄袭那是阁子和税毕的事，他们自己去解决。”

沉默，抽烟，看电视机里的电影……人家拍电影怎么就那么顺利呢？我们是些什么倒霉运气啊！

气氛缓和了些，我给陶然阁煮了点荷包蛋吃。他父亲打来电话，账转过来了。

我气愤摄影助理又把陶然阁的电话设为了免提，那助理说是怕谁报警，把小事弄大。

陶然阁把账分批转给男主演和摄影助理等人去分发，共五十万。

我以为赔个十万解解气就行了，哪知有这么多：“你们这才多少人啊，就五十万！”

摄影助理：“我们只是剧组人员的代表，受他们委托来收款。”

等那帮人满意地道着歉散去，我打开窗户，收拾乌烟瘴气的屋子：“阁子，事情就这么了结了？”

陶然阁疲惫不堪地倒在沙发上:“了结了。亲爱的，把床单和被套枕套全换掉，他们的脏屁股把我的床坐脏了。”

我知道陶然阁特别在乎他的床，开始给他换被套床单：“要不要报警？”

“算了，他们不是坏人，人家要过年。”

“他们把你打得这样……”

“我自己摔的。”

“会摔成这样吗？死要面子的……对了，那个税毕就心安理得，你不去找他？”

“旗帜把我拉去找过他了，他不认。情节若有雷同，纯属巧合。”

“那东西一个道歉也不给？”

“打死他也不可能的，人家好不容易出头了。”

“柴总说的一千万，用在哪啦？对你们这帮人一毛不拔。”

“那是哄外人的，其实投资没那么多。”

“你这一下就倒贴五十万？还有十万的剧本稿酬！”

“我本来想拖几天，也许能讲到三四十万，你却来了。”

“我不来，他们打死你怎么办？饿死你怎么办？”

“你就可以换个新男友了。”

“不存在换不换，我现在没男友。”

“有意中人了？他好，还是我好？”

“会比你好的。”

“你今天对我还算好。”

“你爸对你才真的好，你要多少，就能给多少。”

“所以啊，你别跑，我没上海的户口，总有上海的房间做窝。”

“我也租得起，不稀罕你这假土豪。”

“豪啥啊！钱是被我骗来的，是小城那房子的拆迁安置款。”

“你家又成拆迁户了啊！钱来得容易去得也容易。”

“我爸不懂电影，我先前给他吹牛，他信了，以为这下我真投电影去了。”

“他会轻信？”

“陆竟导演的贺岁片不是刚赚了二十多个亿嘛，我爸平时不看电影，也去看了。”

“看了一部电影，你爸就敢让你投资？”

“我爸如果瞻前顾后，再来个考察论证，当年就不敢卖掉小镇的房子进城了，也不敢去炒房了。”

“你爸的命比我爸好千倍，我家怎么就没遇上拆迁呢？”

“不是命好，是眼光好。”

“你爸把你这骗子都看成投资人了，还没看走眼！”我见陶然阁一下灰溜溜，就拿来冷水毛巾给他敷变形变色的脸，“谁打的你？”

“甭管。”

“是不是那个摄影助理？”

陶然阁并不回答，找了件睡衣强打精神去冲了个澡，披着浴巾走到已换好的床铺前，倒下，掀开被子：“进来，陪我一下。”

“这个时候了，还色心不改。”我给他吹头发，看着他眼皮开始打架，又好气又好笑。

“我头痛欲裂……知道我刚才最怕什么吗？”陶然阁的神情已开始恍惚。

“怕他们漫天要价啰！八十万，一百万。”

“你是我的软肋，我怕他们伤到你。”陶然阁把我拉到身边，拥入怀中。

我感动不已，以为陶然阁又要像往日那样对我上下其手，他却没了动静。再看，这家伙已睡着，两边的眼角流下一行亮晶晶的泪。

2

春节临近，周六下午的书吧周末会只因扶桑报名当听众，我才跟来了，想从中找寻他抄袭的蛛丝马迹，这是我没办法的办法。

话题最终又被书友引向了那个我反感的人：“‘华年忆书友’群怎么更名成了

‘靓笔尖大本营’？”

扶桑：“不知是谁给大大告了状，大大上午发微信要求我更名。我建微信群为华年忆义务宣传，不好吗？大大还不领情。”

好几位书友立即表明自己没告状，也有几位表示因为不打算当编剧才退了这个群。

扶桑：“这是大本营群，不是大讲堂编剧群。我是个包容万物的人，只要看得起我这个大本营的朋友，都可以加进来。欢迎大家继续在群里讲故事，争当我笔下的电影主角原型！”

焦糖：“扶桑老师，你有没有初步的原型？”

扶桑：“有是有，还不饱满，就看谁来定个型。”

焦糖：“倾杯老师也进了群，说是也要当编剧写剧本。”

扶桑：“那是说着玩的。人家大老板，只关心酒吧，这不，还请我晚上去参加文艺酒会，我得去撑场子。”

多永提着茶壶进来给大家添茶水，失去了往日热情的笑容。不过他的添茶功一直吸引着我，总以为他飞速地添加会让茶水四溅，或者茶水溢出杯口，但那添加的茶水总是恰到好处，哪怕在杯中翻滚也滴水不漏。

扶桑：“多永，哪位书友认为我建的书友群不好，你知道不？”

多永不吱声。

扶桑：“你把麦卡叫上来。”

多永一没表情二没回应继续添茶。扶桑又给他说了一遍，多永似乎没听见，添完茶出去了。

扶桑对多永的背影吼道：“装聋吗？什么态度！”

焦糖小声对扶桑说：“难道要追查告状的人啊？都过年了，算了吧！”

扶桑瞟了我一眼：“有意见就在群里光明磊落地提，何必跑到大大面前告状，小人所为。”

我顿时明白过来，扶桑怀疑是我告的状。我也才想起了，那晚我找舒茗悦哭诉时，给她看过“华年忆书友”微信群，我没告这个状的意思啊！何况，那是元旦节的事。

扶桑还盯着我，恶狠狠。欺人太甚！既然咱们不可能成为朋友，那就挑明成为死敌好了。

我不再当沉默的羔羊，愿意成为那个告状人："我听到人家告的是，微信群里的税毕参赛的那个小品，是抄袭的。大大可能担心这个非官方微信群对书吧有影响，才要求更名吧？"

书友们炸开了锅，扶桑哪经得住书友们目光的拷问："兴而，你说话要负责任！"

我才不怕："我负得起这个责，用头颅作担保。"

扶桑："人怕出名，猪怕壮。别人说什么毕税不在乎，书友也来乱说，他知道了不知有多伤心。"

我苦涩一笑："原创才最伤心。"

扶桑："我提醒各位，没有证据就不要在微信群里和网上散布谣言，大家都是有素质的人。"

焦糖："兴而，你听到的是不是真的？"

我点头，不想多说，只怕说多了就暴露出那次失误。

扶桑："焦糖，多永还没把麦卡叫上来，麻烦你去请她上来。"

焦糖积极地出去了，随后麦卡进来了。

扶桑："麦卡大姐，不好意思打扰你一下！大大通知我改微信群名称的事，你知道吗？"

麦卡："知道啊！大大觉得这种群应该由我们自己来建，春节后我们会建的。"

扶桑："之前为啥不建，要拖到春节后？"

麦卡："多建一个群就要多费些精力管理，春节还是让管理员歇一下吧！"

扶桑："怕是不想给书友发红包吧？"

麦卡："书吧宁可发书。"

扶桑："不说远了。我是想问个事，谁给大大说起我建书吧微信群的事？"

麦卡："大大早就知道了啊！很多书友都问我怎么没在那群里。我给大大反映过这情况。"

扶桑："怎不早叫我改群名呢？"

麦卡："你也知道，近期网上有关毕税的说法……"

扶桑："我们靓笔尖都不怕，你们华年忆还怕了哈！"

麦卡："毕竟，大大不在你建的群里，不知道里面会是怎么回事。"

扶桑："你能不能打个电话请大大来一下，我有事要与她对质。"

麦卡："什么事啊？大大说了，周末没重要的事不要叫她。"

扶桑："我正有重要的事才参加周末会的，可惜她没在。"

麦卡："什么重要的事？"

扶桑："她来了我才当着面说。"

麦卡："你不说，我也不敢给大大打电话。"

扶桑："那就不劳驾你了，我亲自请。"

扶桑拨打起电话，走出门外去接，舒茗悦似乎同意过来，扶桑进来时敌视着我："我要查清那个造谣者，给我的学员一个清白。"

我奉陪到底，与扶桑一起等到舒茗悦，她在"恒心"室接待我们。

多永来上茶，茶水翻滚也滴水不溅。

扶桑盯着仍冷漠的多永："小伙子，刚才是什么意思啊？我叫不动你。"

多永冷言冷语："我哪请得动麦卡上司嘛！"

舒茗悦："多永，怎么说话呢？"

扶桑对多永说："你请不动，给我说呀，我亲自请。"

多永："书吧不许我乱说，我哪敢说嘛！"

舒茗悦严厉起来："多永，你这段时间说话怪里怪气的。"

多永："我全年到头只迟到两回，年终奖就扣我两千，大大也太看得起我了！"

多永边说边给我添茶，把茶水洒到了我手上和袖上，烫得我手一缩。

舒茗悦取来纸巾为我擦打湿的手："多永，你的手儿也不灵光了！还得扣奖金！"

多永把茶壶往桌上一砸："随你扣，你欺负人，我不干了！"

舒茗悦："你不干，我另请人，别以为就你的茶功好。"

多永："请我的茶馆多的是，我早想走了！"

扶桑："都快过春节了，别伤了和气。"

舒茗悦指着门外："多永，你现在就可以走，我马上给你结本月工资。"

多永转身就冲了出去。

我被这突如其来的争吵吓傻了，这哪是平时的大大和多永啊，书气全无，优雅尽失。

等舒茗悦平息下来，扶桑挤出隐约的歉意：“大大，请你过来遇到这种事，实在对不起！”

舒茗悦：“哪里，扶桑老师有什么重要的事，这样说无妨吧？”

扶桑：“这样说最好。兴而说有人向你举报税毕的小品涉嫌抄袭……”

我打断进行强调：“不是涉嫌，是本来就属抄袭。”

扶桑：“你年纪小，我不和你一般见识。咱们说话都得讲个依据。”

我不客气：“我讲事实。”

舒茗悦：“是为这事啊！毕税的事，网上各执一词，我也难辨真假对错。这件事你们心里最有数，张扬出去也不太好。我不知实情，不好干涉什么，你们商量着办吧！把事搞大了，对谁的名声都不好。”

扶桑站起来：“商量什么？纯粹污蔑，我要讨个公道。不信，我叫税毕过来，把一年前的博客日志拿给你们看，他的创意写在那里面。”

一听就像是有备而为的行径，这个吓不到从前经常写博客的我：“我还可以拿五年前的博客出来！博客内容可以修改，谁不会改？”

扶桑：“世风怎么了，只要一个作品出名，就有人碰瓷。这怎么行？”

假的说得跟真的一样，我好恨：“靠抄袭出名更不行。”

舒茗悦：“我不是法官，我当调解员好了。我建议，谁抄的，回去后，私下给对方认个错，当赔的，做点精神赔偿，对方也就让一步。把大事化小为好，别弄得两败俱伤。”

扶桑：“我的学员不怕谣言，凡是污蔑抄袭的，就请去法院告。我要誓死捍卫学员的尊严！”

我要提提虚劲儿吓唬吓唬抄袭者：“原创编剧陶然阁有版权登记，也提前给制片人发过电子邮件。麻烦扶桑老师通知一下税毕，让他把版权登记拿出来，邮件也行，听候消息。”

说话间，座机电话铃声响起，舒茗悦从侧柜上拿起电话：“麦卡姐……什么，在吵架！我下来看看。”

我不由说了声："大大，莫不是多永在报复？"

舒茗悦挂了电话站起身："不是。"

闹剧正在畅销书和长销书展示台前的座位边上演，一对夫妻在书吧相遇并打骂了起来。

原来丈夫自称周末在单位加班，由妻子留在家里照管小孩。妻子被几位朋友约在书吧闲聊，小孩仅由保姆在家里照管。这下，两人的谎言一起败露，丈夫不放心孩子，气不打一处来，自称是和客户在这里谈生意。妻子怀疑丈夫从前的所谓在单位加班都是谎言，不同意回家带孩子，要追求自己的周末休闲……

生活，是多么精灵古怪的原创编剧！

3

我是乐观派，能把什么事都往光明处想——

扶桑会良心发现有所忌惮，他自己不好出面，就让税毕出面联系陶然阁表达歉意。无论税毕找个什么理由，只要他有道歉之意，承认原创不是他之意，我和陶然阁都不会再声张这事，给他们留个脸面。

我甚至幻想着——

税毕为了保住获奖名誉，与陶然阁达成和解，并补偿阁子损失的五十万，另加十万作为买断阁子的剧本版权费，一切就私下了断，陶然阁会让税毕继续得他的名与利。

春节大假过完了，元宵节也过了，都二月二龙抬头，三月三生轩辕，四月四放风筝了，我等待的奇迹没点动静。

陶然阁不知道中间有舒茗悦做调解这回事，老老实实吃哑巴亏，比我还乐观。

五月五端午节之后的周六书吧周末会，税毕在网上报名当主讲，我就报名当听众。

此人的死不道歉，造成了我等待数月的精神伤害。我电话提醒陶然阁："你也去参加周末会吧，我们不用跟他打口水仗，这影响自身形象，我们坐在他面前，让他心里发怵。"

“他讲《一次获奖经历》，有什么好听？”

“你关注着书吧App的呀？”

“旗帜在关注。我才不喜欢华年忆。”

“怎么没见旗帜来过周末会？”

“他一来，谁还听主讲啊，都看他去了。”

“吹牛。”

“注意啊，旗帜什么都喜欢关注，就连老太婆走路的姿势也会看半天。所以啊，你不要以为，某个帅哥盯着你看，跟你聊得欢，就是爱上你了啊！”

“别扯远了！有仇不报非君子，你要让税毕知道，你没那么好欺。你必须知彼知己，才能去寻找报复的方向。”

“那东西多半要讲网上一直有人举报他抄袭的事，他不但要给自己洗白，还将为靓笔尖贴金。”

“究竟是不是你，或者金旗在网上举报税毕？”

“你怀疑我在出阴手？我举报会用实名，不会换那么多网名。旗帜也没有，他只是用小号顶了顶那些帖子，他也以为是我在发。”

“你这胆小鬼，不敢发帖揭露他们，我帮你发个。”

“那东西都晒出了版权登记截图，比我在华年忆见柴总还早上近半年，你我能晒什么？”

“你就默认抄袭他了？就不反抗了？”

“吸取教训吧，反抗啥啊……我看，那些帖子是为了炒作靓笔尖。”

“有这种炒作法吗？”

“没优秀业绩和作品来炒，只有反向炒了罢。你注意到吗？每个举报帖都提到了靓笔尖，后面就有很多所谓靓笔尖的学员在辩护，在夸奖靓笔尖。”

“你这么绅士，莫非真是你理亏？”

“就怕我克制不了会揍他。我视书吧为神圣之地，不想搅得书吧鸡飞狗跳。”

“你这软柿子，活该被捏得稀巴烂！”

“抱怨完没啊！你不见我，我就挂电话了啊！”

“你公司那些同事，知道这事不？有没有同事来声援你？”

“理性的，不清楚真相，怎么声援？不理性的，忙着评论其他热点去了，抄袭这事远不如看杀人放火热闹。事实上，同事们不知道我在写剧本。”

“你像做贼一样，在怕什么呀？”

“怕公司知道我做第二职业把我炒了，更怕电影失败遭笑话。”

“那些帖子，你同事就没发现？”

“没一个帖子提到我陶然阁。只有你才把所谓的抄袭者默认成了我。”陶然阁在那头不快地说。

这注定是一次特殊的周末会。税毕第一次作为主讲人，我也是第一次见舒茗悦成了听众。

税毕的主讲话题正是从他的获奖小品《隔空对话》讲起，听得我一愣一愣的，新来的书友则听不明白——

税毕获奖后名气暴增，很多编剧培训班高薪请他去讲课，他感恩师傅扶桑，独家签约成了靓笔尖大讲堂的讲师。靓笔尖因他这块独家招牌已名声大振。

参加培训的各类学员已越来越多，有一名最特殊，他是多永。

多永春节后慕名来到了靓笔尖，他一边学写小品剧本，一边给靓笔尖打工，为学员们做服务工作。扶桑念着华年忆给了税毕创作灵感，多永也曾多次为扶桑服务，才收留了这个离开华年忆的小工，认为书吧培养出的小工也别具气质。

慕名找到靓笔尖的人还有很多，来打工的，想当讲师的，要做文化打造的，提议做剧本孵化的，联手做影视项目开发的，来邀请做剧本大赛主办方的……

不过树大招风，有关税毕抄袭的话题也层出不穷，不下二十个人都说税毕抄袭了他们，却拿不出原创证据，这让靓笔尖火上添火。

税毕向华年忆表示感谢，因为他很早就有个故事没有找好理想的介质来表现，如同一个有趣的灵魂不知依附在谁的身体里。直到他在书吧听一位书友说，某人像这本书里的人物，某人像那本书里的人物。他就想，如果那两本书里的人物能从书里走出来的话……

税毕讲得得意扬扬，我听得牙齿痒痒，一时找不出怼他的理由，我说什么都像无理取闹。

舒茗悦的表情不冷不热：“好几位书友都在这里向华年忆表示感谢，大可不必。”

税毕：“有位制片人已买走《隔空对话》的电影改编版权，小品变成电影上映已指日可待。不表达这份感激，我就是忘恩之人嘛！”

舒茗悦礼貌一笑：“扶桑编剧不赞成华年网添加剧本板块，倒很喜欢学员在华年忆谈靓笔尖！我想听大家谈书，谈书吧，没想到你们聊的是剧本。”

税毕：“大大，我这剧本就是因书吧才应运而生嘛！我相信书吧是灵感的宝库。”

舒茗悦：“多永在扶桑编剧那里，过得还滋润吧？”

税毕：“多永正在写剧本提升自己。”

舒茗悦：“我不要的人，扶桑老板对他可真好啊！”

税毕：“也不是，我师傅认为那天说话过了火，才导致多永发脾气被炒。多永找不到工作，求起我师傅，师傅心善，就原谅了他，把他收留了。”

舒茗悦：“麻烦你带个话，请扶桑老板放掉多永。”

税毕：“这个……好吧，我把大大的意见带给师傅。”

我想起陶然阁的话来：“税毕编剧，我有个问题，请你分析一下。”

税毕：“是有关抄袭小品的事吧？”

我否认：“是举报帖的疑点。”

税毕：“你怀疑什么？”

我直言：“那二十多个网友的举报帖，为什么每个都有同样的说法——‘靓笔尖的毕税’。所有举报人把‘靓笔尖’带上有什么意思？”

税毕：“可能是在骂我的同时，也把与我有关的培训机构随带骂骂吧！”

我回了句：“这种现象是不是很像一个词——贼喊捉贼？”

税毕很老到：“抄袭方也可以用这种方式故意来加害我们嘛！”

横竖，税毕都有说法。

4

华年忆书吧偶尔会为作者举行新书签售会，有作者签售的是成功学的书，有作者签售的是人生学的书。

我就似成功学遇到人生学，不成功就成仁，不出众就出局。我呢，似乎成了后者。

想想吧，我又似处在第三种状态，既不成功也并未成仁，既不出众也并未出局。

不出众表现在春节之后我就没能留在集团办公室，板凳没坐热就被安排到了档案室。档案室在顶楼旮旯里，平时就一个档案主管加我，在这里坐一整天，通常见不到别的人，比冷宫还冷，我好像出局了。

没出局则在于档案室属集团企业文化部管，集团内刊《吸饮力》编辑室就设在这部门，集团对外企业形象宣传、对内征文或者艺术展之类都是它的活儿，部门员工多多少少有些文艺特长，包括集团的摄影师就在这里。从大部室的角度看，我属企业文化部的编制人员，算是踏入了有艺术感的地盘儿。

档案室主管秦姐比我大九岁，体型富态脸蛋漂亮，头发梳理得紧绷光整，脸上的皮肤亮得一弹即破，脖子却灰暗外加两道横纹。看脸的话秦姐有贵妇之气，听她张口说话就似大妈，说着话时还会把手伸进领口，把松到手臂上的胸罩吊带提上来，似乎她所有的文胸都不合身。我建议她去配合适的，她说要换成五百以上的，就不见她有所改变。

秦姐对我加入档案室充满同情，问我得罪了什么人，我想来想去也不知道。

得罪办公室的卓主任了吗？他说过，我能来集团总部全靠他的推荐，不至于这么快他就反悔了吧？何况，他第一次找我谈话时提醒我新来乍到要低调，我很听话，会得罪谁呢？

秦姐说她七年前曾在办公室做收发接待等事务，有回传阅加急文件时，因分管经理没在，她就直接传给了业务科长按文件办理，数天后就被调到了档案室。那时档案室还属办公室的二级科室，她一直怀疑是那位分管经理在惩罚她。

秦姐比我还要关心我来档案室的原因，她又打听到一个消息——卓主任认为男生能把文书工作做得更好，打算给新招的男硕士生腾出位置，其他几位老员工不敢动，只有牺牲我了。

卓主任大概听到一些传言，有天下班找我谈心：“小柳，多去几个部门锻炼有好处。有机会的话，我还会把你要回来。”

我不知道当不当感谢：“无论到哪里，我都不给卓主任丢脸，我争取把档案工作做出亮点来。”

说得轻松，我估计自己不太可能出去了。我隐隐觉得，自己来这里的本质原因在于我让汤董事长“另眼相看”了。

春节前，初中同学古岩来公司见我，以为他真心想念老同学我呢，结果他带着老婆来了，他和老婆互称对方为“太太”“先生”。这对打扮讲究，称呼讲究，但掩盖不了土气的夫妻俩找我直销美颜养生产品，一套养生茶就是一万八，说是另一位同学薛砚就买了三套。如果我发展下线，下线再发展下线我就能得到高提成。我没钱成为下线，也不信来路不明的产品，只好请夫妻俩去食堂吃工作餐表示歉意。吃饭不要紧，古岩仍大吹这套产品的销售模式带给了他们月入五万的收入，说我在微信朋友圈里做微商销这产品，比我推销滋利饮料强万倍，鼓动我放弃眼前早九晚五穿工作服的苟且工作，要去做“钱”途无限，开豪车过自由日子的健康事业。哪知，汤董事长已带着一行高管进入餐厅，路过我们身边，四周交谈的同事都安静下来，古岩的声音就特别响亮。汤董事长在我身后停了片刻我才发现他，他正严厉地看着我……

秦姐没把心思放在档案管理上。究其原因，目标考核在档案这块恰恰缺失，检查各部门资料时基本不检查资料是否归档，检查企业文化部时似乎把档案室这头给忘记了。负责档案室管理的漆主任大不了来个自查，只要档案盒每年填满了几个柜子，盒上写了分类打了编号，他认为重要的资料进入了档案室，就过关了。

这冷宫般之地，好不容易遇到同事前来查找原始档案，秦姐只要一听是七八年前的资料，回复的话多半是：“那是好早前的资料，管理不规范，档案系统里如果没有登记，库房里再翻也没有。”

倘若有同事不信邪，自己从档案库房里翻出没录入管理系统的档案，秦姐就会说：“这是上个档案员没归档，怪不着我了。”

档案库房里有个小屋，里面就堆着乱七八糟的陈年零散档案。我问：“秦姐，那些资料怎么不归档呢？”

“我才不给前几个档案员擦屁股，又没谁给我加班费。”

“前几个是哪几个？”

“除了卓主任，还有高明、邹树。人家都混得好，只有我没跳出这里。”

“高明是谁？”我纳闷。邹树现在是企业文化部的主办，负责文书、内刊和公众号。

“你没见过，说了也白说。他辞职做策划去了。做大事的，谁在乎这些过时档案！”

“档案这么堆着，万一被打湿，被虫蛀，灭失了怎么办？”我对具有历史意义的档案心存敬畏。

“过了五年十年，很多档案本来就该销毁！”

“那里面肯定有永久保存的资料吧？”

“是啊，我是永久保存在那里的嘛！小柳啊，保存起来都没人来翻，你愁啥？”

现阶段，各部门交上来的上年度资料已被逐一归档，我就着手清理那堆被人遗忘的陈年档案。翻着带有霉气的纸张，看着早些年手写的文字、泛黄的照片，时光开始倒流，我恍惚穿越到从前。我不时对比着自己小升初时集团公司是啥样，中考时又变成啥样，高考时发展成啥样，以及公司的高管们、主任们当年是啥样。

岁月真是魔术师，会让人儿变个样。汤经理就是现任汤董事长的父亲，在车间清扫地板，不看照片背后的说明看不出是公司的头儿；卓主任年轻时帅得风流倜傥，有着土味的秀才气，现在却有了西瓜肚；擅长舞蹈的漆主任初来公司时披着头发，一幅桀骜不驯的模样……

兴趣来的时候，我就写写整理档案的系列心得，给《吸饮力》投稿，千字文能赚两百的稿费，还能为企业文化部完成投稿任务挣得积分。渐渐的，我拾起了滋利集团的历史碎片。

档案室的冷清幽暗让我觉得世界已把我遗忘，同事们已把我忘却，连集团工作群里的各项通知几乎都不关我的事。这里除了秦姐，我就是老大，不用再察言观色、小心翼翼地说话办事，有种山高皇帝远，猴子称霸王之感。

如果有空余时间，我还能在网让读经典电影剧本，日子逍遥透顶。

陶然阁并不打算再写剧本，认为自己在编剧界没有抬头之日，任何投资方都怕有黑历史的人影响影片的过审率和上座率。他想写部职场长篇小说，这才是他能独立完成、自己能控制的作品。他又不敢写，怕同事们对号入座，让自己四面受敌。软骨头就这样，打肿了脸就装胖子，蚀了钱财就装大方，没事可干就装潇洒，我对他的不作为很计较。

我一计较起来就兴唱反调，陶然阁不写剧本，我就上。这数月来我唯一的长进就是对剧本，尤其是对电影剧本有所了解，包括剧本所面临的不堪现实。

我要把陶然阁被抄袭的事写成剧本，不能公映，就写着解气，当是练笔。万一某天这个剧本被拍了出来并成了爆款，我在接受媒体采访时就可以慎重地宣布："本片是根据一个真实事件改编的……"

不上法院就让真相大白，这是最高级的告状。

不再与陶然阁约会、少参加书吧周末会的我，腾出时间已写成关键的前十场戏了。每场戏原则上不超过三分钟，每个人的台词用短句，人物说的每句内容都是在为后续故事做铺垫……哼哼，讲究可多了，我把小说思维向编剧思维扭转。

别说我做事盲目，我既在埋头做事也在抬头看路，我写剧本的后盾在于萧引城。自从他知道我得过中篇小说大奖后，对我的写作能力就有点迷信，他新拍的微视频、微电影由我给他修改和编写解说词或台词。文字重要的话，他还会给我多少不等的稿费，表示对原创的尊重，我拒绝但他不依，说是免费写就合作不长久。但愿这只是他的说辞，我希望他的本意是出于对我的喜欢。

我不敢自夸写得好，但我速度来得快，快到他把片子大意说出来，我就在他想不到的短时间内拿出文字来，他很少修改。

萧引城正在蓄积力量寻找机会向影视公司发展，一心想告别他拍得生厌的影楼艺术照。还有他的表妹萧映朵，正在参加表演培训，也在做广告模特儿，一心想成为著名影视演员。我有机会借他们之力成为小编剧。

感谢这冷宫般的档案室，让我有空厘清写作思绪。

正当我渐入佳境之时，陶然阁的电话打了过来：“倒霉蛋，你被贬入档案室有几个月了？真的？”

“学学你呀，无考核、无应酬、无加班，多好的工作！”

“听说是姓卓的在排挤你？”

“主任排挤科员，也太有意思了。”

“坐你位置的那个，听说是卓主任的亲戚。”

“又是姜姨在瞎传吧？办公室不过是招来了硕士研究生，要提升一下文化程度而已。”

“终于有研究生不嫌工资低，愿坐你们办公室了啊！”

“别把这当成你不考研的理由啊！”

“有人欺负你的话，我给你另找家公司。”

“我还能去哪里？”

“唔，应该还有好地方……你别在档案室养老啊，趁早离开那里。”

“你在单位养老就行，不许我养老？”

“我才没养老。以前我帮旗帜当枪手，写电视连续剧。”

“你瞒我瞒得紧啊，不会原谅你！”

“没署名，无以为证，有时连稿酬也拿不到，拿到的也不多。这相当于做苦力，我怎么好意思给你说嘛！”

“你说不说无所谓了。我就可以直言不讳地告诉你，我也要写剧本。”

“犯什么傻！旗帜都不写了，我也不写了，你跑来写！”

“写着玩，总比老看电影好。”

“一个合格的剧本要搬上银幕那也是万里挑一，这里面很复杂知不知道？”

“知道，我全知道，我不是那个圈子的人，写得再好人家都不会看一眼，人家捧自己、捧熟人，都不会捧我。”

“那你还写？”

“我变成那个圈子的人，变成他们的熟人，总可以吧？”

“进了圈子也没那么简单。我还想捧你呢，没那能耐。”

“你不是就差点被柴总捧出来了吗？只是差点运气。”

“就算这样，人家最终是捧自己，来踩我。你看清楚点！”

“我知道，不用你教。”

“万幸你的剧本被看中，最终会改得不像你的。你这倔脾气，受得了那些委屈？”

“我也可以学你呀，不要稿酬，不要尊严，先要个署名。”

“只怕这样的机会你也没有。”

“别把话说早了！”

“你跟谁学写剧本？”

“编剧网上的经典剧本多得是。”

“那上面很多剧本不是原版，而是影片播出后的描写版，你别被那些山寨剧本带偏。”

“剧本没有绝对标准的格式，只要把故事编好就成。”

“好故事不是那么容易写成。奉劝你，别把青春浪费了。”

“平庸了，怎么做都是浪费青春。”

“亲爱的……”

“别来套近乎，我们各走各路，都祝对方成功啊！”我与陶然阁可能真不是同一路人，就算做着同样的事，他与我也难走到一起。

5

这个暑期档的电影冰火两重天，有部由年轻的新导演、新编剧、新演员拍出的新锐喜剧电影成了爆款，投资两千余万，上映五天就票房上亿，上映十天冲上十亿！影院连续多日几乎由这部爆款片霸屏，有几天达到一票难求的奇观架势。反观同档期由知名导演、知名编剧和流量明星拍出的几部片子票房惨淡，有了落花流水之即视感。

不必迷信什么名家明星，无名之辈也可以一鸣惊人，只要功底在，机会就可能垂青——我。

看着新导演、新编剧在接受采访时均表示“没想到片子会火”，我挺纳闷，自己的孩子漂不漂亮都没信心？

陶然阁给我发来微信：你的剧本呢？

我有显摆之心：初稿已完成，还没修改。

阁子恋秋：短视频，还是微电影？

我知道他就会小瞧我：网大电影，九十分钟以上。

阁子恋秋：没学爬就学飞啊！

我不高兴：我属飞行动物，又不属爬行动物。

阁子恋秋：你去档案室的收获就是这个吗？

我有点抠字眼：档案室不是弄档案就是听秦姐讲八卦，哪有条件写？这只是不加班的成果。

阁子恋秋：注册版权后，发给我看看，全文。

我没有忸怩，用电子邮件的方式，把剧本《较量》初稿发了过去，既想让他知道我写剧本的天分，也想看看他当“剧本医生”的水平。

至于版权登记，我在剧本完成大纲时就登记过了，这下又来了个剧本全文登记。国家版权局网站登记过程真是复杂，还要收费。我在编剧园网注册会员，上传剧本后迅速免费自动登记，方便快捷，不管法律效力如何，总算登记过了，还能打印版权登记证。

我问：阁子，你当初怎么不到编剧园网给剧本版权登记呢？一点不麻烦。

阁子恋秋：那些网站不会白白给你服务，写着玩，传传体验一下就行了。

我发了个“哼”：我有的是时间写剧本，才不写着玩。

阁子恋秋：写吧写吧，你看什么时候能换来一分稿费。

“靓笔尖大本营”微信群里关于那部新手爆款喜剧电影的讨论方向变了，由先前一致的羡慕、佩服之意多了谴责、讽刺之意。

扶桑：整体上来说，立意仍较肤浅，不过是图大家一乐，没有值得深入思考的东西。

税毕：男主角较为花心，这有损男人形象。难道花心的男人才适合当主角吗？

焦糖：这种快餐电影，只适合看一遍，看第二遍就是耽搁时间。

少于发言的旗帜发话了：能拍出来大赚，已属巨大的成功。

税毕：这片子毁誉参半，我怀疑水军分两派在炒作。

铁甲：我见到过男主演，听说他能把全剧台词背下来，不可思议。

萧引城：片中有个镜头借用了《低俗小说》中的一个拍摄手法。

张立立：引城兄，你连那种低俗电影也看啊！哈哈！

萧引城：你肯定没看那部电影，看了会失望。

旗帜：什么拍摄手法来着？

萧引城：男主把汽车轮胎直接扔到轮毂上，这镜头是男主把车轮从轮毂上拔出来，然后把影片倒放的效果。

焦糖：《低俗小说》获过国际大奖，我看并没大家夸得那么好。

旗帜：哪有完美的作品，有本事就自己写一部拍出来。

焦糖：也没见你有本事拍一部啊！

税毕：一生拍一部就成。给大家发几张图片汇报一下我这部电影进展情况好了。

在书友们发来的各种祝贺图片中，税毕发了几张图片，能看出摄制组在举行电影《隔空红颜》的开机仪式，有张人人手举三炷香在作揖的照片，有张是主创人员一人一手共摸一个大球的照片。

我盯着烧香人中的扶桑和税毕，只恨没有一只飞鸟朝他们大笑的嘴里拉堆鸟粪。

焦糖：好多摄制组都这样迷信。

税毕：拍电影风险大，求个保佑，好让电影顺利杀青并上映，取得好票房。

旗帜：怕是心虚原创陶然阁找过来吧？

税毕：你什么意思？

旗帜：不说你也明白。

税毕：讲证据！

旗帜：我就是。

扶桑：本群严禁传谣，否则踢出群。

旗帜：对，所以我要说出真相，不让某人妖言惑众。

有文字提示，旗帜退出了群聊。

我正疑惑金旗怎么在关键时刻退群了，又反应过来，他是被踢出了群。群主够狠！

扶桑：本群不欢迎散布谣言的成员，大家今后注意说话要以事实为依据。

萧引城：税毕编剧，网上说有其他编剧找过你，你怎么对付这类问题？

税毕：不与理睬。

扶桑：我的学员，不怕碰瓷。

税毕：说来也好笑，那个不要脸的编剧在追我时，跌到下水沟里，把脸都差点磕毁容了。

我想起陶然阁脸上的淤青，再也不能忍了：税毕，你借某人之势，鸠占鹊巢。天知，地知，你知，我知，某人也知。谁踢我，谁心虚。

我随即被扶桑踢出了群。

陶然阁给我的网络电影剧本《较量》提了一大堆意见，若不是有意打击我的创作积极性，就是显摆他的本事。

我是一棵顽强的小草，越风吹雨打越会骄傲地生长："好吧，我按你的意见改。"

陶然阁在电话里说："别改了，你把我当主角原型写，有什么价值？"

"那我把剧本改到有价值为止。"

"制片人通常是想拍什么类型的片子，再去编故事，或者找编剧创作，也就是定制剧本。你自己先写，谁要？"

"你那《古树情人》不是酝酿两年后才被制片人看中的吗？"

"前几年神话故事比较火，我才着手构思，遇到柴总正想拍神话故事，我才算豌豆滚到瓶口里。即使这样，故事也是按柴总的要求做了一些改动。"

"总有个别的制片人会先找好剧本，而后再拍片子。"

"人家手中的剧本多得看不过来。谁把你的剧本送到他手中？"

“我参加剧本征稿比赛。”

“那是主办方炒作的需要，甚至是为了抄袭和洗稿的需要，不是真正找剧本。你别上当！”

“怕这怕那，那部爆款喜剧片就胎死腹中，哪有今天的辉煌？”

“你以为一个好剧本就能解决问题？其他好资源你哪里找？”

“我把剧本写到极致，就让好资源来找我。”

“我和旗帜比你熟悉这个行业，都不过如此下场。你会像绝大多数那样，成为炮灰。”

“你认输，我不认。我就想写部剧，干掉税毕他们，报复他的不要脸。”

“税毕和靓笔尖有影视界的人脉资源，你有什么资源？”

“别给我谈资源，我就靠剧本这硬功夫。别人有老思想，我有新创意，这就是我的优势。”

“你的情节设计毫无悬念，戏剧冲突远不够，人物形象也没树起来，谈什么新创意？”

“这话对，我不会创意，不会设计剧情。我认为你的脸是被摄影助理打的，结果是你在找税毕时跌成那样的。这才是好剧情，我立即修改！”

“旗帜说的？”

“他根本不认识我，如果你没把我告诉他的话。”

“税毕说的？”

“你多窝囊啊，给了我一个狗血剧情！”

陶然阁挂了电话。

我放下手机，是不是说过火了，阁子的窝囊，是我造成的呀！

第五场　俏佳人

1

三十五岁是女人绽放最盛之时，然后，就一天衰过一天，直到凋零。

秦姐不知从哪里听来这句话，早就为三十五周岁策划着生日庆祝方案，作为隆重的纪念。欧美旅行太贵，抽脂美体又痛又贵，穿戴国际顶级服饰在档案室是破费……

二话不说，我把俏佳人影楼连同摄影师萧引城推荐给秦姐。

秦姐最终落地的方案是拍套价格三千九百九十九元的豪华写真集。

萧引城征得我的同意，把《阅》作为十寸的相框展示照陈列在展示墙上。此照已做了精细的后期处理，比原图更有艺术感。

秦姐把这相框照连同影楼的一角拍了下来分享到朋友圈，并评了句“发现个秘密，我闺蜜是影楼的模特儿”。看着图片下面一些同事的点赞和惊叹，我的虚荣心和存在感得到了极大满足，自夸不是夸，别人夸才叫夸。

秦姐先前预订的是“辉煌敦煌”主题照，也就是当一回飞天仙女，与琵琶、箜篌、古琴、笙、排箫等古典乐器亲密接触一回。来到俏佳人后，她发现还有不少主题更好看，就坐在我那相框照旁翻看艺术照样册重新选主题。

我要来个礼尚往来，随即拍下数张秦姐翻阅样册的照片，精选了一张发到朋友圈，并发了三个蛋糕表情，预祝我美美的秦姐生日快乐！这照片效果……怪不得我，我换了好些角度，秦姐改变了不下五个姿势，我还用上了手机里最好的滤镜，也就富姐翻书这个程度了。

不一会儿，阁子恋秋发来私信：去照顾萧引城的生意了？

我纠正：见到摄影家代峭了。

阁子恋秋：要不要我来俏佳人给你拍张？

我根本没有定位地址，不由大惊：你知道这是在俏佳人？

阁子恋秋：看LOGO。

原来秦姐所坐的桌子边上并不起眼的标识暴露了我的行踪。

我虚惊一场：没事你就来跟踪，不怕你。

阁子恋秋：会来的，不过我现在在杭州。

内心里我希望这懒家伙能外出走走：和旗帜一起炒房去了？

阁子恋秋：找一个剧组。

我不好多问，假装不关心，怕谈起剧组就无意间透露我泄密剧本的事。

即将给秦姐拍艺术照的正是代峭，而不是萧引城。陶然阁若要搜索“代峭”，一旦注意到这位摄影家的年龄都快五十了，他就会心平气和。

萧引城三天前已被旷野影视公司录用，正在参与一部城市宣传片的拍摄，是摄影师的助理。他已连连向我和秦姐道歉，并力推他的老板代峭来拍照。

秦姐因萧引城年轻怀疑他的摄影技术，听代峭讲起他方知小看了他。而我从代峭的语气中听出了他对萧引城的不满。

萧引城是俏佳人影楼的签约摄影师，签约期还没满。他来影楼后自学广告摄像和电影摄影，有广告公司和婚庆公司请他拍摄。后来，地理位置较偏的俏佳人生意越来越不景气，萧引城就提出在保证完成俏佳人的所有业务基础上，让他在外做兼职，他给俏佳人缴管理费。萧引城在外接的各类拍摄业务比影楼还多，又有拍电影的心了。而这传统影楼，有时一天没一单生意，再这样下去保房租都悬。萧引城倒是不愁，秦姐这头的业务他都撂下不管了，他是有下家可以走的能人。

这一说，俏佳人影楼接待大厅布局暮气沉沉的味儿就散发出来。

我随意翻看着样册，想起萧引城的话，是啊，这些看似精美绝伦的照片，在他眼里是不同人物的复制品，算不上作品，不署名他也不会有遗憾。

代峭拿出一套“书屋低语”主题婚纱照样册给我：“小柳，听说你是华年忆的会员，来套书房艺术照吧？”

样册的封面正是舒茗悦和她的先生！舒茗悦或盘着发髻或梳着短发，或身着旗袍或一袭学生装。她的先生身着中山装、西装或者马褂长衫。人美、景致美、意境美。这对恋人宛如书中走出来的民国情侣，爱意满满，深情似海。

我惊诧地指着这本相册：“代老师，茗悦大大的婚纱照是你拍的？”

代峭：“悦儿上中学的时候就爱在我这店里拍艺术照，我是看着她长大的。”

我指着一张特别有意味的照片：“怎么不选一张挂到墙上？”

代峭：“悦儿不同意展示在墙上被大家看。这本样册，还是我说了好久的好话她才同意制作的。”

我若是舒茗悦，恨不得向全世界展示我的大照，让全世界都认识我：“茗悦大大太低调了！”

代峭：“悦儿她妈妈管得严。她读大学时，我请她当新娘模特儿，想作为橱窗照展示，并给五千报酬。结果，她妈妈不许，还命令她把那些样片全撕掉。”

我唏嘘着：“我能在华年忆取景拍摄艺术照吗？”

代峭：“不能，悦儿不同意书吧作为取景基地。我这楼上的摄影棚里有实物书房，拍这套的很多，促销价最低五百，十张。”

我打消了差点被激发的拍照念头，也不再为代峭为我推荐的其他主题动心。

秦姐则被“民国佳人”系列给吸引了，里面还有各种主题的分支，旗袍美人、古镇丽人、站台倩影、大家闺秀等等。秦姐最终被一册“自在生活”打动了。

样册里的模特儿不同于舒茗悦的东方韵味，有着天生的高贵洋气，有着上海滩民国时期明星的味儿。她穿着更具现代感的旗袍，烫着上海滩特色的卷发，或端咖啡进屋，或撑油纸伞观灯笼，或握折扇赏鸟，或为留声机装唱片，或抚摸欧式座钟，或对镜梳妆……

我更在意模特儿曼妙的身段与高贵的姿势，那一招一式一颦一笑非普通人容易精准摆拍到位，姿势浑然天成，如她生活写照，不同于其他人生硬别扭的摆拍照。

秦姐要求化妆师照着这模特儿的标准化，随后在摄影棚的背景幕布前按代峭的指点摆弄实物道具，那拙劣姿势让我不忍直视又忍俊不禁。

2

秦姐打来电话，说是有快递员把一盒玫瑰花送到档案室来了。

我正在华年忆的小街对面，顶着火辣辣的晨光，当一名安静的摄影者。

陶然阁二月十四日的情人节连个短信都没个，这七月初七的七夕节却突然来束花，什么居心？

复合？不亲自送花，还叫快递员，虚情假意的惊喜嘛！对了，他可能还在杭州找剧组。

反正，我不稀罕陶然阁在今天给我送什么，他还不知道，萧引城早在清晨六点就通过微信给我发过一张他拍摄的玫瑰花，并祝我节日快乐了……但愿这不仅仅是礼节性地问候。

萧引城取得了舒茗悦的同意，只能在每年的七夕节当天为书吧摄制纪录片。作为好事者，我很想见识纪录片怎么去本本真真地写实。

不过情况有变。萧引城在书吧周末会上说得信誓旦旦，要走近书吧，不惜用一生的时间为书吧拍摄纪录片。一个现实难题就撂倒了这开局之年——他在外地拍城市宣传片，代峭催他回影楼为众多的情侣们拍艺术照、婚纱照，他根本无法请假赶回。

萧引城为今天不能到书吧拍片遗憾万分。他曾给舒茗悦提出过，七夕节即使他不过节，通常也很忙，难以保证到华年忆。舒茗悦偏不同意他另选时间，拍与不拍，就七夕节。

我建议萧引城找朋友代他来拍摄，他说拍纪录片有策划方案、摄制组，人家代拍未必能拍出他想要的效果，好像他是导演。

我认为百年书吧这跨度极长的片子既然不能短期完成，那就先收集基础素材，今后再作利用。他却说已给大大说了，今年时间没安排好，明年他会把这一天无论如何也要腾出来。

我的本意是想让萧引城给舒茗悦请求一下，由我代替他去给书吧拍摄一些小片段，好歹也算是纪录起头了，有点素材收集着总比没素材好。

我懂，萧引城认为我独自去拍，用我那新相机，有点儿儿戏。别人拍纪录片用摄像机，他打算用摄影机，追求的是电影质感，要的是我没有接触过的LOG模式，还要使用普通电脑带不动的达芬奇调色软件调色。

而我玩转的单反相机，大不了是无压缩的RAW格式，它不过是图片领域的大杀器，即使要转换成视频领域的大杀器LOG模式也不能与电影摄影机的效果相比。佳能相机能拍摄短视频，普通人从电脑上看画质没什么问题，但进不了他敏感异常的法眼。包括去年我在书吧外用相机为他录制第一次与舒茗悦见面的场景，他并不怎么在意。

这就是我与萧引城的不同，我认为那次见面的记录比画质重要，但他理想中的纪录片不能以降低画质为代价。他这理念就似我对摄影与录像的好恶，我喜欢定格局部的唯美而选择摄影，不喜欢为了画面动感而选择录像，因为录像中很多周边场景和人物会破坏我理想中的美感。

高深的录制技术我不懂，团队录制我没那能耐，那我就用傻瓜式的方式，一个人来完成——延时摄影。

为了这，拍摄所用的辅助器材我都租借而来了，没个帮手，我搬运这些器材费了好大劲儿。

我在书吧对面的人行道上，稳定好两个高高的三脚架，脚架之间架上一米长的电动滑轨与云台，选好角度固定好起点机位，用广角镜头手动中心对焦到书吧大门牌匾“華年憶書吧”中的“憶”字，设置好拍摄一张的间隔时间、机位在滑轨上定时自动移动的距离，中心焦点始终不变，利用外部定时器、快门线等辅助器材最大限度拍到朝阳和夕阳变幻。

这是讲究稳定、精准和等待的摄影。我站在两只桶型塑料凳上才够得着相机取景器，克服着内心的胆怯，不停地告诫自己，别因路人的异样眼神而放弃。

这三伏天热死我了！树荫下也有地板上的热气烘烤着我，汗水打湿了我的七分裤，我还得坚守在脚架旁，保护相机不被行人触碰。

我准备好干粮解决三餐问题，好在麦卡发现了我，中途出来慰劳我，让我有点喘息机会。

我问：“麦卡姐，怎么一直不见茗悦大大到书吧？过节去了吗？”

麦卡：“大大七夕节要去一个地方。”

我问：“去哪里呀？”

麦卡没有回答，看了眼我放在旁边的行李包：“你怎么不找个帮手？”

我比较害怕回答类似的问题，这年头，没几个随叫随到的闺蜜或者蓝颜什么的，好像人品有问题。我只好说：“朋友们都在上班，不太方便。”

如果不是工作日，我就会说，朋友们都在休假，不太方便。

麦卡哪里知道，我在大学时就找过几位摄友做帮手，人家要么没耐心陪我，要么要去我不想去的地方拍摄，要么对我的摄影指手画脚，要么就如陶然阁把我陪成了女友。陪客，难找。

晚上十点，华灯下的华年忆熄灯了，舒茗悦和麦卡最后走出书吧，关门，离开。

书吧门前的夜行人已稀少。延时摄影到此关机。我一边为手臂上和腿上被蚊子叮咬出的疙瘩挠痒，一边收拾器材和行李包，全身散发着风油精和汗臭混合的异味。

舒茗悦下午回书吧时特意来看过我，夸我比她还有耐心，因为她也有过拍延时摄影的想法，一直没去尝试过。她并不反对路人拍摄书吧外景，但不同意我去书吧内部拍延时摄影，说是那里面的摄像头每天都在延时摄影。

舒茗悦又绕到我身边，帮我收拾装备：“兴而，你辛苦了。”

“大大，你只允许萧引城在七夕节来拍片，有什么讲究？”

“七夕节是华年忆独一无二的纪念日。”

“你和牧先生曾在七夕节这天，在书吧里定情？”

“我们才没这么刻意。这七夕节，我们也不刻意过节，他还在加班呢！”

“那，今天是书吧的什么纪念日？”

“纪念一个人。”

“谁？”

“书吧的纪录片如果能拍下去的话，可能会给你答案。”

3

档案室从未有过的人气爆棚，只因明年三月底滋利集团就创建二十周年了，相关人员频频来这儿调取档案要收集各类数据或素材。

卓主任前些日子参加了某公司五周年厂庆活动，就说服集团公司的高管们也要办一场庆典活动。那家小公司的纪念画册一页一图、一半图片一半文字，把厂志与图册合二为一，在卓主任的建议里，就变成了集团志与纪念画册各一本。小公司边吃晚餐边看文艺表演的安排，在卓主任的建议里，就升级成了职工文艺会演晚会。

二十周年大庆典的点子是卓主任提出的，但编写集团志、做纪念画册、组织会演这些大工程，基本由企业文化部的员工担了下来。

由于卓主任是集团公司的创建者和见证者之一，对公司的发展了如指掌，加之擅长文字，就任了集团志和纪念画册的主编。也就是说，我和秦姐为庆典所做的档案利用工作，暂由卓主任来管。

卓主任特别擅长“它山之石可以攻玉”，该他或者不该他负责的工作都乐于学经验。近年集团正在实施的精细考核系统、日常工作管理系统，本来属于企业管理部的职责，但他就能把另一家上市公司的考核制度引进过来并细化，最终促成企业管理部完成了三厘米厚的《操作手册》。

举个例，按绩效考核操作规定，科室主任每天要给手下评日常分，包括出勤、态度、效率、质量、协作等等，评分结果将纳入年终考核。理论上讲，奖惩有据有利于奖勤罚懒，没什么问题。操作起来就是另一回事，手下即使出了问题他也能瞒就瞒，不敢扣分，不然科室主任也会扣连带分，还会影响部门年终排名，少拿年终奖。于是，只要没有总部公开查处的员工，每天个个都会评为满分。谁认真谁就是跟自己的奖金过不去。这个弊端大家心知肚明，但没人能提出更科学的系统性方案。

卓主任能多学点化繁为简的经验，而不是化简为繁的经验就好了，我在雪力公司就不会加那么多的班。

面对即将举办的大庆典，我的分工是收集画册素材，并完成图片说明，两月后交企业文化部定稿并印成纪念画册。画册内容要丰富，要充分展示企业文化和发展历程，这是要赠送全体员工的，还将赠嘉宾、客户、同行等。

存档的历年照片我早已翻过一遍，心里有数，很多关键节点和大事件的照片档案室并没有，画面感好点的代表性照片并不多，凭现有的照片来挑选制作画册还很单薄。

秦姐负责寻找集团志需要的文字资料，她提醒我："汤董事长亲自来安排过画册的事，是不是在暗示我们要多放一些他的照片？"

我愁的是："汤董事长不喜欢摄影师跟着他，除了重大会议和活动有他的照片，好像没别的工作照呀！"

秦姐："你得通知摄影师给汤董事长做做工作，补拍一些在车间视察、与客户交谈、关怀员工生活之类的工作照。"

我举一反三，一边请摄影师补拍，一边找数位老摄影师要老照片，一边在工作群里发布十年前的老照片征集通知。有人就问提供老照片是否有奖？我动员大家为集团做贡献积极提供老照片的扫描件。有人则问起我那俏佳人相框照得了影楼多少代言费？我说分文没有，怀疑的话就跟来了。

我心情就不好了，代峭说过，舒茗悦大学时代当影楼的模特儿，有五千的代言费！我的相框照也是有肖像权的……身价不同我承认，一分不给，就是不尊重我的原则问题。

我不高兴，电话通知萧引城把我那相框照取下来。

萧引城略带歉意地说，他七夕节没回影楼，代峭已把他逐出师门，我那相框照也被取下来了。

什么天理呀，想挽回尊严都不给我机会。

秦姐受同事们之邀，利用午餐休息时间把她三十五岁民国女郎风格的"自在生活"主题艺术照分享在朋友圈里。她窝在档案室的椅子上，摇动着二郎腿，脚上套着那双似乎几年没洗过的红拖鞋，一条一条地享受起各种艳羡的夸奖。

精修的照片里，秦姐有了上海滩女人的味儿，高贵姿势摆得很到位，身段和模特儿相差无几，一米六二的她看上去有一米七，富贵的鹅蛋脸变成流行的瓜子脸了！

我承认陶然阁的话是对的，我P人像的技术，达不到靠它吃饭的专业级。

我在影楼有相框照的事被同事们传开了，姜姨透露给了陶然阁。陶然阁回到上海就去了俏佳人查看了一番。

晚上，陶然阁发微信视频过来："你别把自己弄成影楼的展览品哈，你是我的私藏品。"

"我才不是你的私藏品。"

"送你的玫瑰花喜欢吗？也不说声谢谢。"

"那上面又没留你的名字，万一是其他人送的呢？"

"七夕节怎么过的？"

"给华年忆拍外景的延时摄影。"

"你钟情于它，是因当年我们一起在那里幻想过吗？"

"那里有位我佩服的女老板。"

"发来看看。不是女老板，是延时摄影。"

"你在杭州怎么过的？先发来看看。"

一张照片随即发了过来，是陶然阁在故宫太和殿的留影，没有笑容。

"你还去北京晃荡了一圈啊！不怕扣工资奖金啊！"

"这是横店影视城，能以假乱真吧？"

"在这里找剧组？"

"《隔空红颜》在这里拍摄，旗帜把我拉去看看。"

"你们想阻止他们？"

"我们想知道谁买了那个版权。"

"谁？"

"没谁买，我那剧本已经被彻底洗稿，跟我没关系了。郁闷死了！"

"你不是说，摄影是图自己开心，开影楼是求别人开心吗？你写剧本，就不怕求制片人、求导演、求观众开心了？"

"我写剧本开心，不可以吗？"

我能猜想，这戏谑语气背后的挫败心情。我不知如何安慰，说什么都于事无补。陶然阁靠在沙发上朝我做了个亲吻的动作笑了。

“好久没见到宝贝了，想亲亲你了。”

“家里是不是又凌乱了？”

陶然阁用手机在屋里扫视，让我看他的家，屋里的确杂乱不堪，但床上整洁如故。我的注意力在茶几上，那里放着几瓶听装啤酒，还有一盒香烟。

“你又买醉？”

“你比它烈性百倍，醉死我了。”陶然阁把一听啤酒举到镜头里，随后用一次性打火机点了支烟，吸一口，吐出烟，用鼻子将烟吸了进去。

“看你颓废的！”

陶然阁发来一张照片，是他与一位英俊标致的男子在横店的合影。

“这就是旗帜。”

“还是你帅些。”

“我帅，我蟋蟀。我帅就不会被你甩。”

“说点正事好不好？旗帜看上去挺适合当演员，他怎么不演戏了？”

“看你，分明在说旗帜比我帅……”

“你这烟鬼的样子，特丑！”

“我得食人间烟火，必须有个缺点去接地气。”

“你的缺点还不多吗？”

“在我眼里，你怎么连缺点都成优点了呢？”

“你怎么像在背台词呢？”

“你以为演员就凭帅，就凭会背台词吗？旗帜大三就开始演男二号、男三号。他骄傲自满，毕业后在一次演主角的机会面前，直言剧本写得差，他不喜欢那主角，并且不松口地要了一回价。价虽不高，导演却说他耍大牌，还向编剧告了状，编剧还骂了他一通。从此他再也接不到戏，只好去当编剧枪手混口饭吃。要不是我帮他赶急，这口饭他也混不下去，他写剧本太慢了。”

“一两个人的评价，怎么能决定其他剧组不用他？”

“好名不出门，臭名传千里。就跟我抄袭的名声一样，圈里人避之不及，怕自招风险。”

“事情不是已了结了吗？旗帜还拉你去逛横店做啥？”

“他投资了《古书》，着急呀，总想把局面扭转回来。”

“你俩为那部电影共贴了多少？你贴了多少？”

“不提这个好吗？”

“你一直没介绍我认识金旗，是我拿不出手吗？”

“旗帜有女人缘，追他的女生一有个团，我怕你会中邪。”

“看他照片更让我中邪。”

“这周末约他吃饭怎么样？”

“休想我再给你机会。”

“这半年我心烦，没关心到你，你别恨我。”

“我不需要你关心。你现在还心烦对吧？”

“看你一次就治愈十分之一。”

看着陶然阁在那头独自喝闷酒吸着烟，想起大半年他过的痛苦日子，我恨死扶桑了，也恨死自己了。

4

我把一只移动硬盘带到“恒心”室，交给舒茗悦。

硬盘上面是我拍摄的华年忆外景延时摄影，有多种格式和时长。舒茗悦在乎书吧的第一个延时摄影，要将其版权买断，相当于成为她的财产。也就是说，我将无权分享在朋友圈和网络上。

版权费，舒茗悦问我要多少。

我哪想到版权费啊，送给舒茗悦都乐意。这类片子，喜欢就保存，当无价之宝；不喜欢可以删除，一文不值。

我已暗示过萧引城，他是否需要我这素材，他要自己去拍摄。他不稀罕，而舒茗悦稀罕，我就把片子交给珍视它的人。

算起来，我给书吧拍片子已从去年开始了，萧引城却要拖到明年。书吧门前的树，今年还算“儿童”，明年就似“少年”，说不定还被换成了别的树，时光流逝真的不会重来。

我无法给这小片子估价，要少了自降身价，要多了就怕落得金旗那种“要大牌”的下场。两难之时，干脆就不用金钱来衡量它，谈钱多俗气和生分啊！

我只有一个要求：“大大，请允许我在某个周末会上和书友群里，为一部剧本和一部小说做推广，内容可能与华年忆无关。”

这里面提到的剧本，是我的目标；提到的小说，是陶然阁的计划。

我在乎推广，正是担心今后在华年忆打作品广告会被反对和屏蔽，想留条后路，这样才可以大张旗鼓地与扶桑叫板。

舒茗悦同意把我要求中的“和”字改为“或”字，也就是我要么在周末会上打广告，要么在书友群里打广告，平台上二选一；我要么为一部剧本打广告，要么为一部小说打广告，体裁上二选一。

舒茗悦翻看起由她春节后才建起的“华年忆书吧”微信群：“书友中又多了一个想写剧本的你。”

“我想写部有关书吧的电影剧本，和扶桑比试比试。”

“你兼职，他专职，写得过吗？”

“专职与兼职，跟写作水平没必然关系，有人近水楼台先得月而已。”

“扶桑有他的小品舞台，也有影视朋友，你比得过吗？”

“没有影视公司的朋友，我可以去认识。”

“有那么容易吗？”

“大大，你不知道，我亲眼见到阁子把五十万的赔款转给了剧组人员。这个场景，老在梦里刺激我。”

“陶编真赔钱呀！”

“阁子签的协议中写明了，剧本抄袭带来的损失由编剧承担，编剧泄密故事情节也要承担损失。虽然分场剧本编剧显示为三个，但另两个编剧没签这份协议，不担责任。”

“没签协议，陶编还同意增加署名？”

“阁子第一次签这种协议，没经验，也怕要求多了失去机会。柴总把协议当面交给他，他都不好细看，要显示出对柴总的绝对信任。协议上没有写明编剧署名共几人，他排第几，当时他也没考虑到这点。他争不过制片人和导演，剧组人员不让他过年，他无路可退，不想这事纠缠他一生。”

“五十万，不是个小数值。”

“我的直觉，阁子不止赔了这么多，他还瞒着我一些……我，我一直不敢在他面前承认扶桑偷看过剧本，不然他会骂死我。我也觉得，阁子这么快认输，那是他知道把剧本交给了我，违反了协议，不敢去面对我泄密的可能。”

“他宁可自己吃亏，也不拖泥带水，有气魄！”

“跟假装一身正气的扶桑比起来，他这气魄成了落魄。”

“为这事你就想写剧本？”

“嗯。扶桑在群里炫耀他小品剧本的底酬已同比上涨一万块，也炫耀焦糖成了他的学员，培训费也因靓笔尖的出名上涨了。小人得势，凭什么？”

“你可别学焦糖，他辞职去写剧本，现在工作还没着落。”

“我不可能放弃稳定的生活来源，去写没有稳定收入的剧本。”

“焦糖指望扶桑介绍他去编剧工作室。据我了解，就算去了那些工作室，也未必干得久。”

“我没打算当编剧，只是不想扶桑写得那么顺畅，哪怕烦烦他的心我也解恨。”

“我建议你先写小说，选适合拍摄的题材。等小说有了名气，改编成电影或者电视剧的机会就会增大，这样更可行。”

“大大，阁子也这么想，他写小说的话，我就让他发布到华年网。我要写剧本，如果写书吧有关的内容，你不会介意吧？”

“广义的书吧，谁都可以写。”

“在我的构思里，书吧就是华年忆这样的，我想写个深情的故事。”

“想借书吧讲你的情感故事吗？”

“我没什么深情故事。因为欠缺，才想用故事来弥补；正因为欠缺，所以编都编不出来。”

“怀着报复之心来写，偏激的情绪会流露在字里行间。”

“我和阁子被扶桑害得像跳梁小丑，这口气，我怎么咽得下？我闯的祸，得去收场，用剧本的方式。”

“兴而，我并不喜欢你们在群里老谈剧本。”

“那是因为扶桑想写部有关书吧的剧本，书友们关心他的剧本，其实是在关心书吧。”

“不谈剧本，就无事可谈了？”

“好吧，今晚回去，我就给书友们推荐好书。”

这时，有位拿着亮闪闪手包的高挑女人敲门而进，细眉大眼中带着戾气。她鼻梁挺直，红唇分明，下巴微翘，头顶盘着卷发，身穿晚礼服般的单肩长裙，珠宝首饰加身，气势不凡。

这是谁家的太太？我似曾相识，想不起她叫什么，在哪里遇见过。

洋气女人扫视了我和舒茗悦，目标直指舒茗悦：“你就是舒老板吧？”

麦卡跟来，显得不安：“大大，她非上来找你不可！”

舒茗悦起身示意洋气女人入座：“我是小舒。你是……”

洋气女人慢慢坐到沙发上：“不必知道我是谁。你知道爱渺是谁吧？”

舒茗悦眼中闪过错愕之色：“莫非，你是杨太太？”

洋气女人：“我早不是了。你可以叫我雅姐，优雅的雅。”

舒茗悦转过头：“麦卡姐，给雅姐上茶来。”

麦卡愣了下，立即从茶桌上取杯泡茶。

我不适合插在她们之间：“大大，我下去看会儿书。”

我和麦卡走出“恒心”室，舒茗悦把门掩上。

来到楼下，我不放心：“麦卡姐，来者不善也。”

麦卡：“这女人一来就凶，别出什么事。”

我问：“杨太太，谁家杨太太？”

麦卡：“我也不知道。”

我提示：“她们好像都认识另一个人，叫，叫爱渺。”

麦卡：“大大刚才神情就不对……嗯，她一个人在楼上，我还是去门外守着。”

麦卡返回楼上，我就在楼下翻书看。

为书友服务的是另一名小哥，想起多永为扶桑和他的学员们服务去了，我后背发凉。

时间已晚，我借着去给舒茗悦道别，想看情况如何。

还没走到门口，就听到里面有争执声，听不清。麦卡在门外一脸着急，示意我别去打扰。

我不这么认为：“总不能这样争一宿吧？”

于是我敲门，假装进去告别，麦卡假装进去添茶水。

舒茗悦强颜朝我一笑：“回家注意安全哦！”

雅姐站了起来，一手拿起手包，一手徐徐端起茶杯，专业地品茶。

哦，这专业级的品茶姿势让我想起了！这名为“雅”，姿显“贵”的人，不正是俏佳人影楼那本“自在生活”主题样册里的模特儿吗！

在这屋里，同时见到影楼里的两位模特儿，加上我就是三位，如同抛了百次硬币，每次落地都是正面。

我的惊异没人知道，还没等我回过神来，却见雅姐猛地把茶水向舒茗悦脸上泼去。

舒茗悦一转头，并用手一档，茶水还是有些洒到了她的长发和颈上。

舒茗悦一改温柔如水的模样，拿起自己的紫砂茶杯，向雅姐身上泼去。

雅姐早有准备，一闪身躲开泼来的茶水，向门外跑去，一边大喊：“你这婊子，欺人太甚，抢我的财产！”

舒茗悦又气又急，追出去：“你没资格来找我！”

雅姐停在梯子前回过头，指着舒茗悦：“我不会罢休。不是你的铺子，你独吞了也要吐出来！”

舒茗悦：“这铺子就是我的！”

雅姐冷笑了一声，继续往楼下跑，大叫着：“别看书了，这铺子不干净！这婊子骗我前夫，夺我前夫遗产，这书吧是婊子开的！”

我跟着舒茗悦来到楼下，书吧里的客人都惊诧地站起来看着雅姐，有人举起手机拍照。

舒茗悦：“不许你污蔑书吧！”

雅姐对着一众书友大喊：“这铺子是我的，是我的！被这个婊子暗度陈仓骗去了！”

舒茗悦：“我和书吧光明磊落。别以为什么都是你的！”

雅姐：“这是我前夫的财产，你是她的什么啊？不经我同意就到你手上了？”

舒茗悦：“我和书吧的事，没必要给你解释。”

雅姐：“你不敢说出来吧？黑幕太深太厚了！”

舒茗悦：“请尊重你的前夫，让他九泉之下得到安宁。”

雅姐："他都把婚内财产给你了，还要我尊重他？笑话！"

舒茗悦："你的财产？口说无凭。送客！"

5

这周末，来沙龙室的书友无人报名主讲，似乎都料到谁讲也没人感兴趣。

沙龙会上，假装谈论其他话题的书友们最终把话题落到那个叫嚣书吧是她的那位女人是谁。

麦卡提醒书友们不要轻信传言，要相信大大；她也请求书友们不要讨论这事，大大会不高兴。

这些并非我亲眼所见，是"华年忆书吧"微信群里分享出来的图片和视频告知的。

书吧的客人每天不少，很多属流动性客人，会员书友中，进入微信群的不足三百人，在群里活跃的书友通常也就一二十人。

我在群里本属潜水型，害怕在这些爱读书的人中，说得越多越暴露浅薄。

这几天则属例外，我变得很活跃，起因正是雅姐风波。

雅姐大闹书吧的手机图片和视频，第一时间在"华年忆书吧"微信群里被分享了出来。

焦糖在群里表示他讨厌雅姐那种打扮与言语极不相称的人；张立立对自己没有在现场帮大大表示遗憾；铁甲认为大大不是那种女人；税毕认为那女人是为了炒作自己；罗夕认为爱上大大的男人都是有眼光的；倾杯说女强人年轻漂亮的确容易让人误会；扶桑说大大的父亲是海运公司董事长、老公是私募操盘手能建起书吧；萧引城说但愿书吧平安……

我不敢相信那个雅姐所说的话，如果那是真的，我所欣赏的茗悦大大就……毁我三观嘛！

舒茗悦披着被茶水泼湿的头发，一边下逐客令，一边转身流泪的一幕浮现在我眼前。舒茗悦也朝雅姐泼茶水进行回击，那种愤怒让我相信她。我立即在群里大力推荐一本书，又是发书籍封面，又是介绍这部书的动人之处，还特别介绍封面设计的非凡意义……我在群里刷屏，大家都不发言。

近两天，群里不时有人挑起有关雅姐的话题，我就推荐书籍，继续刷屏。

周日晚，税毕见我又在刷屏，耐不住了：兴而，你这样求关注可不对哦！

仇人面前我分外眼红：你不谈书，想谈什么？

税毕的昵称已不再叫“万事不求人”，用的实名：我看你冷血啊，对大大不闻不问。

我激将：你想问什么？

税毕：大大在群里，你不能表示一下关心吗？

焦糖：可惜大大忙，不回我们的话。

税毕：麦卡也不回话，我们是不是该抽工作日去关心一下书吧和大大？

我发了一张《中国人的性格》的封面图：建议读读这本书。

好一会儿焦糖回话：一百年前的外国人来分析中国人，这书你也看啊！

我发了个“微笑”表情：这是世界上研究中国民族性最早、最详尽的著作，写得有趣和深刻，不容错过的好书，五星推荐。

税毕：什么时代了，还用百年前的眼光看国人。

我回道：为啥这个时代的某些人，跟百年前的人相似，没长进呢？

税毕：哪点没长进了，你说说看。

作者阿瑟·史密斯的一句话被我发了过去：中国人并不缺乏智慧，也不缺乏耐心、务实、快乐，这些方面他们都是杰出的，他们缺乏的是人格和良心。

税毕：兴而，你通过践踏中国人来炒作自己，品质有问题。

我把该书的目录也发到群里：我炒的是书，不是自己，我说的是某些人，而不是全部。大家都推荐一本好书炒炒看！

群里又安静了。

我收到舒茗悦发来的私信：谢谢兴而！

大大，你怎么不做声明呢？

没必要。

他们在群里看书吧和你的笑话，你不在乎吗？

我无愧于心。

你真的不怕？

我想看看，是些什么人在传。

书吧群里依然有书友零星分享着书吧和沙龙会经营照常的图片，叹着岁月静好。

我分别艾特过他们：书吧里有严禁拍照的提示牌，没看见吗？

有书友回道：是吗？没注意。何必当真呢？

也有书友回复：街上标有严禁停车的地方不是停着车嘛，标有严禁摆摊的地方不是摆着小摊嘛，盲道上有安装花台、消防栓和站牌嘛！

更有甚者回复：有什么见不得光的地方，怕别人拍吗？

他们仿佛正在读《如何公开挑战规则与隐私》之类的书。而舒茗悦手握的似乎是本《宽容，是最高的修养》。

这些被公开出来的书吧内景照片中，有张是萧引城与倾杯正在沙龙室交谈的照片。萧引城的脸庞明显偏黑，说是这个夏天曾晒脱了皮。

萧引城把拍摄华年忆纪录片的日程推迟到明年不只是他七夕节到不了场的原因。纪录片拍摄有高昂的成本，他不打无准备之仗，要在熟悉书吧运营以及书友整体情况的基础上，物色不同的典型书友和工作人员，比如长久的、有特别故事的、特殊形象的等等，通过这些人物的行动来表现书吧。所有的拍摄必须有个周密的摄制计划，除了人物的选择，还包括拍摄的时间点、拍摄角度的考究，并非是一盘散沙地乱拍一通。

由于舒茗悦给萧引城的拍摄时间限定在那么特殊的一天，萧引城和团队要选择数位书友进行同步跟踪拍摄，也就是这几位书友尽量在每年七夕节当天能坚持去书吧。十个拍摄人选中，有一两个能坚持到十年以上或者有意想不到的故事发生就算成功了。这部片子开场要从书友说起，这几位至关重要的开场书友他还没选中，他有空就会去书吧物色人选。

别开小差了，人家的纪录片根本没有考虑我的戏。

还是要谢谢萧引城，他让我认识了编剧园网，这是我迄今为止体验最好的编剧网。我在这里汲取营养，为自己培根固基，要让自己成长为故事的创造者，而不仅是看客。

不过，这网站已改版，由文字化变成了图片化与数据化。首页不再是名片剧本推荐、剧本写作技巧、著名编剧访谈、影视动态、原创剧本……而是编剧们的生活照头像分类展示。

首页“当日写作排行榜”中排在第二十位的名字好熟悉，符良强，这不是扶桑吗！数据显示，他今日已完成一千五十七字的写作，在本网站驻站三百一十二天，写了二百零四部剧本，拍摄过五十二部。

这网站上搜索不到符良强公开出来的剧本信息和内容，包括“剧本超市”里也无他的“货”。

莫非正像扶桑说的那样，他的小品剧本通常是为舞台定制？有定制就会有拍摄，不用在此显露和出售。

我登录，创建剧本，把原剧本《较量》重新上传五千余字，把片名换了个名字。

为了防止扶桑在这网站发现我，我将笔名改为“冲冲草”，头像来个美人计，按新规定的尺寸改为网上精选的一张大美女头像，尽量吸引关注度，对个人信息完善了设置，并将剧本设为私密，不公开。

查看首页排行榜，“冲冲草”排名第十七，今天已完成五千五百六十三字的写作，在本网站驻站一百六十一天，写了三部剧本，拍摄过三部。不公开的剧本，相关数据却是公开的。

假的也可以弄得像真的！尽信数据不如无数据。

从新开辟的“剧本需求快报”“剧本库”“编剧录”看，网站已从学院式变成中介式，只相当于从前的“剧本超市”功能。失望中我找到了点希望，网站在向经纪人方向转型，会拉近影视公司、制片人与编剧的距离。

第二幕

离开我

第六场　小导演

1

卓主任要单独与我谈谈集团公司二十周年纪念画册事宜。

一身正装、头发油光、皮鞋锃亮的卓主任习惯性地张开五指捋了一把额顶的头发："小柳，你按纪念册板块收集整理的照片汤董审核通过了。现在要着手写画册概述，也就是每个板块、每张页面的串词，包括前言和后序。这个任务，没问题吧？"

纪念画册从最先的收集素材到最后印制和分发，都有明确分工，照片说明我负责，画册串词是企业文化部主办邹树的职责。我不敢贸然答应，弄不好就会得罪人。

那次我在办公群里发布征集集团十年前的老照片的通知后，一个月过去了没一个人响应。我请公司摄影师去补拍一些厂景和人物图片，他也自称太忙没空。集团老摄影师说十年前的照片冲洗出来后全部交给了档案室，底片也交了，该有的都有。事实上档案室我翻了个底朝天也不过才十来张有些观赏价值的老照片可以纳入画册，作为前十年的历史这远远不够。至于近十年采用的数码摄影，老摄影师说电子档存了档案室，但一些关键事件在集团志中有记录却无任何图像记录。另有几位老员工要么说自己的私家相机拍过公司的照片，但遗失了。

秦姐就说了，我应该首先征得卓主任同意，由卓主任发布征集通知才权威，才有人听。

后来卓主任也意识到画册图片单薄的严重性，才再次通过OA办公系统发出了正式通知，并实行有奖征集，还通知摄影师补拍了照片，画册素材方收集起来，仅是十年前的彩色老照片就另收集了七十余张。

秦姐又说了，老照片在原档案员管理时，被一些人直接从档案室甚至从摄影师那里拿回家了，有自己形象的照片谁不想免费获得？

偷窃公家照片的，现在反而得到了捐献奖！我气愤那些年究竟是谁把档案照片管理成那个样子。

秦姐警告我这话千万别传到卓主任耳里。卓主任本来一直负责管理档案，汤董事长上任后，有块土地的产权证书和相关文件到处没找到，一气之下，才把档案室划给了企业文化部。

为啥不把卓主任调离办公室？原来卓主任是集团的创始人汤董事长之父的心腹人物，为公司打下市场江山立下过汗马功劳，集团公司十年前第一次实施兼并计划和目标绩效考核就是卓主任的提议。汤董事长对卓主任尊重有加，卓主任一直没有被提携进入高管层，但他的话有时比副总经理还管用。

关系错综复杂，责任界线老不分明，这个时候，我若接了卓主任安排的任务，岂不是抢了邹树的饭碗？

多一事不如少一事，我对卓主任摇头如拨浪鼓："我不擅长写这个，也从没写过。邹树可以写。"

卓主任："邹树写了个初稿，文笔太理性，有点生硬。他写《集团志》可以，不适合写画册。你给《饮响力》期期投稿，文章有灵气，写画册串词不妨别具一格。"

"卓主任，你的文笔是公认的，你写既有分量，也有特别意义。"

"我跟不上时代了，老套了。"

"还有其他部门的几个笔杆子可以上。"

"小柳，你是不是对去了档案室有意见？"

"现在让我离开档案室，我还不肯呢！"

"我知道你对我有怨气。说实话，你工作有思路，办公软件用得特别娴熟，换个人要经常加班才能完成的工作，你基本不用加班就搞定，我哪舍得你离开嘛！"

"卓主任太过奖了！"

“我也没能力留下你。要怪，你别怪我，就怪你那同学。”

“同学？”

“那个找你推销产品的。”

“哦，对不起卓主任了！”

“哪是对不起我，小柳，看你，还是一幅记恨我的样子。”

“同学在公众场合说了不当的话，我知道是我不对。”本来在说纪念册的事，结果说到我的同学古岩这里来了！卓主任不惜出卖汤董事长在求我了，我不能太过分，“好吧，卓主任，我答应你，试着写一稿。”

卓主任如释重负：“明天能拿出来吗？”

仿佛接到了萧引城的加急任务，我都习惯了。花了两个月四处收集滋利的历程图片并配上说明，我对图片们已有了感情，画册的概述词在脑海里有了轮廓。我点头答应：“能。”

“还有件事，你知道就好，不要说出去。”

“有事请吩咐！”

“我有个想法，在二十周年庆典上，播放集团公司的微电影，现在流行这个。你先编个能展示集团形象的动人故事。”

“我没发现有什么特别感人的故事呀！”

“所以才叫你去找、去提炼。”

“邹树不是在写会演的小品剧本和三句半吗？怎不让他写？”

“他写搞笑的小品行，写正式点的又用力过猛。这片子要像液体的饮料一样，用柔打动人。”

“哦……什么时候交稿？”

“一个月内，怎么样？好故事出来，我就去请示汤董。汤董点头了，就开拍。”

“如果故事通过了，能不能由我推荐摄影师来拍？”

“故事编出来再说。”卓主任把头放低了些，小声道，“你在家里写，别让其他人知道，这只是我不成熟的想法。”

2

我把陶然阁约到华年忆，喝个周末下午茶。

陶然阁恨华年忆，这里曾是他和金旗与柴总商谈《古树情人》，也就是《古书情人》的地方，他回想起就心生阴影。

陶然阁举起他的龙井茶，指了指我的凤翎茶："我龙，你凤，多好的一对儿！"

"他们各是一类物种，怎么成对的啊！"

"那我是凤，你是凰好了。说吧，凰要利用凤做什么了？"

"单纯地喝茶不可以吗？"

"我还以为你要说是爱呢！"

"别瞎扯！近期你写剧本没啊？"

"你是说，你写了？"

"写着玩。那个编剧园网不错，你在上面写过没？"

"别在那里写，还要我怎么说？"

"阁子，那网站在给编剧和影视公司搭桥，剧本卖出的编剧已有几十个了，有位新手编剧的处女作电影剧本卖出了三十万。"

"有对证吗？"

"网站访谈了这位新手编剧，他是一位管理酒店的打工仔，所以写出了酒店题材的剧本。"

"那是托儿。"

"高手在民间，未必在编剧圈。"

"网站就针对你这种新手画饼，你别以为吃得着。"

"这可是正规的网站……你什么事都不当真，还能做什么呀？"

"我还没给你讲起过，我大一时就做过一笔生意，正是相信了网站的吹嘘。"

"什么生意？"

"域名注册。"

"一个网站对应一个域名，这生意怎么做？"

"那是一个知名的域名注册网，注册费用比其他网站都贵，说是域名转让更有保障。这网站有个版面，每天展示域名火热的交易情况，众多域名二手成交价是几千、几万、几十万。这里介绍什么样的域名升值空间大，还可以在线给域名估价。我花了六千多块，注册了一百多个各种后缀的精简域名，注册期一年，估价为二十多万。你猜我共赚了多少？”

“保本，或小赚。”

“我想，一百多个域名中，哪怕只有一个域名卖个七千，我就能全部回本。”

“出手了几个？”

“我把域名挂在那网上出售，直到大学毕业，每年要续费，共耗掉了两万五吧，一个域名都无人问津，但那网站的二手域名仍交易火爆……我认了，我没有生意人的眼光和头脑，容易被骗。”

“阁子，你瞒我的事还有多少？”

“你多请我喝几回茶，我就什么都招供了。”

“靠出卖自己讨茶喝的人，不值我这杯茶钱。”

“我是想告诉你，不要轻信网上那些某某某成功的案例，那是可以编造的，你无从考证。”

“总有些影视公司或者制片人，需要好剧本来成就自己吧？他们即使想照顾身边的亲朋好友，也未必能从中得到需要的本子。他们不去网上找，还能去哪里找？”

“影视圈的大佬大咖见多识广、阅人无数，什么风雨没经历过？他们在一起吃顿饭就能聊出一个剧本，稀罕你去写啊！”

“你不写剧本，在写小说吗？如果写了，就发布到华年网上吧，这里可以挣稿费。”

“我现在想挣大钱。”

“你不是视钱财如粪土吗？”

“唉，旗帜为我那片子投资了一百万，我得还一部分账。”

“你的账还没还完啊！”

“还了旗帜的，就还完了。”

“旗帜炒房赚了那么多呀！”

“那是他借的钱，有利息，他的钱在房子里压着没出来。”

“你共赔了多少？”

“加上旗帜的，要两百多万吧！”

“你拿什么去赔啊！”

“卖了一套房子，挨了爸妈几个月的训，就当是我投资亏本了。”

“凭什么你一个人全担了？”

“我能推给谁？我落魄如此，你肯请我吃顿饭吗？”

“吃！你点什么我就请你吃什么。”

陶然阁用双手拉住我的左手，凝视着我：“说吧，找我啥事？”

我犹豫着，讲起了我正犯愁的事。我把所有情感和灵感都融入纪念册的串词中，反馈回来的消息是，汤董事长不满意这个串词，这项工作已交给了一家文化传媒公司，该公司同时也负责画册的设计排版与印制。这事打击得我抬不起头，我对编写集团微电影故事也没了信心。眼看交稿期限快到了，我的脑子里还是糨糊一摊。我已从多种途径收集了不少故事，就是不能把它们梳理得感人一点。自己公司的微电影故事都冲不进去入选，何谈自己的剧本冲入别的影视公司去拍摄？我不甘心这个机会也拱手让人。

陶然阁的头脑在编故事这方面的灵活毋庸置疑，等我们在他选定的地方吃起晚饭，他已把我提供的不少滋利人平凡的故事挑选出几个来，把“石头”打磨成了“宝石”，我似乎看到了一串即将发光的“项链”。

一个短片故事渐渐在我心里明晰，恨不得赶紧回家写成故事，不，是写成剧本，直接交给摄影师拍摄。灵感来得总不是时候，想写的时候，我还得陪陶然阁好好吃饭，听他聊起去横店的见闻与感受。

陶然阁翻出一张照片：“横店有上万群演，叫横漂，渴望当上配角甚至主角。你现在想写剧本被拍摄，就是相同的心态。”

我一看这照片，是一大群古代士兵装扮的人坐在地上，靠在墙边吃盒饭的情景：“又怎么了，任何明星都是一步一步走上去的。”

“这里面绝大多数群演不过是演躺尸、伤员之类的大场面背景。你想，谁会在意他们的演技？”

“我就注意过。”

“你看她如何？”陶然阁又翻出一位老大妈半夜排队上大客车的照片。

“适合去演凶狠的老仆人。”

“她还算运气好的，五年前有部很火的片子播出了她的一句台词，她现在经常翻起那个剧照哭，说是她如果年轻三十岁的话，肯定能当主演，她错过了那个时代。”

“兴许真是那样哦！”

“这种太常见了，机会似乎就在眼前，但永远得不到。”

“就看谁坚持到最后。”

“不是一家人，还真走不到一起来。”陶然阁笑起来。他一笑，我就恨不起他来。

“咱们才不是一家人。”

“小心眼，那天我随口说一回，你就恨我一辈子吗？”

“我有什么好啊？天下到处是芳草，随便你怎么去绕。”

“绕过了，还是觉得你最好。下次需要我陪的时候，就找我，别再去华年忆了。”

“你就得多去，要克服心理障碍。”

“这小区里有个私家书吧，全是私家藏书，还有那种手风琴式的书。”

“啥手风琴式？”

“走，我请你去看看就知道了，不然你眼中只有华年忆的书。华年忆那地方不善，铺子是人家前夫的遗产。”

“你都知道这假消息了啊！谁在乱说？”

“难道你知道真相？”

“茗悦大大若心虚，就不会继续营业了；那个胡闹的女人有理，就会天天来书吧吵闹了。”

“听说那女人也是有头有脸之人。”

“你听谁说的？”

“有的消息，你当然听不到。”

“是不是你加入的什么编剧群、文艺圈群里说的？把我也拉进去看看。”

“我进入的全是些被边缘化的名利场，大家都渴望自己出头。核心的圈子，我们加不进。”

“你还听谁说了大大的消息？”

“这里聊多没趣！”陶然阁朝外望了望，“咱们去这私家小书吧，我慢慢告诉你。”

来到一家二层楼的住户门外，陶然阁用钥匙打开房门。节能灯让漆黑的屋子亮堂起来，这是间只有一室一卫，不过十来平方米的袖珍小屋，屋子陌生，但各种摆设熟悉，桌上依然放着滋利饮料，有些乱的屋子唯独床上的被子叠得异常方正，枕头放得异常端正。

哪是什么私家小书吧，分明是有局部洁癖的陶然阁之家！

“你搬过来了？”我停在门口诧异。

“我这败家子，租不起好点的房子了。”

“你又骗我上当！”

“没骗你，美人鱼，我就想吃。”陶然阁把我一把拉进屋关了门。

“别骚扰我啊！”

“我不骚扰你，难道指望你来骚扰我？”陶然阁抱住我的腰，要亲我。

“打住，我是来看藏书的，不是来陪你的。”

陶然阁从一堆乱七八糟的书里找出一本精装厚书：“这就是我说的手风琴式藏书，你看好了。”

我接过有厚厚硬封面的《一图读尽世界电影史》，封面与封底没有书脊做连接，而是靠里面的折叠书页首尾相连，真像可伸缩的手风琴，完全拉开书页可能有十米之长，整体视觉设计效果如同胶卷。

这种书的装订方式类似于折叠式广告册子，如此精装的厚厚的一本大书还是让我震撼了一番。我翻了好半天，终于想起来：“这不叫手风琴式，叫经折装。”

陶然阁见我翻得差不多了，将书搁到桌上：“藏书有必要叫得那么正经吗？”

“你靠一本书就来骗我！”

“我这私家小书吧连旗帜也没告诉，只想让你知道。”

“你在躲他们？”

“还有几个小投资人在找我。”

“他们不找柴总，找你做什么啊！”

“他们奈何不了柴总，就听柴总的指使了。”

“你就这么好欺！”

“不是好欺，是他们认为我还有房产，有办法拿得出钱来。”

“谁让你到处显摆！”

“我再也不显摆了。”

烈火烧身的陶然阁充满了男人气，让我难以拒绝，他不是没有梦想的人，他是用心爱着我的人，他是想给我惊喜的人，他是撒起谎来都让我无从恨起的可爱家伙，我不能在他最落魄的时候给他冷脸。我不再抗拒，抱紧他，任他用嘴唇与舌头表达对我的爱。

我的手机响起了铃声，是秦姐打来的，陶然阁才不管，继续燃烧着，把我抱到他整洁的床上。

我放在床头的手机再次响起来，我抓来一看，是萧引城的。我不接，陶然阁帮我把电话接通，开了免提。

萧引城的声音传来：“兴而，你没看我发你的微信吗？”

我把手机挂掉，翻身而起，气恼地冲着陶然阁：“你怎么是这种人？”

陶然阁正燃烧着的火焰熄灭，换成了愤怒的眼光：“他想给你说什么？”

我对陶然阁的爱意全消，只觉恶心，开始穿起衣服：“也是谈工作。”

“你俩各在一家公司，有什么工作好谈？心儿，他喊得多亲密啊！”

“不是心儿，是兴而，我的网名，谁都可以喊，在大街上都能喊。”

“你接他的电话呀，躲什么躲？”

“你很想听我和另一个男生通话的声音吗？”

“是你喜欢他，还是他喜欢你？”

“凭什么来审问我？凭什么动我手机？”

“我的手机你可以随便翻。”

“我的手机即使没激活，也不会让你翻！”

“难怪你对我说冷漠就冷漠，原来是有了他，对吧？”

“你当我是有了下家就抛弃上家的人啊！侮辱我人格！”我开始穿鞋子。

“萧引城，我记住他了！我不能让他这么容易就把我的女人抢到手！”陶然阁抢过我的鞋子扔到一边。

我被拖拽在床上，拼命反抗：“我不是你的，小心我告你！”

陶然阁想征服我：“好，我偏要向世界宣布，你是我的。”

我和陶然阁在床上搏斗起来，我又是打又是踢又是咬，眼看不能招架，就使出还剩下的力气，一耳光扇到他脸上。陶然阁呆住了。

我在小区门外随意蹬上一辆到站的公交车，陶然阁拽住我的手臂泪流满面不让我上车：“柳条，柳条，我等你回来！”

我讨厌地掰开他冲入车子最后一排，刚擦干的眼泪止不住流下来。一路上，我模糊着双眼把陶然阁加入黑名单，删除有关他的所有照片，清除有关他的所有记录，让他的痕迹在手机里再也看不见。

3

回到家，我收到萧引城发来的画册设计初稿邮件，哭笑不得——这正是滋利集团的纪念册样稿，萧引城只记得我是雪力公司的，并不清楚雪力公司是滋利集团的一部分。在雪力公司的日子里，我不爱提及滋利集团，它带给雪力原职工的是耻辱感。

这一刻，我清醒了两分，我在乎萧引城，远比他在乎我多。我通过网络和俏佳人影楼对他了解了七八分，他似乎没去更多地了解我，他若在意我提及的华年网《兴而文集》，就应该知道我与滋利集团的关系。

这一点，萧引城根本没法与陶然阁相比。记得陶然阁第一次约我去摄影时是我们在画展上相识后一个月，他已摸清我老家在哪里，我父母是做什么的，我中学虽读的是本地名校但这学校考上985、211的比例只有百分之十，我爱好有哪些，有没有男友和闺蜜……

陶然阁受不了萧引城的那个电话，是他察觉到了危险的气息。我能怪陶然阁那一刻丧失理智吗？

我也不能怪萧引城在这画册上暴露出的粗枝大叶，他追求专业上的极致，追求未来发展，无暇顾及旁枝末节，包括书吧里的女人。

叫我怎么不喜欢华年忆？这个朋友圈，有个萧引城，带给了我一点儿收入，也在带着我成长。我偶尔给他写的短视频、微电影剧本等，都会收到稿费，多则上千，少则一两百。这些剧本并非萧引城独用，他的朋友也需要，他在帮我把文字推向市场，让文字变成实在的价值。

他说，婚庆方面的文案业务最多，他本可以为我介绍，但对我难有提升，不如让我多花些时间掌握些核心竞争力的东西，不易被人替代。在他心里，与拍摄有关的业务已有了一条大致而又不绝对的鄙视链，婚庆MV<宣传片<艺术广告<微电影<数字电影<胶片电影。

这新一单文案业务又因萧引城而来，虽然来得不是时候。

萧引城的一些短片解说词曾交给俏佳人影楼的摄影师兼文案员“抹茶色”在写，但这人写文字有点磨蹭，千字文有时拖上一两天。萧引城曾向他吹嘘过，晚上向我约稿第二天一早我就能交稿。

抹茶色在他加入的文案群里得知，一家文化传媒的文案员A仍在为一本画册的概述词求助，因为交了几稿都未过关，明天再不过关，客户就不会往下签订画册制作合同，这单生意倘若黄了奖金难保。

群里的文案员们分别在不同的公司效力，必须在最短的时间满足千奇百怪的客户要求，大家扬长避短，互帮互助，能写的就代写，有时一单业务会有几套文案产生供客户挑选，这正是他们什么文案活儿都敢揽的底气。

抹茶色已帮文案员A写了一稿，未被选中，就通过萧引城来找我。

萧引城给我发微信久久得不到回复，才给我打了那么一个让陶然阁受不了的电话来。

纪念册的设计初稿符合我的口味，我正往下欣赏，萧引城又把滋利集团大事记、企业文化等基础信息也发来，让我参考，问我愿不愿尝试下，成则有稿费五百，不成就当没写。

看着那些再熟悉不过的图片说明文字，想起我那已被淘汰下来的一稿，我实在想不出还能怎么把概述词写得让汤董事长满意。文无第一，所谓的好与坏，很多时候在于什么人物对它是否满意。

我好累，只想早早睡觉，就将我的原稿一字不改发给萧引城，自称有个朋友也在托我写这稿。我仍没有直接告诉他我已去了滋利集团总部，不在乎我的人，何必让他不费吹灰之力就知道我的一切；在乎我的人，自会寻觅我的踪迹。

还没来得及睡，秦姐打来电话，又叨唠起档案室面临的严峻情况。

在编写《集团志》时，档案遗失和空缺问题再度突现，汤董事长发了火，责成漆主任主抓档案补充工作，并将档案工作补充列入本年度的目标绩效考核项目。哪知总部、各子公司、分公司把往年当移交而未移交的档案送到档案室，数大排的工作摆在我们面前，这些资料还得扫描成电子档，原来已归档的档案编号全部得按新的顺序进行编排，可以再做上一两年。

秦姐已是暗无天日，今晚又找漆主任诉苦，却接到新的通知，从周一起，我被抽调出去参加集团庆典晚会文艺演出的舞蹈排练。

离庆典晚会看似还有四个多月，但年底是经营的黄金期、总结表彰的繁忙期，近一个月的春节松懈期，庆典工作也属见缝插针。秦姐坚决反对抽调我，质问为啥不从其他子公司、分公司多抽些人去跳？漆主任则说把前线直接创造效益的人员抽来了，谁来挣钱发工资奖金！秦姐听不得这话，嚷着谁嫌档案室不直接创造效益谁就干脆把它撤销算了。漆主任火上浇油，说是能抽的他要全抽，至少要抽一千人，分头排练。

秦姐在电话那头摆起龙门阵来半天收不了尾："小柳，还有不到两个月就要考核了，这么多资料，你说，我一个人怎么做得完？扣吧，扣吧，谁扣，我就去谁家吃饭！"

"要不，给漆主任建议，花点钱，请第三方档案员来做，又快又规范，作为我们今后做档案的范本。"

"对嘛，这点费用，到时不能直接报销的话，进入庆典的其他费用也该报销。"

"如果没完成要扣三千年终奖的话，我宁可拿两千出来，请人一起来完成。"

"凭什么啊！这么多的量我们若完成了，明年就会给你我加任务了！"秦姐叹气的声音浓重，"咱们拿最低的岗位津贴，做再多，也没人想到为我们涨啊！"

4

秦姐的女儿小红果满六岁，加之她刚上小学并成了小组长，秦姐要为小宝贝留下一套纪念照。

小红果没有吸取秦姐的优点，不能说长得难看，只是，长得更像男孩子，而且与小帅哥隔得有点远的那种。记得秦姐第一次把小红果的照片给我看时，我心头一紧，可怜的孩子！你可别因为小伙伴们的嘲笑而患抑郁症或者孤僻症啊！

谁知秦姐激动地问我："我家小红果漂亮吧？你看这眼多有神，这鼻子挺挺的，这唇多像元宝，长大后肯定能成大明星！这个假期，我要让她参加儿童演员强化训练营，哪怕十天花一万八，也要给我家小红果争取当小明星的机会。"

单独看小红果的五官，似乎没说错，反正整体来看……我只有违心地说："好漂亮的小公主！"

至于秦姐为何一心想让女儿当童星，她的只言片语告诉了我答案——来钱："你看某童星已给家里挣了几套房，某童星代言某商品的代言费是几十万，某明星小时候就是童星出道……"

这次不用我推荐，秦姐也没有预约，就把小红果带到了俏佳人影楼。她对上次在这里拍摄的写真集样片特别满意，选了三十张进行精修做成精装本，另外多选出的四十余张则另算精修费自行收藏。秦姐没嫌贵，说是老公每天吃的烟就足够精修一张照片，她要善待自己一回。

为感谢秦姐的大方关照，也为探听影楼的两位模特儿舒茗悦和雅姐的情况，还为去感谢抹茶色把我写的画册概述推送了出去并成为画册的定稿，我牺牲这难得的休息日，陪秦姐母女去了俏佳人影楼。

之所以这休息日难得，是因为这个周六起本该加班排练舞蹈，只因强化训练了五天，又是拉韧带，又是各类伸展和跳跃，我们这个组的四十多名被临时选派出来的演员全身跳得生疼，叫苦连天，有人走路如鸭子一般左右摇摆。舞蹈教练慈心大发，给我们放假一天。

好想利用这难得的一整天窝在家里写剧本，为明年参加各类剧本赛练兵。

我相信剧本的曙光会照在我身上。那个关于滋利集团的故事我已交给卓主任，他本来只需要我给他一页纸的故事，结果我给了他一页的故事梗概和五页的剧本正文，他说了句：“剧本交给传媒公司去编就是。”

传媒公司除了硬件和技术比我好，内容真能做得比我好吗？看看那么多雷同的广告片和墙报宣传栏，我有点怀疑。我有些理解焦糖了，我也想自编自导自演。

看到小红果，我已冷静万分，作者看自己的作品，就跟秦姐看自己的女儿一个心态吧。

老板代峭不在影楼，即将为小红果拍纪念照的正是摄影师兼文案员抹茶色。

抹茶色一张圆脸，皮肤白皙，体型略胖，看上去跟萧引城的年龄相仿，实际上是影楼的老员工，年近不惑。我叫他“色哥”，也就是“摄哥”之意。

秦姐已注意到先前放我相框照的位置换成了大幅京剧青衣的艺术照：“哎呀，小柳，你的那个相框呢？”

我有点尴尬：“影楼要更新照片才能吸引新客户嘛！”

秦姐才不顾我的面子：“你看其他相框都没换，只是换了个位置。”

抹茶色的情商不低：“代老板说过了，有机会就请小柳再给俏佳人代言。”

秦姐看看青衣照，又看看我，似笑非笑，似乎在说，你这样子也能代言？

换上去的这幅艺术照模特儿化了戏曲浓妆，我仍能分辨得出那洋气的模样，是雅姐！

水晶大相框里的雅姐身穿粉色绣花戏装，站在嫩柳婀娜的湖边，右手水袖飘飘，左手拇指尖紧贴中指尖做着兰花指，柔美多娇。

论构图，这幅并无新意，但它的滤镜效果我见所未见，让美人锦上添花。

这与那晚泼妇般的女人是一个人吗？不敢相信。

趁着化妆师给秦姐母女化妆的时间，我指着青衣照：“色哥，这模特儿好有气质，哪儿请的？”

抹茶色：“她是富贵人家，代哥花高价请的，我们叫她齐小姐。”

这不是我想要的答案，我强调：“我是说，她在哪家公司高就？”

抹茶色低声道：“她是大户人家，不用上班。”

我有些惭愧天生的穷人思维：“门户究竟有多大？”

抹茶色：“她祖辈父辈的财产加起来，能买下这一条街的房子吧。”

我吐了吐舌头，想象不出那是怎样一个天文数字。我指了指桌上的一堆样册："这里面的'自在生活'主题照，也是她吧？"

抹茶色点头："齐小姐基本只找代哥给她拍照。"

这个我没想到："俏佳人的摄影顶呱呱，她选对了地方。"

抹茶色："她先生，不，她前夫，是代哥的远亲。"

我恍然大悟："哦……他前夫是谁？"

抹茶色对我耳语道："本来是翰盛斋的继承人，不过，英年早逝。啧啧，可惜！"

我惊愕："早逝，是因病，还是因意外？"

抹茶色："不知得了什么病，人家口封很严，代哥也不肯说。"

等抹茶色给小红果拍完一套艺术照，趁这对母子开始卸妆时，我又打听萧引城的新情况。

抹茶色谈起萧引城充满惋惜，因为萧引城在旷野公司不过是个随时能被替换的小工，摄影师并不收他为徒。我却为抹茶色惋惜，他现在的摄影风格，不，应该叫摄影套路，跟十年前相差无几，可能他干到半百干到花甲，仍会乐此不疲。

秦姐卸了妆过来，指着齐雅的戏剧照："色老板，能选一张我家小红果的照片，把这张换下来吗？"

抹茶色："怎么想起换这张呢？"

秦姐："现在谁看戏剧啊！"

抹茶色一笑，语气柔和态度坚决："儿童摄影不是我们的主打业务，我们专做成人摄影。"

秦姐："你们不就是想看美女嘛！"

抹茶色："儿童绝大部分都是美的，成人绝大部分都不太美，我们才来把他们变美。"

5

我和秦姐都做了相反的选择。

我建议秦姐拍完照就带小红果参观翰盛斋的秋拍预展，免费的。预展两天之后，就是为期一周的专场拍卖，这可是收藏界、美术界和投资界的大事件。秦姐满口答应去看那些昂贵的藏品。

拍完照，小红果嚷着要去游乐园，秦姐就说有钱人才去看藏品展，我们越看越觉得穷，去游乐园才符合我们这类人的身份。

我本来不打算看预展，一心想赶回家写剧本，但抹茶色透露出翰盛斋与杨、齐两大家族有关，也就是与舒茗悦、与华年忆有关，写剧本就不显得那么着急。我已改变计划，要跨越半座城去看预展，要去为书吧题材的剧本收集素材，要近距离好好感受翰盛斋。我还应去翰盛斋本部转转才对。

翰盛斋是上海的百年老店，每年分别举办一次春拍与秋拍，今年的秋拍预展在一家石库门建筑风格的文化宫举行。

走入设计简约又不失高端的展览大厅，件件藏品分区摆设，被精心保护着，参观者或静静地赏鉴，或拿着本子记录着什么，或者扫二维码从耳麦里听展品介绍。

我顺着路线漫无目的地欣赏，走马观花，那些我曾迷恋的各类古董和绘画展品不能再让我激动万分，我想的是这么一家文娱板块的上市公司怎么与舒茗悦有瓜葛？怎么牵涉到华年忆商铺并引起齐家小姐的巨大反应？

抹茶色不便把杨家情况透露太多，我在强大的网络面前找到杨氏家族另几位“爱”字辈的人物，他们姓名中的第三个字分别有“波”“涛”“澎”“湃”“汪”“洋”“浩”。从同辈分的位次上看，轮不上杨爱渺当继承人呀！

杨爱渺的家族长兄之中，有的在国内讲学，有的在国外游学，有的任其他行业的董事长，与收藏基本没什么关系，仿佛与翰盛斋无关。唯一能看出有关的，就是杨爱澎进入了十大股东之列，但网上有关此人的消息也少之又少，他是做公益事业的人士。

我灰了心，这种不得要领地寻找，能找出个什么答案！

来到当代艺术品展区，我特意寻找翁昱梵的作品，有他风格依然的市井人物画。标签上简要写着类别、名称、年代、作者和作品简介，无更多信息。

思绪突然跳转到陶然阁这头。

我对藏品是喜欢的，喜欢那古色古香、温润深厚、精湛细腻的工艺，总在想创作它们的匠人姓甚、名谁、长得什么模样，收藏它们的是些什么人，过着什么样的生活，想想而已，并不去深究答案。至于藏品能拍出什么天价，我不关心，赏赏而已。

陶然阁对藏品是喜爱的，只要他在乎的藏品，就会研究其身世尤其是特殊工艺，对数百年来藏品背后的传奇故事更感兴趣。如果可能，他还会查找历代收藏者是些什么人，最后的拍卖成交价是多少，新主人是谁，仿佛他是一位竞拍者，一旦有了足够的经济实力，真要把那藏品揽为己有。

陶然阁还说过，翰盛斋上市是个特例，拍卖业不像其他行业靠资金推动发展，上市对讲究保密的拍卖业来说并不利，稍有闪失这个家族企业就可能被资本大鳄所控制甚至吞并，那会成为掌控它的杨氏家族的剥肤之痛与终身耻辱。

那时我对翰盛斋上不上市漠不关心，就欣赏陶然阁的一点——他在乎什么就研究什么。我也就认为，他在乎我就会对我用心。

不由回想起陶然阁动我手机的那晚。细想起来，他怕我变心，那是在乎我，他也给我认了错，又有多大的错呢？如果他不在乎别的男生晚上来找我谈工作，我就当高兴吗？

有了开头就有后续，他第一次如此不尊重我，今后恐怕会旧病重犯。我不能原谅他，哪怕他正处在人生、事业、爱情三大低谷期……

不知不觉来到了精雕细刻的文房四宝展区，我正胡乱地想着，有人拍了我的肩：“柳念秋，你好啊，老同学！”

我转头一看，不由惊喜：“薛砚！没想到会在这里遇到你！”

薛砚在翰盛斋做古玩鉴定助理，因为他大伯就做的这行。这是我在古岩找我直销养生茶时才听说的。

薛砚个头中等，比我印象中胖了点，无框眼镜下一对浓眉大眼，一身儒雅的装束，轻声道：“一个人来吗？”

我难堪一笑，压低了声音：“你也是一个人嘛！”

薛砚转身指了指旁边一位正在看展品的中年男子：“我在陪客人。他是金牌藏家。”

“听说你在做古玩鉴定？”

“哪里呀，只是在学鉴定明清古画。”

“翰盛斋挺适合你的。”

“这里面，有你喜爱的藏品或者名家吗？”

“我很欣赏翁显梵的书画。”

“不愧是学国画的！翁老师知道我的同学奔着他的作品而来，肯定高兴。”

“你和翁老师相识吗？”

“我见过他，他没注意我。”

那位金牌藏家朝我们这方走来，薛砚不好多说，朝我做了个再见的手势：“老同学，失陪了，有空多联系。拜！”

薛砚陪着客人向另一方向看去。

我则返回当代书画专区，再去看看翁显梵的作品《对弈图》。

我站远了点，整体观赏这幅画。真是大师级的画家呀，哪怕他笔下的人物看似有点儿怪，但就是怪得有趣味，怪得那么真实。我若能把人物画得这么惟妙惟肖、生动传神就好了。

说来惭愧，我不知有多久没用过那些矿物植物提炼的国画颜料了，我怎么做啥都做成了爱好者，而没有做成专家？

有对中年夫妇缓慢走来欣赏这画。

大叔低声说：“画的什么鬼？丑化人物嘛！”

大妈说：“艺术家嘛，就是画些看不懂的东西。”

大叔问：“你估计这画值多少？”

大妈说：“难看死了！送我也不要。”

我听了很生气：“一百万我就要。”

旁边另一个看画的小伙子瞟了我一眼：“翁大师的画，起拍就是一百万一平尺！”

这斗方有四平尺。

6

我参加的舞蹈节目《天鹅语》在总部的会议厅进行排练，这仅是我参演的节目之一，另一个节目是参加总部的厂歌大合唱，也就是总部的两百余人全员参与，包括秦姐。合唱类节目先让员工在家里练唱，春节后再集中排练。

无论总部还是分公司、子公司，没参加脱产排练的员工们意见极大，认为脱产演员们的工作全由在岗的顶替，一人做的两份工作，工作量大得做不动。

集团公司不会请外援，所有节目必须由员工演出，不然失去了庆典的意义。咱们滋利人，既可做体力活儿、技术活儿、智力活儿、市场活儿，还能做文艺活儿。

我一边当小天鹅排练，一边焦虑着脱岗不脱责的档案任务。我以为，花个两三千，请来退休的第三方档案员廉价协助完成那些补充档案归档不是难事，结果一打听，妈呀，最便宜的报价也是两百元一册，不花个几万根本拿不下。

排练休息时，因擅长民族舞而随时保持昂首挺胸姿势的漆主任把我叫了出去，我跟在后面就先开口了："漆主任，秦姐请示由第三方来做档案，为什么通不过呢？"

"我不是给她说清了吗？档案涉及商业秘密，不能让外人看见。"

秦姐居然没说这原因，她只说漆主任嫌费用高，舍不得花钱，集团排练节目请众多专业老师分门别类指导，太舍得花钱了！我还得争取："专业档案员看了我们发给他们的那堆资料照片都说了，四人做也要半年时间。而公司要我和秦姐两个在考核前完成，不吃不喝不睡也逼不出来呀！"

"别听外人吓唬。问你个事，公司要请摄制组拍摄微电影，你知道吧？"

"啊！不知道。"

"别装了，你的《传承》我都看了。"

"写了剧本，也不一定拍呀！我哪敢打包票。"

"谁通知你写的？"

"谁给漆主任的剧本，就是谁通知的。"

"不可能是汤董叫你写剧本吧？"

"汤董认为怎么样？"

"汤董是管大事的，怎么可能跳开简总和我，直接叫你写剧本呢？"

"这个……我写得太差，就当没写算了。"

"小柳，你说实话，你是不是汤董的什么亲戚或者熟人？"

"如果是，我就不会来档案室了。"

“未必。有人图轻闲，就在托关系想来档案室。”

“那就请他来接替我好了。”

“档案室涉密，又没什么工作压力，不是谁想来就能来的。”

“我怎么轻而易举就来了呢？”

“都是要通过考察后才能来的。唔，你肯定是汤董的熟人，让你在档案室有时间搞创作……”

“秦姐跟我说话我就没法集中精神写，档案室根本没法创作。”

“我就说呢，前些日子，怎么有家必丽传媒老联系我，想拍摄什么微电影。”

“我没听说过这家公司。”

“我只知道有宣传片要拍，根本不知道微电影这事。必丽传媒就先知道了！”

“究竟拍不拍微电影？”

“你都把剧本给汤董上会研究了，不给必丽来做，给谁做？”

我心中那个舒爽啊，仿佛我在繁忙的写字楼里想去任何一层，有部电梯刚好空等在我站的这一层。

漆主任一脸不高兴：“这种大事，你还是要提前给我汇报下。”

漆、卓两位主任轮番安排我有关庆典的任务，我都不知道什么当给另一位汇报，什么可以不汇报。我心里苦呀：“我随便写写而已，没把这当个事。”

漆主任：“随便？不愧是才女呀，是我们部门的骄傲！汤董安排你的事，我哪有权力插手嘛！祝贺你哈！”

我松了口气：“还请漆主任多支持和关照！”

漆主任：“还说你们做档案有多忙，我看你给《饮响力》投稿，还写这剧本，闲工夫倒是不少哈！”

我气得想哭：“我熬夜在写，节假日在写。人家聚会我在写，人家K歌我在写，人家打牌我在写，人家恋爱我在写，人家发朋友圈我在写，连我坐车坐地铁也在心里想着怎么写才更好。”

漆主任的语气柔软了些：“只要你不影响工作，我不反对你写哈！小柳，我没怪你的意思，别往心里去。我是来祝贺你的，顺便传达汤董的要求，不要把这剧本泄露出去。”

我条件反射：“这也涉密吗？”

漆主任："少惹麻烦。单单作者是你，就够我去对付的了。"

拍微电影是卓主任的点子，拍摄工作却由漆主任牵头，弄得我在微电影事宜上先要厘清关系，唯恐当问漆主任的事却去问了卓主任。

心里别扭得慌，我忍不住去问了卓主任，为什么会这样交叉着安排？

原来我的剧本交给卓主任之前，必丽传媒就找过卓主任，建议拍一部微电影作庆典献礼，卓主任一口回绝了，声称公司没这个计划。我的剧本交给卓主任并被汤董事长认可后，卓主任推荐的导演和摄制组却被汤董事长拒绝了。汤董事长看中了必丽传媒。卓主任认为微电影这种对外宣传的事，本应由企业文化部负责，于是拍摄事宜交给了漆主任牵头。

"小柳，必丽传媒是不是你安排过来的？"卓主任反倒问起我来。

"必丽的大门在哪个区我都不知道。"我立即否认。

"你要推荐，就明给我推荐。何必指使到汤董那里去，弄得我难堪呢？"

"我想推荐的，只是一位摄影师，还没任何一个人给我一个开口推荐的机会。"我原本幻想推荐萧引城的团队来拍摄，这事没定我还没给他提起这事。

"偏偏这么巧，我刚想到拍微电影，就有公司找到我要做这个事。怪了！"

"集团二十周年庆，全市的传媒公司都盯着吧，就可能来做这类生意呀！"

"拍片子的事，你小柳提前就已知道，肯定泄露出去，让必丽传媒知道了。"

"卓主任，我脸薄，怕剧本不采用招人笑话，根本不敢对外说起。"

"你不承认就算了，我也不怪你。"

"知道拍微电影的不只我一个吧，怎么就认为是我泄露了呢？"

"汤董选定的公司，没谁竞争得过，我的话都不会听的。我没怀疑你哈。"

我不再辩解，因为我还真给一个人说起——陶然阁。他哪会与必丽传媒有关系！

正好是周五，我报名参加华年忆的周末会，散散心压压惊，犒劳一下小有成绩的自己。上帝给我开了一扇剧本的窗，就关掉卓主任和漆主任信任我的两道门，这个代价我认。

人生没有一点接一点的小惊喜、小挫折、小误会，多么无趣。

7

走入华年忆大门，斜对面书桌旁一个熟悉的身影跳入我眼帘——陶然阁！

一点思想准备也没有，我心脏莫名地剧烈颤抖了一下。这个讨厌华年忆的家伙被我打入了黑名单，无法联系我，不会来这里围追堵截吧！女生有人追求，说起来浪漫，真若遇到想摆脱却摆脱不了的男生，像狼一样穷追不舍就恐怖了。

陶然阁正注视着我走入书吧，坐他对面的陌生男人顺着他的目光回头看了我一眼，此人身穿棕色棉衣，戴着黑色针织帽，有点络腮胡，有三十来岁的老成。

我视而不见，与麦卡打了招呼，径直朝楼上走去，心里呯呯跳个不停，怕陶然阁做出出格的事来，我可不想书吧再出现闹剧，主角是我和陶然阁。

想起来，我那剧本《传承》原本无从下手，正是陶然阁帮我挖掘出了平凡背后的感动，我本该把剧本被采用的喜讯告诉他，本该向他道谢的，已显得不合时宜。

想起来，离《古书情人》剧本被我泄露有一年的时间了。这磨难多多的一年，对陶然阁来说不知是过得快，还是慢。

“彼岸语”沙龙室没人，“恒心”室没人。

华年美文网的内容部“精心”室还透着光，这里就是常言的编辑部。

总编方绪在整理资料，见我来到门口，招呼道：“兴而，进来坐，别客气！”

方绪偶尔会作为听众参加周末会，他每天会从华年网上精选出一篇文章分享在群里，请书友们分享转发。

我走了进去：“方总编，你参加周末会吗？”

方绪：“参加不了，今晚网站要升级。”

方绪旁边的墙上多了一块两平尺大小的横幅书法镜框，上面写有“大衆與小衆”，落款为方绪。

熟悉的字迹，普通的书法，想起我第一次去沙龙室见到宣纸上那个“大衆”一词，我恍然大悟：“方总编，你喜欢在沙龙室练字吧？”

方绪：“是啊！我喜欢写，就是写不好，练了二十多年也没有摆脱原来的字迹。”

我估计他是那种三天打鱼两天晒网式的练法，既没用心又不得要领，就安慰说：“有自己的风格也不错。”

方绪：“我如果写得像翁大师那么自然流畅就好了。”

我笑了，我还想轻轻松松就成名成家呢：“练到老，就自成一体。”

方绪：“没悟性，成不了……哎，兴而，今年的征文大赛怎么不参加呢？”

舒茗悦也曾问过我这个问题，她会调查写手不参加有奖征文的根本原因。

华年网每年都有征文活动，一年一个征文主题，从五月初开始，九月底截稿，十月评奖，十一月颁奖。今年的征文颁奖仪式已在书吧举行，每类文体的头奖一万，纪念类的尾奖一千，总奖金高达十余万。这之外，华年网还会单独把含有中国文化内容的参赛好文汇编成书，列入华年忆书吧的“推荐好书”柜台。这形成了华年网的标志性品牌活动。

我没参加征文，只因我一心想写剧本。这个秘密，舒茗悦知道。我不愿说实话：“高手那么多，我不知道怎么写才敢和他们比。”

方绪：“你跟有些作者不一样，有的平时不投稿，征文比赛时投上数十篇稿子。”

我一听就知道包括谁了——焦糖。征文主题虽是一个，但体裁不限，他就在小说、诗歌、散文等各类体裁中都投稿，似乎想争取每一体裁的奖项。

不过，焦糖的所有文章都名落孙山，扶桑在书友群和网站论坛对评委提出过质疑，一些参赛者大力点赞，有人则夸扶桑是位爱护学生的好老师。

我读了所有评委的代表作，怀疑扶桑质疑的是评委倾杯，倾杯发布在华年网的文章以时评杂文为主，非黑即白，爱憎分明的样子。不过，倾杯也在大赞扶桑的质疑，认为个别作家真的不够资格来当评委，哪怕名气再大、粉丝再多也不服众。我就不敢断言扶桑在针对哪位评委了。

方绪回复过质疑，大意是评委从全国各地请来，有广泛性和代表性，所有程序都避免了照顾关系，活动也许不完美，但已最大程度做到了公开、公平、公正。

方绪问起我对征文活动有什么好的建议，我想了想：“征文应该给作者限定投稿篇数，不超过三篇，或者同一文体只能投一篇。这样可以减少评选量。”

方绪一句话就把我否了：“短视频和网红那么火，一旦伤了写手的写作热忱，他们头也不回就离开了。”

我关心的才不是征文：“方总编，好多书友都说，‘恒心’室很久没开门了。大大最近在忙什么？”

方绪表情一僵：“大大的事，不便透露。”

我又开玩笑：“会不会是准备当妈妈了？”

方绪：“瞎说。”

我就直言：“扶桑说有人在找大大的麻烦，是不是真的？”

方绪：“差不多吧，反正很烦人。”

我估计与雅姐有关，壮着胆子试探：“究竟有多大个事呢？”

方绪：“再大的事，我们都要把华年网和华年忆像模像样地办好。”

等我来到沙龙室，几位书友们已就座。陶然阁和他的朋友已“追”过来入了座，我心里怕怕的，阁子挨了我一耳光，该不会找帮手还回来吧？想了想，觉得他不会，他若是那种人，就不会被税毕欺负了。

今晚的主讲人是张立立，他讲起在书吧遇上罗夕并渐渐爱上她的事，他即将与罗夕举行婚礼，感谢书吧成了他们的月老，并邀请书友们参加他们在元旦节举办的草坪婚礼。罗夕没一同来参加周末会是因她还在加班。

麦卡在场祝贺张立立与罗夕修成正果，扶桑和焦糖正巧各提着一个皮质包进来，有两位书友起身把好位子让给了他们。

扶桑得知张立立的好事后，坏笑：“终于招了！空穴来风，是有道理的，很多绯闻最终被证实是真实的。”

张立立：“亭亭来闹那回，我和罗夕真的没有什么。后来我越来越不能忍受亭亭，和她分了手才跟罗夕好的。我是很正直的男人，不是渣男！”

扶桑继续笑：“承认绯闻也没什么。男人，既要学会断舍离，也要学会穷追不舍。”

张立立手足无措，脸也红了：“扶桑编剧，你好久没来参会了，今晚莫不是又谈你的靓笔尖？”

扶桑一来，我就紧张地观察着坐我对面的陶然阁，他对“扶桑”二字没有反应，扶桑扫视大家时，对他也没反应，他们似乎互不相识。但陶然阁对“靓笔尖”有明显反应，顿时把视线停在扶桑身上。

扶桑：“很想和书友们一起说说心里话，事务在身，一直没空。今晚我和焦糖来给大家汇报一下近期的情况。我若来说，有吹嘘之嫌，还是焦糖亲自来说为好。”

焦糖清了清嗓子：“我有幸在书吧认识了扶桑老师，自从参加了他的靓笔尖培训班，我收获颇丰，剧本写作能力得到了极大提升。借今天这个机会再次感谢扶桑老师，把无处落脚的我，推荐到了方块Q剧本工作室，让我这个辞职的待业青年找到了最爱的职业。”

陶然阁旁边的戴帽朋友一听“辞职”二字，对焦糖有了兴趣。

扶桑：“我快老了，希望培养更多更优秀的学员，成为未来编剧界的主力。我是个愿为学员前途粉身碎骨的人。不过，依我的教学经验，我是个吃力不讨好的人。”

焦糖：“一日为师，终身为父，我会孝敬扶桑老师一辈子。”

扶桑：“我付出不图回报，别跟我讲光面子套话。”

书友们赞赏着扶桑，扶桑见焦糖不说了，提示道：“继续，继续，把你为书友们争光的成绩向大家汇报下。”

焦糖容光焕发：“怎么说呢……八月份，我用自己原创的电影剧本《怜我怜卿》参加了韩国圣山电影节剧本大赛。今天刚得到邀请函，我的剧本获得了院线电影单元一等奖，奖金二十万，人民币。”

惊叹声与掌声响起，我也忍不住哇哇叫好。爱屋及乌，恨物累及无辜，我本讨厌跟扶桑交情甚好的焦糖，但编剧获奖是件幸事，意味着这一行有成功的希望，草根可以逆袭。本是同根生，何必文人相轻相煎？

唯独陶然阁没有鼓掌，还面带鄙夷：“圣山电影节？”

焦糖：“是的。这是由圣山国际电影节、圣山文化中心主办，韩国编剧协会、旧源影业协办的。”

陶然阁：“这种没名气的电影节，要小心。”

扶桑：“怎么，你不信？你是哪位书友？”

陶然阁："我是陶然阁。"

扶桑一怔，看看我，朝陶然阁一笑："久仰大名啊！你就是那位找税毕麻烦的编剧啊！"

陶然阁盯着扶桑："他心里清楚，谁制造了麻烦。"

扶桑："你很了解韩国的电影节？"

陶然阁："算是吧。韩国真正的剧本大赛，中国剧本没那么容易获奖。"

扶桑："焦糖，这位陶编被韩国剧本吓着了，对中国人获大奖不敢相信，把邀请函给大家看看。"

焦糖从提包里取出金光闪闪的邀请函，站起来展示给大家看，能看到上面有些中韩文字。

书友们啧啧地赞叹祝贺。

陶然阁："这张纸真假不重要，我是说有些奖项水分很高，属野鸡奖。"

扶桑："华年网的全国征文大赛，在全国排不上号吧……"

陶然阁打断道："排不排得上号也不重要，重要的是举办方愿不愿意拿出真金白银作奖励。"

扶桑："华年网十万奖金都拿得出。你以为，圣山的国际电影节，几十万、几百万就拿不出？"

陶然阁："拿得出，但未必会拿给获奖编剧。"

扶桑："下周，焦糖会及时反馈颁奖盛况，敬请大家关注。在这里，请不要信口开河。"

陶然阁："也不可高兴得太早。"

扶桑："我们靓笔尖培养出来的编剧，靠实力获胜！今天，又有好多新手编剧报名参加培训，我相信努力的编剧定会成为栋梁之材。"

麦卡笑道："看到书友们有所作为，有所成就，我衷心祝福你们！"

扶桑："这次焦糖获奖，该没人又来污蔑他的剧本是抄袭的吧？"

我听不下去了："焦糖没抄袭当然好了。并不代表税毕抄袭的事就过去了。空穴来风，是有道理的。"

扶桑："总有些人，不要脸，通过抹黑别人，来炒作自己。听说那碰瓷的小子在税毕面前把脸都摔肿了，报应啊！"

我气得直咬牙："抄袭者不是不报，时候未到。"

陶然阁忍无可忍："那是抄袭者坐车逃窜，并要置被抄袭者死地，差点成了谋杀犯。"

麦卡见势头不对："罢了罢了，书吧不喜欢大家在这里争吵。"

扶桑："苍天有眼，真相自会大白于天下。麦卡，好久没见大大了，她现在还好吧？"

麦卡："很好啊！"

扶桑："听说大大近期在打官司。"

麦卡脸色大变："谁说的？你别信！"

扶桑："听说，这书吧铺子的产权有问题，把翰盛斋这家大公司也给卷入进来了。"

我和陶然阁对视了一眼，惊奇不已。

麦卡见书友们窃窃私语起来，很不高兴："扶桑编剧，情况没了解清楚前，请你不要道听途说。"

扶桑："我的朋友圈为这事都刷屏了，我相信大大的清白。"

我直言："我的朋友圈没人谈这事呀！"

扶桑："你那小圈子，能看到大事吗？如果大大能在周末会上主讲一次，辟掉那些谣言就好了。"

麦卡："不是所有事，都适合上周末会的。谣言会不攻自破。"

扶桑："跟书吧有关的事，就该上周末会。书友们，你们认为呢？"

我的小火山爆发了："书吧本没事，上什么周末会？"

扶桑："真的没事了？这铺子的产权究竟属于谁，现在说不清了。"

麦卡站起来怒对扶桑："什么说不清，就是大大的！周末会不是用来说八卦的，如果周末会主题变质，就提前散会。"

扶桑："怎么能叫变质呢？难道不许说实话？"

麦卡："大大说过了，谁打着说实话的幌子扰乱周末会，就取消会员资格。"

扶桑："这资格，可有可无，但说被取消就取消就有点霸王条款了。"

麦卡："扰乱书吧的经营，这样的书友太霸道，书吧不欢迎！"

扶桑："我清楚，自从多永留在靓笔尖之后，大大就不高兴。我本来是想做个好事。”

麦卡：“谢谢扶桑编剧赏多永一口饭吃。”

扶桑：“靓笔尖不是我一个人的，我没那么大能耐。为了不得罪大大，我愿意提请靓笔尖放掉多永。”

麦卡：“那是靓笔尖的权利，跟华年忆没关系。”

扶桑：“我说话算数，明天就请示放人。你转告大大一声。”

麦卡：“不用转告，多永愿去哪儿就去哪儿。”

扶桑：“这可是你说的哦，请在场的书友们作证。”

麦卡：“对，请书友们拭目以待，华年忆不会为难多永。”

扶桑：“我让多永再回华年忆，看你们还为难他不。”

麦卡：“放心，我代表华年忆说话算话。”

8

周末会不欢而散，我想避开陶然阁，留在沙龙室的角落看书。

想来散心的我，更加郁结于心，不知一年后，华年忆还会不会存在。我不敢肯定，舒茗悦有理，还是那个齐雅有理。我不敢保证，我帮舒茗悦说话，是对，还是错。

陶然阁却和那位戴帽朋友坐到我旁边，开始介绍：“图导，这就是暂时不太喜欢我的柳念秋。小柳条，这是必丽传媒的图标导演。你写的微电影剧本《传承》，将由图导执导。”

原来是这么回事，害得我虚惊一场！

在外人面前，我尽量不伤陶然阁的面子，要显示自己的教养，我克服着内心的惊异起身勉强向图标示以一笑。

图标正要与我握手，觉得不妥，抽回了手：“谢谢弟妹给了我这次拍摄机会！请相信我能做好你写的滋利微电影！”

我排斥必丽传媒，不想它与我有什么瓜葛：“好不好，不是我说了算。”

图标：“阁子每周关注着周末会的报名名单，终于知道你今晚要来。你再不来，我得上门拜访了。”

我又好气又好笑：“找我有什么事？”

陶然阁：“小柳条，我认为，你有必要和图导交流一下，微电影尽量拍得让更多人满意。”

我有顾虑：“你们该去找漆主任，他在牵头。我来谈，还不够格。”

陶然阁：“图导与漆主任交流过了，场景地点也走了一遍，还有些细节问题，你可能更清楚些。”

我没必要推辞：“图导，你有什么需要了解的，你问，我答。不过，我有个条件。”

图标：“请讲。”

我直言不讳：“离开华年忆，你我就不相识。我不能让任何同事知道我和你认识，我和必丽传媒没有任何关系。”

图标：“这又何必？”

我强调：“我不想没事惹事。”

图标：“好吧，弟妹既然要求，我遵命就是。”

图标找对人了，他想了解的细节，我基本能告诉他，比如滋利集团各个时期最有代表性的饮料和瓶型等信息。

图标把当问的问完，朝陶然阁意味深长地笑，告辞先回。

陶然阁凝视着我：“谢谢宝贝没有拒绝图导！”

我白了陶然阁一眼：“我公司的事，你们插手进来做什么？”

“图导是旗帜的老乡，在广东那边做过电视栏目制片人和导演，也做过深圳影视公司的摄影师，来上海漂流大半年了，连部宣传片都没摸到。我也没想到机会就来了。”

“你们找到活儿了，我呢？同事们会说，我写剧本是为你们定制；或者说，你们故意选中了我的剧本，做的幕后交易。我那剧本，是不是你们选定的？”

“不是，汤董和卓主任在三个故事中定的。你那剧本我看了，还行。”

“我们公司有指定的几家宣传公司，汤董会答应你们新手？”

“图导不是新手，拍微电影很专业的！”

“他如果拍砸了，我也就完了。”

“别小看图导，他导演的多部微电影、微视频获过省级大奖，不然汤董也不会选他。”

“意思是说，你们凭硬本事接的这单？”

“我们把价格压到了最低，图导只为打响名气。”

“图导何不就在深圳拍片，那里才有他的人脉吧？”

“深圳那边影视氛围和资源远不及上海、杭州这边嘛！图导没想到上海高手林立，竞争惨烈，他初来乍到，英雄难有用武之地。我也是没有办法，借你这头的机会，给他争取点活儿干。不然，他撑不下去，我和旗帜得把他供着。”

“你帮这帮那，结果，自己都帮不了。”我替陶然阁悲哀。我暗问自己，为什么陶然阁找人要拍片子我怕这怕那，而我想推荐萧引城来拍片子的时候，什么都没怕过？

“你我好歹还有工资养着，饿不死。必丽传媒是家新公司，没名气、缺大客户，有些设备还不敢买，只能租。图导做一单才能吃一顿，有上顿没下顿了。”

“必丽的老板不给图导底薪吗？”

“顾老板会摄影摄像，他以前是做广告和宣传片的，想做导演，手下人手够，不想多养人。我求了顾老板，他才肯让图导加入，按每笔业务提成。”

“咦，你以前怎么没提起过必丽和顾老板？”

“还不是我那部网大电影要做海报才认识顾老板的，我们谈得来。他怕图导来偷师学艺今后自立门户。其实他比图导至少差两个段位。”

“啥段位？”

“我把段位分为七级，入门、起步、进阶、学徒、艺术家、大师、天才。图导算是艺术家，五段，不要后期就有风格；顾老板只算进阶，三段，技术不强风格还没有。”

“顾老板还没自知之明啊！”

“滋利的业务来了，顾老板会知道图导的厉害。不过，你那剧本图导还得改。”

“不会给我改得面目全非吧？”

“不至于，改多了就不是滋利集团的故事了……小心肝，我将去外地一段时间，把我从黑名单中拉出来，好吗，嗯？”

陶然阁想来拉我的手，眨巴着眼睛，可怜兮兮地。

我把手避开："哼，又要编故事骗我对吧？我不相信你的话了。"

"我这一走，至少也是半年。你不想对我说点什么吗？"

"那就听好——咱们，互不打扰。"

"刚才你在扶桑面前为我说话，我以为，你不恨我了。"

"我对事不对人。"

"说说另一件事可以吧？"

"说。"

"你和扶桑认识，扶桑来自靓笔尖，税毕也是靓笔尖的。扶桑接触过我那剧本吗？"

"我一向讨厌扶桑，怎么可能把剧本给他看？"

"我看悬疑片能猜到谁是真凶，但我猜不出税毕是如何知道了我的故事。他在书吧里偷听到了我与柴总谈那个故事？或者说，扶桑听到了，传给了税毕？"

"也许吧。算了吧，别再折磨自己了。"我倒希望是这样，我不敢承认自己有错。

"对了，我得奉劝你，别把写剧本当成正事和主业。不要以为，你这次写的短剧本一路绿灯通过了，有了拍摄机会，今后还有这样的运气。"

"你在暗指这次有你作指点吧？对，这是我的运气，我主动抓住的，不是你送上门来指点我的。"

"你这次，是为公司写，汤董尽量在选员工的作品，你才有了机会。一旦进入市场，你就会知道竞争有多残酷，人家凭一杯酒一个电话，就胜过你无数。"

"我无聊，写着玩总可以吧！我不追求拍摄，就像摄影一样，孤芳自赏总可以吧？"

"你不是爱看陆竟导演的电影吗？他拍了二十多年的电影，出了十多部影院上映的好片或者烂片，对吧？"

"有话直说。"

"你是否发现，他所有片子的编剧，不是他自己，就是另两位名家，不是编剧名家，而是小说家兼的编剧。"

"又咋了？"

“这就是所谓的黄金搭档，铁人三角。你可以想象，这么二十年来，全国那么多知名编剧，还有那么多戏剧影视文学专业的科班编剧，想挤进他的编剧圈，就是零概率。”

“我不奢望什么名导来用我的剧本，小导演就行，我们公司拍也行。”

“看你，还说什么只是写着自赏。只要是拍电影，道理就一样。人与人之间，是利益圈和感情圈的交织，那是看不见的铜墙铁壁。”

“得，得，得，不用你重复。”

“再比如，我们可以进入必丽传媒这个圈子，似乎有机会让剧本被拍摄，对吧？错！一旦有客户要捧自己的朋友做编剧，或者投资方要指定编剧，必丽传媒就得依，不会考虑你我。”

“总有些客户不会来这套。”

“那就轮到顾老板身后一堆的编剧朋友上场了，包括会写剧本的导演朋友。”

“你也是其中一个，不就有机会了吗？”

“谢谢你还想着我！我是有一丝机会，我是说，你没有机会。”

“这是网络时代，不是裙带关系时代，什么壁垒都有打开的时候。”

“别依赖网络，那里陷阱更多。”

“回家了，回家了。你的心态啊，跟这天色一样黑！”

陶然阁牵住我的手：“我那私家小书吧下周就要退房了，我明天把带不走的放你家好吗？”

我有了猫的警觉：“警告你，别编故事再来我家！”

陶然阁一幅假哭的夸张样：“你就不关心我去哪座城市吗？”

我冷漠起来自己都害怕：“何必假装关心！祝你一路顺风，一步青云！拜！”

陶然阁抱住我的腰：“记仇的，我没等到你回来，你要等我回来！”

我指了指窗前天花板一角，陶然阁一看，有只摄像头，老老实实松了手。

我转身而去，决不回头对他表示有所不舍。这家伙瞧不起我写剧本，我做个什么都不追求的人他才放心，去他的！

第七场　编剧群

1

演员选定，场景选定，天气选定，滋利集团的微电影《传承》正式开拍。

原剧本的场景需要在三个不同的办公区取景，为期两天的拍摄完成后，我从工作群里分享出的片子中发现，图标仅在雪力公司一幢较有上海风情的废弃老旧办公楼那里取的景。图标和他的十余位团队成员，是用大货车拉着各类摄制器材和灯光器材过来的，那架势至少震撼了少见多怪又心生神往的我。

秦姐在加班清理陈年档案时谈起了这事：“小柳，听说公司拍的那个微电影，是你写的！”

我排练完舞蹈也要加班整理档案，打着页码吃了一惊：“谁说的？”

“你的嘴在我面前闭得紧哈？别人才没当个事呢！”

“那有什么好说的？”

“公司对你的剧本出手好阔绰啊！”

“这是电影拍摄手法，跟录像机拍摄不一样，就跟装修房子一样，两三万能装，两三百万也能装同一套房子。要拍出好效果，费用就不会太便宜。”

“不就一个小片子吗，又没请明星来演，能有多大支出？”

“比如我用手机拍荷花，有人用单反相机和炮筒镜头也拍荷花，我拍出的是荷花池的效果，那炮头镜头就能拍得清花蕊。我的手机只需要三千块，但那镜头，弄不好就是三万到三十万块。”

“我看，那些用炮筒拍出来的照片，跟我用手机拍的照片，没什么差别呀！”

“那就是不会摄影的人在用高级装备了。优秀的摄影师，一个创意点子就值几十万。”

“还不是靠人炒作……漆主任让必丽传媒来拍，不知会收多少回扣。”

“漆主任是有艺术情怀的，他不是贪图那些便宜的人。”

“如果真的没好处，谁去操那些心？”

“我来加班加点做这活儿，有什么好处了？还不是必须操心。”

秦姐用打孔机给档案册钻孔：“你从雪力公司调上来，究竟找的谁呀？”

“没找谁呀！我也不知道该找谁。”

“别装傻。你若想离开这冷宫，去看望一下卓主任的父亲可能就回办公室了，我只是不屑那么做。”

“他父亲是谁啊，有那么重要吗？”

“卓主任的父亲瘫痪在床，你若去看望，他这孝子一感激，办事就容易了。卓主任提携了你，你去感恩一下，也说得过去。”

“我才不去别人家里。我把工作做好，就是在感恩呀！”

“这档案做得再好，是漆主任的功劳，又不是卓主任的。只要你舍得花钱打点打点，就出去了。”

“秦姐是不是想我走啊？”

“你走了，我又不轻省，我是为你的前途着想呢！你不能混得跟我一样。”

“我无论去哪个部门，都看不清前途。”

“这话也对，女孩子家，干得好不如嫁得好。我以前有个闺蜜，本来什么都比不上我，嫁到美国去后，住别墅过神仙日子。唉，就看小红果今后能不能追上了。”

“美国那些别墅看起来是好，四周却人烟冷清，长期住着会抓狂吧？”

“吃不着葡萄说它酸。哎，那个给你送玫瑰的男友怎么样？”

“他才不是我男友。不支持我事业的男生，我不考虑。”

“哟——，看不出，你还是事业型的！”

“我才不相信电影里那些男主角的台词——我养你！依赖别人而活都是暂时的。”

“是不是谁成就了你的事业，你就嫁谁啊！”

“也许是吧！”

“哇，你要利用男人上位？”

“哪是这个意思！我不能容忍打击我事业心的男友。”

“男主外，女主内，才和谐。”

“就怕他主不了外，还不许我主外！”

只有我才清楚，陶然阁有一点特别像我爸，畏首畏尾，这点我很讨厌。

每当我妈妈有个创业或者投资的点子，比如买商铺、开家宠物店或者广告店、推销电梯或者幕墙玻璃、做家装或者家政，都被我爸“房价已见顶”“你又不专业”“陪酒会陪出病”“出现纠纷，赚的也全赔出去了”之类给泼冷水灭掉了，他俩就这样一直死守在要死不活的公司里平平稳稳，至今还不会利用手机支付以防被盗刷，提前进入了无所追求的老年期。

2

我倒在床上翻看手机，睡前也要关注焦糖领奖的消息。

如果不是因为扶桑，我对焦糖今天在韩国领取圣山国际电影节院线电影剧本单元头奖的消息一定会由衷地高兴。他的获奖本是强心针，让我看到草根编剧的希望。

我没有在群里祝福焦糖，我不会变相地为扶桑的靓笔尖大讲堂加油。

直到现在，舒茗悦也没有祝福焦糖，麦卡和方绪等与华年忆和华年网有关的工作人员，一个也没有向焦糖表达祝福之意。

扶桑那晚的话肯定得罪华年忆和华年网了，可焦糖没有啊！毕竟不是我与扶桑这样的敌我恩怨，方绪不至于与焦糖过不去。

我回翻扶桑和焦糖发在群里的图片，有焦糖领取一等奖奖杯和奖金红包的照片，有焦糖与主办人员、其他获奖编剧的合影，有焦糖所住五星级酒店的异国美食的照片，当然也有焦糖、扶桑与西方洋人的合影……他们在这国际化的场合得意至极。

这个电影节的确不算出名，但主办方应该是认真的，从大家振奋的表情上看，没有陶然阁想象得那么多陷阱。

群里的留言挺有意思。

张立立：二十万奖金，那个红包怎么是瘪的？

焦糖：奖金会打在我银行账户上。二十万怎么好拿嘛！

张立立：韩元还是人民币？

焦糖：人民币。韩元就是三千多万。

铁甲：发大财了。红包拿来！

焦糖：我还欠扶桑老师的辅导费呢！没有扶桑老师的肝胆扶持，哪有我的今天？万分感谢恩师！

扶桑：好苗子，我从不放弃。有才华的，靠谱的，就来靓笔尖。

倾杯：焦糖，请客别忘了我“醉美酒吧”！

焦糖：一定来！谢谢倾杯老师的点拨，我才鼓足勇气辞职，专职写剧本。

倾杯：年轻人，就该到社会闯荡，到市场打拼。我就看不起那种死守工资吃铁饭碗的年轻人。

萧引城：才看到消息，祝贺焦糖兄！

焦糖：谢谢！听说你在拍电影了？

萧引城：拍个网剧，当摄影助理。希望有机会合作。

焦糖：期待中。我马上要接受专访，等会儿还要赶半夜的飞机回来，有空再聊。

张立立：不在韩国多玩两天吗？

焦糖：我要回来赶剧本，六十集的仙侠片。再会！

扶桑在焦糖下线后发过来一张靓笔尖编剧培训招贴图，上面显示课程内容、授课方式、指导编剧和收费标准等。招贴图设计比从前高端了些，像模像样的。

扶桑在群里疾呼：学编剧并非要做成职业编剧，它的意义重在理解影视剧，提升影视鉴赏水平。从这个角度上讲，人人都该学。

在书友群里看大家空谈剧本如同井底之蛙，我想去一个专业些的编剧群，最好高手云集，让我的写作能有所长进。陶然阁不拉我去编剧群，我就找萧引城，哪怕他不在编剧群，他的编剧朋友可以拉我进群。

萧引城直接把我邀请进了“影视幕后人”微信群，说是这里编剧不少。

群成员显示有四百多人，我点击查看群成员，正要往下拉，就看到了最为熟悉的头像——一枚卷成心状的红色枫叶。

这是陶然阁的头像！

三年前，陶然阁的昵称还是串怪字符，他陪我去拍摄秋景，从草坪上捡起一枚卷曲的红色枫叶，将它放在白纸上拍了下来。枫叶卷着并不呈心形，但他利用阳光投影，让它看起来呈了心形。那天起，他就将这枫叶设置成了所有网络的通用头像，昵称改为“阁子恋秋”。

咳咳，我的网络头像和昵称变得自己都记不清了，心情好就改改，心情差也会换换，似乎没有换过与陶然阁有关的头像和昵称。

陶然阁笑我换来变去是心里没有定数和定力的表现，我笑他有安于现状、不求思变的惰性。

陶然阁的头像还是那头像，群昵称没有超脱原昵称，叫“编剧恋秋”。这家伙，执着得蛮可爱，也挺可恨！我摆脱不了他，千躲万防，我和他在这个群里又狭路相逢了。

陶然阁头像的前面，也是一个熟悉的头像，那是金旗的，不过群昵称为“制片人旗帜”。吹牛不偿命！

从群成员的头像排序来看，萧引城进群不算早，在我的上一排，群昵称为“电影摄影萧引城”。

群里暂时无人说话。

我意识到什么，赶紧将头像和群昵称换掉，头像不再是《阅》，而是一个女孩剪影仰望星空的图片，群昵称改为“编剧冲冲草”。我可不想被陶然阁，还有金旗发现，发现了也无所谓，谁也别想阻挡我前进的步伐。

我特意寻找了一遍，没有扶桑、税毕和焦糖的头像。摆脱这几个，很好。

群友“导演纵横”这个时候加我私信好友，我同意了。我要尽量多地与这些有说话权的人物相识，万一他们指给我一条走入影视圈的路呢？

导演纵横发来“握手”：你好！请问你是编剧园网的冲冲草吗？

我惊奇万分：对。

导演纵横：你的院线电影剧本《较量》我拜读过，真棒！

我还没在群里自我介绍，就遇上这等运气：谢谢导演夸奖！

导演纵横：今天相识是缘分，我预感我们能够合作。

我发去“握手”：请纵横导演多指教！请问你在哪家影视公司？

导演纵横：我是独立导演，由制片人和影视公司来请我。

我惭愧自己外行的思维：佩服！能告诉我你的真实姓名吗？

导演纵横：钟车生。

我激动得心律都失常了，钟车生不算一流导演，却有些名气：钟导，我看过你导的电影，特别佩服你把佟雪的散文集变成电影呈现出来。

导演纵横：有家公司请我执导一部片子，我正在寻找优秀本子。

我好想自荐，又怕太露骨：谁是那位幸运的编剧？

导演纵横：你把《较量》再精炼一下，不要公开，元旦前单独发我看看好吗？我对这本子很感兴趣。

我好兴奋：我阅历尚浅，还请钟导多指点！

导演纵横：编剧最讲究天分，冲冲草很有天分，期待与你合作。

我欣喜若狂地表达着感谢，赶紧在编剧园网站上把剧本设置为私密。《较量》原本是不公开的，因为我不满意。经过几个月的反复打磨修改，我基本满意了，将其公开不过一周时间。剧本我没奢望被拍摄，却又希望奇迹发生。公开出来更多的是为了解解气，发泄发泄扶桑带给我和陶然阁的憋屈，并证明我在编剧界的微弱存在。谢谢网站让我的作品能被导演发现！十星级好评奉上！

故事男主角姓“陶”，原型就是陶然阁；反派男二号名字带“毕”字，原型当然是税毕，顺便也指代“靓笔尖”的“笔”。至于扶桑嘛，剧本中没有他的原型，我怕陶然阁读出其中的端倪，找我算账。

这一整宿，我看见机会正向我微笑着招手，影视圈的大门向我徐徐打开，耀眼光芒洒向我每一个不甘寂寞的艺术细胞。

3

脱产排练节目影响年终工作的问题日渐尖锐，节目导演组决定，工作日照常上班，每周六和周日排练。这并不意味着我能轻松，有些事还等着我，包括推销饮料的任务也不能置若罔闻了。

我给漆主任请示说，我的表妹将出演一部电影中的车间女工，想观摩茶系列灌装车间，体验生活，能否允许我带她参观。

原则上，生产车间不许外人随意参观，这涉及商业机密和卫生安全，生产车间的员工都严禁拍照。漆主任做不了这个主，并且与分管生产的副总经理关系不太友好，叫我自己去请示。

我与分管副总经理之间隔着几个层级的距离，这位副总从来没分管过我，并不了解我，我没有越级跨部门请示的勇气。我又去恳求卓主任帮我说说。

分管副总经理给我指定了一个可以提供参观的灌装车间，不过只许在规定日期的下午两点至三点。

具体哪天我要与车间主管商定，主管给我提出了条件——本月我要以他和手下的名义给车间写四篇文章投在《饮响力》上，以便算作车间的投稿。

茶饮料生产车间要在《饮响力》上发表简讯、新闻报道、个人心得、诗歌小说等业务内容文章很难。这里不与客户打交道，长年累月与机器按部就班，该写的花样都写尽，很难遇到新事件值得一写，雷同的内容则很难被采用。车间全年十二篇的采用任务量，虽投稿了十二篇，仅采用了八篇。少完成一篇，就要扣零点一的绩效分，说不定这不起眼的零点一，就能决定一个班组归入一等奖或是二等奖，最终影响等级分明的年终奖。

《饮响力》编辑部在年末年初就会出现一轮有趣的现象——十二月份，没有完成采用量任务的部门会疯狂投稿冲任务；而期刊在一月中旬出刊时，也就是在考核最终结果出来之前，某个部门会有五六篇稿件被同时采用的情况，通常情况下则是一个部门同一期采用量不超过三篇。

写稿子不难，难的是我一时还找不出新的角度来写车间，我只得硬着头皮答应。

这一连串的事下来，不过是为了答应萧引城的请求，让萧映朵来车间体验生活找准感觉。

谁让我在“华年忆书友”群里求助推销滋利饮料，萧引城首先表示支持推销一千块的量呢！为了完成那不可能完成的任务，我把舒茗悦允许我在群里打一次广告的权限都耗尽了，也把我那不爱低三下四求人办事的脾气改了改。

萧引城方才知道我已不在雪力公司，去了滋利集团，并把萧映朵介绍了过来。在他看来，萧映朵来参观滋利车间就跟去公园参观游乐场一样容易，我只得咬牙帮帮。

按照我与车间主管约定的时间，也就是离元旦小长假还有三天的时候，萧映朵准时找到了我，我们以表姐妹相称，她小我一个月。

女孩子最忌和两种事物合影——比自己明显漂亮的女孩，比自己明显漂亮的鲜花。

穿着职业装又没化妆的我，与穿着长摆风衣施有粉黛的萧映朵并排走在一起，一个呆板苍白，一个飘逸艳丽，那反差说不出的大。

秦姐把我和萧映朵狠狠地对比着：“你还有这样的表妹！”

很有舞台风范的漆主任遇到萧映朵都惊叹道：“职业演员就是不一样！”

总部这边共有五个茶饮料生产车间，分别灌装不同类型的茶饮料。滋利集团最初就是靠茶饮料起的家，其他系列的饮料生产车间分布在被兼并的子公司。

我和萧映朵在指定的灌装车间，隔着玻璃观察两位穿着蓝色工作服、戴着白色口罩和帽子的工人。

萧映朵有点不耐烦：“他们有什么高难度的动作嘛！引城哥还非要我来看看，也不嫌麻烦你，也麻烦我。”

我有同感：“可能你哥担心你的动作像舞蹈，而不像工人。”

萧映朵指了指一名工人：“他们就是看，工作太轻松了！”

我纠正：“你可能没注意到，他们目光犀利，能飞速发现异常情况，比如容量不足，瓶子变形，贴纸打皱等问题。”

萧映朵：“机器自动淘汰了一批，他们大不了就捡一下。”

我又意识到时间没选对，萧映朵没有看到更为关键的一部分："要不，我去申请换个清晨的时间，你就能看到他们开机前对设备清洁消毒，确认灌装机冲瓶口及注入液位，对首瓶糖度的确认等复杂工作。"

萧映朵："不麻烦了！我又不是主演，只是个小配角，拍出来可能就几秒钟。"

我暗想，萧引城也太认真了，为这几秒钟不惜让我求这求那。也就是这刻，我有了为车间写文章的一点思路，从车间工人的角度来看参观者。不是有诗云"你站在桥上看风景，看风景的人在楼上看你"嘛！

薛砚的电话打了过来："老同学，你在滋利总部吧？"

我回道："对。薛砚，你有什么事吗？"

薛砚："对不起，这段时间很忙，你那回交办的任务我给忘记了。我才路过你公司，可不可以进来提货？"

我好高兴："可以呀，我马上出来，在大门口等你。"

薛砚："我正在你们办公楼下。"

我暂时失陪萧映朵，独自向办公楼赶去。

薛砚的黑色林肯车开到了销售部的库房，在那里提取了一千块钱的精装听装咖啡和茶饮料。

萧映朵跟了过来："念秋姐，我不看了，谢谢你！"

我帮薛砚往后备厢搬着十二听装的一件饮料："才看半小时，不等到下班吗？"

萧映朵也过来帮着搬饮料："不看了，就那样。"

薛砚把萧映朵搬来的一件饮料接过来往车里放，向萧映朵道谢。

我就给他们相互介绍起来，仍把萧映朵称为表妹，也顺便当面感谢薛砚帮我推销饮料。

萧映朵："我就说呢，引城哥怎么叫我去买几件滋利饮料还要把单子发给他，原来是你要完成任务啊！"

我好难为情："没办法了，我强买强卖，让薛砚这样的同学和朋友心里很不快了。"

薛砚："哪里哪里！老同学嘛，相互帮助是应该的。"

我感慨道："明年的任务肯定不低于十万，想起我头都大！"

薛砚："我帮你找找买家，这种小打小闹不行。"

我好感动："谢谢老同学的帮助！"

一千块的精装饮料连后备厢都没放满，薛砚看了看："再加二十件，把后座也利用起来！"

我说不出什么花样感谢语："有空我请你吃饭。"

薛砚："别见外！我呀，能帮就帮，上次古岩找到我，我也帮他推销了些。"

我叹道："可惜，他那养生茶太贵，我帮不了。"

薛砚："不帮他也好。你不知道，我只买了他一套产品，他却到处吹我买了他好几万的产品，害得同学们都认为我很阔。"

萧映朵："你开林肯车，肯定阔嘛！"

薛砚："这是我叔叔叫我去办事，借我开的。"

我就怀疑他没那么容易取得车牌："你在翰盛斋做古画鉴定，听起来就高端嘛！"

薛砚："古画又不是我的。何况，我在当学徒，哪敢鉴定。"

萧映朵："你学的文物鉴定呀！"

薛砚："我没考上央美清美，就自修了这个专业。"

萧映朵："太高深了！"

我想起一件事："老同学，你叔叔认识翁显梵画家吗？"

薛砚："他是从翰盛斋出去的名人，公司没人不认识。我叔叔与他没交情。"

我问："他当过董事长秘书，是不是也很擅长写文章？"

薛砚笑了："董秘是董事会秘书，并不一定亲自动笔。翁老师早已辞职了。"

我想弄明白："他肯从上市公司辞职？"

薛砚："翁老师想圆一个梦，让流失海外的文物回家。"

我好奇："他想当收藏家？"

薛砚："不是，翁老师认为年过半百，要做点有利后代的事。"

我问："他那幅《对弈》拍了多少？"

薛砚："八百五十万。"

我惊叹着，为崇拜的画家高兴，却想不明白谁肯花如此高价去收藏一幅当代国画，不衬托上亿的别墅，难道还要等用更高的天价出手？我好奇："这画遇到哪位知音了？"

薛砚："买主保密。不过这笔款归上一藏家，不归翁老师。"

我好遗憾："得利的，是藏家，而不是原创，真不公平！"

薛砚："高风险高收益嘛！藏家投资得利，作者得名后再得利。"

我有点不解："翁老师明年春拍不如拿新作品出来拍卖，就能自己多赚些。"

薛砚对我耳语："这段时间他在打官司，恐怕难出新作品。"

我大惊，轻问："他会有什么官司？"

薛砚："跟华年忆有关。"

我大惑："不就写了牌匾楹联而已嘛！"

薛砚："没这么简单。"

我想知道更多："究竟什么情况？"

薛砚："我也不清楚。都是有头有脸的人物，把这事封锁得紧。"

我不太明白："华年忆不是照常在营业吗？"

薛砚："判决没下来而已，应该快了。"

薛砚提完了货，提出送萧映朵到地铁口。萧映朵想了想，答应了。

饮料多推销了些也没让我省心，我的心又为华年忆悬了起来。

4

从元旦起，华年忆书吧开始为每位购书者赠送精装红茶或绿茶饮料一听，送完为止，赠品饮料不能在书吧里享用。

我一早就坐在离吧台最近的书桌旁品凤翎茶假装看书，在意的却是一个小时里，已有九人领了滋利听装茶。

有购书者问："为什么要送这茶呢，打广告吗？"

麦卡："滋利嘛，愿你新年生活滋润，工作顺利！"

也有购书者问："我买一本送一听，买五本也送一听，不如我分五天各买一本，可以得五听。"

麦卡："愿你把时间留给书籍，而不是赠品。"

还有购书者问："人家买三十元一本的书送一听，我买的是一百元一本的，可不可以给我三听？"

麦卡："一点心意，请不要计较！"

我万万没想到，舒茗悦会把我剩下的七万任务全盘接单，我认为不可能帮自己的人，帮得最彻底。

旁边坐着的一对男女，映衬得我形单影只。不知陶然阁在外地做什么，过得怎么样，是不是发了财，是在为我愁肠，还是已有了新欢……本想重新加上他的电话号码，问候他一声，间接致歉我给他带去的种种不如意。想来想去，放弃。

我更想见萧引城，或者说渴望遇到萧引城这一类型的人。

陶然阁属本性懒散型，为了我可以激情四射那么一阵子。比如推销饮料，若不是为了帮我完成任务，他才不会四处求人推销，他宁可省吃俭用不挣这笔钱。我担心他走入婚姻，那懒散本性会压过他暂时的激情，交给我的将是长久的沉闷。

萧引城则属天生激情型，为了喜欢的摄影艺术淡化了文化课，为了追求电影摄影放弃了影楼摄影，他乐意尝试新的事物并力求极致，不但能靠技术养活自己、提升自己，还能带给我一些小业务小收入。与有激情、有追求，也有建树的人过一辈子，那才叫生活。

萧引城的眼中可能有我，心里可能没有我，但我的目标会是他这种，与他做做普通朋友都会有所成长。

萧引城也得知舒茗悦在打官司的消息，我和他已约好，有空就来华年忆坐坐，支持书吧，保卫书吧，谁对书吧阴阳怪气、动手动脚，我们也就对谁以牙还牙。

又有一名中年购书者在吧台领到了一听茶饮料："书吧近期不太平，是不是用赠品来笼络大家，挣个名声？"

麦卡给书加盖购书印章："书吧无须笼络有辨识力的书友。"

中年购书者："书吧不会为了清仓，才搞促销吧？"

麦卡把书递给中年购书者："清仓的话，那就买一送一，送书，不会送饮料。"

我气得搁下茶杯走向吧台，真想指着这人的鼻尖大骂："好心好意送你赠品，哪来那么多心机！"

我来到麦卡身边，学着麦卡的温柔态度："麦卡姐，我来发赠品吧！"

麦卡摆手拒绝，指了指楼上："大大快过来了，要不你上去等吧！有位你想不到的客人还在内容部等大大。"

我以为翁显梵来了，茗悦大大会为他而来，激动得我的心扑腾三十六级台阶而上，怎么向翁老师问好的话都咬文嚼字想好了。

这所谓的客人竟然是多永！整个二楼，就他一个人，在窗前盯着电脑浏览什么，头顶瓦片式的卷发，穿着迷彩棉背心，一幅艺术生模样。

想起那次周末会上，扶桑说起要解雇多永的事，我不由地问："多永，你怎么在这里？"

多永回过神："是兴而啊，快请坐！我要回华年网了。"

我看不起这个善变的多永，站在门口："大大对你也太好了！"

多永："想喝滋利饮料，还是喝热茶？"

我没想到多永会这样来问，拒绝这份热情："我的茶杯在楼下。"

多永仍把一杯热茶端过来，放到门口待客区的茶几上："请坐呀！"

我没有坐到多永搁茶的位置上，换到另一张桌旁坐下："你一个人加班？"

多永："有些编剧在家里审稿，我今天学着值班，当审读编辑。今年还请兴而多给华年网投稿。"

既然多永被安排在这里，应该有隐性原因，比如多永是麦卡或者舒茗悦的亲戚、老乡什么的，我努力掩饰自己的反感，有些皮笑肉不笑："你怎么不去其他地方呢？"

多永："在这边工作惯了，舍不得了。"

我冷冷地："在靓笔尖不是更有发展前景嘛！"

多永："我又不当编剧和讲师。"

我嘲讽："也不必回华年忆这边吃回头草吧？"

多永坐到我旁边："我生是这边的人，死是这边的鬼。"

"过年过节，谁在说鬼不鬼的？"舒茗悦的声音传来，她走了进来，"你俩在，正好！兴而，到我那里坐坐吧！"

我跟着舒茗悦向"恒心"室走去："大大，我以为，那饮料你会代销出去，没想到你会送出去。"

舒茗悦："不是全部送，一部分发给编辑们过节，一部分放在华年网作工作饮品，还有一部分被朋友要了。"

我不安："我不是让大大来贴钱帮我推销。"

舒茗悦："答谢顾客，是华年忆该做的；改善工作条件、提高员工福利，是华年网该做的。不能叫贴钱。"

来到"恒心"室，多永敲门进来，端着一只玻璃电水壶，给舒茗悦和我分别泡了一杯热茶。

内容部那杯茶我还不想沾呢，又给我泡了一杯，也不嫌浪费。想起上回多永在这屋里恶劣地对待我和舒茗悦，我厌恶顿生："我不会喝叛徒倒的茶！"

多永一愣，急道："你也当我是叛徒？"

我不客气："都离开这里快一整年了，又回来做什么呀？"

多永："我是正大光明回来的！"

我没忘记："去年你可没现在这么殷勤。"

舒茗悦："兴而，别这样说。"

舒茗悦朝多永轻轻挥了挥手，示意他离开。

多永嘟着嘴掩门而去，舒茗悦叹息："兴而，你误会多永了，这事我还没告诉你。你要感谢他才是。"

我不解其意，舒茗悦才说出了真相。

舒茗悦认为《古书情人》抄袭事件因麦卡让我去楼下查看网络故障引起的，书吧有责任，她也有责任。

为了调查税毕的获奖小品《隔空对话》的创作和参赛过程，舒茗悦请来多永，来了个苦肉计。也就是多永在周末会上先故意挑起扶桑的不满，然后舒茗悦故意请扶桑到"恒心"室来，最后就有了多永"愤而辞职"一幕的发生。

多永离开华年忆之后，又去找扶桑求职，并暗示扶桑自己知道书吧的一些秘密。扶桑正有探听这些秘密之心，于是把多永留在了靓笔尖做打杂人员。由于扶桑一直没有从多永那里得到什么书吧秘密，故而对多永有了解雇之心。

而其间，多永早以崇拜税毕的获奖小品为由，私下多次请税毕又吃又喝，千方百计地去了解《隔空对话》的创作过程。

税毕起先关于《隔空对话》的话题很是警觉，时间一久，与多永的吃喝关系越来越紧密，终于在一个月前的醉酒后说了实话。

那届元旦小品大赛，税毕作为靓笔尖的小品学员，写过五部小品剧本，指望其中一部被扶桑选中报名参赛，均未成。其中一部名为《隔空对话》，讲的是网恋失败的故事。

扶桑认为《隔空对话》这个名字不错，将内容通盘修改后变成自己的小品剧本，讲的是父子的代沟问题。他在当年十月就以该剧本报名参赛并组织了演员排练。十一月底，排练基本定型的时候，扶桑突然宣布重新排练内容，自己放弃参赛，推荐税毕的小品参赛，要扶持新人，打响靓笔尖大讲堂的牌子。

小品参赛名依然是《隔空对话》，编剧署名由扶桑改为了税毕。但内容不是税毕写的那稿，而是由扶桑改成了两本书中走出一男一女，争论智能化的利与弊，讲的是智能与传统的矛盾。

小品获头奖后，陶然阁一找税毕就输，正因税毕拿得出他很早就有的《隔空对话》小品版权登记证，也拿得出重新登记的《隔空对话之二》。小品版权登记证上有名称有时间，并无故事梗概。税毕拒绝向陶然阁出示登记的梗概内容，说是只向律师和法官出示。

税毕凭这次大赛一等奖有了名气，不少公司和演员花重金请他写小品剧本，扶桑表面上又维护着税毕的名声，税毕视扶桑为恩师。

那段时间网上有关税毕抄袭他人小品的帖子其实是扶桑私下找人发的，目的是扩大靓笔尖大讲堂的知名度、话题度，多永也按吩咐发过那种帖子，并顶了不少帖子。

“税毕，扶桑，那就法庭见！多永可以作证。”我的肺都快气炸了。陶然阁坚信税毕抄袭了自己，不只因有两本书中走出男女主角，更因他们谈及了智能化对人类的影响。千遗万憾，陶然阁就拿不出关键的原创剧本证据，著作权法保护的是具体的表达，而不是抽象的思想。

“口说无凭。哪怕多永给税毕录了音，那也是醉酒状态，是酒话，不作数的。”

“酒后吐真言，就不能做参考吗？阁子要去法院试试，不惜一切挽回名誉，让真相大白天下。”

“兴而，别说气话。打官司很麻烦，这事已过了一年，创意的事又不好取证，要打赢说不定还要花几年的精力，得不偿失。”

“正因太多的善良人纵容他们，他们才那么猖狂。”

“在律师和法庭面前，许多隐私都要交代出来，很难堪的，我深有体会。”

“大大，听说你在打官司，是真的了？”

“问题并不复杂，但原告反复起诉。”

“华年忆这边，不会有事吧！”

“本来无甚事，总有人扰之。”

“什么时候法院会给一个结果呢？”

“放心吧，没事的。”

“大大，我这就去给多永道个歉，谢谢他，也辛苦他了。”

“多永这一年为了取得税毕的信任，做了许多不像样的事，被大家骂了不少回。我今天也是来给他做做工作，劝他留在华年网，不再去书吧。”

“真对不起多永，难为他了。”

“剧本被抄袭，发生在我眼前，我本该向陶编当面道个歉，又怕像你说的那样，他又背上泄密的黑锅。”

“不用给阁子说什么了。他没在上海，也不想重提这事。”

“陶编如果知道了真相，会不会再去找税毕？”

“阁子太懦弱，才不肯自找那些难有结果的麻烦。上次他去找税毕，是被他同学逼着去的，好像真是他抄袭了一样。”

“我觉得他挺大气的，不纠结于一时的失败，吸取教训重新出发更好。”

“大大抬举阁子了，他是一个懒人，图省事。”

“懒人能写出好剧本被别人抄袭吗？集中精力做大事，就得牺牲小事。”

“我代阁子谢谢大大了！”

“能为你和陶编做点什么，你尽管说，我尽力而为。”

我似乎听到一个声音飘来：“华年忆不是凭空接盘滋利饮料的。”

5

终于在书吧等来了萧引城。

萧引城会抽空来书吧物色适合拍纪录片的人选，现在听我聊起的是“影视幕后人”微信群里的导演纵横。

按照导演纵横的要求，我把写在编剧园网站的电影剧本《较量》再次修改了一遍，不公开，仅仅通过网站的链接功能，单独发给了他。

这种链接的优势就在于，对方在手机或电脑上就能读到我愿意公开给他的相关内容，可以是剧本全文、各类梗概、大纲、情节线、人物及场景描述等全部内容，也可以是这其中的一部分，还可以授权其阅读的时间和次数，是否允许转发，甚至可以设置阅后即焚。

我给导演纵横的阅读权限设置为最大。他看了剧本说，鼎少影视还要对剧本做市场评估，通过评估，就会纳入新一年的剧本孵化和拍摄计划，正式寻找联合出品人。

钟车生导演的电影都是鼎少影视参与制作或者出品的，我除了向导演纵横表示感谢、请他关照、敬请指导，不好多问他的个人情况，要表现出对他绝对信任，不能有丁点儿怀疑，唯恐得罪他，让机会失之交臂。我也保持着基本的矜持，不会把他吹捧到天上，不会说些给他什么好处之类的话，以免他看轻我。如果他是位爱听吹捧爱贪小便宜的导演，我还瞧不起他呢！

剧本最终能不能被拍，并非导演说了算，那就随缘，只要他是认真在做电影，我乐意结识这样的人。

我时刻牢记陶然阁的警告，要防范影视圈里各种想也想不到、防也防不完的骗局。我甚至邀请过导演纵横来华年忆见面谈剧本修改事宜，看到真人比什么都有说服力。但他说近期在片场做监制，有时要去大学做讲座，来不了。

翻翻钟车生的微博，还真是这样，钟导演前些天在北京某大学里做了堂专题讲座——《谈导演的创作风格》。

我对微信朋友的真假自有一套鉴别方法，但“导演纵横”的微信信息有点难辨真伪。

钟车生的微博经过认证，头像是其本人大头照，内容主要是对一些影视热点的个人见解，偶尔有剧组的小片段。导演纵横的微信没有认证，头像是摄影机镜头，微信相册图片虽与摄制组、摄影棚、摄影器材相关，但不能证明他就是钟车生，他在群里发言也从不直言他是钟车生。

我怀疑导演纵横的关键之处在于他的微信注册号。微信昵称、群昵称、个人信息之类可以修改，朋友圈图片和文字可以做假，唯独微信注册号无法修改。通常情况下，微信注册号不会太复杂，字母或者数字多与本人的真实信息和偏好相关。而导演纵横的注册名长达近20个字母，字母数字有连续多个重复，并非是微信自动生成的那种以“wxid”开头的无规律长微信号。

因一个注册号来怀疑一个人，似乎小题大做，但我就兴寻找蛛丝马迹来个一票否决。

萧引城听了我的分析，也有所怀疑：“钟导演那种级别，不可能来这不入流的群。”

“也许这个群主与钟导认识，邀他用小号入群微服私访，或者暗中挑选他们需要的人才呢？”

“这样固然好。他对你的剧本提出什么意见没有？”

“说写得相当不错，十分看好，想招集几家公司一起码盘，毕竟投资比较大。”

“项目落地需要一个时间过程，耐心等等看。”

“昨晚，群里又有个自称制片人的，也私信我，问起我那《较量》怎么从剧本超市消失了。他对这个剧本也感兴趣。我只好告诉他，剧本在改，等段时间联系。”

“你没把《较量》放那群里，他们就知道了？”

“编剧园网站会向影视公司推荐剧本，即使我那剧本不公开，后台是可以看见并向影视公司推荐的。”

“剧本被选中，可喜可贺嘛！”

“网络太强大了！只怕，一个没安心用我剧本的导演，占着我的剧本不放；另一个安心用我剧本的制片人，却不得不放弃这个拿不到拍摄权的剧本。”

“他们怎么不找那些在群里发剧本链接的编剧呢？”

“也许看不上那些剧本，也许私下也在谈合作。”

“我所了解的情况，更多人只想得到剧本创意，并不会买剧本或者合作。”

“我已告诉纵横了，剧本已版权登记。如果他要用去抄袭，要洗稿什么的，会大费周章地来私信我吗？”

“如果他主动要见你，你就要小心了。影视圈里鱼龙混杂，一个小剧务、小司机都可能冒充名人说得头头是道，骗财骗色。”

“我约他见面，他还不肯呢！我这模样，他见了也没兴趣。”

“你对自己的相貌没信心？”

“是啊，从来没人夸过我漂亮。”

“认为你漂亮的，并不一定要口头夸奖出来吧！比如我。”

“谢谢你的安慰！”

“这是我的真话，请收下。你要对自己的形象有信心，就像对你的剧本那样。”

“我又不打算当明星，比上不足，比下有余。”

我和萧引城相视而笑，又有点尴尬。

萧引城换了个话题：“你公司那纪念画册印出来了吧？”

提起纪念册，我就心里发凉。画册的概述词正是我写的那稿，不过封底有总策划汤董事长和审核卓主任的名字，有做设计的文化传媒公司的标识，然后就没有其他人的名字了，我一直以为画册会写上“撰写柳念秋”之类，谁让我有署名强迫症呢！

这也就算了，卓主任似乎患了健忘症，针对全册概述词说了句气得我吐血的话：“文化传媒公司写的串词就是有水平！”

我叹着气，望着萧引城：“还没正式开印，仍在修改。不管它了，反正也没署我的名字。”

“署名？文案设计是传媒公司的版权，你别再求署名了。”

“你不知道，那么多照片是我精心筛选出来，千辛万苦找各种认识不认识的、在职和离职的同事核实了时间、地点、人物和事件主题，按各种分类排好序号写好说明交了出去，最大限度减少了设计排版时间，多多少少也算做了编辑的事吧？”

“你想署编辑的名？内部纪念册，又不公开发行，署不署名又有多大影响呢？”

“不是署名的问题，是尊不尊重这份工作的问题。”

“你向头儿提出这意见了吗？”

“提出来了。卓主任说，那么多的照片都没署名摄影者是谁，不好署我的名。”

“有道理！”

“署上审核人的名字难道就好吗？其实可以添加一页，附上摄影人和所有工作人员的名字。”

“你也太较劲了！”

“不是我较劲，是别人不较真，只把人当广义的人，不视为个体的人。看看那些国外的片子，一只狗妈妈生了十只小奶狗，每只奶狗都有响亮的名字，名字是神圣的，以区别于其他个体。”

“中国人太多，每个人都到处点名字，就难分主次了。”

我停下了辩解，想想自己是不是成了被狼叼走名字的新型祥林嫂，别人听了都会觉得好笑或厌恶？我不如关心下与自己不相关的：“你那云朵妹妹，什么时候扮演女工呀？”

“快了吧。是位副导演在舞蹈培训中心选中她的。”

“云朵的气质，适合表演。”

“演员的新老更替太快了，女演员尤其靠吃青春饭，她的年纪已偏大了。”

“二十五就年龄大？”

“十七八岁与二十五六，区别真的很大！云朵签约了一家演员经纪公司，五年期。但这公司没怎么培养打造她，只给她一些不怎么露脸说台词的角色。等合约期满，再签下一家，不知还有公司要她不。”

“不是独家签约吧？可以同时签几家吧？”

“允许签几家那种都是些渣渣公司，不如不签。她为学表演花了不少钱，不知什么时候能演个像样的角色。”

“她有独特的气质，就没导演看中吗？”

“这大上海还缺气质美女吗？好不容易有个小角色她又挑三拣四，不上威亚，不亲嘴，不露身体……”

“云朵这个性我喜欢，淑女爱演，择之有道。”

“有时我又觉得她不如趁早嫁了好收心。”

“引城，说到这里来了，我还想起件正事。我有位中学男同学，就在上海，家庭条件不错，很有修养和美术造诣，我觉得他和云朵挺般配。”

“有上海户口吗？”

“你怎么也在乎户口？你有上海户口吗？”

“不是我在乎，是云朵的父母在乎，要考虑孩子今后上学。”

“她母亲怎么跟我母亲一样！真俗气！”

“你不在乎吗？难得。你那位男友太幸福了！”

“我没男友，声明一下。”

“陶然阁不是吗？”

“不是。他知道我母亲的条件，吓退了。”

“那条件是挺高的……说说吧，你那同学是谁？”

“前几天，云朵来车间体验生活时，见过我那同学，叫薛砚。人家还来问过云朵的个人情况呢！”

“你能保证他没女友？”

“保证。薛砚都找我要去云朵的联系电话了，想主动出击的节奏……”

说话间，我被一位坐到前边空位上的女人给吸引了，她化着淡雅的彩妆，身着修长黑色大衣，毛茸茸粉色帽和围巾加身，依着沙发独自读起一本书。

服务生随即把龙井茶送到她面前，她温和地朝服务生点头一笑，继续看书。

萧引城顺着我的视线张望了过去：“噫，好熟悉的人！”

我点头：“是呀，有点像散文家佟雪。佟雪没她这么胖，比她年轻十岁吧！”

萧引城“嗯”了声：“如果她真是佟雪，肯定有很多书友围着她签名了。”

我表示赞成：“麦卡姐肯定会向大家做介绍了，佟雪可是华年网的特邀专栏作家。”

萧引城接起了先前的话题：“说起给云朵做媒，我还真的给一位朋友做成了一桩媒！”

“哪位朋友被你关照着？”

“他叫抠抠，是和我一起学电影摄影的，他总想买好器材，弄得自己挺拮据，租的房子是十六人一间那种。俏佳人的一位女客户有次见到抠抠，两人挺聊得来。前些天那女客户请我给他拍外景照，我就提起抠抠来，人家似乎也有心，我就趁机给他俩做了个媒，成了。”

“你约他们在哪里见面？我也学学，到时选个好地方约云朵与薛砚见见。”

“我不是叫他抠抠吗？他有点抠门，舍不得租间好点的房子住，又怕吃大餐、住酒店花钱，也不肯让我破费请他们吃饭。他想把我那间房子当成他的房子，与女生相亲，看看这女生是不是特别娇气。如果太娇气，他不会要。”

“这样的相亲法啊！那女生同意第一次见面就去男方家？！”

“他们不算第一次见面了嘛！抠抠跟那女生约好了，就在家里见面，就两个人。如果相亲成功，抠抠就去租间像样的房子。”

“这女生也太……结果呢？”

“还真成功了！当晚他们就住在我家了。”

“啊！你呢？”

“我只有成全他们，这几天我借住在朋友家里。”

“做媒就做媒，相亲也就算了，怎么能让他们在你家住下去？”

“抠抠一时也租不到合适的房子，只有假装那是他家了。”

“你怎么能让别人在自己家里乱来呢？”

“这怎么叫乱来呢？帮忙没什么不好吧？”

“你不怕坏了自家的风水吗？”

“这跟风水有什么关系？何况，那房子是租的，我也不天天住。”

我没有再争辩，人家的房子，与我何干！我喜欢陶然阁对家的态度——动别的可以，别碰我的床，这是我休息的圣地，不能乱七八糟。

头一次对萧引城说不出的失望，助人为乐没底线……我的视线游离开去，像飞翔的鸟儿，落脚在那位像佟雪的女人身上，她仍专注地在那里看书。

第八场　庆典会

1

滋利集团微电影《传承》完成了影片的交付，传闻说必丽传媒拿走了三十万。

秦姐得知这片子只拍了两天，其中绝大部分时间是演员们在反复排练，正式拍摄只用了一会儿工夫，还是在一个地方拍的，认为片子几乎没啥成本，顶上天只值十万。

我有点不信，却并不嫌贵，我从网上了解的情况与秦姐想得不一样，有的电影剧组无论拍不拍戏，一天的成本就是几十万，数百万的都有。

说抽象的创意值什么价位秦姐不懂，我就给她讲实在的：“人家用的那些摄影机，还有身上每个小配件咱们就供不起，比如一个手柄就七千起，一张存储卡就是一两万，一套机器就可能上百万。”

“不如把拍片子的钱用来发奖金。我们得一分钱咋就那么难呢？”

“有技术含量跟没技术含量，不可替代性跟可替代性，有创意跟没创意，那价格就是不一样。”片子看似拍了两天，前后期的专业性工作她没看见而已。

“别以为拍了你的剧本，你就胳膊往外拐。”

我能不往外拐吗？电影与我密切相关，与陶然阁和他的朋友生死攸关。如果与我们没关系，我站的思考角度会跟秦姐丝毫不差——不拍微电影滋利集团会垮啊！

卓主任回答了大家心照不宣的不满意见：“既然叫庆典必须有仪式感，好比你婚礼时，不穿婚纱，不铺张浪费一回就是人生缺憾。”

漆主任则对我说："这电影，庆典会上才会公开，你暂时也不要看。"

我这急性子兼强迫症患者，在网上发篇日志都要马上查看网页效果，不排版得像铅印书籍那般就不罢休，哪能忍受自己的剧本被拍出来还不许看一帧效果的精神折磨？

我没留下图标的联系方式，就联系必丽传媒要来了他的电话号码，请他把视频效果发我的邮箱过把瘾。

图标耐不住我的哀求，只同意给我看初始样片，强调说片子不要外泄，看完就删，别声张出去。

这个我做得到。

《传承》在我卧室的电脑上播放起来，我激动万分，仿佛这是在影院里为我专场首播。

片子的故事线与我剧本大体相吻合，我设计的三个地方八个场景，被简化成一个地方的三个场景，也就是雪力公司老办公楼的一楼底、楼梯与二楼走廊。镜头从第一个主要人物过渡到第二个主要人物，再过渡到第三个主要人物，连续的三个场景一气呵成，象征着三个时代的更迭。

这种运动长镜头拍摄叙事手法叫一镜到底，从片子开始到片子结束，摄影机拍摄不中断，拍出的视频连续完整，不剪切一刀，让情节更有张力、影像效果更为自然流畅。

画面构思新颖独到，出乎我意料，色调凝重而不失振奋，人物从容又自信，细节表情自然到位，业余演员演出了专业级水准。这不是广告片的平面夸张，不是宣传片的激情张扬，是有深度厚重感的短片故事，整体效果远超我想象，真是九个满意。差那么一个满意的是因为样片没有对演员配音也没有加上音乐，缺乏的音质音效，让艺术感大跌了一级。

只有五分钟，太短了！

我反复重播，连续看了一小时，体会到好导演对一部戏有多么重要，那是对原剧本的再创作。看啊看，我看到自己的编剧事业正躬身在起跑线上，蓄势待发。

我说话算话，把这个视频连同邮件一并删除，以免不慎惹来后患。

如果我写剧本，图标导演，萧引城拍摄，这不正凑成了黄金搭档吗？

我们这些还无依无靠如浮萍，加不进所谓核心圈子的边缘化、门外汉小人物，可以不靠那些著名的导演或者摄影师完成一部电影作品，我们可以组成新手派、青年档，自成核心圈子。

还差一个关键人物，投资的出品人，或者去找投资的制片人。

导演纵横说过，找出品人有技巧，比如要拍足球题材的片子，可以找饮料公司、运动用品公司等赞助，在电影中植入其广告。只要剧本足够好，能有巨大的票房预期，起到广而告之的作用，这类公司一般出手就很阔绰，上千万都不成问题。

导演纵横还说过，我也可以亲自去联系几个出品人，只要把钱筹齐了，我还能成为制片人，用别人的钱拍自己的剧本。我正想入非非突然清醒，得了吧，找出资百万千万的出品人容易，我还愁自己十万饮料的销售任务做什么？

我与图标微信：图导，《传承》的场景是你精减的吧，佩服！

图标：我打算用四个，阁子砍到了三个。

我躲不过陶然阁的影子，只有夸道：你导的片子太好了，长镜头用得很绝妙！

图标：多亏阁子提到了长镜头，我重新调整了思路。

我发了个“微笑”：图导也听阁子这外行的呀！

我对图标的印象好起来，不只因他的技术，更因他谦虚而诚实的人品。

在表扬对方时，对方是把功劳一心揽到自己身上，还是让功于人，基本能决定我与对方交往的深度。图标这个人，值得交往。

图标给我回过来语音：“阁子是内行，他对影视很敏感，怎么读的是理工专业呢？”

我也就用语音对话：“阁子本来偏爱文科，高二文理分班时，他信了父母的话，认为男生学文科没前途，就报了理科。”

“这样也好，阁子文理兼通了。”

“希望还有机会与图导合作。”

“你若有其他拍摄业务，请与我联系。”

“近期图导还要导什么新片？到时请发我欣赏学习。”

“有位企业家，请我给他做个三十分钟的短片，回忆录那种。我正在物色演员。”

“剧本写好了吗？”

“我写了个拍摄脚本。”

“如果需要女演员的话，我给你推荐一个。”

“是吗？发张照片看看，不化妆的最好。”

我立即联系萧映朵，让她发了数张角度不同的舞蹈照过来。

我把照片转给图标：“我表妹很上镜吧？她是舞蹈教练，拍过广告，做过时装网店的模特儿，还有在影视中扮演配角和主角替身的经历。”

“脸小点就好了。”

“脸饱满点有富贵相呀！”

“会影响少女感。”

“她以前演过替身，一个侧脸镜头都不给她，这么漂亮的脸好可惜。”

“演替身比当群演好。”

“不吧，群演有时还能看到正脸，她老是背着镜头，谁知道她是谁，长啥样呀！”

“替身比群演学的东西更多，能听导演是怎么跟她讲戏，体验当女主演的感觉，还能看清男主演、男配角如何在表演，这个是群演体验不到的。”

“这么说来，云朵比其他群演优秀，麻烦图导给她个机会。”

“她跟演员经纪公司签过约吗？”

“签不签约不一样吗？”

“我们优先选用必丽的签约演员。”

“她已签约了，不过经纪公司允许她们自己联系表演业务，要给公司提成，应该不是独家签约。”

“那你通知她来试下镜，下周五之前。”

我与萧映朵微信联系，告诉她去图标那里试镜的事宜，把图标的电话号码也发给了她。

我以为萧映朵定会喜出望外，给我连发几个拥抱表情什么的，哪知她并不当回事，嫌图标和必丽传媒都没名气，也认为短片不是正规的电影。

我不好把微电影《传承》发给她，就把图标以前获得省级微电影大奖的相关报道的链接发给她见识见识人家的本事。

我给萧映朵强调：图导是广东那边很知名的电视节目制片人和导演，没两把刷子，不会远离妻儿来上海打拼。

萧映朵：四十分钟的短片，才省级！我欣赏在国际电影节获奖的导演。

我得点醒她：知名导演盯着的是知名演员，图导这样的新锐导演才注重有潜质的。必丽传媒如果看中你，全心来推出你，总比那个视你可有可无的经纪公司强。

萧映朵：必丽传媒有什么实力捧我啊！肯花百万千万来捧我吗？

要不是看在萧引城的面子上，我真想发火了：你还没试镜呢，就想人家砸钱来捧！

萧映朵：企业家传记短片，不会是什么好片子。真正的企业家，才不肯让小公司乱拍他。

这个在舞蹈界都排不上号，也从未获过个人大奖，在视频直播中算不上大流量的萧映朵，不知哪来的底气，自带优越感，连片子也挑。

细细想来，萧映朵的话没毛病，反衬得我饥不择食。我连这片子写的啥故事，究竟适不适合她还不知道呢！

聊了半天，我明白了，萧映朵自标了身价，群众演员给钱她也不演，演配角每天出场费不低于一千，她的目标是扮演著名导演执导的电影主角，电视剧主角她都没看上，嫌台词太多难背。

最让我诧异的是，先前说的扮演车间女工的小配角，她居然放弃了，有出场费也不演，说是要戴口罩、帽子，随便找人演就是！仿佛她是知名演员，要由她来挑选角色。

打字费劲，我与萧映朵视频起来："这不演那不演，小心老了什么也没演。"

"我还有几个舞蹈学员要培训嘛，又不是非当演员不活。"

"你不想当演员了？"

"我想演主要角色，不是小剧组的小角色。当小角色，要收我身份证，成天就是等，找个卫生间都脏死了，不如回来教跳舞。有的剧组是铁公鸡，让我住破旧的小宾馆，穿发臭的戏服，我会长疹子，不值。”

“主演在一些片场还得搭地铺睡呢，导演都兴在椅子上倒着就睡呢，你就挑这挑那，小心今后试镜的机会都没了！”

“没机会就算了。念秋姐，那个薛砚，你怎么把我的电话告诉他呀！你警告他一下，别再纠缠我。”

“薛砚看中你不好吗？他说威胁你的话了吗？”

“反正，我看不上他。那天，他加买了二十件饮料，就是想在我面前逞能。这种感情用事的男生最不靠谱，我身边的这类男生太多了！”

“男生随时在你面前保持理智，有趣吗？”

“反正我不喜欢。”

“薛砚的父亲是我老家大学的书画教授，母亲是重点中学的英语老师，外公是位老工程师，很早就修建过我们那方的铁路。他出自书香门第，国画获得过省级二等奖和市级二等奖，真的很优秀！”

“才二等奖。”

“你获过省级或者市级奖项没啊？超过他没啊？”

“把他获奖证书拿来看看。”

我把薛砚的QQ空间地址发给她：“在这里面找。看看人家的作品，就知道人家比你勤奋多了。”

“我也很勤奋啊，又当舞蹈教练，又当网红，又当演员，还要参加表演培训。”

“学得杂而不精有什么好？你有自己的代表作吗？薛砚就有。”

“他那么优秀，你怎么看不上呢？”

“是他看不上我！那天我和你一起给他搬饮料，他一眼就瞄准你了嘛！”

“我对他没感觉。”

“你说，你真正看不上他哪点？”

“他太矮了。你帮我暗示他一下，我和他是不可能的。”

“他有一米七几，不算矮吧！”

“最多一米七二。他长到一米八二再来找我吧！”

“一米八二的又怎样呢？有他儒雅吗？有他懂艺术吗？有他专一吗？”

“专一，谁知道啊！”

“不专一的男生，第一次见面就特别会哄女生开心。专一的男生，不懂这套，傻乎乎的，连林肯车也承认是借的。换个人，会说是他本人的，先让你产生好感再说。”

“哈哈，当我没见过豪车啊！姐姐挺有经验嘛！”

“你就不知道在男生面前卖弄风情，我看就专一。你好好想想啊！我困了，晚安！”

我“短平快”地终止与萧映朵的闲聊，因为“影视幕后人”微信群里的消息一条跟一条，有些异常。

2

编剧“量子虾米”在“影视幕后人”微信群里连续发话，控诉他遭遇的事和人。

量子虾米是位正在西安就读的大四学生，广播电视编导专业，他在韩国圣山国际电影节上获得了电影剧本单元二等奖，有十五万人民币的奖金。颁奖典礼当天，主办方登记了他的银行卡号，承诺把奖金扣除税费后转到他账上。另五位获奖编剧算是前辈，他跟着前辈们一起与主办方签订了版权协议，剧本交主办方运作。离颁奖典礼结束一个多月了，奖金仍不见影子。他最初打电话询问，回复是即将到账，之后回复是款已转，过后连电话都打不通。现在春节将至，这奖金问题成了他的心结。量子虾米放了寒假都不敢回家，因为他去韩国领奖的开支是从父母那里要的，有两万多块，有部分拿去给家人买了些礼物，他承诺要给父母回报五万奖金，老家亲戚、邻居们正盼他衣锦还乡。量子虾米的同学们则等着他在群里发大红包。

量子虾米愤恨而又心寒的还有其他几位获奖编剧。六位获奖编剧来自中国的东南西北中，建了小群互通信息。每位获奖编剧都在抱怨没有领到奖金，却把剧本版权签给了别人，如同自己生的娃免费送到别人家里，还没权去管娃了。但没有一个愿意牵头与主办方交涉奖金事宜，也没人愿意把这事公开出来，担心弄得鱼死网破。量子虾米还属不谙世事的编剧新手，既不知道怎么办才能要回奖金，也担心自己公开这次大赛实情后会造成无法预料的影响，比如影响他毕业和就业。

量子虾米在群里请教：群里有懂法律的朋友吗？请告诉我怎么办才好？

群友们有表示愤怒的，表示同情的，表示自己也不知道怎么办的。没一个能说出可行的解决方案。

制片人旗帜：量子虾米城府深，获了大奖现在才吱声。

量子虾米：当初有人不看好我，我获了奖，不想太招摇。

制片人旗帜：现在又太招摇了。

量子虾米：我这是为了告诫大家，今后要小心。

导演纵横：大家要引以为戒，提高警惕，避免上当。我衷心希望六位获奖编剧联合起来，尽快圆满处理此事，最大限度维护自身合法权益。

量子虾米：另几位获奖编剧大哥都表示要联合，但又不行动，我单刀匹马能怎么办？

编剧恋秋：你这虾米活该！我就劝过你不要信，你还屁颠屁颠把剧本找人翻译成英文。

量子虾米：电影节信息在正规的网站发布，怎么可能是假的？

编剧恋秋：网站没工夫鉴别真假。你上台领了奖金红包，笑得那么真诚，谁信这是假的！

陶然阁当初的怀疑没错，那么焦糖的一等奖……

我翻开“华年忆书吧”微信群，这里很安静。

这一个多月来，焦糖为他的二十万奖金愁得茶不思饭不想了吧！扶桑，没听说他去质疑大奖，并捍卫学员获得奖金的权益。

回到“影视幕后人”群，大概是陶然阁开了个头，有些编剧或跟着骂起量子虾米天真幼稚，或讽刺量子虾米的剧本本身不值什么价，或嘲笑量子虾米这种渴望成名的编剧正是骗子的目标云云。

量子虾米一直没有再说话，他退群了。

我私信导演纵横：钟导，我那剧本通过评估了吗？

导演纵横发来剧本评估报告，我点开看起来。

评估报告的页眉显示的是鼎少影视的标识，评估报告采用的是表格形式，对概念、角色塑造、情节、结构、节奏、对话、背景设计、整体写作等方面做了详细的评估分析，整体上评分九十二，看得我心花路放。

导演纵横：恭喜冲冲草，你的剧本通过了评估，已纳入今年的拍摄计划。

我的血压明显升高了几汞柱，用近乎颤抖的手发出一个“握手”：很高兴与钟导合作！

导演纵横：公司还需签订版权协议和拍摄授权书后再去办理片子备案手续。我会代表制片方当面与你签订，明天有空吗？

我激动不已：钟导什么时候方便，我就什么时候来签。

导演纵横：就明上午十点半吧，在你上次说的华年忆。

我对遇到如此认真的导演而庆幸：好的！中午我请钟导吃饭，请不要拒绝。

导演纵横：不用，我绝不会对任何人吃拿卡要。

我感动着：我遇到的好多人都与钟导一样两袖清风，我太幸运了！

导演纵横：我在易品城给儿子挑选礼物，你先看看协议，如果同意的话，明天就签字，后天就会给你账上支付第一笔版权费。

易品城是上海有名的高端商场，我对这位超有父爱的导演又多了份敬意。钟车生导演有个十岁的儿子，他特别在意保护儿子的隐私，不会让儿子在网上露脸，不会让儿子参加任何综艺节目，极少在媒体上谈论儿子，说是孩子的任务是玩耍和学习，不是出名。

我细看发过来的版权协议，方方面面为编剧考虑得很周到，包括署名权也明确为唯一一个，在片头、片尾、海报上都展示。剧本版权费总计二十万，按签订协议第二天支付十万、开机拍摄七个工作日内支付五万、杀青后七个工作日内支付五万的模式分三次结款。其间我有不断修改完善剧本和保密的义务，但我无权干涉导演和制片方对剧本的修改。

我以中文系的专业眼光反复抠着版权协议中的每一句话、每一个字眼，没找出什么陷阱。这样的协议内容权责基本对等，我没有什么好挑剔。版权费的价位我特别满意，我以为鼎少影视对我这种无名之辈的编剧顶多只肯支付十万呢！给我五万，我都肯签这协议。

我与有些新手编剧不一样，他们在不入流的编剧群和论坛上动不动就认为自己的剧本会获国际最佳编剧奖似的，三四万字的剧本要价就是三五十万。我没打算一口吃个大胖子，我更需要能够相互信任并长久合作的朋友。

看着这份即将签订的协议，六位数的版权费在我眼前熠熠生辉！正规的影视公司、优秀的导演运作一部电影就是省心！

我向导演纵横回复：钟导，协议我没意见，谢谢关照！

好一阵，导演纵横才回了个“大哭”：不好意思，儿子的礼物太贵，信用卡我没带身上，银行卡现金不知不觉快用光了，还差两千块钱，收银员快下班了，太太又不接我电话。

说着，导演纵横发来一张商场收银台的照片，有收银员，并无他的身影。

莫非钟导也是妻管严，哪怕住着豪宅，身上的钱也被娇妻没收得所剩无几？

我可不想钟导此时丢人，丢得明天签协议的心情都没了，赶紧说：我可以借给你。

导演纵横：也行。明天我当面还你。

我刚才那句话没说对：钟导如此提携我，不用还了。就当这是我给小弟弟的礼物吧！

导演纵横：我代儿子谢谢冲冲草！我和儿子一向不收任何演职人员的礼物。

我点出微信转账功能，输入两千元，准备转账。我点击密码，点了五位数，在即将点击第六位数生效时，我突然停住了——我分文还未到手，连钟导的面还没见到，怎么就先要蚀掉两千块呢？我又不是他的朋友，他还缺朋友吗？

我悲戚起来，莫非我正在往一场骗局里钻，什么评估，什么协议，什么备案，都是吹给我的亮丽泡泡？

导演纵横见我半天没有反应：怎么了？有事吗？

我故意问：能视频一下吗？

导演纵横：我是公众人物，不宜到处视频，被人截图发朋友圈，影响不好。

我发过去一个“惭愧”：我卡上的钱，今天买了过年衣裳，给刷光了，余额只有两百多。

导演纵横：呵呵，那就算了吧！

我发过去“抹汗”的表情：对不起了，钟导。

导演纵横：出品公司的CEO约我明天讨论另一个剧本，你这里就改期，可以吧？

我清醒过来，发去一坨“便便”：你继续自导自演哈。

骗局防不胜防降临得太突然，我从天堂坠到地狱，可惜我这一两个月来熬夜改剧本所怀揣的希望。

我想在群里揭露导演纵横的肮脏嘴脸，又怕陶然阁发现后来骂我。

回头想再骂骂这个骗子。一看，微信里再也找不到此人的影子。他先把我拉入黑名单了。

再看“影视幕后人”微信群，这个骗子，群昵称变成“后期调色”，头像变成达芬奇调色软件的标识了，但他改不了微信号。

我艾特“后期调色”：换了马甲变了脸，你还是骗子！

后期调色：你谁呀？

我不怕他耍赖：我是你克星！天天提醒大家你是骗子。

“后期调色”随即滚出了群。

3

日历转眼翻到万物复苏的三月下旬。

滋利集团庆典晚会当天上午，十五个节目近千名演员从四面八方再次齐聚到艺术大剧院，开始了第三轮着装走台彩排。

我参加的总部大合唱是第一个节目，退场后就穿着红色鳞光闪闪的合唱长裙在台下看其他节目彩排，等待自己参演的倒数第二个舞蹈节目，那是近两小时后的事了。

舞台比平时训练时的场地大出许多，有些演员走台如同鱼缸里的鱼儿放到了大水池，依然找不到北。彩排效果仍不理想，上场退场混乱、舞蹈不整齐、语言类节目忘词之类的情况时有发生。

站在台下看整体效果的节目总导演手拿话筒对每个节目指指点点，严厉批评，达到了伤人自尊的程度，弄得没登台的演员们紧张万般，登完台的演员们唉声叹气。

这轮彩排倘若不成功，下午的彩排时间就极紧张，演员们还将忙着化妆休整，这台文艺会演似乎要演砸。

跟我一起参加大合唱的秦姐没有其他节目，已换上自己的衣裳走到我面前，指了指炫目的舞台灯光和LED背景屏幕："我跟你说，这灯光费是以小时计，不足一小时也按一小时算。从昨天上午到今天晚上，就要花一部车的钱。"

我不清楚是花一辆宝骏的车钱还是花一辆宝马的车钱："谁说的啊？"

秦姐："你不信吧？花得了那么多电费吗？"

我又胳膊朝外拐了："不是电费贵，是设备贵。"

秦姐："设备又不是一次性使用。"

我补充："灯光师也有技术费，好的灯光师出场费就几万。"

秦姐："就算他是高科技人才，两天两万不得了吧！"

我很扫兴："有的东西不是我们能想象的，明星用的话筒，一套都一二十万呢！"

秦姐："只有你才信。"

姜姨和晓特等四人在台上表演小品，这是雪力公司选送的节目。

我拿起旁边座椅上的《滋利春秋二十载》翻起来，准备把画册中的姜姨指给秦姐认识一下，这里有张姜姨十多年前参加五一劳动节诗朗诵比赛的照片，激情四溢的样子。

秦姐见旁边还有本《滋利集团公司志》："你不嫌这两本书重啊，拿这么远来！"

我指了指正在陪导播看节目的卓主任那头："漆主任让我带给导播和导演们看的。"

这套纪念画册和公司志是精装本，已提前发给了全体员工，内容和版式改了又改，三月初才完成印制。两本书从内容到形式，都做得非常考究，俨然成了艺术品和收藏品。汤董事长已认识到好酒也怕巷子深，要借这次二十周年庆典之际，把企业文化来个升级，把员工精神来个提升，拉开企业形象打造的大幕，让企业以新的面貌走向下个十年。

秦姐对姜姨及照片没兴趣，用手指点了点我手里的画册："哼，汤董就不肯把印书的钱拿来给我们发奖金。"

“没有这些书籍资料，奖金发再多，公司也是一片精神沙漠。”

“没钱才是沙漠……对了，听说你要去企业文化部做文案工作了，是不是？”

“谁说的？”

“邹树呗，还有谁。”

“邹树说我去哪儿，我就能去哪儿？”

“他经常给简总写述职报告，私交很好，知道内幕消息，还有说错的？”

“漆主任都没跟我说，邹树敢跟你说？”

“邹树这人啊，为了显摆，不说出这些秘密来，谁信他是简总的心腹嘛？”

“你都知道了，是不是其他人也知道了？”

“谁知道邹树还说给了些什么人呢？”

“他就不怕简副总追究他泄密的责任？”

“我说你是书呆子呢，你不信。邹树泄密没人敢去追究，如果是我们泄密，就得按处罚细则扣上两百。”

台上的小品彩排赢得了一片掌声，秦姐转头看了一眼：“晓特傻里傻气的，也来表演客户，哪里像啊！”

“我觉得挺像的呀！比上次彩排好多了。”

“晚会成功了，功劳是漆主任和卓主任他们的……你看那位导播，就是卓主任给他拉的大业务。”

“与其交给外人挣钱，不如就让熟人把钱挣了。”

“你知不知道有个词，叫，杀熟！”

我心情陡然变差，躲卫生间去好了。

中午，秦姐帮我把盒饭领来，我就在剧院门外开吃。

卓主任和导播走了出来，但两人已从剧院里的闲庭信步大变成推推搡搡，似乎要干架。卓主任在阻止导播离开，那焦躁恼怒的神情又不像是在挽留其吃饭。导播一边果断地推开卓主任阻拦的手，一边点头躬背哀求着什么非要往外赶。在后台忙了一上午的漆主任从剧院里跑了出来，加入对导播的阻拦，三人争论着越走越远。

不妙的消息在演员们中迅速传开——导播所在的传媒公司老板跑路了，导播借给老板的钱还没收到，要赶回去挽回损失。

离庆典晚会还有七小时，这个节骨眼上遭遇这事，卓主任和漆主任的头上共同顶起了一座泰山。

我躲到一边，偷偷联系萧引城，把晚会的严峻形势告诉了他，并问："你带队来摄制晚会，可不可行？"

"现在！要调人手和设备，还得熟悉节目，怎么来得及？"

"你找几个会录像的，只需要分几头开录就行了啊！"

"现场实时播放，还是晚会后再剪辑？"

"剧院那么大，远的观众看不清，现场就要把录像播放到舞台两边的大屏幕墙上。"

"这就麻烦！切出来的画面要跟上现场音乐节奏，不是随便录录就行，必须要精通这行的。"

"如果我们这边找不到足够的人手，你能来拍摄吗？"

"我能拍，但现在走不了。这事关键在于导播，你们可以请导播去安排调度，要比较默契的团队才行。"

"你有认识的导播吗？"

"有个认识的，人家在准备明天的演唱会，那里就有二十个机位。"

"还有别的导播吗？"

"别的不熟。现在临时请导播，基本不敢接手。"

"不就录个像切换个镜头吗，有那么复杂吗？"

"导播和摄像师准备时间不足，出现失误就会接二连三地失误，播出的效果就全乱套，准备不充分极可能砸了自家牌子，坏了名声今后就没法混了。"

我放弃了萧引城这头的希望。录制节目，关我什么事，我何必去沾上那些风险，吃我的饭吧！

卓主任和漆主任垂头丧气地回来，漆主任责怪起卓主任没找对人，卓主任一脸无奈与痛苦，开始拨打电话搬救兵。

有人问："漆主任，下午的排练还继续不？"

漆主任吼道："废话，一切按计划进行！"

秦姐走到我身边，冷冷地笑了：“看看吧，这就是找熟人的下场！”

还有一小时，下午的走台即将开始，也是正式演出前的最后一次走台。卓主任和漆主任已顾不得吃午饭，两人各自不停地打电话并声称钱不是问题，得到的仍是失望的消息，他俩绝望地瘫坐到观众席上，卓主人更是后悔不已，唉声叹气。

我私下又联系图标，把火烧眉毛的严峻形势又说了一遍，请他帮忙找晚会导播和录像师。

图标在那头笑起来：“我就是导播呀！我马上来看彩排，人手和设备我安排。”

我难以置信，反倒不放心：“图导，你有没有现场导播晚会的经验啊？”

图标回答得斩钉截铁：“人手和设备到齐，我就能做拿手菜。”

“人手和设备能到齐吗？”

“能。”

“晚会上要把拍摄效果实时投到大屏幕上，还要跟上音乐节奏。”

“这是必需的。你再确认一下，是不是决定由我负责录节目？”

“没人安排我联系你，漆主任他们可能还没想到你，我去给他们请示下，应该没问题。”

“我春节前就找过漆主任，也找过卓主任，想做这台晚会，他们都没同意。”

“为什么？”

“有人捷足先登了嘛！”

“这个时候，他们怎么不找你呢？”

“可能忘记我了吧！麻烦你帮我去说说。”

“不如你亲自联系漆主任，免得话儿转来转去走了样。千万别提到我啊，你就说是听同行在说这台庆典晚会出了麻烦。”

“好吧。”

“要价别太高啊！”

“哪有时间讨价还价啊！先解决现场播出再说。”

我赶紧来到漆主任和卓主任旁边，偷看什么情况。

很快，漆主任接到了电话，有些意外："图标导演，你好！……是啊，你能来当然最好了！……那就赶快打车过来，车费我包！费用你说多少就多少……好好好，就等你们摄制组了！谢谢谢谢！"

漆主任挂了电话，脸上有了希望，对着卓主任笑起来："踏破铁鞋无觅处，得来全不费功夫啊！那个图标导演找来了！"

卓主任并不激动："他节目都不熟悉，怎么做得下来？"

漆主任："他马上过来看彩排，他还有人马。"

卓主任："刚才我还想到图标，我没保存他号码，也不好再请他。"

漆主任："我也是，我早把他号码删除了。嗯……把他电话保存起来。"

两人一起保存了图标的电话号码，如释重负，各自拿了份已经冷掉的盒饭吃了起来。

当我的第一个大合唱节目走完台，我看见图标站在节目导演旁边专注地看着节目，手中拿着节目单。卓主任在旁边给他介绍着。

后面的节目在主持人的串词中一个紧跟一个，比上午的彩排效果明显好多了，一场晚会的效果开始显露出完整的雏形。

彩排完成了大半的时候，四位工作人员进场架设六台摄像机并布线和测试。

舞台下的摄像机单独放置了近十米的滑轨；舞台退场侧则架了部大型摇臂摄像机；观众席上的左右竖向过道上分别架设一台摄像机；剧场中间横向过道正中架设一台摄像机；最后，在舞台上的上场侧也放置了一台摄像机。

当我从台下入场口去后台准备第二个舞蹈彩排时，过道上还有三名人员在调试导播设备，有位对着话筒，有位戴着耳麦在操作密密麻麻的按钮。

六台摄像机不同机位的拍摄效果同时显示在一个屏幕上，有大全景、小全景、近景、特写、俯视、拉近、推远等效果，能看到舞台上的表演细节，也能看到观众的全景。

另一个屏幕只显示着切换镜头后的彩排效果。不用问，这个就是展现在大屏幕墙上的成品效果了。

在最后的谢幕彩排时，我穿着白天鹅服装站在舞台上的第一排中部鼓着掌，图标还在原地望着舞台，舞台下一个机位正在轨道上滑动着试拍。

4

滋利集团创建二十周年庆典晚会徐徐拉开大幕。

音乐序曲响起，汤董事长致辞后步入第一个开篇大合唱队伍前排中央，与另几位高管共同领唱厂歌《相信自己》。我站在有一百五十人之多的大合唱队列里斗志昂扬。这厂歌是为五周年而写的，平时唱得不愠不火，这次终于被隆重地唱响，蛮好听。

我注意着，大摇臂机吊着的摄像机镜头从舞台上空对着我们缓缓摇过。操作这台摇臂机的，不是图标找来的人手，而是萧引城。

图标联系的摇臂师中午正在进行另一个摇臂拍摄任务，说好下午两点拍摄结束，晚上六点之前赶来。但下午四时摇臂师却说剧组出现了意外，他的拍摄还没完成，加上拍摄结束后还有后续事宜要完成，他赶不过来。

图标和另几位摄像师组装摇臂机没问题，却玩不转它，也请不来其他摇臂师。漆主任和卓主任已放弃了这个机位，寄希望于另几个机位。图标为此找来了斯坦尼康摄像机来补充，丰富拍摄效果，但它无法替代摇臂机从高位运动拍摄的震撼效果。

我就联系萧引城，看看他能不能帮着找位摇臂师过来。他没找到，就自己来了。他曾练习过摇臂拍摄，认为自己勉强能驾驭，但还没有用它拍摄舞台节目的经验。

萧引城赶来时离节目开演仅一个多小时，他匆匆熟悉了环境和设备，进行试拍，却无法通过照片和视频预知节目表演的大体情况，因为正式会演前严禁拍摄和分享彩排照。图标就把每个节目的精彩之处逐一讲给他听，指导他在哪些关键环节如何运用镜头。按照图标的标准，所有现场摄制人员都必须做到零失误。

第一个开场合唱节目结束，我利用下个参演节目的空隙去导播机前看图标。导播屏幕上正播着二十四位演员表演的现代舞节目实况。

图标戴着耳麦，专注地盯着七个机位传过来的画面，一边跟着音乐轻摇，一边对着麦克风指挥并按着切换按键。另一位则在旁边注视着画面叫着秒数。

图标："二号，快推……都别动……三号特写……四号，跟……一号拉出来……六号焦点焦点……七号对焦领舞，推上去……五号旋转半圈……”

五号，就是萧引城的摇臂机。另一台显示屏全屏显示出了被切出的五号机位拍摄的画面。画面从三位领舞者头顶左上方向右上方旋转过来，将本节目最高潮、也是难度最大的连续劈腿舞姿充分展示了出来。

四号，就是舞台下用滑轨的那个摄像师，是必丽传媒的顾老板，不过我一直没看清他的脸。

正在我看得带劲时，卓主任过来，把我和其他看热闹的候场演员赶了出去。我在退场的出口处旁边找了个空着的既近又偏的观众席，既看表演，又看萧引城驾驭那台显得笨重的摇臂机。

萧引城戴着耳机，盯着录像屏，操纵着机身，灵活地调整着摇臂机顶端的镜头位置。那轻车熟路的姿势帅呆了。

第七个节目，微电影《传承》在舞台正中的大屏幕上播出。这是唯一没有公开进行彩排的节目。

故事讲述的是滋利集团创建之初，某男员工疲惫地把装有饮料的人力板车停在梯子前，难为情地给女友递了一瓶最早出厂的一款茶饮料；他一边向楼上走，一边向女友发誓要离开这里去挣大钱；在楼梯拐角处，男员工的老师傅手拿另一款乳饮料在栏杆旁计算饮料配方，对楼下“下海”“买铺子”“出国”等各种声音充耳不闻，师傅说“要让所有小朋友都喜欢我们的饮料”；男员工身边的女友已变成了小学女生，要走了老师傅手中的乳饮料向楼上欢快奔去；已是中年的男员工身着技术人员工作服手拿最新包装的果汁饮料，在楼上迎来了高三的女儿；女儿把大学录取通知书亮了出来，上面显示食品科学与工程专业，并问：“爸，我可以来滋利吗？”男员工问：“你不能把目光放远些吗？”女儿答：“我跟着滋利公司走得更远。”

片中那句台词“爸，我可以来滋利吗”是有寓意的。

汤董事长的父亲是滋利集团的创建者，不过十五年前病逝了。汤董事长那时还是学生，当他大学毕业想来公司继承父业时，遭到很多人的反对，认为他经验不足缺少气魄，时任董事长也不肯让他再进入高层。为这，汤董事长奋斗了好多年，方才坐上董事长的位子。

片子的拍摄绝妙之处在于镜头在人与景、人与物、人与人的移动中，男女老少人物自然地亮相和切换，男员工从年轻到中年过渡得自然而然，而镜头一直未关机。本来一分钟就能走完的路，通过镜头巧妙地回避，让场务人员利用“盲区”时间迅速重新置景并替换人物，拍出了二十年时间和五分钟路程的效果。这一版的角色配上了动听的声音，加之有美妙的音乐，看得我如醉如痴。

片子结束那刻，全场爆发出了经久不息的掌声。舞台两侧的屏幕墙上切换出了五号机位移动俯视拍出的观众热烈鼓掌画面，看得我热泪盈眶。

5

轰轰烈烈的滋利集团二十周年庆于我，是场无法言说的遗憾。

比较在乎青史留名不被世界遗忘的我，在长达半年时间的庆典工作中其实没有像样地留下名字以及图像，似乎是被公司遗忘的人。

庆典晚会上我既合唱又跳舞，没人为我拍个清晰的特写镜头，包括萧引城都不清楚化了舞台妆的我究竟站在哪一排。我无论在什么位置表演，台下专业的业余的镜头都没重点关注过我。我就是跳到了前排正中，也没人把我的正脸抓拍得清晰。

最可恨的是庆典晚会谢幕时，有个舞台大合影，我这只洁白优雅的天鹅本来站在前排靠中的位置，临近C位了。哪想嘉宾被邀请上台合影，一位又高又胖的重量级嘉宾恰巧就站在我前面，不给我露脸的空隙，活生生把我从大合影中无声无息地覆盖掉了。

这就是不上镜之一种！

那本与我密切相关的《滋利春秋二十载》见不到我的署名且不说，画册中没有一张我露脸的照片。这个我无能为力，哪怕夹带私心我也没能选出一张有我露脸的工作照。

至于《滋利集团公司志》就更别提，厚达两百页的书里，既没我任职的记载，也没我获得表彰的历史，所有大事记小事件与我无关。我万万没料到上薄薄《饮响力》轻而易举的我，上厚厚的《公司志》会如此之难，有人则与我完全相反。

谈工作上的丰功伟绩，轮不上我，那就谈谈作品。

我在乎的微电影《传承》，片头有片名，片尾有“美滋滋伴你行”的企业理念，从头到尾就没一个主创人员的名字。当初我看图标发我的样片时没有，以为正片应该会把署名与音效一块儿加上去。图标解释说汤董的意见是不留任何人的名字，因为功劳是大家的，不是某些人的，干活的员工都没留名，演员却留了名不太好。他这导演都不计较署名，劝我也别太认真。

庆典晚会后，雪力公司的取景地和几位演员倒是红了一把，比如片中饰演老师傅的郑主任，纪念册中诗朗诵的姜姨，还有那个把小品演得搞笑的晓特。

我的名字只是留在了近千名庆典活动工作人员及演员补助名单里，我领到了三千元的总补助。

秦姐不高兴，她只领到三百的合唱补助：“我还想去跳舞不干工作呢，凭啥活儿做得多，补助拿得少！”

“秦姐，三千块包括我写的剧本稿酬。”

“五分钟的剧本……也太好挣了。听说，你和那个导演是朋友。”

“算不上朋友，只是打过照面。”

“剧中有个小女孩，是晓特的女儿。你怎么不向导演推荐我家小红果呢？”

“剧本里我写的是小男孩，导演给改了。”

“你怎么就不写成女孩，要故意写成男孩呢？”

“我觉得男孩子长大了，能把公司建设得更强。”

“你是女人，也重男轻女啊！是不是怕小红果成功扮演这个角色啊？”

“我没考虑由谁来演，只考虑把故事讲好。”

“哄我吧！片中那个老师傅，就是你推荐的郑主任去演吧？”

“那是漆主任帮导演选角时，不知道谁演最合适，我就推荐了郑主任。我写这个老师傅就是以郑主任为形象参考的，他长得像老知识分子，而且有点表演天分。”

“片子都被你朋友导演了，你也不让小红果去演。你上班的开水我给你烧，你练舞我做档案，你朋友开影楼我去拍照，你彩排我给你领盒饭，我哪点对你不好了？”

“秦姐是对我好。但剧本一交，我就没考虑别的了。”

“你清高，你不好去说情，给我透露一声有个小女孩角色总可以吧！我会去找漆主任，找导演，小红果准能入选。”

“这不过是公司内部演出，小红果最适合参加市上的演出。”

“你根本没把小红果放心里。我是不是该请你吃顿饭，或者给你送点礼才对？”

“我是那种人吗？”

“究竟是谁推荐了晓特的女儿，我要去查清楚。”

“算了吧，秦姐，别把这事弄得像宫斗剧。”

秦姐没有再追究小演员这事，但她连续一周在我面前变成了哑巴和聋子。我给小红果送了一盒两百块的糕点才缓和了档案室冰冻的气氛。

我和大家一起已投入到火热的推销任务之中，准备向夏季的黄金销售期冲锋。在我的三十一个工作微信群中，我从“庆典领导小组”“庆典筹备人员”“厂史图片收集”“画册审核”“公司志编辑”“厂歌合唱组”“天鹅语舞蹈”七个群中消失了。

分管企业文化部和市场部的简副总经理把我叫了去：“小柳啊，你把饮料打入了华年忆，你今年销给它十二万，年终加倍重奖。”

我清楚这里面的原因有些复杂：“那都是暂时的。”

简副总：“这书吧我们攻了几年都一瓶不进，你居然把它攻克了！继续做下去！”

我苦笑：“这是第一次，也是最后一次。”

简副总：“有了开始，就不要结束，华年忆这个市场就交给你去做。”

我提了个想法：“如果我不在档案室，可能更有条件推销些。”

简副总：“你想去市场部？”

我摇头：“企业文化部，行不行？”

简副总：“行，我也有此想法。”

三天之后，我就坐进了企业文化部办公室，逃离了档案室，逃离了秦姐。

我能原谅秦姐津津乐道的各种消息与猜忌，她是传话筒，给了我丰富的信息。我能原谅秦姐对档案的不屑，比如发给她的集团志和纪念画册，她一直没有开封翻阅。我也能原谅秦姐对小红果的爱护，母爱站在哪里都是伟大的。

但我不能原谅秦姐的一句话：“《传承》那片子我其实没看，排得太靠后了，小红果她等不及，第五个节目就吵着回家了。”

第九场　获奖者

1

一年之计在于春，我不得不铺开推销的场子，去卖力完成派下来的年度销售任务。

滋利集团正在加大宣传力度，预计销量会冲上历史最高位。别欢喜太早，我的销售任务由十万变成了十二万！工资奖金按这样的涨幅飙升就好了。

我的答谢会定在倾杯的醉美酒吧，答谢助我完成上年度任务的“大”客户们，指望本年度他们继续帮下去。

日子选在清明节的小长假，这两天酒吧相对清静。醉翁之意不在酒，在乎客户及其朋友圈市场。

醉美酒吧四个月来为我代销了接近一千块的饮料，远远低于我的预期，但我还得看好这里，总比那么多餐馆和超市拒不接受我的货亲切多了，哪怕这里主打酒类而不是饮料类。

我请来的“大”客户不包括舒茗悦，没有请客户去华年忆消费，我怕她不高兴，她才是最大的客户。

我是不是有些舍本逐末？不是的，我给舒茗悦说过，今后会报答她。至于如何报答，容我慢慢想。

我第一个请的是萧引城，如果他说今晚没空的话，我可能就改期了。

第二个请的则是薛砚，他刚帮我联系到三位买家，为我推出了不到两千的货。

我问过薛砚，与萧映朵还有联系吗？薛砚说那女神看不上他。想起薛砚每每谈起萧映朵那种可望而不可即的语气，我想帮帮他。

薛砚对自己的外貌比没有上海的户口和房子还自卑，总认为自己单眼皮、薄嘴唇、身高仅有一米七一是萧映朵拒绝他的根本原因。身高一米六五的萧映朵，看上去真的就比薛砚高许多。我安慰过薛砚，他是那种看上去就有亲和力的人，也属帅气之一种。

薛砚说其他人说他丑嫌他矮他不在乎，他就怕爱上的女生对他的相貌不来电。因为他见过的漂亮女生很多，喜欢他的女生也有，他对别的女生就是不来电。萧映朵的出现让他相信，他等待的人出现了，他也明白，围在萧映朵身边的优秀男人不会少。

我这个还单着的人，乐意解决别人的单身问题。我就想让萧映朵也来聚聚，但我请她没什么理由，我又不欠她的。

于是我就请了并没推销一瓶滋利饮料的图标，算是对他在庆典晚会上帮我解决公司急难问题的私人答谢，恰好也让图标导演与萧引城和萧映朵熟识，说不定今后他们有机会合作。他们能合作，就给了我加入合作的可能性。这是我的小小算盘。萧映朵有她独特的颜值和舞蹈功底作资本，连试镜的机会也没有给图标，这短浅的目光根本看不透我的心事。

我最不想请的是古岩，他又把太太带来了，我不打算请他们秀恩爱！如果这夫妻俩借此机会大谈他的养生养颜保健品，岂不是喧宾夺主了？同学一场，我就不计较了，我不惜血本也要维系好客户关系，请他俩助我向市场撒大网捕大鱼，没有投入哪有产出？

我得先把规矩立起来：“古岩，这次别在我朋友面前提你那保健茶和美颜品啊！人家都是文艺人，由精神财富滋养着，在这里不谈保健。”

古岩：“我怎么可能提保健品呢？我的电动按摩椅做得很好的，这些文艺人运动量少，正适合！”

我急了：“也不许提任何椅子！”

古岩：“那我能和他们聊什么？”

我强调：“就聊滋利啊！你没注意到滋利饮料正在全国打广告，连包装都全换新了吗？”

古岩：“哦，我很久没看电视了。”

我提醒："你可能没注意网站上也有我们的广告。"

说完我都有些厌恶自己了，我就憎恨那些无处不在的各种网络广告，我这直白的推销是古岩传染的。

能到场的六位客户外加三位来宾我得善待，我改变了方式，要喝酒的请他们喝红酒和啤酒，不喝酒的萧映朵和我就喝滋利饮料。桌上放着几款新包装的滋利饮料，不喝就看。

这是滋利集团完成了VI视觉系统设计后，在二十周年庆之际隆重推出的全新包装。我在写《传承》时这新款包装还没确定，图标导演该片时从漆主任那里提前确定了这新款包装，把片中最后一款饮料换成了新包装，这影片算是推出新包装的广告了。

集团公司都在追求产品艺术了，我哪有不讲究广告艺术的理？我把聊艺术作为聚会的开场，要润物细无声。比如倾杯这醉美酒吧，文艺范儿就摆在眼前，老式的和新式的各类空酒瓶，在边角地带被创意一番，就有了化腐朽为神奇的古典力量，让酒吧在怀旧的氛围里连升几个格调。再比如倾杯出版的几本书，铺满了一老式竹制书架；他在报纸和杂志上发表过的众多文章，被做成一个个大小不一的木相框展览在墙上。全上海也难找到如此原创的文艺酒吧。

倾杯听着乐了也醉了，跟大家碰着红酒杯指着墙上他与各界名流的合影木相框讲他的风流往事，俨然是他在请客，丝毫不冷场。

倾杯从一家铁饭碗单位辞职后，做过不下十种职业，接触过形形色色的人物，他指着每个相框津津有味地回顾当年的样子，不用问也知道他已讲给无数人听过了。

萧引城喝着红酒，听倾杯说得滔滔不绝，注意力由相框那头转向了图标，两人轻声交流起《传承》中长镜头的走位和灯光运用来，谈着谈着谈到了电影《俄罗斯方舟》。

薛砚喝着啤酒，像个初恋的男生，一言不发，他看似盯着萧引城谈电影，却不时羞涩地瞟一下萧映朵。

萧映朵则听着图标对电影长镜头的分析和见解，对薛砚无动于衷。

倾杯还忘我地沉浸在往事讲述中，我就指着台上轻唱民谣的组合乐队：“倾杯老师，这吉他乐队不错，哪里请的呀？”

倾杯一笑：“我的酒吧从不请乐队，全是乐队和歌手来拜我们的码头。没我夫人允许，他们成不了这里的主唱，他们主要唱原创歌曲。”

我叹道：“能唱这么好听，不比明星乐队差呢！”

倾杯：“那当然，我夫人是音乐学院出来的，对音乐很刁钻、讲究。对了，你们还没见过我夫人吧？给你们看看，她姓乔，大乔二乔的乔。”

说着倾杯掏出手机，翻起几张照片给大家欣赏。

想不到，古稀的倾杯会有位如花似玉的Coser夫人，喜欢装扮成动漫人物，更像是他的孙女。

倾杯见大家惊叹起来，又翻出一张照片：“这是夫人乔珠去年给我生的儿子，像我吧！”

大家看着他们一家三口的合影都说像。图标直夸倾杯身体好。

遏制住了古岩的推销，没有躲过倾杯的炫耀，我喝了一口滋利酸奶问大家：“谁上台唱唱歌，助助兴？”

图标：“明天就是清明时节泪纷纷，大唱特唱不太好吧？”

我建议：“伤感的歌没问题吧？”

古岩见大家都客气不愿上台，就主动上台唱了一首，一般般。

有人又怂恿古岩的太太上台来个二重唱，古岩的太太并不忸怩，上台就唱，夫妻俩得到了我们这桌礼节性的掌声。

我不敢上台，我怕讲究画质的萧引城和图标也讲究音质，会嫌我糟蹋了好歌。

萧映朵发话了：“薛画家，你应该也会唱歌吧？”

薛砚笑道：“唱得不好。”

萧映朵：“唱唱我听听。”

薛砚出乎我意料地走向了舞台，在点歌机上选了首歌。

从没听说过薛砚会唱歌，我好想提醒他可别自毁形象。

音乐响起，是李健的《舍得》过门曲子，有水波荡漾、睡莲浮动的意境。

薛砚并没像其他几位那样摆出很端正或者很潮的站姿，而是坐在台上的木椅上倾诉般地唱起来，嗓音浑厚、低沉，多了一些中气，与他平时说话的风格完全不同："如果能把你忘记，付出什么都可以，如果真把你忘记，生命有什么意义，相遇之后是别离，当初又为何欢喜，哪管这么多道理，把你刻在我心里，可我舍不得，舍不得今生与你错过，我怎能如僧人般洒脱……"

听着听着，我眼睛模糊，鼻子酸楚，扯了张纸巾，假装系鞋带，躬身到桌下悄悄把眼泪和鼻涕吸干。陶然阁就曾为我唱起过这首歌，好久没听他快乐疯狂地唱过歌了，不知他在另一座城市会不会为另一个女生深情地唱歌，不知还有谁为我动情地唱歌。不知怎么的，心里还就有那么一份对陶然阁的舍不得，别看我平时对他无所谓的样子，夜深人静之时我还就时常把他想起，老梦见他莫名地在哭泣。

在桌前还羞涩着的薛砚在台上几乎是盯着萧映朵在唱，似乎只为她一人而唱。唱完，他在全场的掌声和口哨声中回到座位上。

图标看了看萧映朵，拍了拍薛砚："这歌好，我也爱听。"

薛砚："我对这歌特别有共鸣感。"

萧映朵的态度跟刚才的冷漠不一样了，小心翼翼："薛画家，那天我说的话，如果伤到了你，我给你道个歉。"

薛砚仍是羞涩一笑："我不擅长说话，失礼之处也请你谅解。"

萧引城对萧映朵："你说什么话了？"

萧映朵难为情起来："什么话也没说。"

我叹道："薛砚，想不到啊，你的歌也唱得这么好！"

薛砚感伤一笑："我只会唱这一首。"

我不信："别谦虚了，再来一首！"

薛砚朝我笑："这歌还是上次离开你公司后，从车上听来的，突然被感动了，我单曲循环听了三个月。"

我注意到薛砚看了萧映朵一眼。而萧映朵把目光躲到了一边，有点难堪。

图标暗暗笑了笑，与薛砚干起杯来："用心唱的歌，真情流露，质感就不一样。"

这时，有个熟悉的身影在吧台前出现，那是邹树，与他一起的还有两名抬着什么进了吧台的工人。

我换岗到企业文化部办公室，这里定员定岗已经满员，我去了，邹树就离开了。简副总说，邹树应该跑市场。我总觉得是自己挤走了邹树。

倾杯对我小声道："树儿就是你们公司的，要不要把他叫过来热闹下？"

我不肯："不用。如果他知道了，会不高兴。"

倾杯："实不相瞒，我这店从开张起，就在帮树儿代销。"

同事相煎了，早知是这样我才不把这酒吧作为推销目标。我装作无所谓："也好嘛，都是在为滋利出力。"

倾杯指了指吧台方向："那边的冷藏柜，吧台椅，都是树儿送的。"

我感觉自己好无力。

倾杯指了指萧引城正在喝的红酒："树儿也在销售这个，量走得比饮料好。"

我似乎发现了邹树的秘密，这真不是我的本意。滋利集团有规定，员工不得销售其他公司的任何饮品。

2

有的人，凭直觉就知道是自己始终喜欢不起来、欣赏不起来、亲近不起来的那类人，哪怕他帮过自己。

比如倾杯这样的老人家。

刚一离开醉美酒吧，"华年忆书吧"微信群里就有数张以我为主角的酒吧照片被分享了出来，发布者正是倾杯。想拍就光明正大地告诉我们，来个摆拍合影照，倾杯却是偷拍，那躲躲闪闪的角度与不过关的拍摄技术别提有多丑化我了。

倾杯在群里感言：十分感谢兴而请书友们光临醉美酒吧，让感伤的节日多了一抹人情温暖。

杀人不见血，是不是就是指的这个？侵犯隐私，不是这种还是哪种？

我不得不反省自己，倾杯这样做的原因是不是因为他最先给我推荐的一瓶芝华士我拒绝了，是不是因为我没有表示今后给酒吧送点吧台椅什么的，是不是因为我没有夸他的年轻老婆却露出了不该有的表情……

群里的回复那就怪石嶙峋了，块块砸在我敏感小气的心坎上。话本来是用来"听"的，我就"看"他们怎么说。

税毕：醉美酒吧在代销滋利牌哇，赚翻了吧？

倾杯：薄利薄利，不信你问兴而。

张立立：兴而，我在周末会上请过你参加我的婚礼，你不来。这次你请书友喝酒，又不请我。

焦糖艾特张立立：上次AA制你就不来，这次AA制你肯去不啊！

张立立：兴而请客，我翻山越岭也来。今天是什么好日子，在清明假期请客？

扶桑：兴而，我们坐等你请我们喝龙凤茶。

……

我给萧引城打电话，请他帮忙在群里转移话题，或者分享些什么公众号文章，把那些话刷出屏去。

我说得太急切，等我放下手机，地铁车厢里开始还齐刷刷玩手机的好些乘客都齐刷刷盯着我。

萧引城在群里发了几个视频网址出来：这是我拍的几个镜头，请大家多提意见。

我点开网址欣赏起他的拍摄成果，真美呀，电影画质就是不同凡响。

扶桑：引城老弟，刚才没喝醉吧？

萧引城：没。

扶桑：我还以为你醉了呢！

萧引城：扶桑编剧近期在创作什么题材呢？

扶桑：成天忙着培养学员，没时间创作。不过故事已在酝酿中，快在心中成型了。

萧引城：新剧本会写什么题材？

扶桑：初心我一直没变，书吧。

焦糖：引城，你旁边那位帅哥，好像在书吧见过。

萧引城：他是图标导演。

扶桑：哪类导演？

萧引城：电视剧和电影。

扶桑：到时我请他给我的片子做导演。哈哈哈！

麦卡发了个“啊”的表情：云朵，你怎么也去酒吧了？

倾杯：怎么，美女就不能去酒吧？

有信息显示麦卡撤回了消息，她大概是私聊，却发错了群。

扶桑：美女见导演，谈角色塑造嘛！

焦糖：谈什么规则吧！

萧引城：焦糖，嘴巴放规矩些！

扶桑：云朵是引城的妹妹，严禁乱说！

焦糖：开开玩笑，活跃一下气氛嘛！

麦卡：扶桑编剧，你写剧本我们不干涉，但请你不要写书吧题材。

扶桑：法律没规定我不许写书吧。

麦卡：书吧好不容易太平了，不想再有什么事端。

扶桑：大大若有什么意见，请她给我谈。

图标这时被萧引城邀请进了群。

扶桑：图导，请问你导演过什么作品？

图标发来“微笑”与“握手”：有几部微电影和电视系列片，还没有电影长片。

扶桑回个“握手”：希望有机会合作，为我的剧本拍部长片电影。

图标：期待中。

舒茗悦：扶桑编剧，请不要在剧本中提及书吧。

扶桑：大大多虑了，我不会写华年忆。

舒茗悦：请另确定剧本选题。

扶桑：我研究过了，以书吧为场景的电影，还真不多，这是个值得上演的主场景。

我急得又给萧引城打电话，请他出面帮舒茗悦说说，打消扶桑写书吧的可恶念头。

萧引城这次拒绝了，说是他能进入旷野公司全靠扶桑帮忙，扶桑才训了他管闲事，他不好与扶桑作对。

我只好出面在群里发言：饮料公司的场景上演得也不多，不如写饮料公司。

扶桑：兴而，今天没请我喝酒，下次得补上。

我发了个“微笑”表情过去：不写与书吧有关的剧本，我就扶桑老师喝酒。

扶桑：士可杀不可辱，能被谁买获，就不是我扶桑。

我就干脆抖明：扶桑老师写什么题材的剧本，我也就跟着写。

扶桑：别来抄袭我哈！

我回道：人家抄袭我手中的可以获奖，我抄袭人家的，掉价。

麦卡：请大家不要谈论与华年忆无关的话题。

说着麦卡推送出了一本佟雪的《一城一师》，讲的是佟雪在各个城市里结识到的影响过她的各行各业的老师和师傅。这本书正陈列在华年忆的畅销书架上。

倾杯：有些所谓的畅销作家，只要出书，就一路绿灯默认为畅销书，是含着金钥匙出生的。

麦卡：这就跟武林高手一样，一出手就是高招。

倾杯：这些不关注时事的女作家，沉迷于个人生活，我看也没什么悲天悯人的情怀和放眼民生的大格局。

麦卡：以小见大更容易被读者接受，所以佟雪赢得了读者的喜爱。

倾杯：也许是代沟吧，我就不喜欢她这类书。

扶桑：不喜欢就不读，管它畅不畅销呢！

麦卡：书中那些为师者的精神感人至深，建议大家精读。

3

自己安康时，天下的人都健康活泼；自己病了，方知医院一大早就围满了挂号的病人。

我发现，不少自称编剧的人与我有相同的病状——干着不喜欢的工作，领着看不上又不敢舍去的薪水，身在曹营心在汉地写着没谁定制的剧本，等着伯乐亲自登门；哪怕没谁把编剧放在眼里，坚信机遇的慧眼会瞄上自己，爱好即事业的日子就在未来某一天里。

有人比我病情重些，声称“这是我独创的新型剧本格式”“看中我剧本的才是有情怀的影视公司”“实力不足的制片公司，请绕道勿扰”“票房分账不上亿，剧本分文不收”“别人笑我太疯癫，我笑别人看不见，伯乐不识我，使竖子成名”……

还比如已经把写剧本从爱好转变成职业的焦糖。

焦糖不知是在诉苦还是在炫耀，说是他没时间参加周末会也没多少时间闲聊了，母亲住院了他也没时间回老家照顾，必须连夜赶写定制的八十五集仙侠题材连续剧本。这剧本原计划写六十集，现在加了集数，他能写其中十集的样子，不过按甲方要求他写的前五集已改四稿还没定稿。他称，如果甲方放弃这部连续剧，改拍他写的原创谍战电影剧本肯定会成为爆款，票房不上十个亿或者不获个国际电影节大奖他誓不为人。

我的病情比焦糖轻，轻就轻在我不会公然自夸剧本好，还能算到能赚多少票房。

焦糖没把众多影视类公众号正同步推送的一则报道放在眼里。第一季度全国上映的电影有三分之一票房不到百万，其中有部口碑较高被评为七星级的电影，票房差两千上百万；另有十余部电影只在影院来了个一日游就下映了。

我只顾自个儿安安静静地写，孤孤单单地做梦，在一个没人干扰的环境里。我才不给谁说起我的宏伟蓝图和伟大抱负呢，我追求不鸣则已一鸣惊人，如蜘蛛侠那般从小人物到大救星，特别有戏剧张力。

我期待着某天，大家惊骇地说：“你这个玩摄影的、画国画的、写小说的、发网文的、拟公文的、做档案的、会平面设计的、能修电脑的、销饮料的，还能编这么好的剧啊！”

梦想不说出去的好处就在于，因为没声张过，就可以当成没发生过。就算我的蓝图与抱负以失败告终，也没人来嘲笑我，谁知道我曾犯过病呢！我还是原来那么正常。

我忍了又忍，连萧引城也没告诉。他只知道我在学写剧本，还请我写一些五分钟之内的台词，供演员单人表演并拍成短视频展示演技，说是不少演员用这样的方式向演员经纪公司、导演、制片人甚至群演群头自荐，包括萧映朵。

没有谁知道，我正以“时刻”为笔名，参加编剧园网站正隆重举办的“首届电影剧本集结令”。没有任何人知道这个“时刻”是我多变的柳念秋、兴而、冲冲草。当然，网站管理员知道我实名。

这家网站联合一百余家知名影视制作公司发起的这次电影剧本征集，旨在帮助编剧与制作公司达成合作。这是全网最大规模的一次优秀电影剧本挖掘专题活动，所有投递的剧本均为网站统一规范格式的完整剧本。

征集令规则下面，有一百余家我知道和不知道的影视制作公司标识和名称。看着它们，尤其是排在最前面的十家大名鼎鼎的某某影业、某某传媒、某某电影电视制作集团等，就如同看到一双双制片人的眼睛正在渴求着心仪的剧本。

这些一长排的制片公司下面，还有某某娱乐、某某联盟、某某卫视的合作媒体及标识，似乎要对这次活动进行大力宣传推广。

页面最底部，则是参与征集令的多家编剧工作室及标识，包括焦糖所在的方块Q编剧工作室，一声不吭地显示着它们的专业级优势。

如果说这是一次剧本相亲，哪双眼睛能相中“时刻”写的《获奖者》?

为了能脱颖而出，我对原剧本《较量》做了大幅修改，近乎推翻了重写，剧本已更名为《获奖者》，融入了多永从税毕那里探听到的抄袭情节，也加入了焦糖领奖而无奖金的桥段，让故事更具逻辑性和戏剧性。取这个片名还有点小小的迷信，那就是期待它在这次集结令中能当选或者获奖。

我提交了《获奖者》，经网站审核之后以名片的样式公布在专用网页上，与其他提交的剧本名片按提交的时间倒序排列在网页上。每张名片显示有片名、编剧、题材、字数之类的简要信息。内容未公开，一句话概述和编剧联系方式也不会显示。

为了剧本内容的保密性，参选剧本详情只对合作影视公司开放，影视公司一经选中，网站会有专门人员参与洽谈和跟踪，帮助双方更好地达成合作，不收取任何费用。

网站还公开了律师团队来保障编剧和影视双方的权益。多么体贴的网站，多么光明磊落而又先进高端的网站啊！其他剧本网站征集活动通常是公开一个剧本提交入口，作品无论提不提交，很难看到其他编剧的投稿粗略情况，仿佛只有自己一人在投稿。

剧本论坛上的征稿更有简单如洗的，一个帖子，几句征集要求，几个获奖等级及奖金额度，一个投稿邮箱，外加某位可联系的先生或者女士，让编剧自投罗网就是。这类征稿，无论他们打着什么影视公司的旗号，有多么诱人的奖项，我都当他们是专门盗稿洗稿的骗子。

我相信专业网站的征集令，这种以牵线搭桥为目的的征集活动不需设高额奖金，成功搭桥比什么都重要。商业化的市场，谁肯在没得到真金白银效益的时候，给一个无名无分的编剧花重金作奖励？

征集令发布不到两个月，已有五百余部电影剧本名片显示着。我先后看到了税毕提交的《第一句大话》、余海堂也就是焦糖提交的《影战》、金旗提交的《船长之命》。他们的个人信息都用的真人头像和实名。

编剧园网站又升了级，在集结令提交的剧本名片不再按初始提交时间倒序排序，而是按更新时间排序，只要修改一次，就会像论坛的帖子一样，被置到最顶部。

于是有事没事我就改改剧本，如果连个错误的标点都没有发现，就改个近义词，把剧本顶到显眼的位子。

和我一样患了“聪明病”的编剧并不少，那些剧本名片的排位随时刷新，随时都不一样，《影战》老跳在《获奖者》前面，我厌烦余海堂，如余海堂厌烦“时刻”。

一段时间里，为了不让剧本名片被别人压到往下拉滑条才能看到的位置，我没有条件也要创造条件顶起自己的名片。哪怕乘电梯，我都通过网站App改一下剧本，把句号改成叹号，过一会儿，再改回去，改得自己都不清楚用句号合适还是用叹号合适。

这些别人看不到的较劲与较量，只有我一个人知道，谁没个打死也不说的小心眼呢！没有经历就不能体会，我完全原谅了陶然阁当初写剧本时对我的隐瞒。不是我不想让谁知道我的野心，而是不想被人看见我从理想的天空跌到现实的地板所受的重伤。

“影视幕后人”微信群里的编剧也为这项大型投稿活动躁动着。

编剧恋秋：一个征稿网站，免费得到那么多电影剧本。谁签保密协议了？不怕剧本被泄密吗？

编剧汪：参赛就要网签，我们能设置保密范围。

编剧恋秋：你们没细看网签内容就点“同意”了吧？

编剧汪：正规的网站不信还能信谁？你太复杂了！

制片人旗帜：编剧们被骗怕了，还是要有勇气给编剧经纪公司一个信任。

编剧恋秋：网站做经纪人，哪有那么多免费服务，不吃不喝吗？

编剧汪：与其让剧本一辈子见不到光，不如一试。

编剧恋秋：网站就知道你这可怜心思。我还想手握一千个完整剧本素材，这个本子里复制一段新颖台词，那个本子里剪一个桥段成为经典呢！！

制片人旗帜：编剧和经纪人互不信任，谁也得不到好处。

编剧恋秋：网站已有编剧库、作品库，现在又有人气量，估价高了就是好处，只有你才没好处。

制片人旗帜：就当试个手气吧。

我暗骂自讨没趣的陶然阁，喝着自己的米汤却为人家吃干饭的担心。我点开他的微信相册，偷看他的朋友圈，依然没有新消息。

我只好从频繁在朋友圈分享图片的金旗那里寻找陶然阁的痕迹。

金旗喜欢分享自己的小生活、小宿舍、小爱好，活得比女生还精致，哪怕他临时租一个月的小房子，也布置得像精装房。墙上贴满了影视海报和男女明星照，屋里到处摆有肉肉花和绿萝之类的小植物，桌上是些杂七杂八的有趣小玩意儿，整个屋子五颜六色，密集得令人窒息却文艺得让人自叹弗如。数年来他频繁在换房，而且超喜欢朋友到他家里聚会聚餐，来他家里的朋友有老乡、有校友、有演员、有编剧、有邻居……不仔细看说明文字还以为他们在各种网红寝室打卡。当然了，那些合影朋友的颜值和体态跟金旗同框一比，基本都逊色一大截。

不过这些照片里看不到陶然阁和图标的身影，也看不出谁是金旗的女友。这跟陶然阁大概是一样的理念，珍视的独享，无所谓的才分享。不过也有另一种可能，陶然阁不喜欢和金旗同框相比。

一无所获。我的朋友圈许久没有更新，不知陶然阁会不会想方设法地来寻觅我的踪迹和心情。

4

一年一度的华年美文网征文大赛照例在五一后进行，今年的主题为“我难舍难离的地方”。

我还没想出该写什么地方去参赛的时候，扶桑提交的《华年忆赋》已显示在首页热文排行榜一栏的首位。

书友们在微信群里夸这篇佳作赛过去年的很多获奖作品，扶桑说他不以获奖为目的，仅仅是为了成为第一个写书吧的人。

听着我就不爽，悲叹一朵娇美的花儿被野猪给拱了。

话又说回来，《华年忆赋》辞藻华丽，酣畅淋漓，即使不知道华年忆的外地人读了恐怕都想慕名而来，体会文中那难舍难离之感，文章配得上书吧。若不是我讨厌这个无耻的作者，定会在文章后留言赞赏一番，并分享到朋友圈。

常言道，文如其人。扶桑这种有剽窃劣迹的编剧，怎么可能写得出如此曼妙的文字？扶桑这种对华年忆谈不上爱之人，何以写出如此多情的辞赋？

我悄悄搜索了，也用原创检测工具验证了，甚至用上了查重软件，没有找到被抄袭的成品。

居然不是抄袭的！我有颗粒无收之挫败感。嗯，我这心态，是有点阴暗。

华年网大概也对《华年忆赋》有所疑心，文章发布两周后转发量近两万，点击量都十万加了，仍没给其加精，更没重点推荐，但它仍不可阻挡地显示在热文排行榜上。

征文大赛每天不乏有些好文章提交上来，网站每天会为这类佳作加精，相当于进入第一轮初选，取得读者和评委的投票资格。这其中又会精选一两篇作为首页重点推荐，配上动态图片展示，能获得超高点击量和额外加分。

没被加精，没被推荐的文章通常意味着很快会被新来的文章给淹没，浏览量将门可罗雀。即使作者转发到朋友圈求转发求点击，要达到百个转发量和一千的点击量都相当不易。

《华年忆赋》不靠加精不靠推荐就成了爆款文，据说是数届征文大赛没有过的现象，差不多就是无冕之王，直拿人气一等奖了。

异常，很异常，相当异常！无论华年忆书友群还是华年网笔友群，都在含蓄地谈论这事，提醒编辑们别当睁眼瞎。

周五晚上的书吧周末会，扶桑将以《华年忆赋》为题，成为主讲人。

周五一早，华年忆通过书吧App和微信群发布了告示，本次周末会上将管制听众的手机，愿者方可入场。

以为这告示会招来书友们的抗议抵制，会拒绝参加周末会。相反，书吧App里迅速显示了一长串的听众报名名单。

到场听众让沙龙室快挤不下了，书友们的手机已交至吧台代管。

临近开讲时，一位重量级人物在舒茗悦的招呼声中登场："佟雪老师，请上坐！"

开始坐在主讲席聒噪着的扶桑立即起身，热情地与佟雪握手："佟雪老师好啊！我刚拜读了你的《一城一师》，被感动得几晚都失眠。"

佟雪温柔地道着谢，坐到了扶桑旁边。

佟雪家住上海，是位低调的著名散文作家，读者们追捧她的散文集，却对她的家庭和感情生活一无所知，连访谈节目她也不会露面，说是不愿生活受到太多影响。她也是华年网的专栏作家，网站为她开辟了作品页面和创作感言页面。她还是华年网征文大赛的评委，据说前几届大赛她拒绝当评委，不愿对别人的作品指手画脚，今年才同意担任评委。

见到一袭藏青长裙、一头慵懒卷发的富态佟雪，我不禁哑然失笑，上回在楼下与萧引城共同怀疑过的那位女士果然是她。原来大作家也在意形象，近年出版的数本散文集中所用的作者近照，大概是十年前的苗条美颜照。其实她这略胖的样子，挺像文艺复兴时期那些丰腴成熟的贵妇，美感并不少一分一毫。

舒茗悦、麦卡，连同华年网总编方绪、华年网写作大神莫等闲随即都来了，莫等闲是华年网的第一任总编，现在主攻网络长篇小说，上百万字那种。他们分散坐在预留的位子上，这应该是周末会史无前例的阵容，会场空气都凝结了。

头一次参加如此高规格的周末会，我激动得不敢支吾，很有些愧对佟雪。

叶公好龙就是我这样了——会买十元之内的杂志，只为读其中一篇有关佟雪的散文或者访谈；关注了佟雪的博客，会隔三岔五地读她的日志；置顶了佟雪的公众号“雪夜读心”，偶尔会分享她的美文；但我一直没肯花三四十元钱买过佟雪的《一城一师》。

这种尴尬的状态有点像我随份子钱。不认识的同事给科室发来婚礼请柬，我随礼；没什么交情的同事请我参加四十岁生日宴，我随礼；聊得来的网友喜得贵子，我随礼；朋友圈里的爱心众筹，我不认识那些患者，也会默默捐助……当我觉得张立立和罗夕不过是临时书友，没必要随礼之后，他或她就老是出现在我跟前。

这不，我又和罗夕邻座了，她坐在我后排小声问我：“亲，究竟出什么事了？”

我摇头表示不知情，分明觉得出了事。

罗夕：“为啥要没收我们的手机呢？”

我回道：“佟老师这样的名家都到场了，避免大家只顾拍照，不听主讲嘛！”

罗夕：“去年有位电视主持名家来主讲过，都没管制过手机。”

我就答：“主持人喜欢被曝光，佟老师不一样。”

扶桑作为唯一的主讲人，开场就感谢华年网为他的《华年忆赋》提供了绝好的展示平台，丝毫不提文章没被加精和推荐的事。

扶桑主要是讲他的创作灵感来自今年游览的黄鹤楼，受到当代《黄鹤楼赋》的多篇作品启发，他认为自己学生时代以写辞赋擅长，就重操旧业，写就了这篇辞赋以表达对华年忆的景仰之情。

主讲内容平淡无奇，素然寡味。直到最后，扶桑的提议表明了他的终极目的——翁显梵大师可以把《华年忆赋》书写下来，书吧就能制作成牌匾样式挂在最合适的位置，提升书吧的品质。

舒茗悦被弄蒙了：“书吧还没有给自己立赋的打算，请扶桑老师谅解！”

扶桑：“不待见我写的赋吗？”

舒茗悦：“我才疏学浅，对赋没怎么研究，不知如何待见。”

扶桑：“大大过谦了，谁不知道你是中文专业的高才生啊！”

舒茗悦：“赋主要用来夸耀歌颂，书吧不能自夸。”

扶桑："这不是自夸，是书友在夸。"

舒茗悦："书吧暂不需要书友过度关爱。"

扶桑："呵呵，华年忆难道也成敏感词了？"

舒茗悦："书友对书籍难舍难离才好，不必对华年忆难舍难离。"

扶桑："是不是请翁大师写点书法很难啊？"

舒茗悦："不需要打扰翁老师。"

扶桑："听说这铺子就是翁大师交到你手上的。"

舒茗悦："周末会不必大谈翁老师。"

扶桑："我不谈，大家也从书吧的官司中知道他与书吧有关啊！"

舒茗悦目光严厉："既然知道了，就更不必谈。"

扶桑："一边要求书友不关注书吧，一边又举办周末会让书友讲跟书吧有关的故事，你这是两套标准吧？"

舒茗悦："我们也发现了这个问题，既然扶桑老师提出来了，从明天起，周末会的主讲可以自选主题，畅所欲言。"

我当即表示不赞成："大大，书吧主题的周末会，正是它的特色，没有主题就跟闲聊一样了。"

舒茗悦："愿聊书吧，愿聊书，照样可以。"

扶桑："书吧真正的故事没人敢讲。到时，我来讲。"

舒茗悦："今晚，书吧请来了佟雪老师，要不请佟雪老师来给我们讲两句？"

热烈的掌声哗哗响起，随即全场鸦雀无声。此时，萧引城来了，他只能站在门口的一个空位上，露出一个头。

佟雪并没讲她的创作感悟或者评委心得，而是讲她当前最头痛的事——她的原创散文被洗稿。

有读者前段时间向佟雪反映，有部四年前出版的散文集，很像她的风格，但作者并不是她。经佟雪鉴定，这部书很大一部分模仿了她的文章，也就是对她的文章进行了洗稿。

佟雪并不是第一次遭遇洗稿，她的自媒体公众号"雪夜读心"就经常面临这个问题。

每当"雪夜读心"发布一篇散文，很快就会被大量转发分享。一天之后，三四十余个公众号上就会先后出现与此文类似的文章，并有原创标志，其点击量通常达到十万加的程度，往往比她公众号的点击量还高。偶尔，也就是一年中她有那么一两篇文章能达到上百万的流量，也就是刷屏级的爆款文，基本是她多年积累才写出的深度文章，也能在发布后的三四天内，改头换面成为众多公众号的文章，甚至被分解成许多文章。

按流量带来的广告收益来算，佟雪绞尽脑汁写成的文章所带来的总收益，她的公众号只能得到五分之一的样子，其余收益基本全被那些靠洗稿生存的公众号盗去了。

今年佟雪愿任征文大赛评委，一个重要原因就是愿尽自己之力鼓励作者原创。

佟雪的声音宽容慈爱，说着伤害自己的洗稿现象也那么不紧不慢、不气不恼。

扶桑为佟雪鼓掌："非常赞成佟雪大作家的意见。我早就加入对抄袭者的声讨队列中去了。不然，我的创意老被人家当成抄袭。我再声明一下啊，书吧的故事我要写，写成剧本，也可能会拍成电影。到时，可别又说我抄袭谁，谁再写书吧，那才叫抄袭。请书友们作证，请佟雪作家和大大作证。"

我不肯了："上海滩有那么多人写，不能说后写上海滩的就是抄袭先写上海滩的。书吧也一样，谁都可以写。"

舒茗悦严厉起来："兴而，你凑什么热闹！"

我不示弱："让更多人喜欢书吧、写书吧不好吗？"

舒茗悦："我把丑话说在前面，写书吧是你们的自由，如果剧本直指华年忆，我不会客气！包括为华年忆写赋的，我就不喜欢。你们别把这里当成工作室！"

扶桑："大大刚才都还在说，什么主题都可以在这里谈。看来，华年忆这敏感内容是不能谈的。"

舒茗悦："书吧本是用来谈书的，不是用来谈剧本的。"

麦卡厉声道："怎么还有人拍照！罗夕，不要什么都拍，什么都往群里发！"

我回头去看罗夕，她把手中端着的ipad放到了大腿上，用胳膊腕试图遮盖起来。

舒茗悦盯着罗夕："罗夕，把照片撤回。你没把手机存吧台吗？"

罗夕操作了一下，似乎失败了，胆怯着："撤不回了。手机交了，没说ipad也要交上去呀！"

舒茗悦："佟雪老师不喜欢被拍照，所以我才对大家做了特殊要求。"

罗夕一脸委屈："我以为，收手机是为了防止接听电话呢！这么好的周末会，分享一下不可以吗？"

舒茗悦："专心听周末会，哪有心思玩分享啊！"

佟雪看了看手机，不高兴地黑下脸："生活是自己去感受的，不是传给别人听评价的，我不喜欢别人品评我的生活。今晚委屈书友们了！我想说的也说完了，恕我先告辞，还大家自由。各位朋友，晚安！"

佟雪离开座位，接受了几位捧着《一城一师》的书友恳求，在书上签了名，随后在舒茗悦的陪同下离开，朝"恒心"室方向走去。

手机分头还给了参会者，大家不约而同地翻看手机。

麦卡把手机交给罗夕时怨道："佟雪老师的话还没讲完呢，就被你气走了，你也真是的！"

罗夕："她还要讲啥？"

麦卡："你去问她好了。"

罗夕咕哝："她真小气！"

麦卡："每个人都有自己看重的底线，不要试图去挑战。"

我关注着罗夕发在书吧群里的照片，那视角是穿过我的肩与头所拍的佟雪与扶桑并排而坐的情景，过肩镜头效果。我又查看群成员，看看哪位是佟雪，从昵称和头像看，还真找不着。

未参加周末会的书友们已在群里惊叹了一大片，直怨华年忆没有提前通知佟雪会到场。

扶桑的一条消息在群里跳出来：大大在我的建议下，已同意今后的周末会主讲人可以自由选择主题。

倾杯接话：海纳百川是对的，支持。

张立立：《华年忆赋》为什么没被加精呢？坐等答案。

扶桑：大大会上才说了，她不喜欢。

方绪在群里补了句：请别误会，华年网给文章加精是有标准的。

扶桑的视线离开了手机，面朝方绪："方总编，说到这里来了，劳驾你介绍一下贵网站的加精标准。"

方绪："所有拟加精的文章，都要通过原创审核。"

扶桑："你是说，我的这篇不是原创？总编，不能信口雌黄，请拿出证据。"

方绪："算了吧，不说这事为好。"

扶桑："怎么每回说到大家不解的话题，你们就避而不谈？"

方绪："不是所有话题都适合在这里谈。"

扶桑使用起群功能中的"按住说话"键，对着手机说："书友们，方绪总编当着这么多书友的面，说我的《华年忆赋》不是原创。我们共同等待他的证据，否则，我今晚不离开书吧半步。我不能再次被某些小人诬陷了，不洗清我的冤屈，誓不罢休！"

这些话被发到群里，二十一秒。

我千方百计想挑出扶桑的抄袭证据都没成，方绪怎么可能拿得出！

方绪则将一幅中堂书法图片发到群里：请大家欣赏内容。

我读起书法内容，是一篇写景泰蓝的辞赋，文笔不可挑剔，似曾相识。

我和大家一样有些茫然，不知何意。我又读了一遍，书法中有"萦华丽于内含，藏金贵于气质"，扶桑写华年忆用"绕精华于内含，收佳荣于气质"，萦与绕、收与藏，由单变双。

再一比对，哦，我恍然大悟："写得跟《华年忆赋》一样的好呢！一样的结构，一样的句式，一样的语气助词，不一样的形容词。这里面还有年号章，丙寅年。"

方绪："这是佟雪老师二十年前一篇文章中所附的书法作品，书法写于三十年前。"

罗夕："书法内容跟《华年忆赋》不一样啊！"

方绪："我没说它们一样。"

扶桑已脸色如土，语气蔫了两分还强撑："本来就不一样。"

方绪："这就是我们加精的标准。"

5

周末会后扶桑坚决不走，声称写辞赋就跟写律诗一样，有严格的平仄韵律要求，他不过是遵循了辞赋的写作格式。华年网却以为是抄袭，必须给他恢复名誉。

我也不走，坐在原地观看扶桑如何坚持碰瓷式表演。所谓厨房里发现一只蟑螂，那就不只这一只。用在扶桑身上就是，他会洗稿三十年前书法写成的辞赋，那就不只洗这一回。

萧引城坐到扶桑身边："扶桑老师，早点回家休息吧！学员们还要听你在网上讲课呢！"

扶桑："课要讲，原则我也要坚持，他们根本不懂辞赋的写作特点！"

说起扶桑讲课，也是件挺戏剧的事。

如果不是多永告诉我，我还不知道扶桑有个视频微课堂叫"扶老师说戏"，这个系列的讲座已有五十多期。这个名字取得好，好得要搜索"扶桑""剧本""编剧"关键词，都搜索不出他的微视频。

"扶老师说戏"的每次讲座只分享在靓笔尖大讲堂的相关学员群里，他创建的各类学员群也有数十个。扶桑这位小品编剧，不知何时已华丽转身成了一名电影电视编剧，专讲电影电视的剧本写作技巧。

扶桑的视频讲课通常不到十分钟，他从不拿自己的剧本举例，他的编剧技巧，网上轻易就能找到，他不过是将那些内容像抄袭别人的辞赋一样洗了洗，变成自己的经历讲了出来，听起来还真以为他干了多年的专业影视编剧。

视频里，能看出扶桑很忙，他总是抽空在解答学员提出的剧本写作问题，他在靓笔尖培训课后、在家里休息时、在宾馆房间的电视旁、在咖啡屋的角落处、在机场的候机厅、在行进中的车辆座位上、在影片拍摄现场、在摄影棚的一角等等，都见缝插针地进行自拍式讲课，真是为编剧学员们操碎了心。

不好强拉我走的萧引城，开始强拉扶桑离开，他知道该怎么给扶桑一个收场的台阶。

这也是萧引城在给自己搭上升的台阶，他清楚扶桑在影视圈里有些人脉，至少靓笔尖大讲堂请来的讲师中有几位影视圈中“大咖”“大佬”级的人物。

如今的靓笔尖借网络大电影的热度，大肆宣传编剧的事业前景无限，编剧培训势头更猛，美国的编剧也被请来授课，开起了第一期外国编剧研习班。据说报名的就有三百余人，来自十多个省市，仅有六十人遴选为正式学员，另六十人只能成为旁听生。

这事在“影视幕后人”微信群里都有讨论，不少编剧很想去听，又嫌学费太贵，有的怕听不懂外国编剧的授课。陶然阁还酸酸地在群里评论说，再学不好编故事，就说是美国编剧教的。

萧引城架着想走又没脸走，还叫嚣着“拿证据出来”的扶桑离开，沙龙室恢复了该有的宁静。

我孤零零坐在原座位上黯然神伤。

萧引城在今晚的争论中始终处于中立旁观的状态，每一方都不冒犯，他的智商和情商我欣赏，但我不喜欢这样的世故与圆滑。

好想有人在身边陪着我，默默地为我加油，共庆扶桑的这轮失败，这相当于我的小小的胜利。如果萧引城能陪伴我离开这难舍难离的地方多好。

萧引城陪与不陪重要吗？似乎不再重要了。他始终差那么关键的一点点让我持续对他动心，我对他的好感依然停留在喜欢他的作品上。他可能也如我吧，看似与我无话不聊，看似能为我解难分忧，也不过是依赖我能为他提供一些文案。我和他是合作关系。

他说过，他的朋友很多，能说真心话的很少，他镜头前的美女也多，但和我聊起来最为放松和投机。

他也说过，他想当电影摄影师，与知名导演合作，做这一行他将长期在外，难以陪伴女友，他不会太早恋爱让女友在家里空等难熬。

真正的爱，什么原因也无法阻挡；有所迟疑的爱，那就是火候未到。

我正失落着，舒茗悦挽着佟雪的胳膊走了进来，甚是亲密。

舒茗悦有点惊喜：“兴而，你还在？怎么不到我那边坐坐？”

我站了起来向她俩问了好：“大大，书吧要打烊了是吗？”

舒茗悦示意我坐下，她和佟雪也坐了下来：“有你在，就不会打烊。你在这里等谁吗？”

我一笑："等大大，也等佟雪老师。你们今晚的话好替我解气。"

舒茗悦："今晚还得谢谢你！"

我困惑："我当谢谢你们，帮我间接证明了扶桑擅长抄袭。"

舒茗悦："唉，他真让我一言难尽……说实话，前些日子，我很想取消周末会，一直没下定决心。毕竟，取消容易，恢复难。"

我点头："不用取消，从规则上完善就是。"

舒茗悦："刚才有一阵，我看着书友们在群里争论，恨不得解散这个群，它已失去了本应有的意义。"

我叹息着："再不听群公告警示的，就踢出群，清理门户。"

舒茗悦："我又担心踢的人多了，大家都不敢发言说实话，这也没什么意义。"

我笑了："群里的人，有几个在说实话呀！我有时推荐的书，自己都没读过。"

舒茗悦："我现在想明白了，我能从这群里立体地了解他们，也不是坏事。"

我赞成这观点："大大不用纠结，周末会当开就开，群友当提醒就提醒，我尽量不说过激的话。"

舒茗悦："兴而，你说过，扶桑写书吧题材的剧本，你就写。是不是真的？"

我搔了搔额头："想是想写，不知道写什么。"

这是大实话，好故事那么容易编，扶桑的尾巴岂不早就翘上了天？即使当初自认为的好故事，过段时间返回再看，也会淡然无味，如同那部我已改了又改的《获奖者》，越看越觉得差些情节爆发力。

舒茗悦见我不再言语："你写剧本，打算给谁看呢？"

我不敢实话实说："无聊时当练手，也许今后拍短视频什么的，可以用上一些片段。"

舒茗悦："图标导演看过吗？"

我难堪一笑："他不知道我写了什么。我怕他笑话我外行。"

舒茗悦："图标执导的《传承》，我看挺好的！"

我不知是在夸剧本好，还是夸那镜头用得好："如果我把书吧编成一个电影剧本，大大会反对吗？"

舒茗悦交叉起双臂："我反对的话，你会听吗？"

那是我不希望的："如果扶桑坚持要写，大大反对不了，会怎么办？"

舒茗悦看了看佟雪："我这不是把救兵搬来了。"

小说家成为影视编剧可以理解，佟雪这样的纯散文家……我不解："佟雪老师要写电影剧本吗？"

佟雪温柔一笑："我写不了，我有一些编剧和导演朋友。"

我想起了，佟雪的散文集本来不适合改编成电影，但她五年前一度时间里大红大紫，有两部散文集就被导演钟车生加入一些故事情节，改编并拍成了电影，成为有口碑却没什么票房的文艺片。莫非，佟雪的朋友就是指的钟车生这类人物？

钟车生拍的这两部文艺片比较唯美，我叫好，陶然阁不以为然，认为优秀的导演应该发掘不火的文章，而不该谁火就拍谁的文章，这两部只算有点故事的风光片。钟车生后来拍的两部商业电影反响也平平，我不太喜欢。

无论怎样，钟车生凭着公映的几部电影在导演界有知名度，已足够幸运和骄傲。

舒茗悦眨着发愁的眼睛："扶桑已完成大纲和剧本初稿，找到了钟车生导演，钟导有拍摄这部片子的意愿，他们正在找出品方。"

我大吃一惊："那是什么故事？"

佟雪："钟导不肯向我们透露细节。"

舒茗悦："扶桑早就找过我，私下也找过多永，想了解官司情况，我和多永都不谈这事，扶桑不罢休。从他平时所说的看，故事可能就是从官司入手。"

我探问："大大，能不能告诉我书吧这场官司究竟怎么回事？"

舒茗悦："我不想任何人提这事。"

我并不意外："如果我知道扶桑的大纲就好了，故意反着写，跟他比试比试。"

舒茗悦："书吧不能再次成为评论的焦点，你别跟我对着干。"

我不理解："那请编剧导演做什么？"

舒茗悦："我正有找你的想法，刚好你还在。我想征求你和陶编的同意，把扶桑抄袭《古书情人》的事改编成电影。只要扶桑敢拍书吧故事，我就敢拍他抄袭的丑事。"

我忍不住笑了好半天，舒茗悦和佟雪面面相觑。

舒茗悦："你不同意？"

我又笑："扶桑抄袭的剧本我已写好了，我可以在手机上授权给大大看，你觉得行，就拿去用。"

舒茗悦和佟雪都半信半疑。

我忽地想起另一件事，参加编剧园网站集结令选拔的剧本要有不可争议的版权，如果我让舒茗悦把剧本拿去用了，就失去参加集结令的资格。集结令九月底才截止，可能十月底才揭晓，还要等四个多月，如果它在五月底结束，六月揭晓选拔结果该多好，一旦我的剧本没被选中，我就有权任意安排它的去向。

倘若剧本这下交给舒茗悦，这头只找了家小制片公司来拍摄……万一，集结令那头有大制片方正在论证我的剧本，将重金打造……这之间的得失难料，好纠结！

谁知道我这剧本什么时候能被什么人看中呢？谁先真金白银买走它的版权，我就先把它交给谁，我信缘分。这道理就好比我不会用一生去等那位不知存不存在的完美爱人，而放弃眼前不那么完美的爱人。

第十场　集结令

1

随后的两个月，我的业余时间就浸泡在新剧本《HNY》的构思里，一部有关书吧的故事沿着华年忆那不可思议的前世今生开始在编剧园网站写作后台私密地日积月累。

为了防止网站管理人员知道剧本的故事核，我没在这里设置梗概与大纲，也不对角色和场景做任何说明，不绘制人物关系图，有些关键桥段或者台词我用自己才懂的字母表示，全文连“书吧”二字都不会出现……总之，要让偷窥者不知所云。

如此小心翼翼，写着的确心累。本想换成线下的Word文档或者用编剧软件来写，但那容易写得烦躁，写作体验远不及这网站的在线写作，这里写着、改着、浏览着，样样都是读书一样的视觉享受。比如人物头像能设置成适合扮演他的明星，写剧本就想象着明星们在表演；浏览剧本时，还能切换成大陆模式、香港模式、美国模式、气泡模式、小说模式等，任何格式一目了然。

如果时间来得及，我计划让这部剧本也为集结令添砖加瓦，万一它是最后提交上去的黑马呢！

我不清楚华年忆真实情况的细节，包括舒茗悦所说的那位网友，也就是翁显梵的恩师究竟患了什么要命的病。我自认为，抓住那条关键的情节线，就可以编织另一出似真似假的动人故事。

那位英年早逝的网友是一位了不起也不正常的人，做了一件极不正常却又有道理的事。如此精彩的故事线，不因一场官司浮出水面，谁能抓得住？

我都抓住了，扶桑也可能从某种渠道抓住，我要写出扶桑做梦都做不出来的真情故事，他那要靠抄袭才能存活的老套思维，敢与我这怪点子常冒的青春思维相提并论吗？

写着写着，故事开始走向高潮阶段的时候，我遇到了无法突破的瓶颈——前面所有伏笔铺垫到最后慢慢揭开答案时，故事无法说服我自己。

华年忆哪怕是清水房，在数年前也是价格数千万的铺子呢！阔绰至极的男网友疯狂热爱女网友，只为圆一个百年文学梦，就将豪华铺子送给未曾谋面的女网友……呵呵，我都不信！观众不骂我侮辱他们的智商才怪。

把网友关系改编成恋人关系倒是说得过去，戏剧冲突性又降低了，这就是狗咬人一般的普通故事嘛。而且，用金钱的重量来表达爱情的纯洁，也是讨骂之相。

故事我编不下去，只好搁笔去寻觅更多的细节素材，以补充空洞的情节，修正牵强的逻辑。

我请薛砚到华年忆喝茶，说是感谢他为我推销了四万多的滋利饮料，实为想从翁显梵这头有所突破。

如果说舒茗悦是去年助我完成销售任务的恩人，那么薛砚是今年助我完成销售任务的贵人。滋利饮料品质高档，却因一贯的大众风格包装设计无缘成为翰盛斋的待客饮品，今年以高端风格包装设计成功打入翰盛斋，这里面有市场部的功劳，也有薛砚的相助。

华年忆则坚持龙凤茶文化，没有再给滋利饮料进入的机会。我还是很感谢舒茗悦，她把滋利短片《传承》分享在朋友圈里，帮我艺术地打了一次广告，带来了一部分的销量。

薛砚梳着讲究的发型，提着一只黑色皮包，精神振奋地来了，与我坐到书吧窗棂旁。他捧起我送他的版画作品集翻了翻，说是该他感谢我才是。

薛砚从皮包里取出一盒精装的翰盛斋镂空檀香折扇，说是送给我表达谢意——他已成功追到了萧映朵，我是他俩的媒人。

薛砚正处热恋中，那次他在醉美酒吧以一曲《舍得》赢得了萧映朵的芳心。

原来薛砚在滋利总部遇上萧映朵并用车送她去地铁口时，直截了当地向萧映朵要联系电话，萧映朵回了他一句：“你当我是什么人啊，谁要电话就给谁！”

萧映朵下车后，薛砚意识到说话冒失，很是懊丧。那时，车载音乐仍在播放着李健的《舍得》，他头一次觉得唱得真好，歌词直达他的心底。他一路都在后悔错失了自己正在寻找和等待的人。

过后，薛砚对萧映朵念念不忘，反复听着他和萧映朵共同听过的《舍得》排遣相思之苦。

最终，薛砚找我要去了萧映朵的电话号码，给她道歉，萧映朵认为他小题大做。他也多次约她出来见见面，萧映朵都以没空推掉。薛砚自卑地认为萧映朵看不起他的相貌。

在醉美酒吧，薛砚意外地见到了萧映朵，他怕自己又说错话，一声不敢吭，最终这个不擅长唱歌的人却用一首《舍得》道出了自己的心里话。

萧映朵那时已通过我发去的薛砚的QQ空间对他有了些了解，不再排斥他，同意他来看她跳舞、当广告模特儿，也开始同意陪他看电影、看歌剧、看各类艺术展。

两人偶尔与朋友们一起去唱歌，薛砚主要听萧映朵唱，他唱歌只唱《舍得》。

听到薛砚幸福地讲述，我以茶代酒祝福他，并说：“早知你俩好上了，该请你和云朵一起来喝茶。”

薛砚笑道：“云朵来不了，她在一个表演工坊里参加新人培训。”

“云朵学表演很久了吧，怎么还是新人？”

“没演过主要角色的都叫新人。云朵有明星梦，不甘心演主角替身老看不到脸，又不愿当没什么台词的群众演员。”

“各种各样的培训班良莠不齐，她别被坑了。”

“那里的指导老师曾是影视学院的老师，为电影做过表演指导。只是……他们只管培训，并不管学员能否接到片子，这些老师其实也接不到片子。”

“云朵学完后，没人请她演怎么办？”

“那样才好，她就收心了，我也就放心了。”

“你好自私！云朵知道了不揍你才怪！”

“女演员，就靠脸蛋吃饭，演主演还要和男演员亲密，有什么好？她那培训费恐怕又白花了。”

“她真舍得花钱深造呀！我总被一些学费给吓退。”

“她有一点很好，学费自己想办法，靠自己积攒了些，找引城哥借了些，她不要我给他拿。”

“不花你的，你当然感觉好啦！”

“不是这个意思。她很自立的，我就喜欢，我就怕她像有的女生那样，以为凭一张脸一个身材就坐享其成。”

“云朵有她哥哥的严格要求，是个追求上进的美女。”

“听说引城哥对你有求必应，他肯定对你有意。需要我帮忙吗？”

“不用。引城是个热心人，他以助人为乐。”

“如果你喜欢他，我和云朵一起来给你们牵线。”

“你这说话太直白的人，牵得两边都会尴尬的。”

“你不承认，我看得出你有那个心。”

“那你就看错了。我和引城经常联系，真若有那个缘分，要什么牵线人啊！”

“你俩可能都不敢第一个表白。引城哥该学学我，脸皮厚点，也就过来了。”

“别乱开玩笑了，小心弄得我和他今后连朋友都做不成。我和他不是一个类型。”

“这才叫互补。以前，我根本不考虑做表演的女生，现在呢，偏偏爱上了做表演的云朵。你说怪不怪？”

“缘分来了挡也挡不住，引城是我欣赏的摄影老师。”

是的，我和萧引城就差缘分。照理，我该爱上与我有那么多共同话题的萧引城，但我已没有最初见他出现的心痛感了。他的世界里，似乎只装着摄影，所有的话题几乎都与这或近或远地相关，美女站在他眼前，他更多的是在想用什么摄影机从什么角度打上什么样的灯光去拍摄会有超好的效果。与他的交流，感情上没有升华，我对电影拍摄倒是了解不少。

不谈工作狂萧引城，我和薛砚谈起了华年忆门上的牌匾，由牌匾谈及了翁显梵。

我问：“你不是说过，翁老师为书吧打官司吗？究竟是怎么回事？”

“我所知道的是，翰盛斋原有三位杨家掌门人，也就是三兄弟。老大现已是八十二高龄，他的子孙要么在国外讲学，要么不擅长经商，要么移民国外，不愿回来管理翰盛斋。老二身体孱弱，无力管理公司，他的子女相互争斗被取消了继承家业的权利。老三有一独子，从小聪慧过人，精通历史和收藏，本来是作为继承人培养，却患了不治之症。他去世后，翁老师受他生前所托，把这铺子赠给了一个女人，就是舒老板了。嗯，就是这铺子，给翁老师带来了麻烦，他还出庭作过证。”

“那位得绝症的杨爱渺究竟是什么病啊！”

“听说与心脏有关，究竟是哪种病我也不清楚。这事被杨家包裹得很紧。”

“有病就治，有什么好隐瞒的？”

“杨家不愿公开他的病情，想求得一份安宁。结果……不然，翰盛斋就不会选择上市了。”

“杨公子的死，跟上市有什么关系？”

“翰盛斋本是家族式拍卖行，需要代代继承家业。结果杨家唯一合适的继承人也早逝了，后继无人，只有通过上市，交给职业经理人来管理，以发展壮大家业了。”

“杨爱渺拥有这么大的铺子，他本想用来做什么？”

“这就不知道了。”

“他不送给翁显梵老师，却送给茗悦大大，你信吗？”

“不信也得信啊，这已成事实了。”

“就是送，怎么不在生前亲自送，却托人在死后送？”

“可能他还抱着一线生的希望吧！”

“送这铺子，没道理呀？”

“是有点……你也关心这个案子？”

“我关心书吧，也关心翁显梵老师。一个是我喜欢的地方，一个是我欣赏的画家。”

薛砚扫视了一圈书吧：“这书吧没有辜负这铺子，我都喜欢上了。”

我指了指桌上那本版画集：“里面有华年忆的藏书章，收藏着吧！”

薛砚翻开书看起藏书章来：“是翁老师篆刻的吧？”

我竖了个大拇指："你厉害！"

薛砚："我从来没见过杨爱渺，照片也没见过。但我听说了他与翁老师的故事，是他把翁老师的书画推到了收藏家们的眼前。凭这一点，我相信，杨爱渺是位懂画的收藏家。"

2

趁热打铁，我又去了俏佳人影楼，以拍艺术照的名义，却见影楼门外已贴出了一张不太起眼的门市转让小广告。

影楼老板代峭没在，近期他被推到了风口浪尖，成了摄影圈的"知名"人物。

代峭参加了一家知名摄影网站举办的"人生百味"纪实摄影赛，其作品《轮回》获得一等奖，通过公示后将获得十万元的奖金。作品里，一位坐着轮椅的耄耋老人与一位坐着婴儿车的幼儿在街头对面相遇，一老一小目光对视，反差感巨大，加上光影效果衬托和整体构图洗练，主题鲜明，震撼人心。

如果说扶桑洗稿而来的《华年忆赋》低估了读者的阅读量，那么代峭的《轮回》则是低估了路人的观察力。很快，就有摄影爱好者公开发文反映，《轮回》是摆拍照，也就是人为制造的作假纪实照，并发出了代峭在一个行人稀少的街头，围着这一少一小从多个角度反复拍摄的照片。推轮椅和推婴儿车的两个人还很配合代峭拍摄。

这篇举报文章被大量转载，有图有真相。代峭没做任何解释，一等奖被取消成为事实。他颜面扫地，俏佳人生意因此雪上加霜。

代峭精通摄影技术，却不太懂纪实摄影的真谛与乐趣，他的民俗纪实摄影不少就是"演"和"作"，加上他的风光摄影，可以汇编成一本《此生必去的100个摆拍胜地》。比如一位戴草帽的农民扛着锄头，牵着一头水牛从一棵遮天的老树下走过，晨光从树缝中洒下来；比如夕阳下，一位戴斗笠披蓑衣的渔夫坐在竹筏上抽着长杆的叶子烟，船上的马灯映照着他的脸庞，船头有只鸬鹚的剪影……人说天下文章一大抄，摄影界才流行明目张胆地抄，抄得不用去区分作者是谁，只想问景点在哪儿。

我并非研究代峭摄影，我是想从众多的留言中寻找杨爱渺的痕迹，没寻着。

抹茶色正在筹集资金，准备接手俏佳人影楼，另起炉灶。

这次给我拍艺术照的，正是即将上任的新老板抹茶色。这关门期的生意价格是平时的三折。

我特意翻看一套由齐雅做模特儿的戏曲人物照样册，指着齐雅的穆桂英花旦装扮："色哥，代老师离开了这里，还会给她拍照吗？"

抹茶色："也许会吧，齐小姐不喜欢陌生人给她拍照。"

我开始调查了："齐小姐对你们怎么样？"

"她挺好的，会给我们很高的小费。"

"她和先生来拍过照吗？"

"杨少爷不爱拍照。"

"你们怎么还称少爷、小姐？"

"大户人家嘛！也不对，歌厅舞厅到处都在称少爷、小姐。"

"杨少爷会陪太太来拍照吗？"

"杨少爷很忙，他来这里通常是与代哥聊天。"

"杨少爷又不是董事长总经理啥的，他有手下吧，会有多忙呢？"

"他会去全国各地寻找藏品，结交藏家和鉴赏家嘛！"

"总不会全年那么跑吧？"

"那当然。自从他得了病，他就开始策划把翰盛斋做上市。"

"他还懂上市？"

"不是他懂，是翁大师的发小懂。据说翰盛斋不走上市之路，容易走向没落，没继承人了嘛。"

"色哥，你知道的不少呢！"

"听代哥聊的。"

"那杨少爷对你们也好吧？"

"真正的大户人家，待人接物都客气大方，有贵族气质。往往那种暴发户型的款爷富婆，才是耀武扬威，翻着白眼看我们，说话大声大气吵死耳朵。"

"真正的贵族是时间酿出的醇酒，不会辣喉咙。"

"不过杨少爷发起火来也挺吓人。"

“他会在你们面前发火？”

“他不许齐小姐的照片挂出来，齐小姐偏要，为这事他们老吵架。吵完架，齐小姐还会来照相解气。”

“这有多大的事呢，不至于闹得这样吧？”

“有回，杨少爷还跑来骂了代哥一通，强行把齐小姐的大相框拆下来，把齐小姐的样册也没收了。”

“代老板不把齐小姐的照片作展览不就完了？”

“齐小姐是我们的大客户，我们得罪她就是自寻死路嘛！代哥后来想了个变通的办法，只要杨少爷要来，就把齐小姐的所有相框和相册藏起来，斗智斗勇啊！”

“对了，前段时间翁老师就在为杨少爷的铺子打什么官司。这事你知道吧？”

“哎呀，代哥后悔死了。这事就是他的一句话给挑起的，惹火烧身。”

“啊！代老板是始作俑者呀！”

“他没料到自己多个嘴，事情会这么严重。”

“他说什么话了？”

“还不是那次齐小姐来拍照的时候，代哥说起华年忆了。”

“代老板也是华年忆的书友？”

“代哥与悦儿熟识嘛，是首批会员，但他没空去书吧。”

“代老板怎么就说出问题了？”

“华年忆那铺子还是清水房的时候，杨家少爷就邀代哥去看过，说是要建收藏沙龙屋。后来杨少爷病情越来越重，无暇顾及，直到去世后三年也是那样子。之后，悦儿把这里建成了华年忆，代哥一直认为她是从齐小姐那里租来的。所以，代哥在给齐小姐拍照时，顺口问了句这铺子的租金是多少。”

“哦，是这么来的呀……过这么久了，代老板才问起租金这事？”

“这种事嘛，一个不好过问；再个嘛，齐小姐来，我们基本上只听她说，她没工夫听我们说。”

“她喜欢给你们说什么呢？”

“就说衣服、首饰、包包什么的，或者到哪个国家旅游之类。她的一个包，最便宜的都上十万呢！”

“这样呀！”

“过后事情闹大了，代哥被齐小姐叫去做证人，弄得他人不是人鬼不是鬼，到处挨骂。其实他连杨少爷和齐小姐早已离婚的事都不知道。”

“法院的判决出来了吗？裁判文书网上还没公布结果呢！”

“你也在关注这个网？”

“听群友在说。”

“不用看了，几方都出面参与了调解，不会公开出来的。”

等我问得抹茶色这也不知道那也不清楚了，我就开始化妆，美上一回，犒劳自己的调查有了重大进展。

当我在二楼的化妆间换成了闺门旦的京剧装，化完浓浓的舞台妆，我自己都不认识镜中的自己了，这《凤还巢》中的程雪娥，正宗古典女神！我在镜子前比画着花旦的手势自我陶醉。看别人的浓妆艳抹我认为她们臭美，看自己的艳抹浓妆就只剩下美了。

大厅接待员的声音传来：“色哥，有人来看门市。”

正在调试灯光准备摄影的抹茶色疑惑着，叫我稍等，下了楼。片刻有争吵声传来。

我拖着笨重的京剧装，小心翼翼地迈着小步子，下楼去看情况，唯恐下楼的动作大了，抖落那一脸的妆容。

一看不要紧，走下楼梯我就看到了好久未见的陶然阁，他消瘦了一圈。我在楼梯台阶处停住，不敢走近。

陶然阁身边还有三个男人，其中一个是图标，另一个是金旗，有着惊艳时光之亮。他们四个相继朝我瞟了一眼，对我没明显反应。

原来我化了浓妆，陶然阁和图标一时认不出我来。我假装看起指甲，不时瞟他们一眼。

抹茶色对着一位满头卷发穿着花格衫戴着墨镜的中年男子恼怒着：“顾老板，我给房东说好的，我接这铺子，下个月就给他拿租金。你们不能上去看。”

顾老板：“房东说铺子昨天就到期了，你还没给定金，这铺子暂时让你在用，他同意我们上去看。”

抹茶色指了指我：“我还有客户等着拍照，要不你们等会儿再上去，要不明天来。”

顾老板朝向我：“看样子，这照要拍大半天了。美女，我们只上去看看场地情况，最多耽搁你五分钟，可以吧？”

我不敢说话，一说就被陶然阁听出来了，只摇头表示拒绝。

抹茶色摆手道：“不行，你们先在这里喝会儿茶，等会儿再上来。”

顾老板：“我们这么多人等着，你要拍到啥时候啊！”

抹茶色：“总得拍好才对是吧！不要上来打扰我的客人啊！”

陶然阁打量着我：“你拍你的，我们看我们的，不影响你这客户。”

顾老板：“等会儿说不定还有人进来要拍。我们这就上去看一分钟，马上下来好了。”

抹茶色：“不用看，这铺子我要了。你们没交定金，也没说要这铺子，我还有租这铺子的优先权。”

顾老板：“呵，你要，我要，看谁要到手。”

抹茶色：“我还要做生意，不奉陪了。”

抹茶色朝我走了过来，做了个上楼的手势，往楼上走去：“什么房东啊，不讲信用，说好的租给我，就把租房广告打出去了。只要你涨价，我就不租了。”

我转身跟着上楼。

陶然阁的声音传来：“念秋！”

我心头一惊，假装没听见，头也不回地往楼上走。

磁性的男声传来，准是金旗：“我看你想念秋想疯了。”

陶然阁：“旗帜，她走路的姿势就如念秋。”

金旗的声音很悦耳：“你一直舍不得给我看啊！如果这是她，还真是美人一枚！”

陶然阁：“念秋最讨厌化浓妆，她不用化妆，也比这漂亮。”

我上了楼，捂着嘴暗笑起来。

怪了，陶然阁他们来看这铺子，想做什么来着？

3

我的戏曲艺术照相册被寄达企业文化部的那天，抹茶色在微信上向我告别，说是俏佳人那铺子已被顾老板那伙人租去了，他计划换个地方开家小影楼。

万万没想到，我这本《梨园情》相册，成了俏佳人影楼的关门之作。曾经风光无限的俏佳人如此黯然退市，我不敢去想象在知识阅读平台、电子书、知识付费之类网络阅读日渐普及，纸质书籍逐年式微的年代里，华年忆会不会也将遭遇不堪的结局。

我并没打开相册让科室的同事们来欣赏，此时大家分头忙活着寻找老照片、老影像、老产品、老物件、老期刊等等，凡是与滋利集团有关的任何老旧东西都先统统收集起来，为新建的滋利集团陈列馆准备尽可能多的物料素材。

建陈列馆，又是卓主任外出参观学习后提出的新点子，说是很多公司都在搞，滋利不能落后，要通过企业历史文化建设让后来人知道前辈们的创业艰辛，也要让外来参观的同行和客户在公司里有看头。

企业文化部的漆主任不是没想到这点子，而是他清楚这类文化工程要大量消耗人力财力物力，认为建陈列馆不直接创造效益，少于更新也少有人看，还得长期对陈列馆进行维护保养，并要配备解说员什么的迎接外宾，多一事不如少一事。

卓主任提出来的是一句必要性的提议，漆主任做起来就是一个复杂性、艰巨性和长期性的系统工程。漆主任都说了，天不怕地不怕，就怕卓主任出差学点啥。

滋利集团已在仓库旁边挤出了一块三百余平方米的绿化地用来建双层钢结构的陈列馆。

漆主任作为陈列馆建设项目办公室主任，不但请来了几位文化顾问对企业文化进行梳理、提炼、丰富和深化，还请来专家对陈列馆进行博物馆式设计，包括建触摸查询系统、互动投影系统、动态沙盘模型、生产原理展现模型等。

专业技术化的工作我们科室做不了，我们主要做体力活儿，比如收集老信笺纸、老打印机、老印章、老办公桌、老电话、老板车、老相机、老生产设备……

这些展陈资料和实物绝大多数都不知去向，少量的物件在档案室和老员工家里还能寻得着，据说有的上海老居民还保留着一些老物件，可以去找找。实在找不着又有重大象征意义的物件，则考虑在废旧物品市场找些相似的替代品。这些东西收集或者收购回来，均要放入指定的仓库，进行详细的分类、登记、造册，写上详细说明，以备今后所用。

近期，分给我的重点任务就是在各大废旧物品市场和老住户家中转悠，对比着老照片淘旧物件或者相似的替代品，也到图书馆里查找一些卓主任当年发表文章的遗失期刊。

这天下午，我背着滋利凉茶，正在旧物市场汗流浃背地翻看一本《中国饮料发展史》，幻想着这是《滋利饮料发展史》，或者里面提到滋利饮料就好了。

图标的电话打了过来："弟妹，告诉你一件事。"

"图导，什么事？"

"你知不知道，阁子失业有半年了。"

"你不早说？"

"阁子不许我告诉你。"

"你现在告诉我什么意思？"

"他不是请的病假嘛！是抑郁症。"

"装他的病！我那天看到他在俏佳人。你别被他带坏了。"

"呵呵……不过，阁子见不到你真的很抑郁，我想让你知道。"

"他如果在你旁边，叫他接电话，我给他治治。"

陶然阁的声音传来："救命，我被公司末位淘汰了。"

听着那熟悉不过的声音，我就想笑，忍住："不淘汰你还淘汰谁？"

"亲爱的，去年有位制片人请我去北京写连续剧本，我不得不请长假呀。结果公司改制，春节前不能回公司报到的视为自动辞职。为了完成剧本，我只得让公司炒了。我现在很落魄了！"

"活该落魄！还叫我不要放弃工作去写剧本，你倒是先放弃了啊！"

"我是男人嘛，不怕失业。你别跟我比。"

"我是不能与你相比，你有父母做靠山。"

"不打嘴皮子好吗？晚上，我们和图导一起吃个饭怎么样？"

“我请不起你们，我在捡破烂了，不信我给你发张照片。”

说着我跑到前面一堆破旧设备区，对着一堆烂铁拍了张照片，并把自己的一只手放在取镜框里，证明我在场。

陶然阁看了我发去的照片，又打电话过来：“你在青浦二手市场做啥？”

“你认得出这地方？！”

“墙后边那棵百年玉兰树，我们去勘过景。这么热的天，你不怕中暑啊！”

“卖点废铁挣点饭钱。”

“你那小体力，扛得动几斤铁？没上班的话，这就过来吧！我看你落魄，还是我落魄。过来啊，马上发定位，不见不散。”

挂了电话，我抹了把汗，心里甜滋滋，好久没人像陶然阁这么在乎我的冷热了。

我和陶然阁、图导在一家私房菜馆相聚，AA制，吃起了孔雀开屏似的清蒸鱼、葫芦似的烧肥鸭、长城似的鱼香茄子、梯田似的炒苦瓜、满天星似的紫菜蛋汤，还有小酒和滋利饮料喝着，丝毫看不出这三个自称落魄的人落魄在何处。

在图标的好言相劝下，我添加了陶然阁的电话与微信，一吃泯恩仇。

陶然阁坐在我旁边：“仰望星空的冲冲草，我知道你躲在‘影视幕后人’群里。是不是被骗了？”

“谢谢你早先的警告，我没踩陷阱。”这话是我真心想说的。

“我还得警告你，没人请你写剧本，你就别做无用功。”

“我不练习写的话，更没人请。”

“也不是随便哪个请你写，你就去写。”

“对，北京有人请你写，你连工作都不要，就跑去写。只许你放火，不许我点灯！”

“正因为我上过当，才劝你不要沦落到同样的下场。”

“人各有命，有人成功，有人失败，为什么我非要跟你一样的下场？”

“等你碰了壁、受了骗才会明白我的话。”

“你去北京又被骗了吧？啥情况？”

“不是被骗，算是碰壁吧。唉，请我去的这家公司是全国排行前十的电视剧制作公司……”

“你哪来的名气，远在北京的公司还请你？”

“这公司的制片人以前看过我写的剧本，懂吧？”

“他咋就看上了你？”

“我写得好呗，又不爱斤斤计较。上个剧本的事，我承担了损失，他信任我。”

“信任，又害你去吃亏？”

“编剧这行，往往死得不明不白。三个主编剧写了几个月，五十集，改来改去写了不下百万字。结果，那公司说预算不够。”

“没预算好，叫你们写啥剧本啊！”

“最先投资方谈好的，总共七千万的预算。结果中途一个接一个撤资，只有两千万了，没法拍。”

“是不是你这编剧不出名，人家不看好呀！”

“总编剧有名气，我算第二编剧。撤资的原因很复杂，也许某个人看不顺眼、有其他更硬的关系找来了，人家就散。”

“那就精减到二十集嘛！”

“连续剧牵一发而动全身，这个编剧在第一集写的伏笔，可能得在那个编剧写的第十集、第二十集、第三十集上去调整修改。精减下来相当于重新写一部，都得要时间和成本。何况，二十集的，不好找播出平台。”

“五十集，就白写了？”

“没法用，当然就白写。”

“共给了你多少辛苦费？”

“我是主笔，只拿到第一批预付款，还算运气好，好几个渣渣编剧从头到尾就只能混口饭吃。”

“写什么连续剧啊，费力不讨好。”

“这剧是从国外买来的版权，只作本土化改编，有市场前景，已算最轻松、风险最小的写法了。你就可以想象，编剧好不好当。”

“不如写电影剧本单纯。”

陶然阁朝图标努了努嘴："你问图导，三万字左右的电影剧本会不会给你写？人家就写了不下十个剧本，还做成了PPT，随时可以拿出来参加电影剧本创投会路演！"

路演，是从证券业延伸而来的词汇，就是现场演示宣传，让投资者了解它，并投资它，也就是项目招商。集结令这头为此开辟了一个剧本路演PPT制作板块，我为《获奖者》做过高端大气上档次的PPT，通过十个页面简要地演示出它的商业价值，诸如对标作品、故事亮点、市场优势啥的。一旦有制片人对集结令上的这剧本感兴趣，就能查看相应的PPT，相当于网上路演一下。

我要发扬谦虚的优良传统："还请图导多指教！"

图标笑了："我还是期待遇到比我写得好的本子。导演也靠好剧本来成就。"

陶然阁："假谦虚，剧本是自己生的娃，谁不认为自己的娃好？"

我就反感陶然阁给我泼冷水："阁子，你找我来是干吗的，洗刷我吗？"

"我在洗刷自己。我不是失业了嘛，我打算投靠顾老板和图导了，给你汇报一下。要找我的话，就到必丽传媒来，别找错地方了。"陶然阁一点没有被原公司辞退的焦虑感，还有小小的幸庆样。

"你想跟着必丽传媒怎么干？"

"必丽可以做影视拍摄，但这业务不好找，自己投资风险高。能养活我们的还得靠传统的广告宣传和影视器材出租。剧本策划、'剧本医生'也兼着做做。"

"你们写剧本人手不够时，我来打临工。"

"我和旗帜都不打算写了。"

"你信他！他都用三部剧本参加集结令了。"

"那是他的老本子，不是新写的。你不会也参加了吧？"

"参加了啊！"

"为他人作嫁衣的精神可歌可泣！天下的傻瓜如过江之鲫！"陶然阁做了个大拇指朝下的手势。

"你不傻，防这防那，也没成个事啊！"

"剧本工作室是怎么在运作，你知道吗？"

"我懒得知道。你别用那些阴暗的案例来吓我，我懒得听。"

"你把写剧本当爱好，会慢慢写，因为不靠它吃饭。但有人要靠它吃饭，靠它保住公司持续运转，那就得追求效率、回报率。你以为纯原创，能那么快拿出剧本啊！大家又不是全知全能的人。很多编剧新手刚出校门，连董事长跟总经理的区别都不清楚，就敢接手职场戏，他们就得靠别人的稿子来改写。”

“阁子，我那剧本不怕洗稿，抄袭的人越多越好。”

“你是说《较量》？”

“已经大幅修改并改片名了，没你当初看得那么小儿科了。”

“谢谢你还没有放下我。”陶然阁握住我的手一笑。

图标在对面朝我们笑：“我是灯泡，但我什么都没看见，也没听见。你俩当我不存在。”

陶然阁叹息一声：“亲爱的，我还得遗憾地告诉你，那主题没选对，没人会抄这剧本，提交上去就会被枪毙。”

“你又不是制片人，下什么结论！”

“写剧本之前，得分析基本的市场，什么不能写。”

“我分析过市场，这主题新颖，还没人写过。”

“没人写，多半有原因，那就是不敢写。你想想，很多制片公司就靠洗稿的编剧快速生成剧本，人家不可能拍个片子来自揭老底。人家即使抄袭了经典桥段，也说成是老瓶装新酒，向经典致敬。”

“总有完全靠原创的制片公司。”

“你以为人家闲得无聊，不去讨好观众，却去揭露同行？除非他决定跳出圈子转行了。”

“总有一些制片人或者导演想拍别人不敢碰的题材。”

“别天真了，集结令那活动一看就知道在转卖剧本获利。”

“以前，我以为网站放在首页的编剧大头照是有偿的，是要编剧付展示费的，结果我设置的大头照也会自动在首页展示。网站尽力让所有编剧都有露脸的机会，你还怀疑它？”

“不让编剧们热衷来网站露脸尝些甜头，提高对网站的粘附性，谁会来掏肝掏肺地奉献呢？”

“阁子，你别凭空乱猜。你拿个证据给我看了，我就信你的。”

“什么证据？”

“扶桑在那网站上传了千个剧本，你把有关书吧的剧本拿出来。他用的实名，符良强。”

陶然阁打了个响指，大口大口吃起菜来。

4

电影剧本集结令这头，我的幻想依然不灭，为了让《获奖者》的名片保持在明显的位置，我仍在修改完善它。

剧本也许不完美，但我已找到了如何编织一个故事的感觉，思路已越来越明晰，开始让每个场景、每句台词、每次描述去履行它的任务，完成它的使命，剧本中的每个字并非随意写就，均是有意朝共同的目标去做的设计。

剧本我已整体导出发给了舒茗悦，她未做好坏的评论，只说迫不得已的时候也许会用上。

直到陶然阁把扶桑的书吧剧本梗概用截图的方式发给了我，我才终止了对《获奖者》的修改。

扶桑的这个剧本名为《第45号铺子》，一句话梗概为“书吧里的秘密情人”。不足四百字的梗概没有结尾，他的居心仍昭然若揭——

在上海书吧打工的石榴遇到第一次来书吧会客的纪逡，两人一见倾心。纪逡是IT精英，收入颇丰却属妻管严，导致在书吧付款时出丑。石榴为纪逡解了围，并误认为纪逡生活拮据，给了他无私的帮助与照顾。纪逡本想休悍妻娶石榴，为了儿子又放弃了。他愧对石榴，靠做兼职挣私房钱，其中一客户因破产将一套郊区久未出手的45号大铺子作为抵债给了他。纪逡将铺子的产权办到石榴名下，两人共浴爱河。纪逡驾车回家想给妻子摊牌，不料出车祸而亡，石榴悲恸欲绝远走他乡。

十年后，石榴与丈夫离婚，抱着幼小的女儿还乡，45号铺子所在的地方已是新城繁华中心，她用该铺子办起了“石榴裙书屋”。一次酒会上，书友们认为“石榴裙”有暧昧之意，醉酒的石榴含泪说出了“裙”字的含意，一则是她与纪逡相遇时穿的石榴色的红裙，再则纪逡的“逡”与“裙”字谐音。这事在朋友圈里转来转去，转到了纪逡妻子那里，纪逡的妻子找上门来……本剧是部不可多得的书吧新颖题材，不对标任何电影，追求唯一，情节跌宕起伏环环相扣，感情至真引人深思，具有冲击国际A类电影节大奖的潜力。

故事结局写得很克制，不过结尾一句太不克制，有着某类编剧惯用的腔调，无关年龄。

陶然阁以必丽传媒公司的身份注册了编剧园网站的公司级会员，只要付费就能看到私密剧本。他仅花了一百一十元就得到了扶桑这剧本的一句话概述和简要梗概。梗概于两月前更新，其他人物小传、故事大纲和剧本正文之类空空如也。该剧本不完整，不能提交到集结令这头。它在“剧本库”中搜索不到剧名，则属于设为“个人可见”的私密剧本。

如果必丽传媒愿意，也可以整体给一笔钱，像批量买猪肉一样，把剧本库的所有剧本一句话概述、所有故事梗概、某一题材剧本、某一位编剧的所有剧本，甚至剧本库全包揽买过来。不同的是真正的一块猪肉卖掉后就没有了，网站的同一块“猪肉”可以卖了再卖。

想起我的剧本内容也可以被别的公司买去偷窥，我的所谓私密在付费用户眼前没有丁点儿秘密，我视为宝贝的作品在人家眼中就是批发的大白菜……我一气之下把《HNY》迅速从网站上删除，决计不在这家网站再写一个字。《获奖者》还留着，看看它的运气。

我给陶然阁发微信语音：“我要写篇日志，揭露这不讲信用的网站。”

“人家很讲信用啊，你注册会员和提交剧本时，同意了网站对剧本进行商业上的利用。”

“协议上说了，网站在使用作者作品前会通知作者，并按同行业的标准支付稿酬。”我重新把网站的注册协议翻出来看了看。

“网站并没使用你的剧本制作影片，凭什么给你稿酬？”

“上面说了，第三方使用网站的任何内容，按法律规定需要支付稿酬的，应当通知本站及作者及时支付稿酬。”

“法律哪条规定看一下剧本就必须支付作者稿酬了？”

“你这截图，证明网站泄密给了第三方，有被使用之嫌。”

“协议上没说网站不能泄密呀！”

我看遍了网站那长得滑条半天拖不到底的协议条款，谈到了作者信息的保密，并没有专门针对剧本的保密条款。当初我根本没看这条款就点了“已阅，同意本协议”，我太相信这网站了。

“网站的律师团队是做什么的啊，他们看过这不平等条款吗？”我有种被出卖的伤心。

“律师不是你请的，是人家请来保护网站权益的。最后一条你读懂没啊？”

我查看最底下一条“网站不保证网络服务的安全性、准确性”。

网站不保护，我自己来！糟糕，刚才忘记把《HNY》下载到电脑上备份，那可是在线写成的半个剧本呢！我赶紧在网站查看备份记录。剧本删除，相关的一切备份、版权登记也消失得一干二净，仿佛这个剧本从来就不曾存在过。

回看集结令页面，又有新的剧本已提交上来。我仿佛看见一群小猪崽正欢快地享用主人倒来的免费饲料，并对主人充满了依恋。

第三幕

懂得我

第十一场　彼岸花

1

太阳露出海平面，送来红艳艳的七夕节。

我坐上舒茗悦驾着的奔驰车往公墓驰去，一路无话。这一路同行的缘由，说起来心沉如铁。

舒茗悦自从看到《第45号铺子》的剧本梗概，就说要找扶桑谈谈。扶桑并不知道舒茗悦已得到初步梗概，表示两年前他就在构思书吧故事，书友们可以作证，他并非针对华年忆那场官司才写的剧本。舒茗悦恳求扶桑把故事地点改成网吧什么的，不要涉及书吧以免引来非议。扶桑说他不会写网吧那种庸俗的场所，拒不承认有什么情节会影响华年忆形象，并称剧本卖出去了，片子最后拍成什么样子，那是制片方决定的，不由他定。舒茗悦见扶桑丝毫不松口，就拿出剧本《获奖者》，说是她准备请人拍这部电影。扶桑读了梗概，表示这故事写得很外行，很想看看谁会投资。舒茗悦说她投资。扶桑则表示他想看看谁会来拍。

扶桑没说错，也正如陶然阁所言，《获奖者》的主题没选对，舒茗悦和佟雪咨询了数位制片人，也没人接手，说是题材敏感，不宜拍摄。至于敏感的是什么题材，人家都不愿明说。拿钱也没人愿拍的情况舒茗悦没有想到，据说影视圈的人脉关系盘根错节，圈子里讲究人带人，倘若谁得罪了一批人，坐冷板凳的日子就看不到头了。我问过图标肯不肯导演有关抄袭题材的电影，图标没有明确拒绝，只是讲观众爱看的类型片那么多，何不换个题材。

舒茗悦知难而退，认为暂可不必理会扶桑的片子，即使扶桑的电影被拍摄了，也未必能上映，万幸上映了也极大可能像绝大多数影片那样默默无闻激不起什么浪。

上周，陶然阁传来消息，广电总局公示了一批备案、立项的电影剧本，其中就有《第45号铺子》，编剧是扶桑，梗概依旧，备案单位是鼎少影视集团。这意味着，该电影正式进入筹拍阶段，只要资金、人员、服道化到位，就会开拍。

自认为离我很远很远的“鼎少影视”眨眼就立在了我面前，成为我的敏感词。它注册资本有一个亿，是有知名度和实力的制片公司和出品公司，上映过几部投资上亿的大片和若干千万级的中小型片子，如果它要重点打造扶桑写的这部片子，投资规模应该不会小，影片进入院线后很可能激起些浪花。

舒茗悦再次找到扶桑要求对情节做调整，包括片名不要用“铺子”二字。扶桑说梗概备案后不能修改，片名更不能改。舒茗悦恳求修改后重新备案，扶桑说那得找制片人。制片人则说剧本经过了严格的论证并征得了投资方同意才进行了备案，一旦改动相当于项目重启，投资方肯定不同意，表示拒绝。

舒茗悦处处碰壁步步被逼，昨晚问我能不能写部与《第45号铺子》相抗衡的电影剧本，来挽回扶桑那部片子对华年忆可能造成的负面影响。我壮着胆子说能，但我还差些关键的情节作支撑，希望她能告诉我一些细节。舒茗悦就说要带我去公墓见一个人，问我敢不敢去？

七夕节，去公墓！我心里发怵，一百个不肯。转念一想，如果是见那位英年早逝的杨家少爷，也就值了。

就这样，我特意穿了件深蓝色的裙子，准备了束白色的菊花，跟着舒茗悦来到了假山池塘边一块心形汉白玉墓碑前停下。

遗像中的杨爱渺剑眉星目，俊逸不凡，似曾相识。哦，我从翁显梵的画《初识恩人》中见过他。

碑文是手写手雕的隶书体，生卒年显示杨爱渺于七年前的三月去世，当年九月才满三十三岁。墓碑上面没有“爱子”“夫君”之类的称呼，也无家人的名字。墓志铭“闪电，何曾击穿黑暗”，我不知其意。今天既不是杨爱渺的生日，也不是卒日；今天是中国情人节，而不是中元节。舒茗悦凭什么来这里？情人？他们不过是没见面的网友。谁给杨爱渺立的碑？舒茗悦？杨家那样的大户人家肯定不许啊！若是杨家立的，为何不落名？

舒茗悦忧伤无言，把彼岸花环轻放在墓碑前，花环下一个精致的吊牌露了出来，上面用书法笔写有“安息！——悦海女神”。

悦海女神，是舒茗悦在华年网及写手QQ群用的网名，她在微信上则用实名。

彼岸花，开在黄泉路上的花，这火红的花本不属这个季节开放，不知舒茗悦是从哪里找来的，让这惨白的墓碑有了暖色。我的白菊放在彼岸花旁，识趣地逊色。

我跟随着舒茗悦向杨爱渺鞠躬作揖。

舒茗悦念道：“闪电，我带着朋友柳念秋，也就是兴而，来见你，请你谅解！为了华年忆，我和兴而将会并肩作战，你要保佑我们，保佑华年忆平平安安！”

原来舒茗悦是来求保佑的啊！原来杨爱渺的网名是“闪电”啊！

舒茗悦站直了身，朝向了我：“兴而，你愿意为华年忆的名誉而战吗？”

这话昨晚舒茗悦也问过，我再次点头：“我对华年忆深有感情，愿它能办成百年老店，我愿保护它的名誉。”

舒茗悦多问了个问题：“你对华年忆的感情从何而来？”

我答道：“茗悦大大是用心办书吧的人，也是关爱书友和笔友的人，我敬佩大大，也就喜爱华年忆！”

舒茗悦又朝向杨爱渺的遗像：“闪电，华年忆的官司虽已尘埃落定，但铺子的秘密被人误解。我不能让风言风语抹黑你的遗愿，我可能会让真相昭告天下，请你谅解。让真相再次带你我回到从前，挽回你我的尊严。”

我注视那张英俊而活力四射的杨爱渺遗像，惋惜，想象着他在离开这个世界之时是多么不舍和不甘，他对舒茗悦又是多么留恋，但老天终究无情地带走了他，让舒茗悦用余生一年又一年地怀念。

太阳炙烤着，舒茗悦已是汗水涔涔，她朝我举起右手掌：“兴而，你肯当着闪电的面，立下誓言吗？发誓为了华年忆的尊严，与我并肩作战。”

我用右手掌击向舒茗悦的右手掌，握住她的手：“我柳念秋，我兴而，誓与茗悦大大共同捍卫华年忆的尊严！这也是捍卫我的尊严！”

舒茗悦紧握我的手：“别称我大大，就叫我茗悦姐或者姐姐吧！我们姊妹要联手击败扶桑的挑衅。”

我不肯：“姊妹太娇弱，我们是战友，你是我的大大，要带着我强大起来，要让华年忆强大起来。”

2

回到昔思路，阴云当空，大风乍起。

一位中年摄影师在去年我为华年忆拍延时摄影的位置，站在一排“苹果箱”上，也就是垫脚箱，用手稳着高高的三脚架。两只三脚架有两米来高，中间连接着两米多的滑轨，上面的相机看似也在延时摄影。

我暗笑再先进的装备也拿坏天气没办法，大风一来，那延时效果就没法直视了，却见他身旁还放有四旋翼飞行器！好吧，你这角度厉害！

萧引城克服千难万阻，为书吧纪录片的拍摄腾出了仅有的一天时间，已带着团队到场。他还是晚了我一步，没见到华年忆背后的核心人物杨爱渺。

走入华年忆，萧引城和跟焦员抠抠在用电影摄影机拍摄着阅读者，另有两人在搬移过道上的轨道，旁边还放着圆形的银色反光板。

来到二楼，还有一个机位在华年网编辑部这里。一位系着马尾的男摄影师正与编辑们闲聊，多永正在细看旁边用架子放着的斯坦尼康摄影机。

纪实片就让它原原本本地记，舒茗悦朝摄影师点头示意后，就视摄制组不在，当做啥就做啥。这是萧引城所强调的。

来到“恒心”室，舒茗悦开始给我交办任务，她将给我提供一些有关她和杨爱渺的资料，内容我必须保密。在真实事件的基础上，我进行戏剧性地改编，间接表达华年忆商铺的真实来历。改编原则就是，男女主角没有在现实生活里见过面，他们之间是网友情而不是爱情，故事不要招来非议。

这与我的剧本《HNY》有些本质出入，我就问：“大大，让男女主角见一次面，就一次，可以吧？”

“绝不行！我和闪电，真的一次面都没见过。”

“电影中死不见面，观众感觉石头没落地，这样不圆满。”

“事实就不圆满。我在网上也没看清闪电，他就与我正式视频过一次，只有五秒钟。我调视频角度去了，根本没看清他的脸，我就看到他穿的黄色T恤，他的脸并没在视频中心，而在边角上。后来他与我视频，他看得见我，我看不到他。我看清他时，就是你今天看到他的样子。”

“闪电为什么不让你看清他？”

“他说不愿我看到他的病样。我猜，他是怕我网络截图去找他。我和他一直以网名相称，他打探到了我的名字，却一直不肯告诉我他的名字。”

“电影里就得把网友情升华为爱情，故事才感人。”

“不能，只停在网友情的层面。”

“这没有说服力！异性网友情本身就易招来非议。”

“就看你怎么去编。我的资料里，兴许能找到答案。”

“剧中，能不能写到男主角去世？”

“如果非要写，必须含蓄隐晦，不能直接表现。”

“好的。大大，我想问个问题，你能实话实说吗？”

“兴而，我相信你，才请你来，你问吧？”

“闪电去世后，你伤心吗？”

“自从得知他患了那个病，我就一直在伤心。得知他走了，我每每想起就抑制不住地哭，最先甚至会当着好多人的面流泪。直到我遇到我的丈夫蓝筹，才渐渐从这份感情中摆脱出来。”

“你和闪电之间既然有感情，何必要否认？”

“有些感情没有得到才觉得它美好，得到了也许会变。如果现实生活里我遇到患病的闪电，我不敢保证我会喜欢他，会耐心照顾他。这份情愫只发生在网络上，我不过担担心、伤伤心、陪他说说话而已，没有照顾他一丝一毫，这不是真感情。”

“那就把故事改编成女主来到现实照顾男主，让他们患难见真情，就不会招来非议。”

“不能！这是对事实的颠覆性改编。若不是翁老师在七夕节把闪电的遗书寄达给我，我还不知道他早在三月就走了。”

“七夕节！这就是你今天去看闪电的原因？”

“闪电说过，如果他走了，我会在七夕节知道他的名字。他说到做到了。”

“为什么要选在这天？”

“因为我们之前开过一个玩笑。那天正好是七夕节，他在网上已消失了一个多月，他上线后就问我，如果他死了，我会给他献一束花吗？我不知道他有病，更不知道他消失的这个月就是因为发了病，我就故意说，我会在七夕节给他献花，献彼岸花，献上三束。唉，我太不会说话了，哪想到一年后，我就真的给他献花了。”

“闪电究竟患的什么病？”

“一种进行性加重的心脏病。唉，他家财万贯，也治不了这病……”

舒茗悦转身去开旁边的保险柜，有敲门声响起。

萧引城的声音传来：“茗悦大大，我能进来拍摄几个镜头吗？”

萧引城得到允许走了进来，全副武装地配着那套用斯坦尼康为机座的摄影机，仿佛一个外星来的铁甲战士。他一手握减震杆手柄控制摄影机的位置，一手轻捏万向节下方控制摄影机方向，并观看着小监视器。

必丽传媒公众号上就在大肆鼓吹这种可以举在手上、背在身上边走边跑边拍摄的稳定器。陶然阁还穿着那古怪的背心拍了个视频，说是加上摄影机全套下来重的能达四五十斤。他还围着摄影机跳着转了一圈，摄影机悬在他身上并不随他的转动而大幅摆动，保持着相对的稳定。这是运用了鸡头稳定原理，如果说摄影机是鸡头的话，斯坦尼康就是能维持稳定的鸡脖子。

萧引城围着我们走起怪异的步伐。

本来忧伤着的舒茗悦被逗笑了：“引城，你不惜血本呀！”

斯坦尼康似乎出了什么问题，萧引城侧过身查看起部件来：“要拍那么多年，今后不能为画质遗憾。”

舒茗悦：“我以为只有你一个机位，最多带一两个助手。”

萧引城：“大大一年只给我这唯一的时间，只得尽量多地收集素材，无论哪里出现新情况都得及时跟上。”

有微信提示音传来，是陶然阁发来的红包，红包有备注：织女，在哪想牛郎？

我回了张沙龙室门口的照片，并没领取红包。你只要蔑视我写剧本，我就蔑视你的红包，我即将用事实让你对我的评判打脸！

咦，沙龙室门上的“彼岸语”与“彼岸花”有几分相关！

只听舒茗悦在问：“引城，你如果每年的今天都把其他摄制任务推掉，会不会后悔？”

萧引城：“提前申请调剂一下影响不大。”

舒茗悦：“难道你的朋友们也要请假？”

萧引城：“兄弟们也想做成一部别人难以赶超的纪录片。”

舒茗悦：“这里没什么宏大巨制的场面和题材，有必要吗？”

萧引城：“书的命运也是人与时代的命运，这主题挺宏大的。”

舒茗悦：“中午请你们吃饭，辛苦你们了！”

萧引城：“谢谢大大！我们轮流叫外卖，说不定哪一刻就会遇到有故事的来客，不能错过。”

舒茗悦：“拍到有故事的人了吗？”

萧引城：“小故事还是有。坚持多年后，才能形成大故事。”

轰隆隆的雷声传来，舒茗悦提醒道：“引城，快叫树下的摄影师回屋子里，别损坏了机器。”

萧引城：“他知道怎么办……大大，你们是不是不便说话？那就说点别的吧。”

舒茗悦：“说过的啊，素材不要给其他人看，尤其是扶桑。”

萧引城：“我会遵守约定。其他片子我是为谋生而拍，华年忆是我用一生来为自己而拍。你们就视我不在。”

舒茗悦坦然地打开保险柜，拿出近一厘米厚的资料递给我：“兴而，这些资料你就在这里看完吧，下一步就看你的了。”

我速翻起资料，绝大部分是闪电和悦海女神的QQ聊天记录打印件，其余的就是复印件，包括商铺购买合同书、遗产公证书、商铺房产证。最后一份是用钢笔歪歪扭扭写的遗书，落款为“杨愛渺”，并加盖有姓名印章。

我仔细读起这段字数并不多的遗书复印件，它是彩印的，红色印章清晰可见——

親愛的舒茗悦：

谢谢你陪伴在我生命的最后一程！生前我无力带给你欢悦，我要在死后来弥补。这套昔思路299号商铺是我荒唐的礼物，让它代替我，看着华年网成长。

杨愛渺

庚寅年元宵夜

我盯着一个“親”两个“愛”的繁体字看，它们在全文中显得那般特别，蕴含着非比寻常的意义。再看看那段写得并不好看的字，我能想象杨爱渺在生命的最后，拼尽全力把铺子这份“礼物”用心地送向了舒茗悦。

我的眼睛潮湿起来：“大大，你不介意我读聊天记录？”

“资料不多，可读的部分并不多，因为闪电后来病得极少上网聊天，只有我在那里自言自语给他留言。他病重时上网只能看我的留言，无力回复。有家人守在他身边，他想回复也不方便，因为他回一句话，我可能就会回他十句话。这些内容已被律师和法官们反复读过，你读读又何妨？”

“大大，我什么时候拿出剧本？”

“尽快把大纲先给我，我要靠它去说服投资人。全部剧本也要加紧拿出来才好，不然我们追不上扶桑那头的进度。”

“大大，你是想请专业制片人来制片，还是你牵头制片？”

“我来，如果我控制不了版权，就没意义了。”

“预算多少呢？”

“要做就做好，特效不必过多，不知两千万来制作行不行？”

“小成本制作也许能行。如果请名导、明星……一个明星的片酬可能就是几千万。”

“有的名导、明星只要对剧本满意，低片酬也愿意接，甚至自己会投资。”

“不知名导、明星的档期能不能排到我们这边来。”

“是啊，得去联系。剧本很关键，你了解书吧，也算了解我，相信你能胜任。”

“有这些真实的素材，我就有底了。我不出名，名导、明星会看中我的剧本吗？”

“只要他们肯来就可以谈。没名人，电影要出头很难。就跟读者选书一样，冲着名家而去。不出名的好书，我即使放在畅销架最抢眼的位置，也少有人去翻看。”

我知道自己的斤两，吸了口凉气：“有些新人电影不在片酬上过度开支，把钱用在刀刃上，就靠一传十、十传百的口碑成名。我们这种非大公司制作的电影，可以采取这种战术，比如请导演，有图标；请摄影师，引城可以来。”

舒茗悦看了看萧引城，又看着我：“你让我骑虎难下呀！”

“大大看过引城和图导的作品，都是很优秀的，他们只是没有更大的展示舞台。”

“写小说，短篇跟长篇是不一样的体量，拍电影也如此，制作团队就大不一样。不能说擅长短片，就能驾驭长片。”

“有剧本做整体规划，长片电影也是小故事一个个串联而成，请几位懂行的老师统筹协调，大家各司其职就行。”

“我没经验，大家都没经验，弄砸了怎么办？”

“很多剧组都是临时搭建的，各做各的专业事务，关键是大家要齐心协力捏成一个拳头，而不能各自为阵成为一盘散沙。”

“好像你拍过电影！”

“大大，我听阁子和图导讲起过，他们懂里面的一些门门道道。”

“我要请知名的导演来拍，由他推荐一些主创人员。”

“好多名导拍出的电影并不好看，亏损的也不少，近期上映的几部暑期档电影就是证明。”

“我不会只图省钱，也不会只图名气。”

“对，拿作品说话，凭硬本领上。”

“兴而，你也不例外。如果剧本我不满意，可能会另请人重写。”

“嗯，支持大大，我也不想大家为我买单。”

“你好好写，合同下午就给你签，我不会亏待你。剧本采用后的所有风险，我来担。”

“我愿意与大大共担风险，我只要求署名权。至于剧本稿酬，能省的钱先省着。”

“创作不易，白干不妥……我尽力让大家得到应有的报酬。”

闪电划过云层霹雳声声，舒茗悦望着满天大雨：“不知闪电是在反对我们呢，还是在支持我们？”

我喜欢大雨喜欢惊雷：“他在为我们助威呢！”

舒茗悦咬了咬牙：“扶桑把片名命名为《第45号铺子》，就是针对我这299号铺子，他还故意把地点定在上海……他绝情，我就不心软了！”

我要与那个可恶的仇人决战了，我不怕：“大大，闪电未曾击穿黑暗，就让我们来击穿扶桑带给华年忆的黑暗吧！”

萧引城拍摄窗外的风雨：“大大，我愿意为电影做摄影和剪辑，我会说服兄弟们也参与进来，只保生活不讲别的条件。”

舒茗悦若有所思：“谢谢你们！这是一个投资项目，不能感情用事。”

3

陶然阁来“恒心”室接我已近天黑，我还在弥足珍贵的第一手材料中设想着情节，“闪电”杨爱渺的形象已越来越清晰、丰满。

闪电有限的聊天文字里透露着他在网络那头过着的优越生活、面对的病痛折磨、深藏的复杂情感。那个没有微信、没有手机直播也少有WiFi意识的年代，这些记录文字如一部泛黄的纪实胶片，呈现出八年前的一段苦涩之恋。

闪电发病前思维活跃、用词洗练、见解独到、知识渊博，也幽默风趣，谈吐间就能感受到他在网络另一端的强大磁场，与我遇见的所有网友有着截然的区别。无论他和悦海女神聊得多么投机，无论最初看似健康时的健谈，还是后来病入膏肓时的只言片语，他把自己的关键信息都封锁得严严实实。

在我现已知道答案的情况下，能读出闪电含蓄透露出来的个人信息，他并没有包裹得滴水不漏，只是舒茗悦在当时的语境下，无法破译他的密码。比如他谈及过他欣赏杨绛的文字，喜爱仰望浩渺星空，并提到过“古董”“市井画”“老字号”。

闪电不屑于舒茗悦当初建成的个人文学网站，认为收集已有的名家文章是搜引擎能完成的事，或者是中老年人去汇编的事，年轻人要有创造性，要做就做成经营性的原创文学网站，推出新作品和新人。舒茗悦因闪电而改变，创建华年网的想法由此形成。精通古董的闪电竟然看重新作品，他那看不见、摸不着、说不出的神秘魅力如他英俊的容颜，已跃然眼前，只有一个词能表达我的感受——天妒英才。

陶然阁来得太不是时候，但我好是欣喜，喜欢的人好好地活着，是多么幸福的事！

我已决定珍惜陶然阁，借着这特殊的节日与他重归于好，他不是那种小里小气的男生，有着我看重的宽容大度。这全靠那本聊天记录带给我的触动。舒茗悦与杨爱渺似乎刚刚遇到了知己，似乎正走向相爱，却遭遇相遇而不相见、最终阴阳相隔的劫难，那是怎样的命运捉弄？

我和陶然阁多么幸运，健健康康，有他心疼着我，我何苦相爱相杀。我若不珍惜杨爱渺拿金山银山也换不来的健康平安，岂不是在捉弄自己也捉弄阁子？

陶然阁见我和舒茗悦在一起，用笑意掩盖醋意："我就说呢，今天又不开周末会，原来你在向那些摄影师们学摄影啊！"

我才不理会，把正在翻阅的资料收拾好，还给舒茗悦，准备告辞。

舒茗悦第一次与陶然阁相见，将资料放入保险柜后好茶招待了一番，说是今后书吧和网站的广告制作类业务就交给陶然阁了。

陶然阁云里雾里就得到了一位客户，半信半疑地道谢，迫不及待地告辞，牵起我向楼下走去："亲爱的，你在帮必丽拉业务吗？"

我也意外舒茗悦的这个决定，但我承认了，总不能如实告诉他："大大对你有所亏欠，照顾你罢了。"

陶然阁朝我竖了个大拇指："宝贝越来越厉害了！你现在……跟我走，还是要等楼下那个姓萧的？"

依我往日的性子，定会甩手而去，现在我温顺多了："你给我一个等他的理由。"

陶然阁搂住我的腰："我再也不自寻烦恼，自己作死了。乖乖，把我的红包领了吧，过节去！"

我收下了那个微信红包，92.13元："好吧，我们要钟爱一生。"

走出华年忆，门外路灯下已围了一排好奇的路人，有人还用手机直播着，对着视频说这里在拍电影。

萧引城正在屋檐下的窗棂边继续拍摄内景。他站在轨道平台上，由助理缓慢推着，从一头移向另一头，对着窗前的几对恋人进行拍摄。

陶然阁拿着雨伞在旁边观看着，等萧引城专注地拍完这个镜头，他故意把我牵到萧引城面前："ARRI这机器霸道，自然光线下的表现极好！"

萧引城："这款跟焦比较难。"

陶然阁："必丽这边也有ARRI，还有Sony，RED，Panavision等等，其他摄影、灯光、录音器材，都可以找我，给你最优价。"

萧引城："是吗？好。"

陶然阁："迷你型的ARRI也可以尝试下，更灵活些。"

萧引城："在车里拍，我可能会用。"

陶然阁："你们那斯坦尼康和飞行器……"

我没等陶然阁说完，就把他拉走了："人家在工作呢，你推销啥啊！"

陶然阁撑起雨伞抱着我的肩向昔思路另一头走去："不给摄影师推销，难道给编剧推销？"

"没看出人家有租器材的地方吗？"

"生意靠拉。对了，你刚才交给大大的是些什么东西？"

"国庆的一个图书促销方案，我争取把滋利饮料打入书吧。"

"她会请你来看一天的方案？"

"你不信？"

"多大的促销方案，要往保险柜里放？"

"你就当那是大大请我写的剧本好了。"

"啥剧本？"

"《获奖者》，大大拿这剧本去给扶桑比拼。"

"谁投资？"

"大大。但图标不敢导。"

"开玩笑吧？谁投资这片子，我就跟着投。"

"哄你的！"

"我就说呢！亲爱的，把《获奖者》从集结令中删除吧，别老耗在那没有意义的事上。"

这剧本我用的新笔名，取的新片名，就算陶然阁浏览集结令的那些剧本，也看不出哪部是我写的。我疑惑万分："你知道这剧本？"

"查看扶桑的剧本时，我就看过你这剧本了。"

我明白了，只要陶然阁肯给网站付费，就能通过搜索实名查看我的剧本，我被编剧园网站当成商品给出售了一回。

我不敢接话,《古书情人》是如何被抄袭的，那剧本已给了他原原本本的答案。

我们默默地在雨中走了好长一段路，陶然阁没有松开抱住我的手。

我偷偷地瞟了眼陶然阁，却与他的目光对视:“阁子，你是不是恨我害了你？”

“不上几回当，不被你抛弃一回，人生怎么算完整呢？”

“我啥时抛弃过你啊！你抛弃了我。”

“好吧，你我都抛弃了对方，扯平了。”

“阁子，对不起啊！我一时疏忽，不是有意泄密你剧本的。”

“我只是遗憾我们的失误成就了靓笔尖，成就了扶桑和税毕。还好，也成就了你。”

“成就我，讽刺我吗？”

“你改成的这一稿，比最初那一稿，有天壤之别。我能读出，你写的是剧本，想的是我。我都看哭了。”

“阁子，那件事一直是我的心结，我只有写写写，来骂骂那个扶桑。”

陶然阁轻拍我的肩:“知道了来龙去脉，了了我心头的结。我都不计较了，你就放下吧！把那剧本删掉。”

“就不删，不能让那事一点痕迹也没有。”

“怎么老是不听我的？”陶然阁把伞压了下来，挡住路人的目光，亲了亲我。

“阁子，你真的不恨我？”

“你一直在用剧本为我申冤，那是你心里有我，我恨得起来吗？”

“你本可以靠剧本成名的。”

“成名？剧本被马导弄成了烂片，能成什么名？自己做不了主，就别奢望太多。”

“阁子，你想吃什么？我请客，给你赔罪。”

“去我们的私家小书吧好吗？那边有好吃的。”

“你还住那里！”

“我根本就没退掉那房间。我说过，我要等你回来。”

我抱紧了陶然阁的腰，与他脸贴脸地走在雨中，仿佛我的心灵之舟停泊在属于自己的港湾，这里可以撒野，可以狂妄，可以犯错，可以无论在哪一天归来，它都风平浪静风和日丽。

4

自从陶然阁去了必丽传媒，就没有了周末假期之说。这让我反而有空写剧本，不是在网站上写，而是用稍微顺手的国产剧本软件写，它没编剧园网站的在线编辑用着方便，但相对安全放心。这年头，很多文档和图片可以传到云空间，在不担心丢失的同时，还是没有带来真正的安全感。

我已与舒茗悦签订《剧本委托创作合同》，也就是我写成后的剧本版权属舒茗悦，她有权处理这个剧本。我在合同中特别约定一点，未经我允许，不许增加编剧署名。舒茗悦则在合同中特别约定了保密，未经她同意，不许我把华年忆的隐私向其他人暴露一丝一毫。我听出她的意思，即使这剧本拍成了片子，只要扶桑的片子不上映，这部片子也不会上映。

搞怪的是，我越是工作繁忙，越是灵感四射、文思泉涌，挤出时间写到三更半夜一点不累，做梦都处于创作的亢奋状态，很早就会醒来继续写，恨不得辞掉工作写。一旦腾出一整天的时间，可以无人打扰地放手来写，那些乱冒的灵感总似睡着了，才思变成了最后一点点牙膏挤也挤不出。

我枯坐电脑前很想行云流水地写，却始终无法把前些天加班加点编出的故事大纲修改得更加圆满，也无法把已写成的上一场故事更平滑地往下一场推进。

拖了个地，擦净了灰尘，重新布置了摆设。我想象着剧中人物家里是什么样的摆设。

洗了个澡，衣服也晾起了，把发型也换了几种，凡子头、懒卷式、辫发……我尝试着女主角视频直播会做出什么样的发型。

吃着零食看了部高分电影。我粗略地进行拉片，拆解着故事的一环又一环，看它如何扣在一起。

再次输入密码来到舒茗悦的QQ空间，找寻我疏漏的信息。这里能看到她往年的摄影作品。一个时期里，她痴迷在这里发布日志与图片，杨爱渺去世那年的七夕节之后，她几乎不再更新空间，可能关注空间的蓝颜知己走了，这空间也就失去了意义，变得荒芜。闪电为空间里最早的一篇日志留过言，写了很大一段评论，与其他留言相比“鹤立鸡群”，时间显示为那年的六月，其他日志的众多留言里都没有他。闪电的头像是QQ系统默认的标准型男生模样，QQ签名为“生，不可贪睡；死，自会长眠”，他没有开通空间。

再次听了“肥厚性梗阻型心肌病”的专家视频讲座，这是好凶险的病，是能猝死的病！我翻遍了万能的网站，也没找到医生抢救发病患者的操作细节资料。

大半天的光阴仍在家里光天化日地流逝掉了，我脑海里装着万千拼图素材，但脑袋混沌如糨糊，不能把它们正确拼装成一个完整的画面。

灵感呢，灵感呢？我窝火又焦心，甩门而出，要把溜掉的缪斯捉回来。

从前的俏佳人影楼门店已变成必丽传媒的大本营。

这年头，负面传闻比没传闻有商业价值，过气的IP比没IP有名气。必丽传媒接手俏佳人门店的事，被陶然阁作为公众号消息《佳人已走，必丽到来》给推送了出去，成为摄影界、广告界、传媒界的一大热门话题。不知道必丽传媒为何物的很多人，这下知道它是谁了。

陶然阁已是必丽传媒的小股东之一，他出资了二十万，这是他找父母“融资”而来的，一年要付利息一万，父母不许他再啃老当败家子。

必丽传媒已突破了创业初期的艰难期，能接到一些短片制作单子，包括漆主任请图标为儿子拍摄的十八周岁MV作为成年礼，秦姐请图标为小红果拍摄的儿歌大赛MTV。

最先，我以为必丽传媒有一二十号人手，才不呢，通常只有六七人，多的时候也没超过十人，好些人这个月来了，下个月就走了，要么受不了生意清淡的落寞，要么吃不了经常熬夜但工资太低的苦，要么与团队格格不入……大业务来了，人手不够怎么办？到其他同行公司搬救兵。他们更多的时候是给别人当救兵，参与过网络大电影的剧务工作。

必丽传媒在俏佳人原有装修的基础上做了简单地改装，一楼橱窗艺术照变成了大幅的影视器材照或者摄影师们的工作照，以前摆放婚纱模特儿道具的地方放起了电影机之类的仿真器材。这里提供的租赁器材清单动辄原价数万、几十万，按清单原价计算总价上亿。不过器材绝大部分分散在别的多家公司库房里，这里不过是中介。上回图标为滋利集团拍摄的短片和晚会所用的器材就是从外面调遣而来的。

二楼有小型的实战训练营，也就是摄影棚和后期工作间，整体环境以电影胶片为主意象，素雅干练。三位初级学员正在几组灯光之下用电影机练习静物拍摄，并在监视器上反复查看拍摄效果。

图标成了讲师，指着摄影机讲解着："它有16.5档的动态范围，能捕捉到亮度层次更加细腻的画质，为后期制作提升调整空间……"

陶然阁偶尔也充当初级摄制班培训师，指导比他还初级的"小白""菜鸟"。更多的时候，他做创意策划与"剧本医生"之类的案头工作，也外出勘景，会为了客户"一扇有爬山虎并且别致而破旧的小窗，最好是木质雕花的"之类的要求跑遍上海各条小街小巷。为此，必丽传媒收集的各类实景资料装有一个硬盘。

此时陶然阁躲在角落处被陈列架隔离的办公区里，编辑必丽传媒的公众号。

这里一点艺术感也没有，与他们制作出的唯美短片效果不搭调。五张办公桌，每张桌上有两至三台电脑，四周杂七杂八堆放着各类文档、包装盒、器材和配件、生活用品包括折叠简易床。只要有一个项目需要赶工，他们加班加点就在这里吃喝拉撒睡。

顾老板现在带着助手在外拍片子，陶然阁已做好了熬夜做后期的准备，这个讨厌剪辑的人也被迫学了些后期处理功夫，一个人得当几个人用。用他的话说，不懂影视艺术的客户也不少，他这点皮毛功夫居然够用，比在原单位收入强多了。

这期的公众号，陶然阁将推送一期一拖四的消息。主推消息为如何运用三轴稳定器、摇臂、轨道和鱼钩去控制摄影机拍摄一部电影风格的短片。

必丽传媒公众号俨然是影视制作类的科普读物，文章最后，通常会有报名参加价值近万元的免费培训二维码海报。秘密就设在这看似普通的二维码上。只要扫码，就会进行选择答题，不同的选择对应着进入不同的导流页面，他们将分别进入拍摄班、灯光班、录音班、配音班、后期班……

这些各类培训班，第一期培训均为免费，等他们有了兴趣想继续参加培训，就进入高低不同的收费模式。想靠影视技能提高收入的，想出人头地的，想改变平凡命运的，想有部真正作品的，深造之门就请用钞票打开。

这么多种类和级别的培训班，必丽传媒玩不转，玩不了的则分流到别的培训机构，先了解，再喜爱，最后行动，比如买器材、租器材、来必丽办的培训班体验器材。

我瞟了瞟那几位对摄影器材正神往着的学员："阁子，你就当培训师和文案员了？"

陶然阁："先养活自己再说后话。"

想想也是，还有什么比生存更重要。梦想不理睬我们，就让它搁一搁。

陶然阁见我不言："是不是又在笑我是肉肉花？"

我捏捏陶然阁的脸："肉肉花有生命力，也是很可爱的。"

陶然阁："我也想成为参天大树，但我可能就是株肉肉。"

我眼酸心涩："你是三角梅，有树的伟岸，也有花的柔情。"

陶然阁笑了："好吧，虽然这花谢得快，但它花期久。"

我不由想起那年五月，陶然阁带我去看三角梅，如瀑的紫色、红色花朵架起一道拱形走廊，地上铺满朵朵完整的落花，上下呼应，如同童话王国里的红花隧道。

我自拍着："这里是男生表白的好地方，红火如心，炽热如花。"

陶然阁总是持不同意见："这花凋零得太多太快，让人心寒。"

我反问："既然心寒，你带我来这儿干吗？"

陶然阁："让你体会一下，花好不常在，你要好好珍惜现在。"

那天，陶然阁拍了张我在晨光下嗅花的照片，特别美，取名为《吻你》，这是能够与萧引城拍的《阅》相媲美的照片。

提到三角梅，我灵感闪现，剧中加入三角梅的场景，让三角梅作为男女主角情感发展的象征，先前设计的情节就不那么生硬了——

女主角在家门外开满三角梅的花簇旁用单反相机玩自拍，男主角已驾车偷偷跟踪而来，在对面的单元入口处假装玩手机。女主角把满地落花扫成一堆心形后离开，男主角走近花堆刚要细看，一辆轿车从花堆上碾过，预示男主角大病将至……最终，男主角在三角梅凋零的三月离世。

舒茗悦不许剧中的男女主角相见，但并没说不许男主角单独偷看女主角，遇到但没有对视就相当于没相见。

男女主角这唯一近距离地接触是基于事实的改编。杨爱渺从舒茗悦的空间照片中得到了舒茗悦的许多信息，他曾到她的大学里悄悄地看过她，舒茗悦不知情。得知这事之后，舒茗悦一改在网络上大晒生活照的习惯，开始学会保护隐私。

5

正常很久的“华年忆书吧”微信群又不正常起来，只因扶桑发来的一条新闻链接——电影《第45号铺子》举行开机新闻发布会。

新闻报道里没有扶桑的名字，连“编剧”二字也吝啬掉了，两张新闻照中也没有扶桑的露脸。整个新闻发布会精准地宣传导演、男女主演、出品方、制片方。

扶桑另发了一张照片在群里证明他出席了发布会。在摆有众多供品的案桌前，扶桑与倾杯、焦糖、税毕、张立立、铁甲等合影，身后的红布幅写有“《第45号铺子》开机大吉”。他在群里感谢到场祝贺的书友，感谢张立立给该剧提供了IT方面的专业素材。

我好想不通啊，周末会上时常相互拆台、针尖对麦芒的扶桑和张立立怎么会走到一起呢？

莫非应了一句话，越有毛病的人越有人缘，越容易发生人生事故，往往成为故事的主角？像我这种被父母教育成范本式的标准人物，恰恰没有人生事故发生，也就没有了故事。

在一些书友表达惊叹与祝贺的时候，“影视幕后人”微信群里，有几位群友正如火如荼地讨论一部在国外电影节上获奖、正在全国公映的中国电影，不少人带着贬损的口气。新导演、三流演员获大奖都不被这些被边沿化的影视幕后人肯定，成功也太不容易了。

“器材租赁恋秋”在群里唱着反调：与其说别人这不行那不好，不如审视自己。

编剧A：那么垃圾的情节，你难道视而不见？我怀疑你的水平。

制片人旗帜：演员表演自然，有它好的一面。

编剧B：准是公关得来的大奖。

器材租赁恋秋：能在电影节上获奖就是王道。

编剧C：有些电影节很水，获大奖的片子都是脑子进水的电影。

制片人旗帜：特别欣赏男主演的手语，漂亮。

器材租赁恋秋：这个电影节历年出了不少优秀的冷门影片，我喜欢。

编剧A：你俩是一伙的，还是一人用的两个号？

“器材租赁恋秋”随即分享了一篇公众号文章《让自己的处女作电影登上电影节》。

这又是必丽传媒的软广告，就是鼓动视频拍摄爱好者用什么样的器材拍出电影长片，或者短片，参加主打处女作或者短片的电影节。并举例为证，某某导演、某某摄影师就是在电影节上由默默无闻走向了世界，一举成名。

我给陶然阁打去电话：“老在群里发你们的公众号，烦人不啊！”

“你关注的公众号，烦过谁？”

“群里有几个能拍片参加电影节啊，你发也白发！”

“我才不是叫他们参加电影节，只要有一个租用了文章中的器材，或者关注了下面的二维码就成功了。”

“你把群昵称删掉‘恋秋’两个字行不行？”

“删掉我可以，不能删掉你。”

“我宁可让器材把你阁子租赁了！”

“哈哈，我没想到这层嘛，我改。可怜的，又在哪儿捡废品呢？”

这一问，把我给问噎住了，陶然阁以为我还在为集团的陈列馆收集旧物件，其实我正在中山医院的大门口犹豫，考虑去哪种科室去观察一下患者。我已意识到，剧本难以往后推进关键就在于没有选对男主角所患的病。

这几天，我已先后去了两个顶级医院的心内科与心外科，体会着当年舒茗悦到医院去寻找杨爱渺的心情。我去了肥厚型心肌病患者的几个病房门口偷窥过，

甚至假装心肌病患者的女儿与患者家属聊过。

有位患者给我留下了极为深刻的印象。他反坐在椅子上，双手靠在椅背上，戴着呼吸罩、插着输液管等，呼吸极为困难，表情痛苦。医生捞起他的衣服，左腋下的皮肤里有块掌心大小的突出异物，皮肤上有伤口缝合的痕迹。这异物是体内除颤器，这能救命，但病人的生活质量会大为降低。

今天我想换几个科室去观察其他病人，毕竟，剧本里我要规避杨爱渺的真实病情，得让剧中男主角患上与心脏病无关的另一种病，还必须属进行性加重的那种。我正纠结是先去呼吸科、神经科、血液科还是胸外科，或者肿瘤科。

我不能把目前非正常的状态告诉陶然阁，就说："我在找十多年前滋利生产的一款猕猴桃汁玻璃瓶，这瓶子不好看，销路不好，饮料生产一年就停产，恐怕找遍世界也没谁收藏这丑瓶子了。"

"直接找道具制作公司，想仿制啥就能做出啥，远看跟真的一样。"陶然阁建议道。

"定制瓶子，收费高吧？"

"只要滋利集团愿做，还在乎人家收费？"

"旧物件全交给人家去仿制，我就没这么自由了。"

"你自由自在地想做啥？"

问得我都没法回答。这时，一辆救护车呼啸而来，停在不远处的急救室门口。

救护车上推下一架急救单架床，有病人躺在上面吸着一只蓝色的大袋氧气。让我惊骇的是，一位急救医生正跪在单架床上，像是骑在病人身上，为其拼命做着心肺复苏，争分夺秒。一群医生围着单架床迅速把病人连同那急救医生向急救室里推去。

这生与死的抢夺战把我看呆了，想象着杨爱渺会不会就是这样被死神带了去。

等我回过神，陶然阁已挂了电话。再看"影视幕后人"群，陶然阁的群昵称变成了"必丽传媒恋秋"。

我又回到"华年忆书吧"微信群，又惊又气。

税毕在群里挑拨：兴而不是也想写书吧题材的剧本吗？届时不妨PK下。

扶桑：期待兴而的电影开机。我一定到场当面祝贺！

焦糖：兴而真的要写剧本吗？

税毕：编剧早就没门槛了，比大街上的经理还多。

焦糖：非也。我写这么久，才进入编剧圈的门口。

扶桑：编剧的门槛在门内，写出合格的剧本是道门槛，剧本拍出来又是道高门槛，拍出来并有好票房才是最高的门槛。

我直言：不必听到什么门槛就成了槛外人。我想讲一个感我至深的故事，剧中不会有书吧，但大家能感知那就是书吧。

扶桑发来“大笑”：咱们联手把书吧炒红！

我不会温柔了：不用炒，书吧早就红了。炒它的人，都是来揩它的油。

扶桑：我的剧本卖了五十万，税后。兴而，你要为编剧争口气，别自降身价哦！

税毕：兴而至少税前是五十万吧。

群里一连串的惊叹声和艳羡之声，把我推向了难堪的境地。我如果有机会回答这类问题，怎么答？

电影制作预算中，有线上、线下两大类费用之分。线上费用是指主创人员的酬劳，重在创造性和热度性，主创人员如同艺术品，价格会随市场预期剧烈浮动；线下费用是普通人员的酬劳，重在技术类的制作成本和日常开支，是相对固定的费用。

剧本预算就属于线上费用，我若是知名编剧，能够百万起；我若是顶级编剧，几百万也有人排着队在线等。记得陶然阁说过，普通编剧的院线剧本行情在十到三十万左右。

我才不信扶桑吹的牛，与扶桑较劲起来：五十万的协议截图看看，我学习学习，比照着去谈。

扶桑发了个“嘘”：协议恕不外泄。

我自认为我赢了。转念一想，也未必，协议中也许真的写着五十万甚至更多。陶然阁也说过，有的协议会虚报价格，来骗取投资人的资金。比如他的网大剧本《古书情人》签订剧本酬劳为税后三十万，他最终只能得到十万，其余的私下得给柴总和马导。他如果不肯这样签协议，柴总就不会要他的剧本。

舒茗悦终于在群里发话：电影讲书吧却不见书吧，这创意好！支持兴而的好故事与大家见面。

扶桑：莫非大大真要拍电影？

舒茗悦：书吧的电影还是由我来为好。

扶桑：这真是一出大戏！

舒茗悦：看不到书吧的戏才是好戏。

扶桑：不见光的书吧，还叫书吧故事吗？

看着群里讨论着我和扶桑的片子，好希望萧引城能出来表个态，哪怕表示一声对我的鼓励也好，那也就是对华年忆的支持。但他一直没有出现，可能正忙着吧，也可能他不敢公开站队。他既不敢得罪帮过他，并可能还将帮他拍摄电影的扶桑，也不敢得罪支持他，并还将支持他拍纪录片的舒茗悦。

6

一部电影从开机到上映，要经过拍摄、后期和排片三大步骤，执行力强，一切顺利的话，不到半年时间这片子就能流向各大影院。

而我要交出剧本，就算不做大的修改，要等完成开机前的准备工作，也得花不少时间，比如获取投资、做市场定位、立项并做预算、建主创队伍、制作场景道具……开机前所花的时间通常比开机后所用的时间还长，所谓兵马未动粮草先行。

做最坏的打算，半年后我们这方拿不出片子，怎么去跟扶桑那方PK？人家先入为主，华年忆的名声就难保了！

舒茗悦比我还焦急，她把我叫了去，佟雪也来了。

舒茗悦：“兴而，剧本什么时候能拿出来？”

我一路过来正考虑着这个事情：“快的话，三天时间应该行吧。慢的话……就难说了。”

舒茗悦：“什么意思？”

我答道：“按我的思路写，与事实较为接近，就快。如果大量脱离事实，我要查找很多资料作案头工作，甚至要去做些体验，还得从头到尾编得合乎逻辑，就慢。”

舒茗悦："你现在构思得怎么样？"

我看了看佟雪，不好开口。

舒茗悦懂我的顾虑："没事，佟雪老师正在帮我联系执行制片人，我们三个不分你我。"

我放心了："剧本暂定名为《你的名字》。故事用一句话概括就是，女主是活跃在视频直播中的大学生，男主想捉弄她，却在生命尽头以商铺相赠，助女主圆梦，他俩总是相遇而不相见。"

佟雪："《你的名字》，这是日本的一部动画片名，重复可不好。"

我说："我知道，但这个片名最贴切，它取自于戴望舒《烦忧》中的诗句'假如有人问我的烦忧，我不敢说出你的名字'。"

舒茗悦露出了讶异之色——闪电在与她的聊天中，引用了这句话。她问："片名可以改。故事大意出来了吗？"

我迟疑着："故事不成熟，还得改。"

舒茗悦："反复修改是肯定的。眼下的构思情况怎样？我们心里要有个数，找投资人才有方向，对方也才有个谱。比如人家问这部剧有什么亮点？你说说看。"

我答道："故事以视频直播为切入点，通过探讨分享生活照与泄露私隐之间的矛盾，讴歌时不我待的时间观，相知相助的友情观，一不做二不休的事业观，惠及天下的财富观，以及'生如夏花，死若秋叶'的生死观，并展现出中国文化的含蓄与厚重。"

佟雪："视频直播？这个网红点子有时尚感！"

这灵感来自萧映朵。她从萧引城那里得知大大计划拍部我写的电影，就恳求我向大大推荐由她当女一号。她不敢找大大，因为当年她反对麦卡来华年忆。为这事，薛砚还带着她专程来求我，得知我也做不了主，他劝她放弃。萧映朵一气之下转身就走，正是她那一转身的优美，我找到了剧中那个带有桀骜之气的女主角影子。就这样，我把她爱网络直播、爱做发型这点借用到了女主角身上来。

舒茗悦："兴而，你重点想讲什么故事？"

我答道："网络世界也能一诺千金，男主角捍卫着他承诺的一句话。"

舒茗悦："把故事说详细点听听，也就是五百字梗概那样的。"

我的脑筋飞速运转，把一路过来对故事的调整再次进行了补充完善——

安玫语是家境优越的广州大学生，在网络上活跃高调，在现实生活里沉闷失意，没有志同道合的朋友，与闺蜜关系渐渐疏远。她通过网络直播吸引粉丝，以待时机炒作自己的玫雨文学网。

阳爱默是广州百年老字号拍卖行时腾轩的原定继承人，因肥厚型心肌病加重无力继承家业，时腾轩不得不选择上市之路。阳爱默在养病和离婚期间将网络上叛逆、张扬的安玫语纳入捉弄教训的网红对象之一，以网友“电光”的身份与她套近乎，用他的博学赢得她的好感。阳爱默深知大限将不期而至，却被多才、立志建百年网站的安玫语所动心。考虑到自身的特殊情况，他至死对她隐姓埋名，不愿相见。

安玫语视“电光”为网络知己，越来越清楚肥厚型心肌病的凶险，既想打探到他的真实情况给予帮助，又怀疑他是骗子不愿陷入太深，处于两难之中。当她终于找到“电光”的唯一线索，却放弃对他的查找，还他清静。

阳爱默病逝后，按生前承诺在七夕节把自己的姓名用书法遗书的方式告诉了安玫语，并托人将一套高档商铺送达给她，助她创建百年网站。安玫语则兑现当初一句玩笑话，为他献花。他们从网络相识到生死相隔，总是相遇而不相见。

舒茗悦等我说完，表情凝重：“兴而，你不能把男主角的姓改一下吗？”

我估计她听成了“杨”姓：“男主角姓‘阳光’的阳，寓意为光明、温暖与永恒。我在百家姓里选了又选，就这个姓最贴切。”

舒茗悦：“他患的病不能改一下吗？”

我道出了原因：“我考虑过，想来想去，还是这种病有利于情节推进。它属心脏病，男主角名字中的爱字，繁体带有‘心’字，能借此将这种病进行深度诠释。一方面让大众了解这种心脏病，另一方面能将故事升华为用心做事、用心相爱。”

舒茗悦：“拍卖行，不能回避吗？”

我继续说明：“没有什么行业能像拍卖行这样体现中国文化的厚重，它容易成为百年老字号，可以与网站的百年之志作呼应。”

舒茗悦：“这样改编，跟华年忆太相似了！”

我阐明："我也想改编得完全不像华年忆，但观众就容易把乱编的故事往华年忆身上套，这对华年忆也没什么好处。如果在尊重事实的基础上进行改编，观众看了会想，哦，华年忆还有这么一段历史。这不是纪录片，但含有真实的一面，杨爱渺相当于活在这部片子里。"

舒茗悦思索了会儿："我不想招来七嘴八舌。"

我说："华年忆的美，大家有目共睹。我想，更多人会说，女主没有辜负男主。"

佟雪见舒茗悦不安地搓起了手，不紧不慢地说："等剧本出来看看再说。拍出来的电影假做真时真也假，有多少人真正在乎哪些真哪些假？"

舒茗悦："兴而，我先不干涉你的想法。你抓紧把剧本完成。"

这么一说，我反而需要有所干涉了："大大，我最没把握的就是男主前妻的戏。前妻是与男主对抗的形象，这个尺度我不知如何把握。"

舒茗悦："不写他前妻不行吗？"

我说："我很想避开这个人物，但少了她，男主角的塑造就如隔靴搔痒。"

舒茗悦："如果写得太像可不好。不能把男主的死推到他前妻一个人的头上。闪电对前妻有内疚，从没说过前妻的坏话。"

我说："但前妻的一句话就是气死闪电的直接凶手。"

舒茗悦："公开出来就不行。"

我想了想："那就把责任分散一下，将男主之死往几个角色头上抹一点，包括他自身，他们一个接一个在不知不觉中把男主推向了生命终点，前妻成了最后一个。"

舒茗悦痛苦地摆了摆手："你看着办吧！"

佟雪叹道："这个思路好点，让观众去思考，究竟是谁杀死了男主。"

舒茗悦看了眼不断震动的手机："不知怎么编为好？稍等，有人想进剧组，我回复一下。"

我问道："导演和主演有人选了吗？"

舒茗悦回复着微信："我倒是有人选，要么开价太高，要么忌讳演男主角。"

我反应过来："男主角去世我会用象征手法，没有什么好忌讳的。"

舒茗悦："男主角一直在患病，拍摄时间如果在元旦春节前后，有人会在意。"

我不懂：“剧本还没完成，演员就知道要演病人？”

舒茗悦：“我既然要请，就得把特殊情况讲在前面，以免演员临时变卦或者加价。”

我好奇：“大大想请的男主演要价在哪个范围呀？”

舒茗悦：“我改变主意了，我这片子比不过别人的大牌子、大投资、大制作，就来个性价比最高的制作。”

我欣喜：“大大愿意起用新人？”

舒茗悦：“可以考虑。”

我建议道：“电影节上不是有处女作之类的竞赛单元嘛，我们可以凭一个‘新’字，与其他新手比赛。”

佟雪：“是的，一个量级的比赛我们的胜算把握更大，输了也不至于冒那么大的风险。那些陌生的面孔更有代入感，不会像有些明星脸，老让我出戏。”

我立即推荐：“萧映朵或许比明星更有代入感。”

舒茗悦：“不能任人唯亲。”

我也意识到自己眼光狭窄：“大大，我明白。朋友参与的好处就是，大家相互了解、信任和容忍，少了一些你死我活的利益关系。”

舒茗悦用右手除拇指外的四个指头轮流而快速地敲击着桌面，发出轻微的马蹄声：“朋友多了会碍于情面难以管理，不敢较真。演员由导演来定。”

我的手机响起陶然阁的专用铃声，我只好接电话。

“我的个神呢，听说你在给华年忆写电影剧本？”

“听群里的旗帜说的吧？”

“图标也在群里呢！这么重要的信息，怎么不早告诉我？”

“你懂的。”

“机会被别人抢了你很快乐吗？”

“又没说必用我的剧本，我哪敢打包票？”

“让我看看剧本。”

“不能。我有事呢，等会儿再说。”

挂了电话，我注意到舒茗悦和佟雪都盯着我，舒茗悦笑道：“你这手机不隔音呢！”

我难为情："是吗？看来很多书友都知道大大要和扶桑较量了。"

舒茗悦看了眼又在震动的手机："我在群里公布出来，是为了让我，也让你，背水一战。好多朋友找过来，想写剧本的，想进剧组的，想任导演、当主演的都有。我这里的推荐资料看都看不过来。"

我笑："这好嘛，大大可以按自己的意愿挑选。"

舒茗悦叹气："就是没一个想来投资出钱的。"

佟雪纠正道："有我呢，别嫌我出得不多。"

舒茗悦："我的资金有限，不知还有哪些朋友愿意跟我一起来做这个项目了。"

说起钱来就不亲热，气氛欲冷。我就探问："大大有没有预定的主创人选？"

舒茗悦："看中的不是请不起，就是没档期。他们介绍来的，要么也请不起，要么我不熟悉，心里没底。"

我试探："图标和萧引城，能不能给他们一个机会？"

舒茗悦："等你的剧本出来后再说。"

我指了指自己的手机："大大，依我对阁子的了解，他不会放过近在咫尺的机会。在同等条件下，希望你能给他一个机会！"

舒茗悦笑了："你的阁子想来做哪一块？"

我私心泛起："必丽传媒有网大电影的制作经验，能协助拍摄，后期宣传也可以做。"

舒茗悦："经验……可以做……我要的是专业团队，这可不是儿戏！"

必丽传媒的确差些火候，我有新想法："阁子可以看我这剧本吗？他做过'剧本医生'。"

舒茗悦语气坚定："我先看。"

7

我在笔记本电脑前大刀阔斧地修改还显生涩的剧本《你的名字》，当删的删，一点不手软，剧中人物该如何重新塑造下去我已胸有成竹，一幅接一幅的画面在我脑海里展现而出。我依稀有了制片人思维，能便于拍摄降低成本；有了导演思

维，能实现镜头的故事感；有了演员思维，让台词有助于表演。

世人皆睡我独醒，趁着夜深人静灵感涌动之时，我要彻夜写稿抓紧完成。所谓三天交稿，我给自己定的是一天完稿，搭成整个骨架胚体；两天修改，咬文嚼字精雕细琢。

三声敲门声响起。

谁这么晚还找上门？该不是楼下的又来反映卫生间渗水了吧？我通知过房东，他不解决。

我来到门口问：“谁？”

门外有人口齿不清地回道：“物管。”

莫非楼下的请物管出面了。我只好把门开了道口子，准备说“渗水请找房东”。

却见门外站着陶然阁！这家伙招呼也不打一声就来了！我又惊又喜：“你这骗子！”

陶然阁不客气地走了进来，打量着我这一目了然的家：“不骗你，你会开门吗？你宁可给陌生的物管开门，也不会给我开门。”

说得我只能给他一盒滋利苏打水作招待。

陶然阁还是第一次来我这家里，我怕他来了就乱来，有了第一次就会有无数次，虽然我越来越想和他厮守在一起，还能听他讲编剧界、影视界的奇葩故事。诸如有位业余编剧拿着写成的连续剧本去各大影视公司找制片人，没人知道该把他往哪里带，因为这类公司都是定制剧本不收投稿，制片人也未必是公司的人；又比如一位摄影师助理把拍摄的素材给弄丢了差点自杀；还比如某位主演因吸毒被抓，刚排好档期的电影被拿下，无上映之日……这红得发紫的圈子里其实悲伤成河。

我可以去陶然阁家里听这些故事，借别人的痛苦让自己清醒，不能让他来我家里讨我欢喜。

说到底，我是怕隔壁合租的庄姨见到陶然阁会用别样的眼光看我，打破我在她眼中的乖乖女形象。庄姨喜欢和其他大妈们家长里短，谁和谁刚认识就住在一起了啊，谁又换女朋友了啊，谁穿得屁股都快露出来了啊，动不动还会以“女孩那个开放啊，不是我们那年代了”作结束语。她的声音特大，这些话我都是在屋里关着门听到的，真怕哪天听到她在门外说“我隔壁这闺女……”

用陶然阁的话说就是，我宁可讨庄姨的好感，也不肯讨他的好感。

陶然阁喝着苏打水坐到电脑前。我的剧本正显示着，我赶紧把界面关掉。

陶然阁识趣地把电脑位子让了出来，找了张白纸，把纸铺到旁边的床上，坐了上去，因为没第二把椅子了。这家伙在床的面前有洁癖，认为坐了公共椅子的裤子上沾满了肮脏的细菌和病毒，不能直接就坐在床上，要隔离一层才好。这洁癖是他读大一时得的，有回他亲眼见到上铺室友坐到花台上的泥巴脚印上，回寝室后直接坐到他床上……那之后他再也没睡过下铺，至今也讨厌别人乱坐他的床。

我直问：“是不是又把钥匙弄丢了？”

陶然阁把裤腿拉了拉：“还是你懂我。为了买这条新裤子，我把钥匙放在柜台上忘记拿了。”

我把陶然阁给我的钥匙取了出来给他。

陶然阁不接钥匙：“这么晚了，我上哪儿搭车？你睡床上，我睡地下，总可以吧？”

我把钥匙递到他眼前：“不可以。不教训教训你，你还会丢钥匙。自己打滴滴回去。”

陶然阁：“急着赶我走？”

我真是在赶他了，剧本正在赶稿呢，哪有心情卿卿我我大半夜，耽搁我灵感爆发的一晚啊！我把钥匙放到桌上：“你搞突然袭击，跟我们公司搞不定时抽查差不多，谁欢迎啊！”

陶然阁从裤兜里掏出一串被钥匙链套着的钥匙抖了抖，发出叮叮之声：“自作聪明的，我找你来说正事呢！”

“说吧，你这惯骗。”我坐到陶然阁旁边。

“我和图标刚才找茗悦大大谈了。”陶然阁把钥匙串放回裤兜。

“你们连剧本也没看，能谈什么？”

“所以我才来找你看剧本啊！”

“你忘记规矩了吗？我签了保密协议。”

“我看大纲就行。我担心你剧情设计不过关，错失机会。这可是你由0变1的决定性机会，一生也许就这一次。”

“阁子，故事梗概大大知道，当改的，她已提出了修改意见。”

“梗概不够，我要大纲。大纲中的情节与逻辑如果有硬伤，起承转合如果出现原则性、结构性问题，会被投资人直接抛弃。这一关过不了，大大可能会换人来写。你别太自信。”

陶然阁点醒了我。影视作品有基本的、硬性的审核要求，我可以规避违禁内容，但一些不成文的、软性的审核要求我并非逐条清楚，如同我那部《获奖者》的题材，圈内人就不喜欢。

我好为难：“剧本大大要先看。”

“大大允许我先了解一下。”陶然阁有些认真，“你说说大纲，细节到时可以完善。千万别让大大读过大纲之后，连拍片的心也没了。也不能让其他人在大纲上轻易就挑出毛病。”

我不信“大大允许”这话，对陶然阁的话有时得当玩笑去听，毕竟我没收到舒茗悦的授意电话。但我也不能死守“保密”而失去这次机会，如果能过陶然阁这一关，我的胜算就大了。

陶然阁听了我讲的故事梗概，思索了番：“我怎么听出这么一个故事来，一个身患绝症的富二代，死前也在泡妞？”

“我就不想告诉你，就知道你会把我的意思理解歪。”我气愤道。

“观众千万人，理解有偏差，只证明你没表达明确。”

“我不是说清了吗，男主想助女主圆梦。”

“那是男主后来爱上女主之后才有的高尚想法。我是说，男主在认识女主之前，怎么热衷看直播网红？”

“他患病无法工作，闲来无事才无意中浏览到视频直播网站。”

“嗯，证明他色心不改。”

“网上的弹出广告太多，他无意中点击进去了。”

“对，误入网站，还要和主播聊一聊，一聊不可收，聊出了感情。”

“女主跟其他网红播出的内容不同，才引起了男主的注意。”

“不风骚的主播很难在网站上被发现的。”

“未必，网站首页有她的网名，很文艺，符合男主的爱好。”

“还是证明男主色心不改。”

“除了色心，你啥也没看见！”我着急起来，这的确是我没注意的问题。

“食色，性也。男观众看电影，不调侃他们的色心，还能调侃什么？必须让男主的色心做个提升。”

“男主开始是庸俗的目的，后来转向高尚，这就是情节的变化与发展。”

“嗯，对，那就把他的庸俗写到极致。”陶然阁思索着。

正说着，有人拍打着门伴随着大嗓门：“小柳啊，开门，我是你隔壁庄姨呢！”

我把门打开个口子：“庄姨，这么晚了，有什么事吗？”

庄姨并不说事，却在门口朝陶然阁那头张望，她见我把门掩了一下留下一道缝才举起手机说：“我这手机往天都可以微信付款的，怎么现在不能了？你给我看看。”

我接过庄姨的手机看起来，摁到银行支付输入密码这步时，又把手机交给她输密码。

庄姨已是老花眼，虚着眼睛隔着手机屏幕老远，找到一个数字按一下，再找第二个数字，这样才找齐了六个数字，然后把手机递给我：“看嘛，它没反应。”

我一看，哪是没反应，余额不足。

我给庄姨讲解了一番，叫她给银行卡充值，或者叫儿女给她的微信零钱转点钱过来。她却埋怨真麻烦，不肯去打扰正在带幼儿的女儿。等她把女儿带娃遭的罪叨唠了好半天，我才得以解脱。

关上门，转过身，我发现陶然阁坐在了电脑前正浏览着什么。

过去一看，我的剧本大纲内容正显示着，那是三千多字的故事大纲，相当于剧本正文的缩写版，已翻到最后一部分。

作品赤条条地被偷窥了！那次扶桑偷看剧本的一幕浮现在我眼前，陶然阁不正成了扶桑的翻版吗？

我顿时火冒三丈、怒发冲冠，把仍专注于看剧本的陶然阁猛地推开：“什么东西！滚出去！”

陶然阁惊醒过来，喏嚅着：“我怕人家看到我坐床头上不雅，只有这样背朝门地坐着。”

我把陶然阁往门外推：“坐就坐，你看什么看！”

陶然阁岿然不动，把我捶打他的双手抱住，我双臂动弹不得。他哀求道：“小豹子，别发怒好吗？”

我只恨自己的力气太小，赶不走这个讨厌鬼，眼泪禁不住直掉：“你不尊重我！你滚！滚出我的家！”

我开始用脚踩陶然阁的脚，陶然阁只得跳着躲：“你说的梗概太空洞了，我想知道更多，我害怕你的剧本被淘汰。你只能一次成功，不能失败！”

我一边哭，一边踢起陶然阁来。

陶然阁任由我踢和踩：“对不起！我该挨打！但我不后悔。大纲基本还行，男主要把他的色心这部分完善一下，不要成为笑谈。把拍卖行的特色，通过男主的言行表现出来。”

我朝陶然阁吼道：“就不改，凭什么听你的！我写不好，也不让给你写！”

陶然阁抱紧我，急得眼泪在眼眶打转：“别说气话！我看到希望了，我相信你能改得更好。”

我怒吼道：“少来奉承！你就这偷看的能耐！你那《古书情人》，是不是也是偷窥来的！你这骗子，我被你骗了无数次，不会再受你骗了！”

陶然阁的眼泪滑下来，他松开了手，眼光失神，在我的拳打脚踢中向门外走去，一声不吭。

我返回桌前，拿起陶然阁家那把钥匙，冲到门口，朝他扔去：“带走你的所有东西！”

庄姨打开房门，瞅我一眼，迅速把门掩上。

第十二场　制片方

1

萧引城在旷野影视公司从早到晚忙得很少回家，干得却不如意。

他是摄影师的小助理，也叫二助，做的是打杂的体力活儿，诸如拆装机器、搬运器材、放电缆线、导出整理素材之类，耗时很长，工资很低，没有掌机拍摄的机会。作为剧组人员，他被排斥在创作之外，很像总在候场却没有存在感的群演。

很多摄影小助苦干数年也默默无闻，看不到发展前途会选择退出。萧引城则指望累上三五年能成为大助，再跟班几年成为掌机员，相当于副摄影师，再拼搏几年成为真正的摄影师，那时的年龄通常在四十岁左右。摄影师之上，还有摄影指导，这个阶段可以不操作机器，专管用光，也管摄影师。

有时，萧引城喝高了，或者听我网聊起业余编剧的悲哀，也会谈及他的懊丧，我们就惺惺相惜。

他曾参加过学期数月的电影摄影进修班，花费近五万，参加进修的学员之多让他有种抢饭吃之感。摄影师必须对各种机器了如指掌，懂得其特性和优缺点并加以利用，他还用零散时间找各类机型、模特儿和灯光器材练手进行摸索，他花的费用数十万计。他又放弃了俏佳人影楼之类的收入来源，全天守着剧组做着小工领着菲薄的收入，长此以往会入不敷出。当小助的苦、累、穷是拜师学艺的必经之路，他焦虑的是每逢重大场景和特殊拍摄，摄影师就把他支开，这样下去难有长进。

要在旷野公司这种还算靠谱的剧组升为掌机，仅凭摄影技术不行，得靠关系，而他没有可以依靠的关系提前升为大助紧跟摄影师，扶桑也无能为力。

有资历的摄影师除了改做导演或者摄影指导，基本不会把掌机位置让出来；即使让，也会让给心腹掌机和大助。普通小助大助要等到掌机的机会恐怕已到体力不支的年纪。

还有，再牛的摄影师也要赢得导演的信任与好感。而他连一部拿得出手的电影作品也没有，拿什么去说服被一大堆职业摄影师和助理围着的导演？

何不自立门户单干？他说，单干混饭吃不是问题，弄不好就会成为必丽传媒的顾老板那样，一辈子就陷在做相似的广告片和宣传片上去了。这类片子即使做成艺术性强的片子，也不是他喜爱的。

何不去新成立的影视公司自荐？他说抠抠就去过几家，这类公司多数不是真正做电影，而是靠其他渠道盈利。有卖相的电影，多半由导演经常合作的摄影师接手，不会无亲无故地轮到外人。

愿不愿意暂时去必丽传媒发展免遭冷遇？他又说最想拍的还是电影，他得守在旷野公司积累经验和资历。

市场就是矛盾体，认本事与经验，但新手们恰恰就没机会去亮出本事并积累经验。有经验的，就防着后浪把自己这个前浪拍死在沙滩上。

想想萧引城身在剧组离主创人员还遥遥无期，我对舒茗悦委托我写剧本自然特别珍惜，我不想成为扶不上墙的阿斗，但我又害怕自己就是个阿斗——剧本《你的名字》已交给舒茗悦快一个月了，还没有得到她决定立项的消息。

以为是我剧本不行，舒茗悦却说投资不够，还在寻找投资人。

这大概是委婉的说法。如果剧本足够好，怎么会找不到投资人？

而扶桑那头，风头正足。他的视频微课堂“扶老师说戏”以一周两期的频率更新，点击量通常数千。他总站在片场的一角，手持自拍杆自拍，很接地气地讲着课。开场就强调他编剧的电影《第45号铺子》正在某处拍摄，然后以套话开头，诸如：有学员留言问，扶桑老师，镜外音与画外音有什么区别？现在，我抽空给大家讲讲……

我每周都在关注这个微课堂，新知识没学到，只为掌握扶桑这部电影的新动向。

扶桑没有再在“华年忆书吧”微信群打他的培训班广告，但广告海报依然会不定时出现，是焦糖代发的。能看出海报中一个个培训导师的姿势更像影视中的董事长，培训课已改名叫作“提升班”“实战营”“进阶团”“研修社”什么的，费用均为三千起，大有当年你看我不起，如今你高攀不起之味。

焦糖自称他参与改编的古装言情剧正在某网站播出，不过看不到他的名字，他有空就会参加编剧培训，力争当上总编剧。有人关心起他的收入，他承认收入不高却超级辛苦，在工作室写剧本比去小说网站当签约写手有生活保障。

焦糖曾被小说网站编辑主动签约，《独家授权协议》就是作者的卖身契，签约小说的所有版权完全被网站控制，它们可以任意转让，而且小说的本传、前传、后传、续集、系列等也等于签约，连同他写的非长篇作品也同时独家授权给网站。他以为期限大不了十年，却是“至协议作品著作财产权保护期满之日”，也就是作者死亡后五十年止。如果有一章节的字数达不到指定的字数区间，如果某一天更新达不到四千字，如果作者不按编辑的要求修改，就是违约领不到相关的收入。作者的收益分成则要“扣除渠道费用、运营成本”，究竟扣除多少，未知数。

有书友分析，焦糖如果签约这网站，说不定被网站包装炒作出名了，各类版权收益分成也许上千万，不用现在这么辛苦。焦糖则说那些收益都是吹的，他拒绝签约主要在于不肯放弃对小说的改编权。

我想，这个幸庆没有成为小说网站包身工的写手，这个曾拿下韩国圣山国际电影节剧本一等奖的编剧，可能偷偷在为另一件事闹心吧，那就是编剧园网站的电影剧本集结令。

焦糖前后报了三个电影剧本参加集结令，他比我性急和坦荡，在集结令活动截止后第三天，就在网站会员群里声称已打电话问了远在北京的网站编辑部，了解活动结果，回复是制片方还在挑选，选中的剧本会联系编剧。

焦糖不说北京的电话还好，说了之后害得我傻傻地惊喜了一场。

也就是他说这话之后的不久，我在上班时收到一个区号为010的电话，我第一次收到来自北京的座机电话！我心乱跳，正要假装平静地听候惊天好消息，对方却挂掉了。我十分之一秒也不肯耽搁，立即回拨过去，对方一直占线，就这样我花了半个小时回拨了三回也没接通。不知这是网站的电话，还是制片方的电话，我就在网站查看编辑部的电话，通过114查号，无果，感觉那两秒的激动错失了一个亿的影视项目……

集结令截止期限过了一个月，活动没有任何收尾汇总消息，比如参加集结令的剧本总共多少，优秀剧本多少，剧本签约多少，还在洽谈的剧本多少，剧本浏览量多少，网站推荐了多少……现在连集结令的相关网页也404了，这项声势浩大的征稿活动不知所终。

参加这项活动的编剧为这事意见纷纷，焦糖表示要删除剧本退群以示对活动的不满，网站群管理员才不挽留，直接提醒他工作台上有垃圾筐标识。

怪谁呢？集结令自始至终都只提及过截止日，没谈揭晓日。

与集结令参评编剧颗粒无收比起来，华年网的获奖作者就满载而归了。

今年华年网的年度主题征文大赛“我难舍难离的地方”在金秋十一月迎来了颁奖仪式。我没有参赛，但颁奖仪式与我密切相关——参会人员的面前，放着滋利听装茶。

仪式没有它可以有的排场，没有大舞台，没有炫目灯光，没有媒体记者，没有社会各界名流。收到颁奖会邀请函的只有大赛评委和获奖者。颁奖仪式就利用周末上午的书吧周末会举办，舒茗悦任主持，获奖名单也就在这颁奖会上公布，仪式上没有别的观众。

有人建议颁奖会换个地方举办，借此举办作者交流会。舒茗悦不肯，据说当年曾因座次排序、合影排位之类得罪了几位作家，还有些人过度解读那些排位，甚至邀请的参赛作者因为没有获奖拒不当观众。

本届获奖者中有华年网的老写手，也有新作者。获得诗歌类一等奖的是位中年人，他在华年网发布诗歌还不到一年，他以一篇怀念父母的乡土组诗领到了一万奖金，他讲起第一次获得诗歌大奖是二十多年前，没想到能在华年网再与大奖结缘。

这场袖珍却不失高雅的盛会通过华年网直播了出来，它有的是观众，来自全国的。

评委中有佟雪等华年网的专栏作家，也有倾杯，还有网站的写作大神莫等闲。

他们负责颁奖，并与获奖者交流创作经验。网站会员可以通过直播留言、弹幕等方式与华年网及评委互动。

有位写手发出弹幕：我去年获了一等奖，单位不承认这奖项，没按规定给我另行奖励。好衰！

良辰美景之时这个“衰”字大煞风景，我真想用编剧园网站管理员的态度回过去：吃了西瓜还嫌没抓到芝麻啊！

方绪容忍各类写手：单位以业务类的奖项为重，业余爱好奖项可能在拟定制度时忘记区分开了。期待你的新作！

写手没罢休：那些参加运动会的，跟业务没关系，获得上级奖项就能回单位再领奖。他们脱产训练和参赛，获奖就算为集体争名誉，有功劳；我业余时间写作，获奖却不算为集体争名誉，没功劳。公平吗？

方绪回复：那是单位收到参赛文件与没收到的区别。他们的奖金加起来比你在华年网得到的奖金高吗？

写手还较劲：哪个文件规定，我这全国级一等奖不如市级优胜奖？

方绪：我们共同努力，早日把华年网建成权威性的文学网。

写手还争：市级比赛就权威吗？那些来自不同单位的运动员平时可能就在一起涮羊肉。我却在和全国各地的写手决战！

方绪只好说些安慰话。我恨不起这位钻牛角尖的写手。

谁会去深想，华年忆这铺子的来历就是杨爱渺为了圆华年网的百年文学网站之梦，而舒茗悦正在圆作者的写作之梦呢？

2

《第45号铺子》拍摄已经杀青，进入后期制作。

《你的名字》因资金不足还没有上报备案，等通过备案公示并取得拍摄许可证之后，要落地进入拍摄不知还要等多久。

我对本来满意的剧本有了怀疑，在投资人眼中它究竟处于优秀、及格还是不及格的行列？

好想知道片子的筹备情况，但舒茗悦说过，她会请专业人士打理，也就是暗示我这个非专业人员不要再干涉。这一刻，我和她之间不是姐妹情，没有战友情，完全是甲方乙方。

可能，我先前迫不及待地向她推荐这个推荐那个，她反感了。

可能，她认为我把剧本给陶然阁先看了，有些不高兴。

照理，她不可能知道陶然阁偷看过剧本大纲，但她接到剧本时却郑重地问了我一句："陶编读过了吗？"

我斩钉截铁地回道："没有。"

我看得出，她迷惑了会儿，不太相信我的回答。谁会告密？陶然阁不打自招了？

我又回到早九晚五的刷脸考勤日子，这周末给自己放了大假，啥也不做，让脑子放空。

没有剧本可写，也不考虑再写别的。我沮丧地认清自己不是写剧本的料，我必须以真实事件为基础来改编，脱离事实、天马行空地原创崭新的故事，我没那开脑洞的天赋异禀。

有编剧时常在群里开着苦涩的自嘲玩笑，这下又发出个段子：在编剧公众号上要精准投放广告就要投速效救心丸、颈椎按摩仪、抗抑郁药物、防脱发洗发水、治愈系书籍……

又有新的成员入群，发出一句话：请教各位老师，电影剧本的标准格式究竟是哪种？

天呐，又来一个做梦的，新手生生不息……看着他在群里问这问那没人搭理，我真想回他一句"早点死心吧"。这个群里，编剧不会讲友谊，文字就是枪炮，要干个你死我活，傻瓜才把门外汉培养成竞争对手。编剧期盼着只属于自己的出头机会，真有好机会好项目各自偷着乐吧！

我默默地退出并删除"影视幕后人"微信群，慢慢吸了一杯滋利蔓越莓味的烧仙草，细细品到了很久没有品尝到的香甜，又仰躺在床上听着舒缓的小语种音乐，过起了慢生活。

一束阳光透过楼房的缝隙照进屋里，不到一刻钟就溜掉了，仿佛我的一线希望不知去向。

我找过漆主任，建议在电影中植入滋利饮料广告，公司作为赞助方，最好成为联合出品方可以参与票房分成。剧中的女主角喜欢在空间里晒生活照，有张是她靠在自己的豪车前喝饮料，这个镜头，就是最好的广告植入位。

漆主任请示了分管的简副总经理，简副总经理请示了汤董事长，汤董事长同意该议题上会研究。会议决定，滋利集团作为影片的赞助方拟赞助三百万，新推出的咖啡饮料作为道具植入片中。电影在影院首映后的十个工作日内，集团公司就拨付三百万；电影如果没有进入影院公映，分文不出。

赞助款暂时不能到手，相当于还是没钱。我把这个尴尬的决议精神转告给舒茗悦，她很高兴，已与滋利集团签订了协议。

有关我的闲话也就多了起来。

说我利用上班时间在办公室做私活写剧本。

我哪有那等本事，一边做着漆主任交办的杂事，一边回应同事们的话题，一边外联宣传事宜，当我有三头六脑，可以同时思考许多件事？我写起剧本来，定会在无人干扰的环境里才能理顺思绪和故事逻辑。谁能一边做别的一边写剧本，我拜他为师。

说我利用外出收集旧物件的时间写剧本。

嘿，你们都不肯冒着高温去找指定的旧物件，我去了，完成任务了，还没有一点安排休整时间的权利了？

说我有跳槽去影视圈发展的意向。

废话，有更喜欢的工作、更好的待遇、更大的知名度，谁不想跳槽？

说我背后有靠山。

我委屈着呢，大家都当公司给了我三百万投资似的，事实上我一分也没拿着啊！

如今流行网上众筹，也就是发动社会人士出资来完成一件事，发起人对出资人做出回报承诺。舒茗悦本想在影视众筹网上发起，考虑故事梗概不适合广而告之，放弃了。

事实上，很多电影项目的众筹极具欺骗性和风险性，外行以为拍电影很容易，自己看好悬疑片或者枪战片就投资几十万上百万，以为能坐收票房收益，哪知弄不好影片数年都开不了机。还有些众筹是在电影进入后期制作才发起的，别以为成功就在眼前，弄不好失败同样在眼前，那意味着制片方预算超支，已穷途末路，只有满世界“化缘”。不是说这些发起者全是以欺骗为目的，有一部分是发起者低估了完成一部电影的复杂程度，最终弄得自身狼狈不堪，落荒而逃。

我想来个简易粗犷型众筹，一旦有谁拿我这剧本开玩笑，我就动员他们参与众筹，一万十万也行，百万更好，到时票房提成。这下，没人开我的玩笑，连话也不与我多说，很快就把滋利要上电影这事给忘了。

舒茗悦在资金这方遇到的难题，有一个原因就是还没完成备案，没有拿到电影拍摄许可证。专业投资人就看重这个证，它意味着项目具备启动的基础条件，比如已有三分之一的资金到位。投资人要有安全感后方会考虑投资。

我咸吃萝卜淡操心地考虑着怎么再筹集些资金，对了，还有个人可以一试。

我坐起身，电话联系上薛砚，却听他那头还迷糊着，我问：“老同学，都快中午了，不会打扰你睡觉吧？”

薛砚清醒了点：“还不是被城哥给害的！”

“他又找你喝酒了？”

“这倒没有。他让云朵去陪酒陪唱，我把云朵接回来，吐得我一身都是！”

“陪谁去了？”

“陪扶桑那些朋友呗！”

“扶桑他们有什么好陪的？”

“扶桑认识一些制片人和导演啊！城哥想请扶桑做个引荐，引荐他当掌机，或者引荐云朵演个主角配角。”

“引城和云朵不如直接去找制片人和导演。”

“人家又不认识他们，根本不见。”

“他俩想依靠扶桑的圈子？”

“城哥和云朵也去找过茗悦大大。大大说由导演来定，似乎不待见城哥。”

“引城像墙头草一样，关键时刻不帮大大说话，活该！”

“城哥也是没有办法啊，扶桑帮过他。”

“他两边讨好，两边都看不起他。”

“唉，他又能怎么办嘛……他不得不拉着云朵去应酬，陪酒陪唱，这已是他们的底线了。”

“老同学，你就放心让云朵去喝成烂泥？”

“我哪知道城哥什么时候要拉她去应酬？”

“你一旦知道，就该制止云朵那么干。”

“我们都是外地人，无依无靠，城哥也是为了他和云朵的未来，我怎么好阻止？”

“你不能放任不管，要劝她别喝得烂醉。”

“没用的！社会就兴这套，云朵不陪酒陪唱，要装清高，谁理她？这上海最不缺的就是演员。”

“演技不过关，再陪都无济于事。”

“云朵在练演技啊，练台词，练表情，练肢体语言，指导老师都肯定她。她还硬生生减了十斤肉下来。”

“是吗？我有个办法，可以让云朵少喝酒去争取演个角色。”

“出资赞助对吧？相当于拿钱买个角色。我有什么实力去捧云朵？”

“你可以联系一些公司出资啊！比如翰盛斋可以来赞助，因为该片与拍卖行有关。”

“我跟公司高管们没交往，谁会听我的？”

“你不是成功地把滋利饮料引入翰盛斋的嘛！你能行的。”

“饮料我给后勤主任说说，他可以决定，投资电影不一样。”

“你叔叔可以帮你出面去做工作吧？”

“我叔叔就看不起演戏的。”

“你知不知道，有部电影叫《第45号铺子》即将上映，是扶桑写的，这是一部抹黑翰盛斋杨家公子的戏。茗悦大大想用电影去挽回它的负面影响，得让翰盛斋为杨家声誉而战！”

“还有这等事！”

“你请叔叔引荐下，直接联系翁老师，私谈这部电影的危害性，这事先让他知道，不要传出去，由他出面去说为好。”

“翁老师会信我吗？”

“我把这部电影开拍的链接和梗概都发给你，翁老师会警觉的。”

“好的。咦，扶桑拍这种片子，那城哥和云朵还去讨好扶桑做什么？”

“你看他是不是两边不讨好嘛！”

“我得去劝劝城哥，要混出头，能力不重要，忠诚最重要。”

“他忠诚谁，才算忠诚？”

“这个嘛，看他选谁了，得认命。”

“你必须给引城说清楚，扶桑的人品那么坏，跟着他没好下场。”

“你去说，城哥能听得进。”

“引城知道我对扶桑的态度，还不是那样了。你要劝他迷途知返。”

“对了，就算是翰盛斋投资电影，大大会同意云朵参演吗？云朵说，当年她骂过华年忆。”

“大大没那么小气。到时让云朵去试镜，让导演选她。”

“导演偏心怎么办？”

“不想作死的导演，会看重演员本身。”我的话是这么说，不过是安慰薛砚的，萧映朵驾驭角色的能力如何我没谱。何况导演往往带有选角偏见，难说没有私心，就看心高气傲的萧映朵能不能入人家法眼了。

3

我以编剧兼导演的身份在三角梅盛开的片场给主演萧映朵讲戏，她嫌半夜拍戏太累倒在地上的花瓣之中睡着了，我把她提了起来训斥一通，吼她抓住这个当主角的机会一举成名。一群制片人围了过来，嚷嚷着请我给他们写剧本，出价有三百万的、四百万的、五百万的……

陶然阁的来电铃声惊醒了我二十多年一遇的黄粱美梦。我从颐指气使的梦境回到谁也不敢指使的现实，被打回原形的挫败感排山倒海。

陶然阁发烧了。我开始不信，听他哼哼地上气接不了下气，不得不三更半夜起床过去看看。

陶然阁的身体平时五毒不侵，棒棒的，但他每年总有那么一周的时间专门用来发烧，好的年份烧得萎靡不振，差的年份烧得生不如死。医生都查不出发烧原因，他把这病戏称为年度高温杀毒。这其中有两三天最为痛苦，吃什么药输什么液都对不到症，必须要熬过六七天后方能痊愈。

陶然阁家的钥匙上次被我扔出了家门，这次陶然阁披着被子拼尽全力才给我开了门。他呻吟连连，倒在我身上全身颤抖着，牙齿也打着战，仿佛他穿着单衣来到了雪乡漠河，他的脸却又散发出烤炉般的热气。

天已凉，夜已深，狭小的卫生间里没有浴盆。我把陶然阁扶到马桶上坐下，他一团软泥靠在水箱上。我打开浴霸升温，准备好保暖的浴巾、内衣和被子，把水温调到略烫的温度，给他淋浴。

有医生说，高烧时宜冷敷不宜泡热水澡。陶然阁总结出来的经验却相反，泡澡时他才不那么冷，泡澡之后他才能发出汗来退烧，也才会舒服点。

这时的陶然阁已由平时的单眼皮变成了双眼皮，这是他眼睛最大也最无神的时候，也是他最虚弱最老实的时候，一声不吭地配合着我摆布，冲了半个多小时的热水后无力地倒在床上继续难受地哼哼。

我倒了点温水，找来他必备的退烧药坐到床前，陶然阁已睡着，仍不时地在翻身和哼哼。看着他睡梦中难受的样子，我回想起《你的名字》中的一场戏——男主角靠在家庭病房的病床上吸着氧，他趁除夕夜无人监护之时，第一次也是最后一次用自己的电话号码与女主角通话，以往他使用的都是一次性手机卡。男主角说话已很费力，他只想听女主角的声音，并假装不难受。女主角在电话里讲趣事逗他开心，直到手机没有了电量。两人远隔天涯，两心仿佛相守在病房。

戏中的男主角患着日渐加重的不治之症，生命的最后渴望着与女主角相见却无法相见。我和陶然阁多么幸运，还能真真实实在一起，他患的不过是阵发性老毛病，要不了他的命。

健康时，难以想起生病的痛苦；小病时，不知大病的绝望；活着时，不在乎一起走过的日子。当一个人生存之愿都实现不了，方知平安健康比什么都珍贵，那些矛盾不过是鸡毛蒜皮。

我把已变凉的水杯放到笔记本电脑前，鼠标被我的袖子触碰，处于睡眠状态的电脑屏幕亮了，显示出一份表格。

横式表格中的内容我好熟悉，显示着男主角在书房里强打精神用毛笔为女主角写遗书、盖印章那一场。这场戏已临近全片最后的十分钟。

这不是《你的名字》的内容吗？不过格式全变了，被表格分成了镜号、场景、景别、时长、特技、镜头内容、台词、音乐、音效等几列。

如果说我那原始剧本十个人读了有十种想象，那么这表格化的剧本十个人读了基本有相似的想象，摄影师会清楚如何处理镜头画面，拟音师会知道在某个镜头出现时该配上什么样的声音，执行制片会预算出整部影片需要的费用并安排工作人员的行程……

没错，这是电影在正式拍摄时需要用到的分镜头剧本。我的文学式剧本如同一幢大楼的平面效果图，眼前说明文式分镜头剧本则是大楼的施工图。

片名已被改为《遇・见》!

剧本应该纳入拍摄日程了。我既惊喜又震怒，片名被改了，却无人通知我！陶然阁也不告诉我！

心情陡然变差，还尊不尊重编剧？谁来尊重我一下？

看看仍在翻身的陶然阁，等他熬过这几天，我再找他好好理论。剧本里的男主角直到死，都竭力在女主角面前装出不难受的样子，你这孬种发个烧就把我折腾一宿！怎不学着点！

我坐到笔记本电脑前读起这分镜头剧本。另一个打开的文档正是我那个剧本，显示着同一场戏的位置。

我用了两个多小时把这部分镜头剧本粗糙地读了一遍，仿佛看了一部电影，方知除了台词更加精炼之外，个别情节已被省略，个别情节也被丰富。整体上，这分镜头剧本合我的意，情节未做颠覆性修改，把我能想起的瑕疵问题处理得天衣无缝。

片名未经我允许就被修改了……想起了，委托合同中并没约定这条。

写分镜头剧本是导演的职责，导演的思想与风格就呈现其中，怎么陶然阁在干这事？

原来这家伙又瞒着我在干大事！

那天舒茗悦在“华年忆书吧”微信群里向扶桑迎战，图标从中得知我将为书吧写电影剧本，就去问陶然阁什么情况。

陶然阁问我又没得到答案，就带着图标去拜见舒茗悦了解详情，并毛遂自荐由必丽传媒来摄制这部片子，他可以做监制，图标可以做导演，顾老板可以做摄影师，其他剧组人手他们负责招集。

舒茗悦直言她要的是愿意来投资的影视公司，不是只想码盘、纯粹制作的公司。

陶然阁就表示，只要剧本是柳念秋写的，只要由必丽传媒摄制，他愿意把两处房产卖掉，争取投资三百万作联合出品人。同时他尽力说服顾老板，让必丽传媒做联合出品方。

舒茗悦还没拿到完整剧本，究竟采不采用我这一稿还未知，陶然阁则说他可以修改到让舒茗悦满意。

图标见舒茗悦不打算请他任导演，则表示他近些年倒贴钱拍了些片子，为读私立重点小学的女儿攒学费都成问题，已达到了妻子与他闹离婚的地步，无力为影片投资，他愿意零片酬做导演。他可以放弃导演的利，但他要导演的名。

最终打动舒茗悦的，是图标拿出的一份分镜头脚本文字版和绘画版，那是他获省级二等奖微电影的拍摄脚本，其中绘画版如漫画一般把视频效果大体呈现了出来。图标还现场速写了陶然阁，并说滋利集团汤董事长看了他的手绘脚本后才指定由必丽传媒拍摄了《传承》。

至于顾老板的摄影，舒茗悦看了一些他的网络作品，直接否了。如果说图标拍摄的作品是独具匠心的古镇老屋，那么顾老板出手的就似不能细赏的当代仿古木屋。

图标就推荐萧引城任摄影师，认为其镜头语言与自己有默契。陶然阁却反对，认为萧引城没有拍电影的经验，还是另请摄影师稳妥，电影一旦开拍容不得谁有太多的犯错纠错时间。

舒茗悦也反对萧引城加入，她的选人原则是，凡是与扶桑关系密切的，不得参与到影片中来，以防泄密。

一番商谈后，舒茗悦承诺只要没有别的出品方来竞争摄制业务，必丽传媒和陶然阁能最先出资五百万，就交给他们来做。

陶然阁随即打电话征得了顾老板的同意，必丽传媒愿意做联合出品方。考虑到时间紧迫，演员、场景、服道化的准备还要耗费时间，他需要先了解剧本，有所准备，舒茗悦就同意他来找我要剧本，叮嘱他把情况向我说明就是，如果我不信就打电话找她核实。

就这样，陶然阁那晚找到我家来，准备给我一个大惊喜。我却犯了傻，没把他说的“大大允许我先了解一下”当真，他又迟迟不把关键性的话讲透彻，却趁我不备偷看大纲，被我狂风骤雨般地轰出了家门。他之所以没有辩解，是听到我骂他《古书情人》也是偷看而来，伤到了他的心。

那天之后，陶然阁就瞒着父母把自己在两座城市名下的房产给出手了，手中有了三百万。他没有再找父母要一分钱，以免父母责怪和反对，因为那部《古书情人》的赔款他就是以拍电影为名从父亲那里骗来的，最后以“电影投资失败”向父亲交了差。

舒茗悦这样才同意陶然阁任监制，并把我交出的剧本《你的名字》让他去修改完善，再由图标着手确定分镜头剧本，并把影片名称改了。

也就是说，陶然阁发烧那晚正浏览的分镜头剧本，是图标在陶然阁修改的剧本基础上加工而成的拍摄脚本，文字版。影片开拍和后期制作都以此为蓝图分工协作，摄影师会参照他的绘画版脚本进行拍摄。

我看到的分镜头剧本是陶然阁与图标在争执中互相妥协的产物，因为他俩对情节的取舍意见有出入，个别情节的处理两人都不让步，还将由舒茗悦审阅方能定稿。

分镜头剧本一经舒茗悦确定，相当于一个工程项目即将按部就班地启动，参与进来的工作人员，尤其是主创人员的合同将逐步签订，时间一经约定就难以变更，以免另有档期在身的摄影师和演员因本剧组时间的延长影响在另一个剧组合同的执行。

陶然阁正在开始一场豪赌，风险已摆在面前。

从艺术效果来说，电影是导演组、制片组、摄影组、视觉组、录音组、美术组、服装组、化妆组、道具组、置景组、后期制作组等工种协同作战加工而出的综合性商品，它被我们设计成唯美的文艺片，但制作出来的有可能是俗气的山寨片，这是不可预料的能力风险。

从上映档期来说，电影排片一旦遇到明星阵容强大的电影、国外引进大片、有观众缘的商业电影，那么这部由陌生演员、陌生导演、陌生制片公司打造的文艺片的露脸率极可能少之又少，也就是遇到了死亡档期，那就是炮灰的命，这是难以抵抗的客观风险。

从投入产出来说，总票房要扣去营业税、电影发展基金、影院提成、宣发费用，剩下的三分之一左右才属于制片方的票房分账。如果电影投资两千万，票房至少达到六千万才算保本。而舒茗悦所言的两千万，用于纯制作也许能凑合，如果包含宣传发行费用就得缩减制作开支。拍摄的电影中，仅有三成多的电影能上映，上映的电影中，不亏钱的比例不到一成，算下来电影亏本的总概率近95%。

陶然阁要破釜沉舟决一死战，我对他的能力充满怀疑也不能挫伤他难得一见的雄心："阁子，你投资我的剧本如果失败了，你不会失去我的。"

陶然阁："我们一定要成功！"

我万分担心："你这样拼命，不怕吗？"

陶然阁："大大也问过我类似的问题。你猜，我怎么答的？"

我想了想："不至于假惺惺地说，为书吧的名誉而战吧？"

陶然阁："我为自己而战，要从扶桑那里夺回尊严。我为小柳条而战，抽这伪编剧几鞭子，让他知道，你这业余编剧就比他强。"

我清醒着："你不是恨华年忆吗，何必来拍关于它的电影？"

陶然阁："它一贯的品质更值得仰望。"

4

必丽传媒成为电影《遇・见》的出品公司和制片公司，对公账户已汇总所有出资人的资金，超过了影片预算的三分之一，达到了申请备案和拍摄的资金条件。所有申报材料已上报，包括我作为编剧的授权书，静等备案公示和领取拍摄许可证。

舒茗悦召集陶然阁和图标开一个非正式会议，我假装陪陶然阁跟了去。但她没有赶过来，我们在沙龙室等候。

图标用桌上的斗笔在宣纸上挥毫写起了书法"遇见"："阁子，用我题的字做片名设计，你看怎么样？"

陶然阁看着浑厚的行书字："哇，你还会这一手！怎么跟平时鬼画桃符不一样？”

图标：“我写硬笔就想图快，写软笔不得不慢嘛！”

陶然阁：“影片的气质是精致，男主的书法是楷体，你这字题写功夫片不错。”

图标换了张宣纸写起楷体片名来，叫陶然阁再看，陶然阁就让我来评。

图标的楷体与行体相比远远逊色，我只好说：“茗悦大大说不定要请翁显梵老师来题写。”

图标：“翁老师一笔万金，会免费来题写吗？”

我不这么想：“人家又不靠这片子去获得名气，凭什么要求人家免费呢？”

图标写起了“天道酬勤”：“我以为舒大大作为制片人、出品人，要出资多少呢！把必丽这头和佟雪那头刨掉，她并没出多少嘛！”

陶然阁：“你以为谁手头有多少现钱啊！你咋一万也不肯出呢？”

图标急道：“女儿的学费我都没出呢，我还在吃老婆的受气软饭呢！”

陶然阁：“那就把这片子拍好，多赚些，你靠名气就咸鱼翻身了。”

图标：“片子回款后我也没一分片酬分成，我能翻什么身？”

陶然阁笑起来：“出了名就到每个影视培训班去讲课啊，出场费十万起，扶桑那靓笔尖百万起。”

图标也笑：“好主意！我刚才的意思是说，大大怎么不以华年公司的名义作出品公司？书吧股东不赞成吗？”

陶然阁：“你听不出吗，大大不想观众把这片子与华年公司画等号。”

图标写起了“厚德载物”：“华年忆这铺子作抵押，也能贷出千万来吧？”

陶然阁：“贷起痛快，还起痛苦。你咋就不肯把你家房子抵押贷款呢？”

图标：“老婆不砍死我才怪！”

陶然阁：“还有一千万的缺口，不知大大会找谁来补这个洞。”

图标：“大大的父母，一个是海运公司董事长，一个是服装公司的财务总监，会不会来赞助？”

陶然阁：“我父母还有钱呢，他们不可能再让我投资电影了。”

图标：“我是说大大父母的公司来赞助。”

陶然阁：“你以为，公司的钱是她父母家的啊，想赞助就赞助？滋利集团声称要赞助，钱都没拿出一分呢！”

图标："唉……没钱就勒紧裤腰干。要来剧组的，都学学我们，先别讲片酬，把电影制作出来、公映出来再说。又想出名，又不想牺牲点利益，哪有那么好的事！"

聊起钱来就不好受，尤其是我。我暗地发慌，我编的剧是不是没什么人看好？为何图标以前能自己贴钱拍微电影参赛，这次当导演却一分钱的险也不冒？

我就转移了话题，聊起演员来，提到了萧映朵，把她发给我的表演短视频给他俩看，她的面部表情与台词、肢体语言已能合三为一了，自然生动。表演脚本嘛，是我从《获奖者》里面给她选的。

图标看着拍摄考究的视频："演技还行。她与扶桑关系密切，不在考虑之列。"

我反对："我与你吃过饭、喝过酒、唱过歌，就能证明我与你关系密切吗？还不是为了应景。你们不能从表象去看本质，说不定我表面对你笑得甜，心里已臭骂你千万遍了呢！"

图标："这不是我划的选角标准啊，是大大定的规矩。"

我不甘："你作为导演，可以从演技的角度去说服大大。"

图标："大大是个记仇的人。我们帮仇人的朋友说话，弄不好自己就成了大大的仇人。"

想起薛砚和萧映朵哀求我的那些话，想起萧引城那些近乎绝望的感叹，我不能袖手旁观："仇人的朋友，未必是我们的仇人吧？我看得出，云朵很在乎这部片子，她已在尽最大努力了，连这视频都是让引城选了合适的场景专门为她而拍的。"

图标写完"宁静致远"，放下了斗笔："上次我请她试镜她都没瞧上，这次削尖脑袋想来了，呵呵！"

我明白图标对萧映朵的不满："上次她有教学任务在身，不愿为了没有把握的小角色耽搁太多时间。"

图标："玩小聪明的演员，靠边站。"

我不依："这不叫玩小聪明，只是一种选择。图导，我们要多栽花，别栽刺。云朵和引城本与我们无冤无仇，对我们的片子充满诚意，我们近在咫尺都不起用他们，就是把他们推向扶桑那方，化友为敌。"

图标把"宁静致远"提起来："演员嘛，一个角色上万人来争，来得太容易他们不会珍惜。你们看这字怎么样？”

陶然阁：“练字的老写这些，你没看烦写烦吗？”

我继续争辩：“云朵看好这部片子才多次来争取。主角不给她，配角最好分给她一个，比如女四号那样的也好。”

图标：“拍电影最怕讲人情，一讲，就开始走样了。”

麦卡的声音在门口传来：“颜颜，你先在这里等会儿，大大快来了。”

我们三个不约而同地望去，一位艳丽夺目的女子在门口扫视着我们，她身穿修身白色皮草大衣、腰系彩色宝石皮带、披着苦亚麻色的海浪卷发、手提荔枝红迪奥包包。是来争取扮演角色的演员吧？

经麦卡一介绍，方知她是舒茗悦的中学同学万颜，是联金证券的投资顾问助理。

我又闪过一个念头，她是来给电影投资，或者联系投资方的贵人吧？

我热情地招呼万颜坐到我旁边，想确认自己的猜测：“万颜，你找茗悦大大什么事呢？”

万颜：“悦悦老说她忙，我顺路来看看她，果然忙得找不着人呢！”

我解释：“大大筹拍电影，事情一大把，这才开始呢！”

万颜杏眼圆睁，眨了眨能放上一根针的假睫毛：“啊！拍电影！……有钱人就是爱玩心跳。她拍什么电影？”

这哪是闺蜜的口气啊！我察觉不对：“你这包包太好看了！”

万颜：“不怕你笑话，买成四万多。”

我的斜挎包两百多元已用了三年多还特别耐磨耐脏，我就开始表演：“你这款，比十万的包包还好看。”

万颜神气地笑着，从包里掏出一份印制精良的宣传单：“闲着也是闲着，你是悦悦的朋友，我也是，朋友不会害朋友对吧？我给你推荐一款新的理财产品，错过这次抄底机会，就错过发财的机会了。”

我接过宣传单一看，是几种不同投资方式的理财产品介绍，有一周超短期的，有一年两年长期的，预期年化收益有三点多的，也有五点多和八点多的。它们都被精算师算好了，我无论买哪款，小本投入跟存银行利息相差无几：“我没钱买这些产品。”

万颜："叫父母来。房价在顶部，股市离牛市还远，P2P骗局多，证券公司的理财产品才是新商机。"

想起父母当年面对一千元每平方米的商品房都退却了，现在更是不敢去换套房，我自嘲："商机摆在面前，我家都无力去抓。"

万颜起身把另两份宣传单给了陶然阁和图标："你们做电影项目的，来支持一下悦悦的闺蜜没问题吧？"

陶然阁接了单子："我去问下朋友，看看有没有对理财感兴趣的。"

万颜："呵呵，你也这么说呀！悦悦每次也这么说，就是不帮我的意思。"

陶然阁指着单子："大家手头都紧，这最低都要十万起，怎么拿得出？"

万颜勉强一笑："以前悦悦也说这话，她现在玩起了电影，再多的钱也就拿出来了。"

陶然阁："我们对电影感兴趣，对这理财产品不感兴趣。"

万颜："投资电影是高风险，过把瘾就死，我们公司从来不把基金往电影上投。把钱投在我们的理财产品上，那是稳赚。你可以去问问我们的客户。有个投了一百万,一年下来就赚了……"

陶然阁打断她的话："我们只投资电影，做风险投资。"

万颜没辙："风险投资，哪比得了稳健投资。如果悦悦肯听我的话，把钱用来买这理财产品，躺着就数钱，也不至于落得把积蓄拿去充了公。自己没捞着好处，也没让我这闺蜜得过好处，何苦呢？"

我问："充什么公？"

万颜："她不肯告诉我，但我知道，她后悔也来不及。"

我就好奇："积蓄怎么可能充公呢？"

万颜这才告诉了我们一个想也想不到的背后故事。

万颜所在的联金证券与舒茗悦丈夫牧典蓝所在的沪泰私募公司有合作，牧典蓝作为基金经理管理的数只基金产品在联金证券有仓位。牧典蓝管理的基金收益高，他的提成高，加之他参加私募大赛获奖，奖金也极高，收入颇为丰厚。华年忆书吧这边的收益也很可观，舒茗悦家里的积蓄就不用说了。即使这样，舒茗悦总以华年网需要不断升级，而网站盈利微薄为由，从不买万颜推荐的理财产品，也就是不帮万颜完成销售任务。

今年股市走熊，牧典蓝管理的数只基金哪怕盈利相对较高，但持有人害怕受大盘下跌影响基金净值缩水，纷纷趁赚着时赎回套现形成了灾难性的赎回潮，导致交易计划全盘打乱净值暴跌，越跌越有人要赎回，在数月前基金净值临近清盘的红线边缘。

对私募公司来说，一只基金跌到清盘如同诚信记录上留下污点。沪泰公司注入自有资金对多只基金进行托底，也要求所有员工必须通过各种渠道注入资金。基金保住了，舒茗悦家的积蓄可能见底了。这事对沪泰公司和牧典蓝来说都不光彩，舒茗悦不肯提起，但联金证券知道底细。

万颜强调说："如果悦悦拿出几百万先期就投到我这些理财产品中，牧经理就不用牺牲那么多积蓄去充公了。"

我疑惑着："只要基金保住了，他们用九角买来，等涨到一元，不就大赚了吗？"

万颜："你想得太简单了！股市一熊熊三年，没人进股市接盘，那些钱就会套上几年，不跌到清盘就算老天开恩了。"

陶然阁："股市不景气，你这理财产品也好不到哪儿去。"

万颜："至少过了封闭期后，只要有小赚取出来就不会亏呀！牧经理那些充公的钱，不大涨就不敢取，一取就跌。"

陶然阁："至少他保住了基金、保护了客户，英雄！"

万颜："是啊，牧经理这样的英雄讲大爱，从来不会为我帮点忙。"

陶然阁："这样才对，防火防盗防闺蜜，避免茗悦大大吃醋。"

万颜："理由蛮冠冕堂皇的。我今天看她找什么理由不帮我。"

我就问："万颜，如果大大找你为电影筹点资，你能帮她筹多少？"

万颜："悦悦这样的豪门都找不到钱，我这寒门，更找不到。"

我不罢休："你可以去动员联金证券在电影里做植入广告。"

万颜："不如叫牧经理的沪泰公司来出赞助费。"

有高跟鞋的脚步声传来，穿着紫红大衣的舒茗悦出现在门口："颜颜，你怎么说起沪泰来了？"

万颜站了起来："悦悦，祝贺你哟，在做电影了！我建议沪泰公司在里面亮个相嘛！"

舒茗悦："别开玩笑。颜颜，你在书吧去喝会儿茶，我把事情先给他们两位说说。"

万颜："知道你要谈大事，我这小事当然搁一边了。"

舒茗悦："我先约了人家嘛！"

万颜："不对哦，我上个月就在约你，你一直说忙。"

舒茗悦："今天再忙，我也请你单独吃个饭。"

万颜："还是我请吧！不请你这大佬，你哪会看上我的小产品嘛！"

舒茗悦转身朝"恒心"室走去，丢下一句话："你请，照样别给我看那些产品啊！"

陶然阁对我嘀咕道："你先前就认识万颜吧？"

我否定："你看她像认识我的样子吗？"

陶然阁："剧本里女主角的闺蜜，怎么跟万颜一个样？"

我也纳闷着，戏里戏外的闺蜜确实有点神似，算是巧合了。

闺蜜这个女二号角色在剧本中出现只因杨爱渺与舒茗悦聊起过，最先两人的网聊均是秒回——"你有闺蜜吗？""你有铁哥们吗？""说有也有，说无亦无。""闺蜜与铁哥们，是不是要有利用价值才能搭成啊？""没目的，不交往。你那些照片中，哪位是闺蜜？""等你露出真容后我再指给你。"

杨爱渺病入膏肓后也有过网聊，但他的每一句回复至少要隔数十分钟，甚至隔上数天——"我无价值，别再留言关心我。""盼你安好，就是盼你再点拨我、点拨即将上线的华年网。""我是骗子。""你取个假名字、报个假手机号或是发张假照片来骗我也没有过，骗我什么了？""你改变了我。""真希望你在骗我，你得病是假，其实好好的。""你的闺蜜知道我吗？""你为什么在乎闺蜜？""别告诉她。""你，我没与任何人分享。""我做不到了，把你告诉了一个人。""谁？""下了，累。"

我才不关心万颜这个自称闺蜜的，只关心另两个："阁子，你比我会说服人，你要帮引城和云朵说说话，不然他们失去了这次机会，真要去投靠扶桑了。"

陶然阁咬着唇思索着。

舒茗悦的声音传来："兴而，你既然来了，也过来吧！"

《第45号铺子》的外景横跨三座城市，拍了近三个月，超支严重，有投资人撤资，项目后期已搁浅。这从时间上给《遇・见》追赶上去留下了余地。

舒茗悦带回的利好消息对我还有另一个意思，撤资就说明投资方不看好扶桑的电影。陶然阁则说撤资和投资跟影片好坏没有直接关系，投资方看走眼的多得是，因资金链断裂而被迫撤资的也有，不要轻视对手的水平。

提供消息的是翁显梵，不过他也给出了坏消息，劝舒茗悦不要拍这部电影，以免让本来沉寂的华年忆官司再掀尘嚣。

一听这话我则不安。薛砚在我的提醒下拜见过翁显梵，谈起扶桑和舒茗悦拍书吧电影的事，翁显梵并没表示动员翰盛斋做投资的意思，只是说会找华年忆这一方好好谈谈。没想到翁显梵来了个阻止舒茗悦拍片。

舒茗悦已向翁显梵表明，不能让扶桑等人借书吧官司博得流量人气，自己拍片子是为了形成震慑。只要扶桑那片子服软不公映，她拍的片子就不会自挑事端，届时她会承担放弃公映的后果。

舒茗悦今天找陶然阁和图标过来，就是请他们想清楚，如果电影拍出来后需要放弃公映，她会退回投资，他们还干不干？

图标爽快地表示，公不公映都支持舒茗悦的决定。

陶然阁犹豫了好一阵，说干。

知道了后路可能是什么样，电影《遇・见》就按先前的分工各司其职——

舒茗悦为总制片人、出品人，负责制片组，主要职责是筹集资金。制片组有现场制片、生活制片，陶然阁作为现场制片助理协助片场工作。

佟雪为联合出品人兼艺术顾问和总策划，列入制片组，职责之一是联系优质影视资源让影片顺利公映。

甄济为执行制片人兼制片主任，负责成本控制，制定详细的拍摄计划和宣发计划，确保所有工作丝丝入扣不掉链子。他是佟雪请来的电影职业经理人，经验丰富。

图标作为导演兼摄影指导，负责导演组、摄影组、灯光组和录音组。其中导演组要遴选演员，验收场景，确定摄影、灯光和录音团队，解决拍摄过程中遇到的人员和技术问题。

陶然阁为联合出品人兼任监制，对影片整体质量把关，既监督导演也协助导演，向舒茗悦负责。

顾老板负责剧务场务组，该组包揽工作人员的衣、食、住、行等后勤管理，在拍摄现场协助各组工作，办理有关拍摄手续和外联事务。

……

我作为剧本的委托编剧，交了剧本就完事，属编外人员，既然来了，我就做点最后陈词："大大，在剧本的卖点分析里，我忘记写上一条了，现在加上。那就是，本片可发挥书友特长，让书友加入影片摄制之中，成为本片的看点。"

舒茗悦："片子并不提书吧，来谈书友，有意义吗？"

我说明："书友是埋在影片里的彩蛋，不用点出来，需要的时候就是一个能出彩的亮点。"

舒茗悦："不是专业的演员，能演得好吗？如果到场一团糟会误正事。"

我有新想法："大大，让书友参与进来，不只是做演员，可以做别的幕后工作。"

舒茗悦："除了你们三位和佟雪老师，还有谁能参与？"

我已想好："我们可以给书友们做做工作，让这头的开支能省则省，能缓则缓，把硬性的开支降到最低，减少投资方的压力。阁子，你不妨来列列清单。"

陶然阁知道我的一些想法，就加上了他的一些想法："金旗拟饰演男主角，他是科班出身的演员，图标让他试演男主的一段戏，大大你也看了，他能驾驭这个角色。他手中现在没有资金，愿意零片酬出演。萧引城拟任摄影师，他的短片作品有图标想要的风格，他很想参与到我们的剧组里来。萧映朵拟饰演一配角，她的表演视频能看出有一定功底。倾杯的酒吧可以作为场景中的一个点考虑。多永，听说他做过卧底受了不少冤屈，可以客串一个龙套安慰下他。铁甲也可以为我们的电影写鉴赏稿。其他书友我们不是太了解，有条件的话，也可以发动起来，免费提供一些拍摄场地，借用一下道具什么的，或者无偿做群众演员，尽量节约开支，也能带动他们提升人气。"

舒茗悦等陶然阁说完，咬咬唇："摄影师要另外请。"

陶然阁："大大，我们所联系的几位优秀摄影师，费用至少几十万不说，还要求必须及时到账，有的还要求用他们指定的机器；也有摄影师手里有活儿，没有档期加入我们。萧引城不比一些摄影师差，他现在身价不高，但性价比很高。”

舒茗悦：“他还没真正拍过电影，这个结论为时过早。”

陶然阁：“我看了他的一些作品，他有潜力有思想，扶桑还没意识到。大大，你要把萧引城挖掘出来，他才知道谁是真正的恩人，该站到谁的一边。”

舒茗悦：“我不会刻意做谁的恩人，也不勉强谁给我站队。”

陶然阁：“萧引城是个知恩图报的人，扶桑有恩于他，请你能理解他、宽容他。”

舒茗悦有点恼：“他知恩图报，就不会抛弃俏佳人，去旷野公司效力了。他的出走，违背了当年的约定，对代老师打击很大。俏佳人被你们必丽接手，跟萧引城的背叛是有关系的。”

陶然阁没料到提起萧引城会扯到俏佳人和必丽这头来，看看我耸耸肩，不好再多说。

我弱弱地说：“大大，萧引城按约定，赔了代老师五十万呢！他的违约代价也大，代老师应该消气了吧！”

舒茗悦：“翅膀硬了就违约的人，就不可信！”

我也不敢再招事了。

图标：“萧映朵也要跟着剔出去吗？”

舒茗悦：“麦卡姐给我求过情了……嗯，演员试镜的时候，不能给她打人情分，她若不行就必须淘汰。”

图标：“明白。”

舒茗悦：“云朵演个小角色都会开个高价，如果她还要开什么价，就放弃。”

我解释：“云朵愿意零片酬出演。她要过的高价，是听从了经纪公司的安排；她若不听，就会被教训。”

舒茗悦：“她想零片酬，经纪公司允许吗？”

我就答：“她给经纪公司交管理费就可以。”

舒茗悦：“等她过关了再谈。另外，倾杯的店，不要去招惹他。我不想欠他老人家什么，宁可花钱去租别的酒吧。”

图标：“这么算起来，没几个书友能加入进来了。”

舒茗悦：“片子不是为书友拍的。”

陶然阁："大大，恕我直言，书吧要最大可能地寻求书友支持，让他们对影片充满感情。我们不能让书友隔山观虎斗，更不能让书友变成支持扶桑的对手。"

图标："是啊，扶桑捧起了税毕和焦糖，得到了一些书友的赞赏，如果今后捧出了张立立、萧引城，大家就真把他当伯乐了。我们一定要捧出自己的新人，把书友们捧出来。书友们支持我们，可以呈几何级数倍增；他们偏袒扶桑的话，也可能呈几何级数增加。"

陶然阁："我们必须最大限度地争取观众和粉丝，不能一开始就把书友拒之门外，让扶桑抓住我们的软肋借题发挥。"

舒茗悦十指相扣地想了想："图导，摄影师这头，我相信你的判断。萧引城真的能胜任吗？"

图标："我和阁子去片场考察过萧引城，他吃苦耐劳，虽说只是个二助，但现场执行力很强，是摄影师的得力帮手。他对灯位很敏感，也懂剪辑，他的短片有剪辑思维，并不只注重单个镜头的画面漂亮，还清楚众多镜头的画面连贯，我需要有连续叙述能力的摄影师。"

舒茗悦："好吧，我也不小人肚量了，大家就靠能力说话。在保证影片质量的基础上，可以让书友们参与进来，但他们要有所奉献，不能大讲条件。我不是有意克扣他们，是资金紧张不得已。"

图标："引城对拍电影求之不得，不会跟我们讲条件的。"

舒茗悦："旷野那边放他吗？"

图标："他可以请假。"

舒茗悦："旷野不许他单独在外面揽活儿怎么办？"

图标："那就壮士断臂。干成一件事，承受代价是必需的。"

舒茗悦："他可以单独来，但他不能把旷野的团队带来。"

图标："他有自己的摄影团队，是一起练手的摄友。"

舒茗悦："你俩一直力推金旗来主演……主演是核心人物，不能只图省钱。就算他演技还行，难道就是不二人选吗？"

陶然阁："大大，旗帜是演员科班出身，演啥像啥，台词的功底很强，字正腔圆，能按情节需要对声音准确拿捏，通常情况下无须配音。他读大学时，每天都有剧组到学校挑选演员，班上就数他被挑中的次数最多。他为了多学理论，多体

验生活，放弃了许多拍戏机会。这才导致他因为不喜欢一个剧本，不让步地要了次价，却被说成耍大牌，被冷落到现在……”

敲门声响起，万颜的声音从门外飘来：“悦悦，你是不是忘记我了？”

舒茗悦起身打开门：“颜颜，等会儿我就谈完了，再给我半小时。”

万颜：“我等晚了，可不是为了混你这顿饭的啊！”

舒茗悦：“难得一起吃个饭，怎么能说是混呢？”

万颜：“你是和大佬们一起谋大事的。我只有混点喝稀饭的命。”

舒茗悦劝走了万颜，回到座位上：“资金还没全部到位，只要一开机就得一批批砸钱出去了。唉，听你们提起零片酬、低片酬来参与，我很不好受。主创人员，不该活得这样低端。”

图标：“也不叫低端吧，所谓没有付出，哪来回报。”

舒茗悦：“我家里这边遇到了些资金麻烦，只有先委屈大家了，当是我在耍赖吧，我会再想办法，希望不会辜负大家。”

陶然阁：“理解大大，拍电影谁也说不清会遇到什么突然的麻烦。”

舒茗悦：“协议将全面地签订，我们得针对不同工种拟定报酬支付办法。请你们帮我考虑下，哪类人员可以缓一步支付报酬，哪些能缓到上映回款后，如果影片不上映怎么分步挽回大家的损失……”

陶然阁：“大大，我打断一下。签影视项目协议，谁考虑得周全对谁就有保障，考虑不周就能让对方钻漏洞。这里面涉及的人员和细节太多太多，我们几个经验不足，脑袋玩不转这头，建议请位懂影视法律的顾问全程来把控，最大限度保护制片方这头的权益。”

舒茗悦：“网上有一些参考模板，另外佟雪老师那里能找到一些现成协议作借鉴，不必再花律师费。”

陶然阁：“现成的未必适合我们这个特殊的剧组。我们对法律的了解不深不透，自己来拟定和审核要耗费大量精力。我们必须把精力放在剧组筹建和影片创作上，法律方面的事交给律师去考虑。这影片如果不上映，就是个很复杂的投资与收益分配问题，开始不讲清，一旦遇到问题，处理起来就有扯不完的筋。有律师作顾问，遇到问题他就立即能出面解决。”

图标：“阁子没说错。一旦后续资金进来，参与时间不同、各类资源不同、发挥作用不同，分配方式就不可能相同。这个账怎么算，就得提前想好，到时才能讲好讲清。”

舒茗悦：“按投资比例分配核算就行了吧？”

图标：“这只是理想的状态，实际情况没这么简单。有人脉资源助力影片的，可以入干股，少出资，多分配。最后看到有甜头才来投资的，就得溢价，多出资，少分配。”

舒茗悦：“好吧，花钱请律师，图个省心。”

我们得把时间让给万颜，在我即将离开时，舒茗悦问：“兴而，引城真的赔了代老师五十万？”

我“嗯”了声：“前几个月才赔清了，引城也囊中空空犯愁了。”

陶然阁：“姓萧的肯给你瞎说这大实话？”

我听出陶然阁吃醋了：“是云朵说的。她说，这笔钱不赔代老师的话，引城就会借给她争取个配角。”

舒茗悦：“云朵以为拿钱就可以办事？”

我解释：“不是的。其他影片云朵不肯花钱去争取角色，大大的片子她肯花钱。”

陶然阁：“还是拿钱开路的意思。”

我不乐了：“你怎么就不能理解为，她愿意投资这部影片呢？”

图标涩涩一笑：“大家都手头紧张啊！想投资也没资本。”

5

电影《遇·见》通过了备案公示，工作提前就已紧锣密鼓，统筹计划、风格确立、视觉和声音设计、场景和人物造型设计、分镜头绘制、场景搭建、服道化制作、器材确定、演员定妆、场景试拍……

陶然阁头一回接手这繁杂工作，与图标一起四处招兵买马，建剧组、定风格、立规矩，忙得三头六臂、七手八脚。

我成了闲人一个，在家里吃着盒饭看起了微课堂“扶老师说戏”。

据薛砚的消息，翰盛斋派翁显梵出面干涉《第45号铺子》，想阻止该片公映，以免引起翰盛斋股价的大幅波动。鼎少影视表示除非翰盛斋把版权买断，这个买断价两方谈得很不愉快。

这些暗地里的名利纷争，丝毫不影响扶桑的微课堂定期播出。这期，扶桑继续带着职业化的笑容在宾馆的房间里说戏——

“《第45号铺子》申报了北京‘新影人’电影节的项目创投单元，因为它还没有取得龙标，属半成品，不能申报主竞赛和展映单元。电影节还没开幕，但申报阶段给我的印象不是滋味……举个例子，电影节留下的联系工作人员是‘王老师’，注意，不是‘王先生’或者‘王女士’。我去联系，就称对方为‘王老师’，结果对方是位二十四岁的办事员。呵呵，我这四十多岁的编剧，要称这位可以当我女儿的办事员为‘王老师’，主办方侮辱主创人员的手段也低劣了点。再举个例，这位‘王老师’前些天通知剧组这部电影入围，发来《电影创投项目代理协议书》，上面大谈特谈他们甲方代理的利益保障，对乙方剧组的利益避之又避，当我们是傻子啊！更可笑的是协议的开头，甲方代理人这栏，署名‘王老师’。我活了半辈子，头次见到不用实名用称谓来签协议的……”

等我吃完盒饭，收拾了一番过来，扶桑的戏说完了，片尾照旧出现了靓笔尖的二维码。万变不离广告啊！我也会。

我已开始帮着必丽传媒做公众号，因为陶然阁没空编辑，其他人不愿再弄。一个公众号长期推送原创信息后，总会江郎才尽心思掏空。我关注的那串影视类公众号，越来越像一个公众号，同一个内容A公众号首发了，后面几天B、C、D公众号都相继跟着发。

没原创内容可以推送，那就借鉴别人的内容鼓捣得像原创。别人用文字，我用图片；别人写得严肃，我改成搞笑版；别人用专业术语，我拿动物来比喻；别人讲成都的现象，我对上海的现象进行归纳……

这期公众号的选题我已确定，来个《必丽传媒教你如何减少剧组风险》。

选题受到了舒茗悦资金不到位、扶桑电影预算超支的启示。《第45号铺子》超支是多方面的，除了与剧组转场多座城市和天气原因有关，还与他们过度炒作密不可分。由于导演和演员们小有名气，有关他们的花边新闻不时见诸一些新媒体，片子在拍摄中途多次引来市民和粉丝们围观，场面失控导致拍摄搁置。一步打乱步步乱，天气老跟计划作对，要晴天时下绵绵雨，拍摄计划变来改去乱了阵脚。拍摄时间每浪费一天就是哗哗哗的成本产生，多花一百万就得用三百万的票房才能填平这个坑，也就是需要十万名观众来买单。

近期我神经质地收集了众多电影拍摄遭遇的风险案例，并发给陶然阁看，诸如某剧组因一台价值上千万的摄影机受损造成元气大伤，某主演从威亚上坠落摔成重伤导致换角重拍之类。他说制片组自有安排，不用我费心，政策风险已交影视律师去规避，资金和管理风险有资深的执行制片甄济做后盾，丑闻风险在签约时就有严格的控制条款，安全风险交保险公司去保障，其他风险只有边做边防范。

我正在借鉴通用型的知识进行融会贯通，萧引城的电话打了过来："兴而，薛砚和云朵找起麻烦来了，你帮我去调解下，决不许去办结婚证！"

我的思想复杂了一下："云朵有喜了吗？"

萧引城："你想到哪儿去了。薛砚想逼云朵结婚，云朵要当主演决不能结婚！不然，会影响宣发，懂我的意思吧？"

我似乎明白了："怕掉粉吗？"

萧引城："我马上要试拍，没空调解他们，你帮我搞定薛砚，拜托了！"

不用多问，我就猜到了大致情况，这个薛砚考虑着自己的得失，还不清楚萧映朵能成为女主演失去了什么。

自从舒茗悦采用新人演员的策略后，图标就在必丽传媒的签约演员中物色人选，这才是顾老板同意成为出品方的真正目的——捧出自家的签约演员，让其成为摇钱树。

尚遥是顾老板铁哥们的外甥女，刚从表演系毕业，有影视表演经历，签约必丽传媒这小公司属宁为鸡首不为牛尾。图标比较看好她，是女主演的人选之一。

萧映朵则签约了另一家演员经纪公司，还没满期，公司对她的管理较为宽松，她可以自行联系表演业务向公司分成，但是不能与别的经纪公司签约。就算她过了配角的初选关，顶多分个女五号以下的小角色有几句台词，主演想都别想。这时候谈的是圈子内外，不谈演技好坏。她要成为主要角色也有机会，要么成为必丽的签约演员，要么为剧组提供可观的资金，或者强大的人脉资源。

萧映朵面对的就是艰难的选择——要么说服演员经纪公司投资或者赞助本片，

她带资进组有个好角色，这不可能，那公司的当家花旦至少要十个手指头来数，点不到她；要么她与经纪公司解约支付违约金，成为必丽传媒的签约演员并缴纳管理费，参加主要角色的竞争。成功还好，失败则赔了夫人又折兵。

萧映朵认为自己再不演主角就老了，离开了有“熟人”的剧组机会更不会眷顾她，她横了心，花了血本才解除了与上一家经纪公司的关系。至于究竟花了多少才进入必丽传媒的签约演员队列，她连薛砚也没敢告诉。

为了让萧映朵争取女一号，我私下给她押题。女主角是位网红，导演在试镜时很可能让演员表演网红直播的戏……她就连续看了几天的网红直播，学表情学动作，想达到与众不同的程度让导演印象深刻。试镜后，她却说导演让她演打电话，由于不知道别人怎么在演，也没人对她做评论，她自己也没底。

萧映朵通过了主演试镜后一直认为是我和陶然阁起了关键性的推荐作用。

薛砚以为萧映朵破关斩将争取到了女一号全靠演技和熟人帮忙，以为她付出的代价不过是被舞蹈培训中心的老板给炒了鱿鱼。

我趁薛砚方便时，与他电脑视频聊起这事：“老同学，云朵来不了剧组时，你巴望着她能进剧组；她能试镜当配角时，你巴望着她能成主演；她好不容易赛过了职业演员尚遥，成了女主演，都一心扑在剧本上了，你怎么又折腾起结婚来？”

薛砚坐在叔叔家的书房里，身后有山水国画：“唉，我支持她，那是认为她不会成功，哪知这次她竟然当上了主演！”

“你什么居心啊！虚伪！”

“谁想自己的女友被其他男人在片子里追啊追！她现在都不顾我了。”

“既然她争取到了这个角色，你就放手让她演。剧组时间紧张着呢，云朵正在和其他演员围读剧本，她不全心扑在戏上就会把这个角色演砸，到时你俩可别兜着走。”

“你见到过男主演金旗吗？”

“见过啊，怎么，你不踏实了？”

“他有一米八几，玉树临风、眼光带电，我岂不成了武大郎？”

“金旗有女友，你放心。”

“有对象也可以分手。电影容易让男女主演假戏真做，日久生情。云朵如果变了心，或者那个金旗变了心怎么办？”

“金旗是演员出身，大学女校友全是美女，看美女就像医生看病人一样，麻木了。”

“难说，你看那些明星的风流韵事还少吗？”

“也不是每拍一部片子就促成一段恋情吧？何况有的所谓风流韵事是为了炒作需要。”

“演员因一部片子结成恋人和夫妻的也多，比如……我记不起那些明星的名字，反正很多。”

“还有更多的演员，演完就各奔西东，并没成嘛！”

“除非云朵嫁给我，我才相信她心里只有我。她现在就不肯，心里肯定有想法。”

“想法她肯定有，男演员都怕成家掉粉，更别说女演员了。没有人气对演员来说是致命的，何况这是云朵的第一部电影。”

“不能明里结婚，可以隐婚啊！只要扯了证，她就不会东想西想了。”

“云朵这样的美女，从小就是在男生的追捧中长大的，又不是没见过世面，想什么也不至于想到金旗吧？”

“金旗眼神勾引人，不是云朵往日遇见的那些普通男人。”

“老同学，你见到过金旗没啊？”

“就是见到了我才不放心啊！云朵不是嫌单反相机复杂不会用嘛，图导命令她学些摄影招式。我把单反送到剧组，看见了金旗。”

“你多心了，第一眼你可能被金旗给惊到了，多看他几眼后，也会觉得他照样普通。何况，这部片子也就拍一个月的样子，拍完大家就散伙，云朵就回来了。”

“就算这部戏平安过了，万一云朵从此红了，要和其他男主演扮演情侣怎么办？”

“还没走到那一步嘛，你急啥呢？”

“云朵不急着结婚可以，那就放弃这部电影，继续当她的舞蹈教练。我不要她当演员，她就给我争，还要向引城哥告状，弄得我挨引城哥的训。你看看她，仗势欺人嘛！”

“你自己没事惹事嘛！现在别打扰云朵，她好不容易才争取到这个角色，放手让她去演。”

“她还没成名就不听我的，今后有点名气，我算个什么啊！我已给她讲好了，她只能二选一，要么回到我身边，要么去剧组。”

“老同学，你这样逼人家，纯粹自讨没趣嘛！你要自信些，也要相信云朵，如果你不特别、你不优秀，云朵就不会看上你了。对吧？”

“老同学，求求你，趁电影还没开机，你给图导说说，找个什么毛病就把云朵换下来，让她过过配角的瘾就行了，千万别当主演。”

“你真是不可理喻！协议签了，主演都在排练了，剧组箭在弦上，不容有什么意外发生。你就忍忍一两个月吧！”

“这部电影有你们这些朋友监督她、敲打她。下部呢？谁管得了她？”

“你不就想扯个证吗？那是用来证明相爱的，不是用来表示怀疑的。”

“我若不爱她，才不管她跟谁拍什么片子呢！反正，我给了她最后的期限，必须二选一。”

“我若是云朵，肯定选择事业，那才是我可以依靠的脊梁。你这也怕那又不支持的，能靠你做啥啊？”

“我是为她好啊！”

“为她好，就不要在她关键时候抽身而去哈，那就是你自己找死。”

我退出视频，注视着面前还没编辑完成的公众号。算了吧，说风险，风险到，我可别在公众号上白纸黑字论风险，成为可怕的乌鸦嘴。

6

《遇・见》在除夕前夕举行开机仪式，地点选在公园内一幢挂有红灯笼的古典会馆外，剧中这是书画家别墅外的一景。

仪式省了记者采访报道环节，舒茗悦不想宣传这部影片。

参加人员也省了，到场的也就二十来人，全是主要的演职人员，正月初三前没戏没任务的，过年去了。

连总制片人舒茗悦也省了，她借故没有参加开机仪式，把仪式交给甄济全权负责。

烧高香没有省。春节到了，剧组要拜天地祈福，也要祈祷剧组所有演职人员平安，必须有所敬畏。

为Arri Alexa摄影机揭开红布的是图标，他在会馆外拍摄红灯笼的特写镜头作为开机第一镜。这个镜头拍摄较为简单，寓意拍摄一帆风顺，影片红红火火。之后的拍摄主要由萧引城来完成。

我没回老家过年，对父母撒谎说兼了份职想多挣点加班费。我爸妈怨我是泼出去的水不恋家，我不得不把年终奖分两万给父母表示孝敬和歉意。父母高兴极了，以为我得了五万以上的奖金，哪里想到我只留下了六千。

陶然阁则对父母说必丽传媒接了一个大单必须加班才能完成。他老爸则担心他累着、饿着、冷着，立即资助他一万，仅仅是教育他远离乱投资的朋友。

这就是我和陶然阁的差距。片场上，我俩差距更大。

剧组精减了人手，不少人身兼数职，陶然阁作为监制和现场制片助理在剧组里说这忙那，像是制片主任助理，又像是副导演，还像是统筹助理。我以为他会守在监制器前看拍摄效果，才不呢，他也许为灯具运送的事忙活去了。剧组人手总共有近百人，车辆有拉器材设备的、拉工作人员的、拉演员的、跑外联后勤的，能达到二十辆之多，一部分在拍摄现场，一部分在准备下一场，还有一部分守在宾馆总调度，每小时都产生着上万的费用。

作为委托创作剧本的编剧，通常情况不用跟组。我要跟组基本就是纯粹地看，不参言，不能乱动人家的宝贝器材，连发盒饭都有剧务负责轮不上我。花絮、侧拍之类的也有场务人员包干。如果需要路人之类的群演，我可以去凑个数，成为镜头里焦点之外模糊的路人。当群演一点不好玩，得换身夏装去真真实实地受冻。在上海还算好的，比北京动不动就在零度以下已算温暖了。

我并非剧组成员，来剧组只算探班，若对剧情或对剧组有什么意见，只能当天停拍后再给陶然阁或者舒茗悦私下聊，他们酌情考虑，以免外行干扰内行，这是我探班的规矩。

春节大假这些天重点利用上海难得一遇的空城期抢拍画面干净的外景，既能减少特效制作费和清场难度，也能减少录音环节的环境噪音。不过餐费、人工费、车辆和器材租用费这些天也是成倍地高，总费用省不了什么。

大年初二，一场十字路口的戏在凛冽的寒风中早早开拍，要把晨光拍出夕阳的效果，要把冬天拍出夏天的效果。为此剧组特意选了一个行道树全是常绿乔木，路口还带有摄像头的双向六车道十字路口。做“群演”的三十余台各种车辆将根据导演的调度按照指定线路和速度行驶，让各个角度拍出的街道画面漂亮。

街拍的场景较大，图标、陶然阁、顾老板、统筹员等各自踩着平衡车在各点来回穿梭调度，乱而有序。萧引城等摄影人员确定机位，调整焦距，做好测光。灯光组布置着各种灯具、遮光板、反光板……这场外景戏看似不需要灯光，但阳光变化会造成光效不统一，还得靠灯光做些辅助。

故事情节是男主角驾驶着奔驰车，跟踪在女主角的奥迪车后边来到了十字路口。坐在后排心事重重的女主角受驾驶员提醒，回头看到了跟踪而来的奔驰车，看不清里面的驾驶员，也看不到车牌。奥迪车故意拖到最后一秒绿灯左转而去，奔驰车在黄灯亮起时刹在停车线后，后边有辆红色轿车跟着停了下来。女主角看着奔驰车嘴角得意一笑，以为摆脱了跟踪。路口的监控从另一个角度定格了奔驰车与红轿车等绿灯这一幕。

这场戏男女主角在自己的轿车里都没说一句话，相互看到了对方的车，没有看清对方的脸，遇而不见。情节看似没有冲突，却是至关重要的伏笔——女主角忽视了男主角的车牌号，失去了之后寻找男主角的唯一线索，半年后为了找到这个车牌号费尽周折。

太阳会越升越高，故事中的夕阳是越来越低，这戏还得反着时间顺序拍，先拍奥迪左转弯后的女主角回眸，再拍奔驰跟踪奥迪到十字路口见到黄灯闪烁刹车以及监控定格，后拍奥迪来到十字路口前女主角发现奔驰在跟踪她。

电影基本不会按剧本的时间线来拍，而是根据最方便、最经济的时间与路线进行，比如同一场景里发生的所有情节集中进行拍摄。最终的情节顺序在后期剪辑则按场记板记录的镜号和次数按顺序编排。

对车辆里的人物进行拍摄是一大摄制难点，车内空间狭窄拍摄很受限，并要克服画面的压抑感，车辆行驶要防画面抖动并要确保驾驶和拍摄安全，车窗反光要避免看不清车内演员或者因反光导致摄影机入镜穿帮，车窗外的景物当动则动当静则静要有真实感……看似一个几秒的车内镜头，幕后则是数十位工作人员数小时的精心准备与现场协作，根据画面不同制定不同的拍摄方案，选用不同的设备，拍摄时间通常也不短。

这场戏没有激烈情节，台词极少，属过场戏。过场戏求美，重场戏求平。女主角为这轻视地一笑将付出难言的艰辛，必须笑得像蒙娜丽莎般耐看。

萧引城用上了迷你型摄影机，先在后排女主角的座位上以主观视角拍摄奔驰车和红轿车等绿灯的镜头，之后又在副驾驶室座位上以前座视角拍摄女主角回过头嘴角一笑的特写。这种拍摄方式属常见的低成本拍摄，效果算不上新颖和震撼，唯有真实感。

奥迪车反复在左转之后预定的车道上跑，一次又一次。

导演棚里，我冷得缩头缩脑地站在图标、灯光指导、美术指导后面看成排监视器显示的拍摄效果。萧映朵这个表情没有达到理想的效果，图标手拿对讲机不时喊着“卡”，表示不满意要再来一次。有时满意了他也会要求重拍，重要的镜头要多拍一次作保险。

终于，奥迪跑了十二遍之后，穿着墨绿棉大衣、戴着鸭舌帽的图标站了起来，满意地叫着“卡”笑了。

这个镜头里的萧映朵那漂亮性感的红唇翘起了蒙娜丽莎一般神秘的微笑，而“夕阳”下的后车窗如同一张屏幕，展示出黄金般铺就的大路上，奔驰车与红轿车镀着一层金光等候在十字路口。

本来，这样的镜头可以在绿幕摄影棚进行，只拍车内人物，车外景色可以用特效把绿幕替换成单独拍摄的这个街道夕阳景色。图标执意用实景，要做出完美的镜头而不是过得去的镜头，比如成排树影投射到车内人物上的变幻效果，特效技术就不易做出真实感。虽说有些特效达到了以假乱真的程度，但图标很容易区分哪些是特效哪些是实景，假的终究是假的。

十字路口的各个镜头拍完已耗去了大半天，剧务们听图标喊了一声“收”，开始收拾设备清理现场。跟机员和助理等负责收捡摄影机之类的器材，萧引城这才算轻松下来，来到监视器前看拍摄效果。

萧引城作为摄影师，肩负起了绝大部分镜头的拍摄任务，一个镜头一个镜头地在他手中、眼中过。画面基本要保持运动感才不让观众犯困，片中人物不动则摄影机动，人物动摄影机还得带着情绪动。

摄影机不像录像机那般集各种功能于一体，需要众多套件“武装”后才能实现强大功能，难以独自操作，摄影师需要助手协助，比如跟焦员抠抠，会随着主要人物运动的远近和情感变化随时保证对焦精准；比如跟机员，要对机器进行调校、对镜头进行更换；其他抬机器、搬轨道、放线路、搭拍摄高台之类的二助就多了。这些助理要确保萧引城按预订的机位及时投入拍摄。

穿着夹克的男主演金旗已从奔驰车里下来，他是剧组中最抗寒的人，走路带风地走入导演棚里，来到监视器旁回看效果后，与穿着裙子刚披上大衣的萧映朵一起听图标对这场戏的评价，以及对下一场戏的要求。

今天的所有戏都没有男主角露脸的镜头，金旗本可以换个替身驾车，他却亲自上阵节省人手。他是唯一得到剧组九百九十九元大红包的演员，因为要扮演患病而逝的男主角，这大过年的要图吉利除晦气。

我已不敢小觑这位貌若处子仪表不凡的金旗，他为了能扮演各类角色，会驾驶多种车型，会骑马，会打高尔夫，会泡工夫茶，会游泳甚至高台跳水，会些花拳绣腿和拳击动作，还会像模像样地来点书法国画、钢琴小提琴……镜头里的动作很多是靠摆拍不用真正会，他学会后摆拍起来基本就能一步到位。在片场上看了他的表演，再看其他人的表演，那就是专业与业余的两个量级。

为了把这部戏中的男主角患心肌病演得逼真，金旗还去心脏科请教了心肌病患者体验了一番。为了把男主角精通收藏演得到位，他还去请教了收藏家，新学了些鉴赏藏品的细节动作加入表演之中，哪怕是日常生活的一举一动也体现着职业习惯。最让我佩服的是，他本是喜欢健身的人，长着一身健美的肌肉，为了把男主角演得像病人，他竟然少吃少喝，折磨起别人羡慕不已求之不得的体形，活活让自己的腹肌体形蔫了下去。

金旗也有我不喜欢的一面，他已学得圆滑，不会在任何人面前对剧本发表意见，不会奉承剧本来讨好我或者陶然阁，万一图标对剧本不那么满意呢？

萧映朵看了镜头回放听完图标的总结，来到萧引城身边，她那张为了上镜漂亮而减得皮包骨的脸远没镜头里好看，被大衣包裹着的身材不到四十五公斤，为了拍这夏天的戏她不得不穿了加绒的肉色袜子防寒。她已成了素食主义者甚至是厌食者，剧组里发的盒饭有一半是送萧引城吃了。

萧映朵：“哥，茗悦大大没回成都，这么多天了，怎么没来片场看一眼？”

萧引城：“可能在华年忆值班吧！”

萧映朵："她怕我演不好，怎不来看看我？"

萧引城："别想远了，学学旗帜，人家重复一遍，表情就到位，你重复了多少遍心里没个数吗？"

萧映朵："反正我演到位了。"

萧引城："没有图导的高超调教，你达不到眼神、姿势、表情的统一化。"

萧映朵扫兴地一哼，又过来问我："念秋姐，大大什么时候会来片场，你知道不？"

我顺口道："大大不想来打扰你们，让你们专心拍片。"

萧映朵："是不是怕看到男主角会哭啊！"

萧引城："别瞎说。大大忙着筹资、谈判和签协议，没你这么矫情。"

我忽然觉得萧映朵没说错，记得我把剧本全文交给舒茗悦时，她读到第十场戏时就已眼泪汪汪，不再往下读。她不来片场，恐怕是在逃避那份情伤。

萧引城的话似乎也有道理，记得分镜头剧本这头，舒茗悦加入了一个细节，要体现出女主角喝的是凤翎红茶。我视这为植入广告，但没听说凤翎红这方参与了影片，莫不是有此目的？

图标和剧务一道收拾起导演棚，萧映朵跑到他面前："图导，明天后天没我的戏，我明天就不跟组了啊！"

图标看着萧映朵，雕塑般僵立着，若有所思。

萧引城赶了过来，一巴掌猛拍到萧映朵的后背："向旗帜学着点！"

萧映朵："薛砚为了我，没回家过春节，还在等我呢！"

萧引城："他本来就不用等你！"

萧映朵："剧组规定初三前没任务可以休假，暂时没我的事了嘛！我初四会来。"

图标笑道："我准你回去休一天。看你哥准假不。"

萧引城对萧映朵吼道："你敢回去，就不用来了！"

萧映朵："再不回去，薛砚要生气了。我在家里也可以练台词。"

萧引城："回去就找不到状态。想照顾他，就别当演员！"

萧映朵嘟着嘴："你又不是导演，凶什么凶！"

萧引城能不凶吗？为了来剧组当掌机，他已被旷野公司辞退。在"华年忆书吧”微信群里，扶桑骂他和萧映朵有奶便是娘、忘恩负义。

扶桑在群里留下刺眼的文字：等剧组解散后，我看你兄妹俩又去哪里漂！

幸好图标艾特了扶桑：必丽传媒不会解散。

要论拍十字路口这场戏的最深体会，唔，室外太冷了！清晨这里有多冷下午仍有多冷，温度显示是零上几度，感觉却是零下几度。难怪陶然阁把我写的一场雨戏给改了——人工降雨费时费力费钱不说，哪怕一位演职人员被“雨水”淋湿了、弄病了，大家全都跟着受罪。别说雨戏，就是夜晚的外景戏下笔时都得掂量掂量值不值得那样去演。

7

正月初三，剧组拍摄男主角与前妻在别墅花园大门外发生争执并激发心肌病的戏，外景地点定在公园里的一堵老墙边。这里有扇斑驳而不失豪华感的推拉式铁艺大门，适合表现大门遥控展开的情景，旁边栅栏式藤蔓围墙有着天然的历史感。

剧本中这座别墅是广州岭南特色的西关大屋。上海有石库门，无西关大屋，广州也未找到理想的拍摄外景。这场戏将采用部分蓝幕拍摄，老墙及墙外的绿植小道为别墅外的实景，大门内的西关大屋别墅将进行特效合成。

这里有“天时”，树林下的光影效果具备，光影效果变弱则会用灯光模拟阳光，片中所需要的季节正是冬季；有“地利”，不但方便小道上的拍摄，也适合拍摄从别墅里向外看的镜头；这个景还会在傍晚时分开始拍摄延时摄影，一直拍到天黑；这里人少车稀不需要封锁现场，不易受外界杂音干扰。

铁门和围墙后，大幅蓝幕背景已拉好；大门前所有机位、灯光、录音、监视器等设备及工作人员已全部准备就绪。各机位还在完善走位角度，萧引城则利用大摇臂摄影机拍摄俯视角度。

就差关键的“人和”。扮演前妻的演员尚遥迟迟不见踪影，电话也不接听。摄影机走位排练，由萧映朵代替她在试拍。

从拍摄时间排序来说，这是尚遥拍的第一场戏；从剧中情节来说，这是她的最后一场戏。

尚遥作为前妻的扮演者，是剧中女四号，共出演四场戏。戏份不多，但每次出场都极具分量，属关键情节的人物，比女三号用来做情节过度的女主角大学同学更有看点——取笑丈夫的病，嘲笑书画家的风格，边打扮边闹离婚，为橱窗照激发前夫犯病。前三场戏发生在离婚前，属闪回效果的回忆情节；最后一场戏发生在离婚后，把全剧引向高潮，也就是今天拍的戏。

尚遥出演过几部网络大电影的主演和配角，表演经验甚过萧映朵，有端庄高贵之气，虽说算不上明星但也颇有些人气，是顾老板力推的女一号人选。试镜时只有二十岁的她并不比萧映朵显得年轻，并有适合前妻的阴辣气而定下了这一角。

尚遥自以为女一号非她莫属，对女四号这个角色并不上心。图标安慰她说，这是最容易出彩的角色，如果要评最佳女配角的话，女二、女三号都没女四号有竞争力。

剧组规定，凡当天有拍摄任务的演员，最迟必须提前三小时来剧组化妆候场，并进行排练试拍以尽快融入角色。图标见尚遥迟迟未到场反复打电话催促，她不是占线就是不接听。等她接通电话时，预定的拍摄时间已临近。

尚遥这才告诉图标说，她守寡的母亲来上海过年，清晨突发脑梗正在医院抢救，她忙着找医院和医生，联系家人去照料，没注意未接电话，也忘记请假，今天这戏来不了，申请把她的戏改期。

图标对着手机压制着怒火："尚遥，你全心去照顾母亲吧，你的戏，我们换人了。"

图标挂了手机，不再接听尚遥反复打来的电话。

陶然阁见状，对图标说："这个时候，换谁来接替尚遥呢？"

图标："通知B角来。"

B角就是在选前妻这个角色时与尚遥最有竞争力的落选演员。陶然阁不放心："B角对剧本不熟悉，等她熟悉了，尚遥这边把母亲的事也安顿好了。不如先拍男主的戏，过后再补拍尚遥。"

图标："她没把我这个……我们这个剧组放在眼中，要什么大牌！有人气的演员又不只她一个！"

陶然阁："母亲病危，情有可原。"

图标："每个人都有危急情况，今天你不来，明天他不来，这戏要拍到猴年马月。按协议办。"

陶然阁："男主卧室和相馆橱窗照里的镜框道具那么多，全是尚遥的，换演员要全部重新制作。"

图标看了看助手们正在调试的大型摇臂机："重新制作就是……前妻的戏，由云朵来当背影替身。"

萧映朵在旁边听了，愣了一下，笑起来："我演前妻替身！哈哈，分饰两角，人格分裂，哈哈！"

萧引城正在查看摄影机，听到笑声，吼道："云朵，你庄重点！"

萧映朵白了萧引城一眼。

戴着茶色眼镜穿着红色羽绒的顾老板踩着平衡车过来，他通常戴着有色眼镜以掩饰眯缝眼，他的水桶体型加上说话粗声粗气动作大摇大摆有点像黑帮打手，其实他是比较重义的江湖中人，这次图标能任导演，他并没计较什么，乐意推他一把。

此时的顾老板则不乐意："图导，尚遥的戏改天补拍吧！"

图标："她对女四号本来就没放在眼里，不演也罢。"

顾老板："谁说的？她正赶过来，下不为例。"

图标："演员大会我已宣布了纪律，没有下次。"

顾老板："给我个面子。"

图标："我们不能为了个演员，丢了自己的面子。"

顾老板："你这混蛋若把配角也给尚遥抹了，我怎么向哥们儿交代？"

图标："顾总，你是我上级，我本当听你的。尚遥是我下级，如果她率先乱了我的规矩，还让你听她的，传出去，就让人胡思乱想了。"

顾老板："哼，是你这东西在乱想吧！你当初是怎么答应老子的？"

图标："我高估了尚遥。她不知山外有山人外有人，以为离了她剧组就不行。"

顾老板："这话，你也慢慢去受用。"

图标："尚遥骄傲自满，试镜时道具摆在面前都不会利用，被云朵比下去了，能怪我吗？"

顾老板："哼，你现在是导演，你说谁好，当然就谁好了。"

图标："顾总，你别生气，一开始就照顾这个将就那个，到时大家都没好果子吃。"

顾老板甩下一句话溜烟而去："片子被你导砸了，老子找你算账。"

图标开始重新调整机位和灯光，要围着两个人物辅环形轨道。

这场重头戏，男主的病情将因前妻的到来而急转恶化，分镜头剧本里采用了俯视角度的三百六十度镜头拍摄方案，用旋转的镜头来表现两人激烈地对话交锋，预示男主角即将突发的危急病情。尚遥不到场就不能实现这个特殊的镜头，必须避开替身的脸采用普通的过肩镜头或者俯拍镜头。正在调试的摇臂机可谓大材小用。

萧映朵听从图标的安排，去化妆棚化妆，我去陪她熟悉前妻的台词。

等她在化妆师魔术般的手下由时尚少女型变成了卷发贵妇型，她又去服装棚换上了灰色皮草与深棕色筒靴。演员服装面料也有讲究，不能反光以免局部曝光过度，不能有密集的花纹或点点以免造成影像"爬格"。

萧映朵来回转身端详着镜中的自己："这身好看，唉，引城哥不能拍我的脸了。"

我只有感叹的份："你这背影也够迷死人的。"

萧映朵："我哥只会吼我，我做什么他都看不惯样。"

我理解："你哥怕你有什么闪失嘛！"

萧映朵注意到服装师走开了，对我耳语道："他呀，当助理当怕了，害怕引起导演反感。有的镜头，他觉得不是最好的，也不敢说。"

"那就叫你哥提出来呀！图导肯听取意见的，阁子的有些意见就听了些。"

"陶总监身份不同，跟导演平级。摄影师不能越级导演。"

"你哥也有建议权嘛！"

"我哥提过两回建议，图导没采纳，他不敢提了。"

"摄影师要站在导演的眼睛里看故事，那就先按图导的来吧。"

"图导有点小气，刚才你也看到了，得罪不起。"

"图导管理严格，不能说是小气。这么多人，不讲规矩就会乱套。"

"初一那天你给陶总监取衣服，没在场，拍农贸市场那场戏，图导要加台词，陶总监坚决不许。他们争了好一阵，图导还说‘究竟谁是导演！’你看看，谁敢惹他？”

农贸市场这场戏，讲的是女主角从包打听人员那里得到一幅男主角的奔驰车跟踪她时被迫停在左转车道上等绿灯，并且显示车牌号的监控图。她刚支付了尾款，却注意到奔驰车后面停着辆小货车而非红色轿车，她明白过来这不是她寻找的奔驰车。

我想来想去不知道台词有什么好修改的：“图导打算怎么改？”

图标的喇叭声音传来：“云朵，你的拖延症还要犯多久？”

萧映朵转身冲了出去，甜甜地回道：“图导，来啦来啦，我在熟悉台词呢！”

萧映朵做替身轻车熟路，知道自己主要是陪着男主演反复对台词，便于摄影师换着角度拍摄男主角，拍摄前妻的背影，今后再由前妻扮演者补拍露脸的镜头，实现两人交叉露脸对话的效果。

用替身的麻烦就在于场记员需要更加详细地记录每个镜头细节，避免补拍时穿帮。比如前妻背影的头部是如何在轻微摆动，服装是什么颜色什么款式，树叶是否掉在肩上或者头发上，她与男主角是什么距离什么角度，男主角对她有什么反应……补拍前妻正脸时的镜头不能与替身相矛盾。倘若背影戴的是E型耳环，镜头一切出现的正脸却戴了B型耳环，就无地自容了。

拍摄开始，奔驰车在徐徐打开的铁门旁停下，金旗扮演的男主角阳爱默从驾驶室下来，走到车头前，面对等在门外的前妻宋娜。阳爱默刚经历了开快车被一位横穿马路的小男孩惊吓，心肌病正在暗涌，神情已显难受。

阳爱默：亲爱的，来了怎不打个电话？

宋娜：我问你，我的橱窗照，你有什么资格强行拆下？

阳爱默：为这点事而来？我以为，你想我了呢！

宋娜：在你眼里，我的事都是小事。我的照片……哈哈！

萧映朵正怒气冲天地对着台词，却忽地捂嘴弓腰笑起来。金旗并没被萧映朵的笑场逗笑，冷静地等她笑完。萧映朵迅速止住了笑场，端正了态度，继续对台词。在重新说“我的照片”时，她又忍不住想笑。说到第四遍时，她的对话恢复了正常。

对话戏拍完，要单独拍摄前妻转身扭动身姿离开，没有回头，而男主角在她身后靠着车头倒下的一个镜头。

萧映朵这次没有让人失望，摆着皮草大衣决绝离开的背影透着冰冷无情的高贵。镜头焦点从她的背影过渡到倒下的金旗身上。镜头拍了三次就通过，每次都不差，图标高兴地鼓起掌来，陶然阁也直叫好。

图标还说了句：“看嘛，没有哪位演员是不可替代的！”

这场戏发生在寒风瑟瑟的冬天，镜头中的人物发丝飘飘，落叶随风而下，地上落叶被风吹动，全是工作人员在远处摇动风力强劲无噪音的大形鼓风机制造了风，另一位工作人员则专门在恰当的时候撒下落叶。再杂乱不堪的片场，再滑稽的服装搭配，再残酷无情的故事，入镜的画面总是单纯而唯美。

这场戏的不少镜头反复重拍，超过了预定的拍摄时间，还因录音这头不太顺利，破坏了本来能过关的镜头。

录音组的举杆员经验不足，加之受冻，接连失误，不是被导演训斥就是被录音师训斥。顺线收放不迅速，有磕绊和打结，收音话筒线和灯光电源线放在一起出现干扰，站位影响摄影机活动，还挡住光，话筒举低了穿帮、举高了收音不好，没有改变话筒指向让前景声与后景声分明，手上的动作成了摩擦、震动声传入录音机……举杆员这些天把各类毛病都犯了一遍乃至多遍，图导换人的心都有了，只是还没找到更合适的人手。

我有些可怜这举杆员，他能长久保持同一举杆姿势，以身体为定点，手臂为轴转动，听说举二十斤哑铃能连续举三十次。

我其实也可怜，剧组没那么多折叠椅子、凳子让人闲坐，我不能占工作人员休息的位子，坐地上又太冷，我全靠左右脚轮换着站立熬过来，还将站着熬下去！剧组里没人会顾得上我，包括陶然阁，也没谁在意我的自尊和感受，想的全是赶工交差不被骂。

普通的空椅子随时都能被工作人员占着，唯独导演监视器前的四把椅子空再久都不能乱坐，尤其是导演椅。监视器最前面的一排椅子坐着导演兼摄影指导图标，旁边有美术指导看布景、灯光指导盯灯光、化妆指导盯妆容和服饰。谁若无知乱坐了，就会有人提醒他：“谁带你进组的？去把他叫来。”

剧组准备转场时，尚遥气喘吁吁地跑了过来，一脸苍白地哀求：“图导，我连妈妈都没管了，让我来拍吧！”

图标指了指天空：“天都暗了，B角已请了，没你的戏了。”

尚遥哭道：“天亮着，灯光还在，可以拍的。”

图标：“酒吧的戏开始准备了，不可能为你一个让那头的人等着。”

尚遥见图标不理她，又拉住走来的陶然阁：“陶总监，我都来了，加班加点我也要把这戏拍好。你帮我给图导求个情好吗？求求你，看在我妈住院的份上。她若知道耽误了我的戏，不知有多伤心。”

陶然阁为难地看着图标：“图导，人都来了，就补拍几个镜头，改天来补，挺费事的。”

图标：“现在没刚才的光效，补不起。尚遥，百善孝为先，母亲为大，万一她老人家有个什么，剧组承担不起，你安心照顾妈妈为好。”

尚遥：“图导，我已把弟妹叫来照顾妈妈了，不会影响我拍戏。今天是我错了，下次我一定提前来，决不再请假。”

图标：“病魔无情，别到时弄得骂我们剧组无情，祝你母亲早日康复！伙伴们，收。”

无论尚遥哭得如何悲痛欲绝，大家各忙各事准备今晚的夜战。

我对陶然阁小声说：“她就这样被驱逐出剧组了？”

陶然阁：“剧组不是培训学校，也不是慈善机构。你看旗帜，懂规矩多了，对导演毕恭毕敬。以前他跟导演混熟了，还称导演为‘哥’呢！过后他才醒悟，导演没把他当成‘弟’。”

再去看金旗，他正回首同情地看着尚遥。

陶然阁轻拍了我一下：“云朵刚才笑场了，台词有问题，补拍时得顺下台词。”

我不这么看：“可能是金旗说了句‘我以为，你想我了呢’，云朵觉得好笑吧。”

陶然阁：“前妻的话多了，得精减。”

有台词的精减，也就有细节的增添。男主角被前妻气晕在地，濒临死亡送往医院急救的那场戏，我把在医院门口亲眼看见的抢救场面写了进去，认为足够能表达男主角病情危重。陶然阁则去拜访了心脏病主治医师，把急诊室门外的戏改成了急诊室里的戏——

阳爱默躺在急救担架床上，全身发绀，意识丧失，被医生紧急送入。心电图显示为一条直线。

医生们分别进行呼吸机人工通气，胸外心脏按压，气管插管，接呼吸器支持呼吸，注射抢救针药阿托品、肾上腺素、利多卡因。心电监护显示为室速、室颤。

医生进行非同步电除颤，注射针药。心电监护显示为窦性心律。

医生（镜外音）：他心肌损伤严重，病情危重，预后不佳。

陶然阁批评我："这么重大的转折事件，怎能从路人的角度去看热闹？要从医生的角度去抢救。"

8

转场去醉美酒吧，这里将拍摄一名以拼酒出名的风骚网红被男主角电话捉弄的戏。

图标一行刚赶到，酒吧老板娘乔珠就在门口笑容妩媚地迎上来。她戴着美瞳，眼睛又大又蓝，很不真实，全身是喜气，红皮帽，红唇，红手包，红皮大衣，外加一条淡粉围巾，一头波尔多红卷发，活脱脱一个"红人"，适合贴到落地窗上当窗花。

图标感激地与乔珠握手："乔老板新年好！没想到你会亲自来，祝酒吧财源滚滚！"

乔珠："图导，给你拜年了！我等着剧组的大红包呢！"

图标愣了下，朝屋里走去："红包？……不对吧，倾杯老师昨晚说好不收任何费用。他协议也不让我们签，早早就把钥匙交给了我。这下怎么突然说起红包来？”

乔珠：“我家那个瘟老头不收场地费，说话算数。他不经我同意就把酒吧借出去了，不知道生意人的大忌。我专程来提醒你们。”

图标迷惑：“还有什么事不妥吗？”

乔珠指了指酒吧里的黑胶唱片墙，它盖住了倾杯与各界名流的合影墙：“图导你看看，酒吧被你们弄得什么样子，还黑胶……哎呀，开年大吉的，你们不让我们红也就算了，怎么能黑我们呢？”

图标：“你别那样误会嘛！劳斯莱斯都以黑为高贵，新郎官都穿黑西装呢！”

乔珠：“你看那唱片，一个零圈圈，就是咒我们一年起早摸黑做到头，等于零嘛！”

图标：“老板娘，圆形，就是圆满嘛！”

乔珠：“我们生意人不图别的，就图个好兆头。我不得不象征性地收点红包图个吉利。你们几千万的投资，拿点红包也是九牛一毛，对吧？”

图标看了看陶然阁，陶然阁没表示反对，又问：“老板娘，你要多少红包？”

乔珠：“也不多，八千八百元，你发我也发，大家都发财嘛！”

图标的惊诧写在脸上：“这么大的红包啊！我们最多在酒吧花一小时。”

乔珠指了指已搭好的各种灯光：“怕不是一小时吧，你们的人员都来过几趟了，图导你别哄我。”

图标：“剧组就是考虑这些天不影响酒吧生意才定在今天，正式拍摄只有几句台词，我控制在一小时内。”

乔珠：“听说你们还要把这些装饰品全收回去。人说过年图个有进不出，酒吧成了只出不进，会气坏店里供着的财神爷。”

图标：“收回东西也是为了让酒吧原样归位嘛！”

乔珠：“好好的酒吧，开年就被弄了个底朝天，你们是看我那瘟老头子好说话哦！”

气氛顿时僵持。

陶然阁小声提醒图标：“你问她八百八可以不？”

图标：“老板娘，这样吧，新年大吉的，我们给六百六怎么样？六六顺，大家相互关照一下。”

乔珠："当我是要饭的呀！我给手下发微信红包都不只这点。"

图标："我谈好的这个场地，没有红包的预算，请老板娘体谅一下。等我们赚了，我以个人的名义再给酒吧一个大红包。"

乔珠："生意做的是当下，就不说未来了。我让一步吧，六千六，可以了吧？"

图标哈哈一笑："我头回遇到这样索要红包的。"

乔珠靠在桌边鄙夷一笑："连红包都没做预算的剧组，我也是头回见。"

图标："老板娘，这部电影可以把醉美酒吧的名气打出去，到时你们赚的不止这点红包。"

乔珠把头一歪："图导，你弄反了吧！醉美酒吧本来就很有名气，好多社会名流都来这里招朋待友。你们是在蹭醉美酒吧的名气呢！"

图标："是吗？我这外地人，确实不清楚酒吧有多大的名气。"

乔珠："要不是华年忆有名，你们也不会拍这部书吧的片子，对吧？"

图标："我们没拍华年忆。"

乔珠："你们跟扶桑商量好的呀，都说没拍华年忆。"

图标："老板娘，电影片尾会把醉美酒吧列入'特别鸣谢'名单里，这是我和倾杯老师讲好的，场地免一切费用。"

乔珠："我们是免费提供拍摄场地呀！但这大过年的，你们吝啬红包，礼节上也过不去吧？"

图标举起了手机："我再给倾杯老板谈谈看。"

乔珠："不用找他，他是文化人，哪懂生意人的规矩。扶桑的电影，还请我那老头子参加开机仪式；你们呢，就没把我家老头子放在眼里，也真做得出来哈！"

图标："我们剧组穷，记者都没请。"

乔珠："图导，你不能为了省红包，而装穷嘛！"

"唔……我们商量一下。"图标把陶然阁拉到角落处，有些犹豫，"阁子，你看，还在这里拍吗？"

陶然阁："你是导演，你定。"

图标："你是现场制片助理，你定。"

陶然阁："B计划的餐厅没酒吧气氛浓，加上重新布景布灯，算上时间成本，耗费的不只六千六。”

图标：“不能让趁火打劫的行径得逞，坏了规矩。”

陶然阁：“我们给乔老板讲到两千以下看。”

图标：“这女人，敲我竹杠，没门！她肯定在报复我，我没答应分给她一个角色。”

陶然阁：“这样啊！得给甄老师汇报，采用B计划。”

如果说导演图标是拍摄现场的总指挥，那么甄济作为执行制片人兼制片主任则是幕后的司令员，他通常不跟组，多数时间在宾馆里掌握剧组动态，对剧组的工作与生活进行事无巨细地安排和精打细算，也会做B计划应对不测。每天何时出发去何地拍摄，哪些演员参加，需要哪些群众演员，人员在哪里吃饭，租用什么车辆并在哪里加油，器材在哪里租用，用什么样的置景既能达到效果又节省开支……所有演职人员必须按确定的拍摄计划安排好时间与活儿，准时到场都算迟到，只能提前不许延后。拍摄计划一旦有变，他就会根据B计划重新调整一系列后续计划。

B计划的场景预选在一家高档的特色餐厅，也是一位书友提供的，那里不用过度布景。图标与倾杯昨晚确认醉美酒吧场地时，根本就没考虑这家餐厅。

图标也不想折腾，继续与乔珠谈价。乔珠让到五千，不再松口。

图标不急不躁，对在场的工作人员说：“把我们的布景和灯具收走，把钥匙还老板娘，就当我们没来过。”

乔珠拦住图标：“哎，图导，你们总不能白白就走了吧？”

图标：“你还要怎样？”

乔珠指了指亮着的灯：“我来加班也就算了，你们总用了些电吧？”

图标：“请让倾杯老师找我来收电费。”

临时的变化让图标回到中巴车里好半天也没回过神来，他自嘲网红没被捉弄，自己被捉弄了。他打电话去联系B计划的特色餐厅那头，那里还要一个小时的车程，而值班人员的电话一直不接听。

最头痛的事就这样发生了，图标不得不根据演员到位情况和器材准备情况临时制定C计划，晚上去摄影棚。

9

赶到搭建好的男主角书房摄影棚，已近晚上九点，大家基本在车上睡了一觉。图标在车上通常要翻看写有密密麻麻笔记的记录本，安排好接下来的工作才会闭目养神。下车之后，谁要提神就是香烟、咖啡和浓茶恭候。

剧中许多内景和外景都需要搭景，这样不用担心天气晴雨和天黑天亮，用灯光来解决所有光效，也不用担心公共场所的噪音干扰影响收音。搭出的景通常可活动，一间看似狭小的空间比如电梯轿厢，只要墙壁挡住了摄影机走位或者灯光布置，挪一挪墙就行。至关重要的一点，电影画面追求视觉震撼，要让观众体验生活中无法体验到的视觉享受，实景往往艺术性欠佳视觉感平淡，有时可能因为一棵树没长对地方也没长对形状，就得靠搭景解决实景的缺陷，绿幕特效往往在这个时候出场。

书房的搭景把我剧本中的文字描述立体生动地展现出来，比我想象的更有历史厚重感与陈旧感，极像一间用了很多年的旧书房，而不是有些影片中没有烟火气的样板房。如果说文字描述还只是抽象笼统的意象，那么这里的每一个花纹每一道色彩都是真真切切堆砌出来的了。

以书房门口为参照，门对面墙上有雕填漆梅兰竹菊花鸟四条屏，条屏下是中式三人椅沙发茶几会客区。门的右侧一面墙全是名贵实木玻璃门博古柜，陈列着诗文瓷器、玉雕、景泰蓝、金银器、漆器等各色古董，有一列则陈列着装帧各异的古籍，第三层平放着一些蓝色线装书。门的左侧是一幅打开的银色大窗帘，窗外是绿幕，后期将制作成大树的缝隙透出一些城市夜景。窗下有名贵实木中式大写字台，也就是画案。桌上左边摆有考究的文房四宝，有一叠三尺宣纸铺开着。宣纸上放有实木镇纸和一本彩版书籍《历代仕女画研究》。桌上右边有雕漆座子灯笼型台灯、笔记本电脑、打字机和两本书籍《上市风险管理》《资本大鳄》，每本书顶部都有数张页面折出来的标记象征读过。笔记本电脑的屏幕上贴着绿纸，这场戏中有男主角看视频直播的情节，但在拍摄时并没有内容，绿纸部分将在做后期时把网红直播的画面加入。

我的剧本最初没有这么多细节，比如书籍我写的是笼统的“两本股市类书籍”。陶然阁则把书籍名称具体化，还将用特写镜头表现书名，让每个精心取的书名代男主角发声。

男主角的书房是重点场景，效果图曾有五稿之多，由三名美术师分头设计，最终的设计稿不只有奢华，还有均匀、平衡之美，高低错落有致。这还不够，舒茗悦担心这书房有什么讲究，拿着五份设计稿还请教了精通收藏的翁显梵，以避免置景上的硬伤，翁显梵也相中了这稿。

陶然阁来到写字台前，拉拢银色窗帘，一幅淡淡的春江花月夜画面呈现出来。他又打开桌上的台灯，灯光照亮角落处一只不起眼的按钮，以及一只描漆盒子，盒中装有数种铝箔药片，包括倍他乐克、盐酸普萘洛尔片、酒石酸美托洛尔缓释片等。他拉开书桌左侧抽屉，里面有一些手机卡和一个精致的印章盒。

在这个收藏家风格的书房里，男主角第一次与女主角在网上相识，在这里关注着女主角的成长，在这里犯病，在这里完成他的遗著，在这里承诺告诉女主角他的名字，在这里为女主角写下书法遗书，也在这里与前妻话不投机，与忘年之交的书画家讨论商铺的新主人，与父母交心。嗯，他也曾在这里对三位网红进行了无情地捉弄。

反复的同一个场景，同一个人物，要让观众看得不厌烦，得把功夫做足，所有道具，都是故事的前奏与伏笔。桌上的书法宣纸要被男主角撕掉，这是重要镜头，书法宣纸准备了三十套之多，宁滥勿缺，以防重拍和换角度拍摄时不能接戏。

身处书房之中，想象着这个中国文化浓郁的书房将承载起后面诸多故事，我的心律有点失常，仿佛成败就在这一屋。

由于是临时确定的拍摄场地，调试灯光、确定机位、演员化妆、准备彩排……还得等。优秀的影视灯光团队档期排到明年的都有，图标请来的灯光指导属三流水平，今晚布出的夏夜月光穿透进屋达不到理想的效果，他就亲手上阵调整角度、亮度并更换灯具，花费了不少时间。

灯光就绪，寒光从窗外打入卧室，清冷如月。金旗克服冬夜的寒冷穿上了短袖衬衣，今晚主要拍摄男主角写书法这出戏，出镜的演员就他一个。为了预防感冒发烧影响今后拍戏，他吃了板蓝根冲剂，身上缠着数层保鲜膜。

女场记员已在场记板上写明了某场某镜多少次之类的信息，站在门口，用场记板在金旗背后高声打响，一闪而去。这场戏讲的是这么一个情节——

阳爱默来到卧室看书，想起前妻对他病情的嘲笑准备捉弄一位风骚的网红解恨，无意中点开了安玫语的网络直播空间。他一边写书法一边看安玫语在网上撕新娘照，宣纸上显示出他书写的“生如夏花，死若秋葉”。

这期间安玫语在书房与母亲的争论也被直播了出来，她不听母亲的警告有些叛逆。

阳爱默看着自己的书法，轻摇着头，缓慢把提斗笔搁到笔山子上。猛地，他把最上面的一层书法捏成一团。下面一幅书法露出来——生，何必貪睡；死，自會長眠。

他又把这幅字捏成一团。下面又有一幅书法——生當作人傑，死亦爲鬼雄。

阳爱默把剩下的一叠宣纸拿起来，怒撕。他的脚下，是台灯光投射下来的愤怒身影。

情节并不复杂，男主角没一句台词，全靠肢体语言来完成心理刻画。至于其中他被前妻嘲笑的闪回戏、风骚网红炫富的直播戏、女主角撕照片并与母亲争执的直播戏，则是另三场戏的任务，后期会通过剪辑和特效处理融入这一场戏之中。

这些天来，图标对萧引城的拍摄要求细致入微。用什么样的运动方式来讲故事？镜头是用静止的还是运动的？是用高角度、低角度还是平角度？如果镜头运动，选肩扛式不稳定运动还是用滑轨或斯坦尼康进行稳定运动？用什么样的运动来表达什么样的情绪？该不该增加一个机位同时拍……

摄影是用光的艺术，图标对灯光组的要求也是系统性的。这个场景应该用自然光还是人工光？用柔光还是硬光？用什么温度的光？用什么形状的光？怎么偷光、减光、挡光……

有些镜头的效果图标画不出也描述不到位，没有拍出图标想要的效果，图标就一边比画一边用“某部电影中的某个人物在某个场景那样的”来表达意图。萧引城的记忆库里不知有多少部电影的多少镜头，总能心领神会地从记忆中精准找出那个镜头效果，对摄影团队和灯光团队安排一番，重新调整轨道、滑轨、机位和演员站位等等，把图标想要的效果拍出来。

萧引城和抠抠的默契配合让图标省了不少心，原来这份娴熟受益于他们参加过拍摄的两部网络大电影。不过，这两部电影项目匆匆上马，故事漏洞百出，剧组属草台班子，摄制均半途而废，他俩都羞于向人提及。这两次失败的拍摄经历，反而让他俩爱上了拍电影。

拍摄过程并非像剧本表达得那样顺畅，而是拍拍停停，有时还要讨论一番。比如金旗看书法的动作会从多个角度拍摄，以收集更多的素材便于后期剪辑利用；单独拍摄的特写镜头则讲究面部打光，鼻子的影子不能太长，眼睛不能出现很深的眼眶阴影，还要确保眼神有光等等。拍摄中的意外时常发生，灯熄了一盏得重新更换，助理移位时碰到了东西发出了噪声，金旗流下了鼻涕……

时间已过凌晨四点，这场戏的镜头才基本摄制完成。图标打着哈欠与大家一道收工，端着装有咖啡的保温杯向摄影棚外走去：“阁子，我还是坚持原来的意见，这戏太长了！”

这是我看重的一场戏，图标口里的“长”也就是“啰唆”的意思，在写分镜头剧本时图标就想删除些戏份，被陶然阁阻止了。

我赶紧解释：“图导，这里刻画男主的书法功底，后面他用毛笔写遗书才不显得怪异。”

图标：“我在给阁子说，没你的事。这戏太重复，要剪掉后两幅。”

陶然阁回答得斩钉截铁：“不能剪，三幅书法展示出他对死亡不同的认识。最先他豪气冲天要当鬼雄，后来开始珍视不多的时间，现在安慰自己要视死如归。正因他对死亡的不甘，所以见到网红女人挥霍时间，就特别痛恨，要发泄命运对他的不公。撕一张书法，与撕三张书法，情绪大不一样。男主这一反常的举动，与前面的平静形成巨大的反差，才能表明他狠心捉弄女主的起因。”

图标开始与陶然阁争论起来：“只要我一提改剧本，你就有万个理由来拒绝。剧本是念秋赶出来的，短时间能写好吗？在你眼里就没问题了！”

“时间写得久，未必就能写得好。”

“别忘了，我就是写剧本过来的！”

“你改得更好的地方，我们不是依了你吗？”

“别以为你是监制，就按你的来，不把我这个导演放在眼里。导演才该是片场的老大。”

“你本来就是老大啊！你能算发电车能承受多少的灯，能肉眼测光测距，能徒手变焦，谁有图导这么触类旁通啊！”

“你以前做过监制没啊，做过导演没啊，剧本被拍过没啊！你不过是新手一枚，就在我面前指手画脚。要不是看在念秋给我导演机会的面子上……”

“错，是我用投资给你争取的机会。”陶然阁打断了他的话。

“谢谢你给我的机会，但不意味着你就能垂帘听政……阁子，我忍你很久了！”

“你忍我？那我也不用忍了。你自编自导自拍的微电影为什么止步于省级奖，不能升全国级？你不知道，我知道。”

“我不请不送不拉票，就吃哑巴亏了。”

“欣赏你这清高的骨气，但我蔑视你找理由的方式。”

“成王败寇，我的作品没让我发财，你骂它们是垃圾也无所谓。”

“图导的获奖作品，从导演功力来说，我服。可惜，你导的是自己的剧本，角色本可以用行动说话，你非让他用嘴说，能不能让角色静一静，能不能让片子多些余味？”

“你阁子的剧本好，怎么就没获过奖呢？”

“我不是大厨，但我吃得出厨师的菜好不好吃啊！”

“你在编剧界算几号人物啊，来评我图标的剧本？”

“导演的职责，是把制片人定下的剧本用镜头展现出来，而不是改成他所爱的剧本。”

“你看哪个导演不改剧本？”

“片名就是你改的，我没意见吧！但这场书法戏，绝对不能照着你刚才说的改。”

“我是导演。你想当，我让给你好了。”图标甩手疾步而去。

“导演还是你行，我做不了。”陶然阁朝图标背影喊道。

我挽起陶然阁的胳膊，把头靠在他肩上，这就是我今生的依靠：“你俩是不是老这样意见不合啊？”

陶然阁揉着犯困的眼睛，他今天喝了不少浓茶也是哈欠声声：“我什么都可以让着图导，就是不容忍他乱改剧本。他在给必丽的客户当‘剧本医生’时，会把编剧的好思路当成毛病提出来。”

“客户的反应呢？”我也无力改变众口难调的现实。

“要命的就是分不清什么是好剧本的客户，认为图导比我这办事员说得对。所以，茗悦大大强调她的绝对版权，我就争取拍摄内容的把关权，不能任由图导改剧本。”

“大大信你？”

“剧本得靠镜头带动情绪，大大也分辨不清好坏，但她分辨得清谁对剧本真正有信心。”

“农贸市场那出戏，女主得到了一张假的监控图，图导想怎么改？”

“图导认为女主要与包打听人员来一番争执，把花掉的重金要回来，以显示女主的能耐。”

“这是要把包打听人员从龙套升级为男配角的架势呀！”

“图导就认为这戏没演完，当着大家的面与我争了半天，非要加戏。气死我了！”

“加戏了吗？”

“加了，后期得剪掉。”

“分场剧本都定稿了，怎么拍完了才想起修改？”

“前段时间图导忙着建剧组，没细看细想，拍着拍着才发现不中意。”

“后面的戏，图导又想改怎么办？”

“总不能乱改。回去后我得去给图导好好谈谈，别在片场上踩我。”

“人家比你年长十岁，你别把自己当成大哥。我可不想演员剧务们看你俩的笑话！”

“好吧，能忍的，我忍……就像去年忍你一样。”

大家上了车回宾馆，陶然阁坐上车就睡着了，回到宾馆他还要参加主创人员会议，对今天的拍摄进行总结，再确定明天的具体拍摄方案。

夜已深，鸟已静，人未歇，新一天的拍摄通告已发出，有人着手准备下一场外景戏的各类器材了……

第十三场 女四号

1

正月初四，B角连夜从老家兴冲冲地赶回上海，准备来剧组熟悉剧本接戏。图标遗憾地在电话中告诉她，剧组先要拍其他角色的戏，前妻的戏暂缓，如果元宵节后她得不到进组的通知，就自行安排。

没想到B角误会了图标的意思，请她的表演老师出面打电话来，要请图标和陶然阁去一家高端私家会所吃饭。

传说那家会所最便宜的简餐也会花费上万，图标一口回绝，不符合要求的演员，请吃满汉全席也没用。

B角怕图标言行不一，亲自打电话还要坚持请。图标就直言没空，他和陶然阁都不会离开剧组。

B角见请客不行，直接就通过微信转了两万给图标，又转了两万给陶然阁。

图标把发给自己的微信转账亮给陶然阁看："人家发财很容易，但我不会靠这个发财，所以穷到现在。"

"人间正道是沧桑，佩服你！我也佩服我自己。"陶然阁一笑。

"B角是个不谙世事的姑娘，却也要学别人那一套，但她还没学会怎么去请客，怎么去送礼。"

"怎么讲？"

"这样给别人送礼，稍微谨慎点的人，也不可能收。"图标指着微信转账金额说。

“你怕留下铁证呀！”

“胡说！我要收就会暗示她怎么送过来……我如果贪心，也不会穷到今天这下场，拍部片子都要受你的钳制。”

“图导，我哪是钳制呢？不过是想让片子忠于剧本。”

图标没再谈剧本，他就B角请吃和转账这事再次郑重其事地教育陶然阁要爱惜羽毛，不要像某制片人那样得了别人的蝇头小利，被人添油加醋在网上说东道西，丢尽祖宗的脸；不要像某导演下半身决定上半身，与某女人有染闹得家喻户晓，一辈子都脏兮兮；也不要像某明星，为了在股市上割韭菜，精于炒作而疏于演技，挣再多都不是作品带来的口碑……

陶然阁见图标越说越远，指了指我：“有念秋罩着，我的羽毛那是纤尘不染。”

图标还强调说：“这世界说大也大，隔壁住着谁都不知道；说小也小，天边的人说了句什么话都可能知晓。你以为别人不知道的事，总会在哪天被朋友广而告之。”

陶然阁称是，图标还不罢休：“念秋，你那个卓主任的一位朋友，前段时间就把他活活出卖了。”

我不懂：“什么情况？”

图标：“卓主任那铁哥们是开广告公司的，喝高了就当着一桌人的面骂卓主任，说别的广告公司一旦给卓主任好处，不属卓主任管的事也会变着花样插手，给甲公司乙公司多多少少地拉些生意，反而没有照顾到他这铁哥们。因为他自认为是哥们嘛，没给卓主任回扣，只送了一些土特产。”

听得我大跌眼镜，难怪卓主任老提些可有可无的馊建议，说得多重要、多必要、多具前瞻性似的，时不时弄得漆主任被动地开展工作，包括做企业邮册就是卓主任又学来的新经验。

总有人相信天知、地知、你知、我知，却忘记了“没有不透风的墙”。卓主任的文化形象在我心目中眨眼就坍塌了！

我问图标：“必丽传媒给卓主任好处没？”

图标笑道：“没有。必丽传媒的人，都是有原则底线的人。”

我就好奇：“你们没有再去滋利集团做业务，是不是也没给漆主任表示什么呀！”

图标又笑："漆主任在卓主任面前属于晚辈，卓主任介绍给他的广告公司都接受不过来，哪轮得上我们嘛！"

我就问："阁子，你那年怎么直接去找汤董把那个微电影拿下来的？"

陶然阁："我联系漆主任和卓主任，不行，那就去找能拍板的董事长啊！这种位高权重的人，只要有些素质和修养，就会让我们用实力说话，谈事情还爽快些，在他办公室就能把事情敲定。"

我说："你们图爽快，汤董手下就会觉得那是霸权。"

陶然阁："总有些事不是谈情说爱，需要霸道才不拖泥带水。"

我问："你们过后怎不再去找汤董谈业务了？"

陶然阁："没人给我们通风报信呀，包括你，生意全被别人瓜分了。"

我好委屈："我知道信息时，全公司的人基本都知道了。"

图标对B角的出尔反尔也是迫不得已，他本可以直接告诉她"没你的戏了，你现在就可以自行安排"，因为舒茗悦已通知他，有名演员要来接替尚遥的女四号。

这晚，舒茗悦和丈夫牧典蓝第一次成双成对地出现在剧组。全天的拍摄已结束，他们径直赶到图标、陶然阁休息的宾馆房间，也把我叫了去，只为另换演员事宜。

面前这位身为私募基金经理的牧典蓝，在舒茗悦的闺蜜口中是位掌控数十亿资金流向的操盘手，我从他英气而儒雅的脸上都读出了神秘感。他几乎不说话，只是陪在舒茗悦身边了解情况。

原来，尚遥因违反演员协议被图标解约后，就找到舒茗悦哭诉。舒茗悦代表剧组去看望了尚遥住院的母亲，做了些安抚。她有自己的原则，不能因一个演员的哭诉，就去否决导演的决定。

舒茗悦随即联系了另一家还在犹豫是否投资这部影片的演员经纪公司，本意是从这家公司挑选一位合适的演员来接替尚遥，让经纪公司作为联合出品方。

经纪公司晚上才回复同意投资这部电影，条件是必须由伍兰来饰演女一号。舒茗悦说女主角的戏已拍了许多场，加之与女主角签了协议不能无故换角，换角成本太高。这家公司方才同意让伍兰来饰演女四号，并有附带条件——伍兰演唱电影主题曲，片头片尾要加特邀演出并单独排在演员名单之前，或者在演员名单中番位排在第一，也就是排在主演之前。

舒茗悦反复斟酌之后与经纪公司达成了意向协议，如果伍兰能胜任角色和演唱可以按此要求执行，如果不胜任则解约，双方互不追究。

舒茗悦对伍兰的印象就是她太年轻了，不太适合女四号这个贵妇角色。但伍兰是位小有知名度的歌手，她进组可以带来五百万的资金，并减少主题曲演唱费用。舒茗悦夫妇这趟赶过来，就是征求图标和陶然阁的意见，一经定下，天亮就要正式签约。

图标和陶然阁一听是伍兰就表示她不行。

伍兰是表演系的学生，加上唱歌小有名气，演过一些网络大电影的主角，是演员经纪公司力捧的签约演员。论演出经验，她有，但演技没什么亮点；论模样，她漂亮，但她的少女娃娃脸加上天真的眼神，既不适合这部电影的主角，也不适合配角。

舒茗悦说出了自己的想法：“化妆师可以对伍兰进行整容似的化妆，以适合这个角色。”

图标眨巴着几晚没睡好的布有血丝的眼睛，连连摇头：“伍兰再怎么化妆，也没有华贵气。”

舒茗悦：“明天给她好好化个贵妇装再上镜试看。”

图标：“大大，连续剧的演员讲究大众化的靓，电影演员则重在个性化的型。伍兰演青春连续剧也许能招人喜爱，但演电影少了让人印象深刻的型。我们要的是站在镜头里不说话就有贵气的型，这伍兰只适合演学生。”

舒茗悦：“女二号和三号就是学生，她们的戏拍了吗？”

图标：“还没有。”

舒茗悦：“这就好！要不这样，伍兰与女二号或者三号交换一下，看谁更适合演前妻。”

图标：“伍兰演过的片子我也看了，她演什么角色的腔调和表情都一样。她那甜美的样子，演不出闺蜜的自私自利，也演不出同桌的外热内冷。而且，另两名演员适合角色，不适合女四号。”

舒茗悦："伍兰作为出场并不多的女四号，可以通过精简台词，多摆拍一些表情镜头来克服吧？你可以和引城从镜头上去设计一下，避免正面拍摄，利用阴影让她的娃娃脸不那么明显。"

图标："她的每个镜头都要单独设计，比主演镜头还要费脑，这也太不值了。"

舒茗悦："伍兰是职业演员，经纪公司愿意来投资……万一，有意想不到的效果呢？"

图标看了看我："你能再把女四号的台词给她精减一些吗？尽量用动作说话。"

我点点头："应该能吧，我等会儿来改改。"

图标："我怀疑，就算避开伍兰那幼稚的脸，也避不开她天真的眼神。她要说出那些有些张狂的话，会让观众出戏。"

舒茗悦看着我："兴而，要不你把她的台词改得温和一些。"

我不肯："女主角是善良温和的，女二号、三号也不算凶，如果女四号再温和了，全剧就没有起伏感了。这个角色必须要够狠，所以她比另两个女配角更关键。"

陶然阁补充道："分场剧本都定稿了，一改就会全乱套。"

图标："要不，台词换成绵里藏针那种，更能体现她的狠。"

陶然阁："绵里藏针也属于表面上温和型，前妻可是豪门家族成长的千金，她那飞扬跋扈的性格哪容得下假装温和？"

图标冷冷地笑："阁子，看你，一说改剧本，你就要跳。念秋还没反对呢！"

我赶紧跟上："前妻懂得绵里藏针，就不会导致男主角把家中有关她的照片全撤除掉，并要以捉弄网红来解气。"

陶然阁："所有的细节都是设计好的，一个改动就能让故事根基不稳。"

图标又笑："导演的分场剧本，还不容导演来改。念秋，你是最牛的编剧，随时都有人保护你的剧本！"

陶然阁："这不是保护剧本，是保护角色。绝不能让一个角色与其他角色雷同，必须有明显的辨识度！"

舒茗悦："各位，不用争了。这个决定是我做出的，我们必须要有资金充实进来才行。所有困难就麻烦你们想办法克服了。"

图标点头表达着决心，又对陶然阁和我说："既然经纪公司舍得花五百万来支持，我们改下剧本、补拍一下、调整下拍摄方案，这些麻烦又算个什么呢？”

陶然阁呵呵一笑：“B角给你十万二十万，你看不上。伍兰给你五百万，你就看上了！”

图标一巴掌拍到陶然阁腿上，火冒三丈：“我什么时候得过B角的十万二十万了？你这样陷害我！”

陶然阁：“我只是打个比方，听不懂吗？你选演员看似有底线，那是因为没有足够强大的诱惑让你放弃底线而已。给你千万上亿，你什么底线也不会要了！”

图标脸红脖子粗：“我哪放弃底线了？还不是听从大大的决定！导演听制片人的，哪点不对了？”

舒茗悦在一旁听得糊里糊涂：“陶总监，你的意思，是反对伍兰进剧组？”

陶然阁：“当然了。不能为这五百万，让片子大打折扣，那是得不偿失。口碑与票房，我们至少要追求一头，不能两头都抓不住。”

舒茗悦：“蓝筹这头去找的资金也有限，我担心没有这五百万注资，影片因宣发不够而功亏一篑，电影再好也失去了意义。”

图标：“就是，皮之不存，毛将焉附？”

陶然阁：“资金还有，还没到没皮的时候。前面那么多公司和个人想通过出资来捧自己的演员，上千万的都有，我们都果断拒绝。现在却同意这个伍兰了！她还要争演员的第一排序，太过分了！”

舒茗悦：“以前我指望还有其他公司和个人会陆续来投资，现在影片都开机了，有意愿来的很难找了。”

图标：“伍兰与其他出局的演员不一样，她毕竟是专业歌手，自带流量，应该可以挖掘出来。”

陶然阁：“大大，你要慎重考虑。观众看宣传片不计较它的好坏，毕竟没掏钱看，但看电影会计较花的电影票值不值。一个角色的失败，能放大整部电影的缺陷，直接影响后续观众的选择。”

舒茗悦：“陶总监，这个道理我知道，但后续的资金难说，我们先得让片子完成才行。如果伍兰不胜任，我们又有了足够资金，再想办法补救。”

牧典蓝说话了，声音浑厚：“先试试吧。资金这头，我还在想办法，大家都必须保证片子的质量，不做则已，要做就做成精品。”

图标看了我一眼："精品，也不是好演员、好导演就能保证的，故事过硬才是根本。"

陶然阁："钻石再硬，也怕被乱解构成碎渣。"

讨论到半夜，最终决定，伍兰出演女四号。图标相信自己对演员的调教能力，认为可以利用灯光和拍摄技巧掩盖演员的先天不足。

2

春节大假过完后我就照常上班，暂时告别了这个没时间做梦也要造梦的游击队。

跟在剧组的这些天，我腿肿、腰酸、眼皮打架、头昏脑涨、没有胃口，还啥事帮不上忙的样子。不知那些搬动和架设几十斤上百斤的器材、东奔西跑做外联、通宵达旦还吃着冷菜冷饭的工作人员，要臂力有臂力，要体力有体力，要脚力有脚力，要精力有精力，是不是神变的。

百密一疏，总有些人因为疲倦劳累和忙中出错让剧组等待的时间变得更长。女二号拉肚子仍坚持拍戏，但耗费了大量时间；饰演书画家的男二号擅长演话剧，却不擅长在镜头前重复表演，换个角度拍就忘记了开始的表演动作，花了不少时间去适应；灯光组带灯没带同步器，让剧组一阵好等；电源线被老鼠啃了，发生触电事故幸好没有出人命；抠抠的女友怀孕流产，来剧组要抠抠赔偿她的损失，还骂他是骗子；魔术腿灯架把录音助理的脸划伤，差点引发灯光组与录音组干群架……各种纰漏都是星星之火，疲惫之中的剧组人员脾气变得暴躁，一点即燃，倘若加上图标的怒斥，剧组就兴上演陶然阁灭火的戏。这家伙立马变成和事佬，一边四处打圆场和稀泥捣糨糊，一边出主意想办法使小计，不把火气给大家扑灭不得罢休。

我就是看着听着，心都好累了。

身不在剧组，我身轻如燕，加班熬夜啥的不值一提。但我的生活已回不到从前，失去了归属感。

同事们的兴趣点基本不跟我合拍。有人因股票带来的盈亏而时喜时悲，有人用手晃动手机刷出三万步排行第一，有人边吃饭边抢红包笑得灿烂，有人收到快递衣服准备穿两天就无条件退货，有人收集齐了十张女儿卡可以享受打折，有人在朋友圈里拜托为孩子参加唱歌比赛每天投十票，有人在手机上养了只宠物狗还问我这狗生小狗了需不需要花两元钱领养一只。

我跟他们就像生活在不同的世界，除了谈工作就变得沉默寡言。哪怕谈影视，他们就关心明星绯闻、明星饭局、明星产子，我就不关心那些无关我痛痒的八卦。

有钱就是为了花掉它，有网络就是为了享用它，每个人都在网络世界里弥补生活的乏味，我沉迷的网络世界跟他们没有交集。

我有意无意地把自己当电影人，习惯性地关注电影方面的消息。哪部电影剧组骗了别人或者被别人骗正在打官司？哪家上市影视公司又在资本运作一部大片？哪位演员因一部片子的成功或者背景强大身价暴涨？哪部戏的特效镜头就花了上亿费用？哪些电影人又在大谈影视界之怪现状？哪位导演成了制片人，从艺术创作者变成了商业策划者？哪些题材造成了影片的大量撞车？哪些场景是实景，哪些是搭景，哪些是特效，摄影机是什么状态在什么样的灯光下拍摄……

一部电影的长尾效应真的很长。好多电影高峰论坛、编剧论坛、名家讲坛上，许多制片人、导演、编剧还在以数年前的作品为例谈创作，仿佛某些歌星凭一炮而红的一首歌就在全国反复巡演，吃着当年的老本。他们在台上娓娓道来，也谈及剧组的辛苦，并渴望着再有一次“辛苦”的机会。

我听出这里面的心酸，他们要么再也遇不到一个合适的团队共同完成一部好片，要么根本就没机会再拍片。他们是幸运者，还能坐上讲台谈体会什么的，不知有多少人失去了谈体会的资格，成为别人生活中的笑谈。

多少影视人追求名利双收，多少人在为原创故事呕心沥血，多少电视连续剧翻来覆去地翻拍，多少制片公司正狂热地收购国外热播剧版权进行本土化改编……群雄纷争的盛宴之下，谁是王者？谁自以为是王者？谁是未来的王者？

焦糖在群里又沾沾自喜了，说是开年就参与到一部韩国连续剧的改编中去了，忙得欢呢。这位曾经想自编自演自导的原创小说作者，已视嚼别人嚼了又嚼的剩饭为荣耀了，最累的时候他一天接的是三个剧本的活儿。

影视创投活动此起彼伏，我在集结令活动之后就以戏谑的心态把剧本《获奖者》通过电子邮件的方式申报参加了“青年影人会”的剧本创投项目，去体验一下活动过程解解闷。我的阅历太少，不折腾一下自己，人生多么苍白。

这剧本没有入围重点推荐剧本项目的十强，不知谁泄露了我的邮箱，春节期间我竟然收到五个给我投递电影合作邀请的邮件，像极了我制作的剧本路演PPT，不过他们不是剧本项目，而是电影项目。

我像出品方一样审视起这些为了寻求资金而漫天撒网撒到我这里的电影项目PPT。我对一部喜剧魔幻电影项目PPT最为感兴趣，从海报看以为其是部投资数千万的大片，一看投资，三百至四百万！从计划的拍摄时间到上线时间就六个月。主演有近照，却注明“拟定演员可议”，似乎等待着谁带资进组。

收益渠道有四种：打造精品A级独播网大，版权分成；电影发行首月营销补贴；打造本系列网大IP，开发同名网剧作品和周边衍生产品；海外版权及电影第二轮发行收益。项目总收益一千万为例换算，扣出平台宣发费，列表显示只要投资十万、二十万、三十万……半年时间就能分红二十八万、五十六万、八十四万……

惊不惊喜，动不动心，投不投资？如果是以前，我砸锅卖铁也要去当这个项目的投资人，今后一生十,十生百,百生千，再也不用上班刷脸干活挣那四千多了。

现在不了，去它的一千万收益吧！怎不让他七大姑八大姨去瓜分呢？

关闭这些电影融资PPT，我问自己，这么多人在做电影、玩电影，谁真正把我当电影人啊？我到底属于哪一个圈子？

3

三月底，伍兰开始集中拍摄与前妻有关的戏，有关她的戏拍完，该剧就能宣告杀青。

伍兰是出场只有四次的配角，却有着主演明星的阵容。她的助理就有三位，管形象的、管生活的、管外联的。她的化妆不由剧组化妆师负责，说是自己的化妆师才能化好她的脸；她的吃住行由助理安排，不会吃剧组的盒饭，也嫌剧组定的酒店不是五星级；她的业务似乎不少，不许剧组收缴电话，有空就在接电话，说是几个剧组在等着她，几个综艺节目在请她，她还要去登台什么晚会，要去拍摄什么杂志的封面。

图标对演员们的严格规定在伍兰身上土崩瓦解，他还得对伍兰和颜悦色。他强调说协议中允许伍兰有这些待遇，他只是遵守协议而已，这也是制片人的指令。

伍兰的经纪公司则对外宣称，舒茗悦和图标再三邀请伍兰去饰演《遇·见》女一号，因档期冲突伍兰才选择了女四号。

剧组从未作任何形式的影片宣传，也不许所有演职人员发朋友圈，保密协议有严格的规定。这家经纪公司在宣传自己的演员时，把这影片间接宣传了一把。

这天下午下着大雨，剧组在摄影棚严阵以待，因为舒茗悦第一次来片场“视察”拍摄情况，而且请来了重量级人物——翰盛斋的前董秘、书画家兼收藏家翁显梵。

说是请，其实是翁显梵不请自来。

翰盛斋阻止《第45号铺子》公映没有达到预期的目的，这部电影参加了北京“新影人”电影节的创投会，已被作为推荐创投项目将参加路演，一旦被多家销售方签约，发行到全国和国外都有可能。

翁显梵受翰盛斋原董事长，也就是杨爱渺大伯的委托，来了解《遇·见》的摄制情况，以确定阻止该片还是默认该片拍摄。

翁显梵已听舒茗悦介绍了剧情，并读了剧本详细大纲，还要来片场实地查看情况，说是等片子剪辑好后还要审一审，仿佛制片人是他。谁让舒茗悦尊重这位把杨爱渺的遗书送达给她的书画家呢，翁老师的话对她来说就是圣旨，翁老师就是杨爱渺的代言人。

华年忆商铺的前世今生尚未了断，书吧里外的人物真假难辨不知对错，影片戏里戏外分不清谁主谁客，有人的身份开始错乱，这部片子扑朔迷离。

我手心冒汗四肢发冷，翁显梵一句话若把这部影片给毙了，我可怎么活！一句否定的话出口轻松，翰盛斋由此会少些事端，但是我写剧本改剧本的辛苦、陶然阁拼了性命投入的资金、全剧组付出的心血……怎么办？当所有责难都推到源头的编剧身上，说我剧本没写对才遭到了翁老师的反对……噩梦不会重演吧？战栗中。

我特意请了一天公休假，来到特意在摄影棚门口铺起的红地毯边，迎来了这位低调于外宣而高调干涉影片的翁显梵。他身穿棕红唐装棉袄，胡子盖颈白中夹黑，银发齐颈黑发数缕，近似乎是鹤发童颜精神矍铄的老人，其实他年纪不过半百，比我爸大不了几岁。

这位和我一样害怕死去后被世界遗忘的翁显梵来到摄影棚就问："哪位是编剧小柳？"

我紧张万分："翁老师，我在这儿。"

翁显梵回过头看看我，点点头，并没有对剧本多说什么，不知他对剧本是看好看衰还是看平。

与室外的大雨相比，摄影棚里就是另一个天地。在灯光的作用下，太阳似乎正慵懒地升起，"朝阳"透过窗帘温柔地抚摸着一间奢华的卧室的梳妆台，这里摆满了各种化妆品和宋娜的艺术小相框。

那些漂亮的美容养颜小瓶子、小盒子、小毛刷、小相框，全都出自美工师或者道具师之手，有的是从旧物市场淘来的，有的是自己加工制作的，全是经由男生之手，我都愧为女生。这些道具有些背面有破损，有些则是多种废弃材料组合而成，上镜后都是高档别致的化妆品。

看片场就似看魔术解密，真想骂："镜头里的精彩和唯美，全都是骗人的！"

男主角阳爱默与正在化妆的妻子宋娜闹离婚的戏开拍了，萧引城的摄影机找准角度，既要避免镜子反射造成穿帮，又要让两人的脸部表情能出现在镜子中。

翁显梵、舒茗悦坐在图标旁边看着一排监视器展现出的拍摄效果。由于一句台词需要反复重拍，图标时而朝对讲机喊"卡"表示过了，时而又喊"卡"表示再来一遍，时而还喊"卡"来到梳妆台前给演员讲戏或者调整灯光角度再重拍。翁显梵看了半天多半没看懂，露出一脸不耐烦的迷惑。

这场戏拍到了晚上八点，花了六小时，伍兰的戏占了五分之四的时间，她反复在重拍以求达到面孔和眼神符合角色的效果。图标已成了伍兰的表演导师，教她如何运用表情肌、用什么速度转动眼球抬起眼皮、怎么抹口红带动嘴唇才性感……

伍兰面孔圆润，图标连同灯光师为她的面部特写费了些心思，有意将全场戏的整体光线调暗，以示不愉快的气氛，并将其面部主光源稍微抬高，以突出脸部的颧骨并让下巴看上去更尖，努力制造蝴蝶光效避开圆脸效果。但她圆脸太丰满，颧骨怎么也不突出，下巴怎么也无法带来修长感。

伍兰态度还算好，反复认真地重拍，按图标的要求运用嘴角眼角的表情肌，大家也就忍耐着她的慢。

陶然阁如我，在一旁诚惶诚恐地观察着翁显梵的每一个表情，唯恐他会黑下脸来。

等这一场戏的最后一个镜头由伍兰完成后，舒茗悦小心翼翼地问："翁老师，你看如何？"

翁显梵朝走过来看效果的伍兰望去："挺辛苦的！这女孩芳龄多少啊？"

舒茗悦："伍兰妹妹正值桃李年华。"

翁显梵："难怪。我个人的意见，剧中不要出现前妻的内容。"

舒茗悦也提及过这要求，她认可了我的说明，现在翁显梵再提出来，她就沿用了我的话："回避前妻，后面的故事就不成立了。"

翁显梵："剧中把书画家扯进来干吗？"

我说明："我考虑过让雕塑家、音乐家、作家什么的出场，但会削减整体上的气韵，有割裂感。"

图标见翁显梵叹着气，谦虚地说："翁老师，你认为这场戏的情节还有什么可完善的吗？"

翁显梵："我的意见，就是不谈离婚。"

我就说得很直白："翁老师，离婚是全剧的伦理道德基础，不能没有。"

翁显梵："悦儿，这戏怎么改，你把关。"

舒茗悦："我对电影不是太懂，不敢乱改。陶总监，你有经验，你来定剧本的改动问题。"

陶然阁："当改的已边拍边调整了，有些情节一改就导致全剧气血不通。翁老师，不妨等我们将全片完成后，你从整体上来看如何？"

翁显梵："我作画的时候，最讨厌别人来指指点点。你们拍片子，也是一个道理。我这外行，也不宜说三道四，只是担心有损渺儿的形象，他是追求完美的人，我不容谁来伤害他。”

我赶紧说道：“翁老师，我写的主角必是我敬佩的人，写不出有损他的文字。请您放心！”

翁显梵看了看等候着的伍兰：“你这么温柔，怎么想起演这个角色？”

伍兰：“这个剧本深深地打动了我，这个角色很有魅力和挑战性，我想让形象有所突破。”

翁显梵抚摸着白胡子笑道：“猫是猫，虎是虎，猫儿当不了老虎。”

伍兰：“你是说我演得不好吗？”

翁显梵摇头：“不像。”

伍兰：“图导让我怎么演就怎么演，全都过了，怎么会不像呢？”

翁显梵站起身：“照猫画虎可不行。”

伍兰：“我有自己的台风，不需要照着谁画猫画虎吧？”

翁显梵：“小孩子的台风！”

4

影片临近杀青之时，图标公布了剧组的重大决定——重新让B角来拍摄前妻宋娜的戏份，剧组与伍兰解约！

这个决定是舒茗悦再三考虑后艰难做出的，她当着主创团队的面向陶然阁道了歉，后悔自己为了经纪公司的五百万心存侥幸，没有听进他的反对意见，做出了错误的决定。

伍兰被解约，不只是她模样不适合这个角色，或者说她自带的化妆师没有把她化得适合角色，还有她娃娃脸下被掩饰的戾气最终让图标也忍无可忍。

本来一两天就能完成的前妻戏，加上她的相框道具制作三天能搞定，却因伍兰迟到拖到第四天，结果遇到阴雨天，只有改在第六天完成最后一场外景戏。伍兰却报怨剧组没把天气看好，本应该把外景戏放在第一天来拍。

这场外景闪回戏是讲宋娜告别书画家后，在阳爱默驾驶的奔驰车上挖苦书画家是靠丈夫的饥饿营销法才出头，并炫耀自己新买的限量版顶级品牌包。

伍兰见道具名包什么标识也没有，手感也差，坚持要用自己的香奈儿包做道具。

图标拒绝换道具。剧组曾联系了一些奢侈名包公司，本意在影片中植入其标识做广告，但没有一家同意合作。为此，片中的道具名包是美术师设计的新款式，镜头会避开标识，台词里也没点明品牌名称。

伍兰就指了指旁边的奔驰S600道具："这豪车不是同样一分广告费也没出吗？你们怎么不设计一款新豪车？"

此时的剧组，女人当男人使，男人当牲畜使，虽然已过了磨合期，各项工作乱中有序，却个个累到崩溃的边缘。加了各种套件后的摄影机最初换角度拍摄时，摄影助理独自扛或抬还能凑合，现在通常要两三个人一起喊"一,二,三,起！"才抬得动了。大家的脾气普遍变大，图标更甚，大吼大骂的次数也明显增多，伍兰更是把他的火气点燃："你表演时不懂情绪的传递，还想按自己的想法演？你别管道具包，管好你的脸，没演技就别来！"

"你来演，演技未必有我好！"伍兰嘴硬。

"我不是演戏的，我是决定演员去留的！"

"我是舒总请来的，以为我想来演这小角色啊！"

"你没明星命，满身明星病，我可没请你进剧组，你回去吧！"

"五年后，难说我不是大明星。"

"那我就是大导演，照样通知你，回去吧！"

伍兰就这样把自己送到了终点，连唱主题曲的机会也失去了。伍兰经纪公司的撤资则让剧组资金捉襟见肘，可谓两败俱伤。

剧组没钱不会对外讲起，以免剧组阵脚大乱，我已察觉出剧组已变"穷"的迹象：奔驰S600道具以前是租用，现在借用的是舒茗悦的车；普通演员自备服装，群演自带服装；盒饭二月份是二十五元标准之上，三月份降到二十元，到了四月是十五元；宾馆由三星级改为了经济快捷型……有经验的剧务人员要么假装不知内情继续干，要么担心拿不到工钱借故离开了剧组。

B角替换伍兰饰演女四号，重新拍摄的戏不只前妻宋娜出场的四场，另有三场戏则以她照片的形式出现，仍需要重拍——

宋娜在影楼的新娘橱窗照，影楼老板因她离婚邀请女主角拍张新娘照替换这张。

宋娜卧室里与男主角的婚纱照、生活照，男主角因离婚让护理工拆除。

宋娜离婚后在影楼的戏曲橱窗照，男主角要求影楼老板拆除。

我写起剧本来做不到天马行空，笔下的故事有我的经历，情节也就脱不开影楼、婚纱照、戏曲照。剧中除了前妻的美照，还有女主角新娘照、在三角梅旁的自拍照、在爱车前喝滋利饮料的生活照，以及十字路口的两张奔驰车监控照等等。事实上，舒茗悦与杨爱渺的相识相知还真是缘起照片，杨爱渺曾评价舒茗悦爱分享生活照太自恋，也承认他欣赏她的摄影作品。

图标认为照片、相框、画框、宣纸、书以及电脑显示屏全是规规矩矩的条条框框，要在女主角书房里加入大大的布绒玩具什么的来打破沉闷。

陶然阁坚决反对，他赞成我的意见，认为这些道具是联系男女主角情感的纽带，是他们有共同语言的见证，能推动情节发展，布绒玩具却不带任何情节与寓意，不能让它的巨大体积抢镜。条条框框之感则是必要的，象征男女主角没能冲破现实的条条框框才导致相遇而不相见。所有细节都要经得起专家拉片，被一格一格地分析推敲。

前妻这个角色已换了三位演员，每位在正式开拍之前都要单独拍摄新娘照、与男主角的婚纱照、生活照、戏曲照，交美术师制作成不同的相框道具，作为另几场戏的装饰背景。

B角来出演前妻，前面伍兰的所有镜框道具全部报废，必须换成B角的相框道具。全片第一场戏由此全重拍，女主角与影楼老板望着前妻的新娘橱窗照谈论替换这张照片的戏，对话不多，绝大部分镜头或虚或实地有这张新娘照。

陶然阁看着墙上B角白色婚纱水晶橱窗照，恼怒了：“时间这么紧，怎么擅自把婚纱风格给改了？”

“我叫改的。”图标不以为然。

“这人像能用吗？”

“我是导演，有权做这个主，责任我负！”

“你负不起！必须换成剧本写的那种！”陶然阁将一人高的大照拆下搁在地上。

“这新娘照哪点没拍好？你想毁就给毁掉？阁子，你钱多，当你是老大啊？”

“图导，这照片不是用来参加婚纱摄影大赛的，是用来讲故事的！”

“剧本让婚纱加上剪纸边，讲的就是不伦不类的故事。”

“不管这套白婚纱裙子看上去多精致和昂贵，用上了多高超的后期技术，它就是张没视觉冲击力的照片。这是全片的第一个镜头，特写镜头，绝不能用普通的婚纱照！”陶然阁指着橱窗照。

“呵呵，阁子，为了追求你的不普通，你宁可用奇葩的照片。”

“视新奇为奇葩，我为图导的审美担忧。”

“女主角拍的新娘照是旗袍拖地长摆，中式中带着西式晚礼服风格。这张前妻的新娘照，你要白色婚纱加上红色剪纸边，头饰中有剪纸装饰，西式中融入了中国元素。这两张新娘照，都属中西结合风格，阁子，念秋，你们都喜欢不荤不素对吧？”

我解释：“女主角的红旗袍是主基调，拖地长摆便于她坐在中式木椅上多一份柔美，不显得上重下轻。前妻的白婚纱是主基调，红剪纸起个点缀作用，能增强全片的中国文化元素。”

图标：“为了你的元素，就把剪纸牵强到西式婚纱上吗？不是说要让角色有辨识度吗？这两张新娘照都不中不西。”

我辩解：“后面紧接着有场戏，是前妻穿着这套婚纱与丈夫的合影被拆下，这种设计也是为了暗示新郎热爱中国文化，让追求洋气的新娘不失中国风。”

图标：“前妻的人设就是漠视中国文化喜爱国外奢侈品，与丈夫少共同语言，何必让她的婚纱照带有中国元素？后面她还有张戏曲照，你们就不觉得自相矛盾吗？”

陶然阁：“图导，前妻还有一个人设，喜爱穿中国服饰拍照，你可能没读懂……”

图标：“剧本没写对就怪我不会读，对吧？”

陶然阁见萧引城、萧映朵、金旗、扮演影楼老板的演员等人围在旁边看热闹，朝图标打了个消消气的手势：“普通婚纱，真的平庸了。”

图标："道具制作出来了，不用也得用。"

陶然阁："不行，马上通知B角，去重拍剪纸婚纱照。"

萧映朵："这么说来，这场戏我今天拍不成了？"

陶然阁："把戏曲照挂上，改拍男主与影楼老板的对手戏。旗帜拍完也得和B角重拍婚纱照。"

金旗有些犹豫："图导，拍吗？"

图标："别急，让总制片来定。谁也别在这里称老大！"

图标已拨通电话，并打开了免提让大家一起听："舒大大，你好！我是图标。"

舒茗悦："图导你好，有事请讲！"

图标："我建议把第一个镜头的剪纸婚纱换成正宗的西式婚纱，可以吧？"

舒茗悦："为什么要换呢？"

图标："这第一个镜头很关键，婚纱必须纯粹，决不能弄得不中不西。"

舒茗悦："那套剪纸婚纱，很漂亮呀！"

图标："B角换了正宗的婚纱，效果更好，我这就发给你看。请你看下微信图片！"

图标挂了电话，把橱窗照这张照片发了过去，继续打电话："舒大大，这张不错吧？"

舒茗悦："这裙子，没什么亮点呀！图导，我看还是原来那套为好。"

图标："那剪纸婚纱不伦不类，让人莫名其妙。"

舒茗悦："我不觉得呢！那裙子让我眼前一亮，很有创意。要不这样吧，你跟陶总监商量一下，听听他的意见。"

图标："为什么总听他的？"

舒茗悦："这也不叫听陶总监的吧，剧本只要没有硬伤，就不要改来变去，讨论来讨论去了。"

图标："B角穿这套正宗婚纱的道具已制作出来了，不用改了吧？"

舒茗悦："陶总监的意见呢？"

图标："舒大大，这个片场，究竟是导演说了算，还是监制说了算？"

舒茗悦："陶总监毕竟还是联合出品人嘛，听他的总没错。"

图标挂了电话，一脸难堪："拍个电影，艺术说了不算，出钱多的说了算啊！"

陶然阁：“就这么定了，B角和旗帜得重拍婚纱照。”

图标：“拍什么拍，你钱多，不怕费时费钱啊！把B角的脸PS到伍兰的脸上就解决了。”

陶然阁：“不同的模样，就得有不同的姿势，必须重拍！”

图标坐到导演椅上吸起烟，一声不语，发起闷脾气来，时间就这么耗着了。

我曾问过陶然阁：“图标不是被你吹得多么牛吗，怎么不会改剧本？”

陶然阁：“我说他牛，是指他画面构思和灯光处理牛，并没说过他的剧本牛。长片电影，远比他之前做短片需要考虑的逻辑多得多。”

我迷惑：“你当初力推他做导演干吗，弄得你俩朋友都快做不成了。”

陶然阁：“我除了推他，还能推谁？推个名导出来，把你的剧本改个天翻地覆我也拿他没法啊！”

又回到我担心的问题上：“阁子，你就放心我这剧本的故事框架吗？”

陶然阁：“我就怕别人读不懂你，要动你的框架。我要保护剧本，保护你！”

我心暖洋洋：“人生遇见阁子足矣。”

第十四场　做后期

1

电影《遇·见》宣布拍摄杀青，各种没经验折腾下来，拍摄时间比原计划多花了半个月，这些被冤枉的花费是需要大量票房来买单的成本，也是教出去的学费。

剧组的穷到了山穷水尽的程度，后期制作与宣发成了图标的心病。他也四处寻求资金“扎钱”，无人愿投，也无人愿借。人说钱有“三不借”：不借不熟悉的人、不借有不良嗜好的人、不借失信的人，图标笑称自己属于“有不良嗜好的人”，好当导演。

演职人员是宽容的，未结清的薪酬就当是友情协助，只等影片回款后再说。

杀青告别晚宴则是丰盛的。五桌大席摆上，能来的都来参加，大团聚了，演员不多工作人员多，有的因拍摄期间不在同一时间或者地点，还没打过照面，相互叫不出名字。还在外地的舒茗悦没赶过来，飞机晚点。

好些人都哭了，谁都明白，这一散场，大家就各奔西东，再要聚齐，基本不可能。我心里酸酸的，仿佛回到大学毕业那会儿，同学们依依惜别，说不上感情有多深，想起一路熬过来的日日夜夜又有些难离舍，眼前每个人都变得可爱起来。

萧映朵嘤嘤地哭得喝不下酒吃不下菜，她哭主角还没当够，不知今后还有没有机会当主演。她已越来越明白，在俊男美女如云的演艺圈，即使自己演的一部影片红了，要被变心如变天的粉丝遗忘那是分秒间的事，如同她那苦苦经营多年的视频直播空间，这段时间没工夫更新已被数十万粉丝给抛弃了。

B角已习惯大家这么叫她，一会儿与萧映朵喝着酒哭，一会儿抱着金旗哭，哭她这个女四号来得太不易，戏份太少，有些戏份还被萧映朵的背影给替代了。

金旗哭得难以察觉，我见他向陶然阁、图标、萧引城一杯接一杯地敬啤酒，一边大笑着痛饮，一边擤着鼻涕。那哪是鼻涕啊，分明是他憋到鼻腔里的眼泪，这人真会演戏。

萧引城则用纸巾反复擦着眼泪，反复感谢着图标和陶然阁，也感谢我。他说他没哭，是用眼过度，这下放松下来，控制不住泪腺了。其实他还不会离开，要配合图标参与后期剪辑。

顾老板则被一些演员们包围着灌酒，他声称要做大做强必丽传媒，到时再拍一部电影。

图标与陶然阁的眼睛都熬得血丝缕缕，在酒桌上说打是亲骂是爱，称兄道弟一派和气，一笑泯恩仇，最终他还是万变不离其宗地怨道：“我这导演憋屈得慌，人穷受欺啊！”

陶然阁：“你憋屈个啥啊！选角你在定，拍摄你说了算，演员你在指导，我没干涉你吧？”

图标：“不让我改剧本，片子不获奖，没票房，我找你算账！”

陶然阁：“说点吉利的啊！你是上辈子积了德，成了最幸运的导演。有舒大大在找资金，有甄老师做安排，有好剧本让你用现成的，有优秀的演员听你安排，有顾老板给你跑腿，你纯粹地操心拍摄制作，哪点把你憋着了？比比其他导演，协调这协调那，求爹爹告奶奶找钱，不想要的演员硬塞进组，只有小部分精力用在制作上！你好意思说憋屈，换个剧组，你连尿都憋不住！”

图标：“总有一天，我要把自己写的剧本拍出来。”

陶然阁：“我说，你做导演，就别兼做编剧了，要给我这样的编剧一口饭吃。”

图标：“那行，你写，我导！”

陶然阁与图标碰杯：“我零报酬写剧本也让你来导！干！”

图标一口干了啤酒：“你有本事，就让这部片子赚钱啊！赚了，就是柳编剧的功劳！我敬一剧之本的柳编剧。”

我与图标干杯：“图导，无论赚不赚钱，在后期制作字幕的时候，在编剧这一栏上，加上阁子的名字啊！”

图标：“你的剧本，凭什么挂上他的名字？”

我说：“要不是阁子给我修改，片子不会这么精彩。”

图标：“按道理，他得修改三分之一以上，才有资格署名。”

我说：“有啊有啊。要不是阁子护着这剧本，就得署上你图导的名字了。”

图标见旁人笑起来：“懂了，阁子不让我改剧本，是怕我署名。心机重、城府深啊！”

陶然阁：“那当然，不能让片子拍着拍着，就变成了你编的故事。”

图标：“你阁子的职务太多了，名字就不用在片子里反复出现了。”

我不依：“我要和阁子的名字在一起，永载这部电影。”

图标：“阁子，你好意思署这个名字不？”

陶然阁的眼睛已湿润：“咋了，我就和念秋署名在一起，咋了？”

图标：“这个编剧署名，你不能再用那些身份来压我。”

陶然阁：“说吧，你要什么好处？”

图标坏笑：“除非，你要当着大家的面亲一下弟妹，不低于三十秒，我就同意。”

大家一听这话，都围过来嚷嚷着要看陶然阁与我演一部接吻大戏，为影片中没有吻戏做个弥补。

陶然阁私底下喜欢对我动手动脚，在大庭广众之下他就道貌岸然，他的脸不知是被大家嘻嘻哈哈一笑给羞红了，还是被酒给醉红的。他猛地灌了一杯酒，我以为他要当众亲我公开表达爱意了，却听他说：“我现在是穷光蛋，等这部电影赚了钱，我就亲亲我的念秋，一分钟，来个三百六十度拍摄，发给所有人看。”

听得我想哭。

其实陶然阁在下午拍完最后一个镜头后就藏起来提前哭过。

上个月，陶然阁的父母打算拿陶然阁名下的房子去抵押贷款时，才知道房子转手了。父母用微信视频轮流对陶然阁开骂后，还赶到上海来当面骂他是逆子，要断决与他这败家子的关系。这部片子一旦失败，陶然阁就是铁打的败家子。

追根溯源起来，陶然阁投资做电影的念头还是受了我的刺激。也就是那年我们臆想着华年忆清水商铺如果是自己的会拿来做什么，他想到了卖掉铺子去旅行，我质问他怎么不把钱花去拍部电影。他突然有了想法，与其做不敢公开身份的编剧枪手，何不想办法把自己的剧本拍出来？

如今真投资了电影，陶然阁反而不像最初那么自信，他总拿优秀的影片来比较，对自己监制的片子也有了怀疑。做电影前看见的是贼吃肉，做了电影才知道贼更容易被挨打，不知有多少人由此一蹶不振甚至输掉一生。虽说个别影片如同黑马飞奔而出，艳惊四座，但绝大多数无名之辈用心制作的影片最终死相难看，什么水花也没击起过。他无法预知和揣摩观众或者评委的喜好，不能保证对剧本、对剧组、对影片效果的判断是否准确。

即使如此，陶然阁在大家面前自始至终都是信心百倍的样子，找一大堆理论来分析影片的艺术价值与商业价值。谁会知道，他最害怕的是一招不慎满盘皆输，会在私底下问我“这部网恋主题的片子，会招来中年人、思想传统的人的责骂吗”“年轻女子轻易得到一笔巨额房产，艳羡她的人多，还是诅咒她的人多”“赠送铺子的事真实地发生了，你相信他们真的没见过面吗”“会不会有人骂这部片子又在教育大家追求纯洁的理想”……

其实我对自己的剧本也有了怀疑，就像盯着一个字久了，反而不认识了。在陶然阁自我怀疑的时候，我就假装胸有成竹、豪言壮语地安慰他：“不是有电影靠超长的长镜头永载电影史册吗，我们就靠从头到尾的中国元素区别于其他电影。”

陶然阁和我都在走钢丝，全靠信心和鼓励保持着内心的平衡，谁也不敢先泄气。

大家拒绝陶然阁未来的亲吻视频版，要看接吻现场版，嬉笑地等着陶然阁对我进行疯狂的表示。

陶然阁则独自闷头喝起酒，置大家的强烈要求于不顾。

我给陶然阁夹了一块肉：“你还有我呢，穷什么穷？”

陶然阁紧紧抱住我，再也没有忍住眼泪。我的肩很柔弱，但在阁子面前，我想它会异常强大。

凌晨已过，大家等来了舒茗悦和牧典蓝。夫妻俩为每桌补敬了酒，也亲自为每人发了同样厚的纪念红包，上面有烫金的“华年忆·忆年华”字样。

不约而同地，大家排在一起，手拿红包，剧组里的女剧照师给大家重新拍了张带着醉意的杀青合影照。

细细想来，剧组的每一个人都是关系户，没有一个纯粹靠才华进来的“外人”，全都是朋友，或者朋友的朋友、熟人的熟人、合作方的合作者。

这就是剧组朋友圈的宿命。剧组时时刻刻在烧钱，两天的戏恨不得一天拍完，倘若“外人”进组，大家互不了解性格与水平，极易发生矛盾耽误拍摄进度，更没谁愿意去教“外人”从入门到精通，只有相互熟悉的专业人员用起来才通畅，谁带生手进组增添麻烦那就是自绝后路。

不愿散场的宴席终究在依依告别声和祝福声中散了场，舒茗悦召集甄济、图标、顾老板、陶然阁和我开会，并带来了重要消息。

坏消息是，《第45号铺子》在北京“新影人”电影节上获得了后期投资，另有发行公司将联合发行。

坏消息后面又潜伏着好消息。翁显梵誓与扶桑的这部片子对决，以个人的名义为影片注资三百万，凤翎红茶业公司的四百万资金即将到账，可谓好事成双，影片的后期和宣发有了资金。

舒茗悦并不为之欢喜：“据说，扶桑的片子可能定档七夕节。”

图标酒量好，醉意消了大半：“还有四个月，我们要申请龙标，做后期，跑发行。要赶着同步上映，时间好紧！”

陶然阁不胜酒力，聚会喝酒不靠耍赖就靠作弊，他还不糊涂：“七夕节定档，那多半找死。暑期档的大片成堆，能排上片也容易被大片碾轧。”

舒茗悦：“钟导执导的片子能在‘新影人’中获得资金，应该有实力。我们的片子得做好策划，让它走好。”

图标：“就走电影节，国内来不及就走国外。初剪后，取到龙标恐怕就得花两个月。要赶在七夕前参加竞赛单元或者展映单元，可选择的电影节并不多。”

陶然阁：“找专业公司来跑这头。我们一心做好片子。”

甄济：“电影节报名要趁早才占优势，评委能认真看片，报名费可能也低。报名晚了，评委把好片选足了，后面来的影片一多，评委未必细看。”

图标：“甄老师参加过什么电影节？”

甄济：“国内的都参加过。国外的嘛，野鸡电影节我倒是参加过，报名就能入围拿奖。”

舒茗悦态度坚决：“这种不行，我要货真价实的。”

甄济：“A、B级的国外电影节我还真没参加过，不过做电影节中介的朋友倒有几个。”

舒茗悦：“我们要看扶桑那头的情况再定参加什么电影节。怎么有利于压过扶桑的片子，就怎么去运作。如果时间不济，不参加电影节，直接与扶桑的影片比试，也可以吧？”

甄济：“无论什么电影节，第一目的是卖片，提高知名度找到好的发行商才是关键。”

舒茗悦：“电影节那边，甄老师负责联系和安排。片子后期，请图导和陶总监再辛苦一下。”

图标：“舒大大，我得再明确一下，后期制作，谁说了算？”

舒茗悦：“效果怎么好，就怎么算。好吗？”

图标：“艄公多了打破船，终剪权必须导演说了算。”

舒茗悦：“甄老师，你最有经验，你看呢？”

甄济：“终剪权协议上就注明在制片方，制片方委托导演剪辑，没问题通过就是。”

图标：“不给导演终剪权，还能体现导演的思想和风格吗？”

舒茗悦：“图导，这片子我有特殊目的，我的顾虑很多，请谅！”

图标：“我知道，我没出资，你不信任我。但我出的是人、是技术、是创意啊！我也不参与票房分成啦！你还不信任我！”

舒茗悦：“影片都请你来执导了，这就是信任。”

图标：“让我在笼子里飞，不给我终剪权，算什么信任？”

甄济：“图导，我们都要对出品人负责，还要接受电影局的修改意见，如果导演的剪辑不符合一方要求，又拒绝修改怎么办？”

图标：“我剪的片子，怎么可能不符合要求？”

“图导先初剪一版，争取早日取到龙标。”舒茗悦说着，见顾老板在场一言不吭，问道，“顾老师，你有什么看法？”

顾老板一直交叉着手臂旁听着，态度有些冷："我看法多，谁在乎我这个跑腿的剧务组长？"

舒茗悦："顾老师，对不起啊！我只顾自己这头，没怎么听取你的意见。请你谅解！"

顾老板放下了手臂："想起舒总四处奔波的辛苦，我也不想说东说西地添乱。没有舒总给剧组找来资金，片子最终会成废品，什么才华啊能力啊都是浮云，大家都得谢谢舒总才是。我没什么好说的，剧组的任务我基本完成，下一步我就在商言商，看结果。"

舒茗悦："顾老师既参与出品又参与制片，俯首甘为孺子牛，你的宽容大度让剧组拧成了一股绳。我衷心地谢谢你！"

2

《遇·见》的初剪由图标和萧引城在租来的专用后期机房操刀，萧引城负责按分场剧本的要求剪前一半，图标负责后一半以求节约时间。两人的十根手指飞速在动，眼珠在转，身体其他部分像蜡像一般被"钉"在了电脑桌前。

后期初剪是在前期现场剪辑的基础上，把故事脉络拉出来，进行大结构的调整和电影叙事，形成一个暂无特效、旁白和音乐的版本。不同的剪辑手法会决定不同的故事气质，甚至能改变故事走向，剪辑师不但要精通剪辑技术，更讲究剪辑艺术，要把握好情绪节奏、挑选出核心素材、不露拼接痕迹，让故事自然流畅。

艺术的麻烦就在于，它没有固定的美学标准，凭个人感觉决定喜恶程度，众口难调。这不，图标、萧引城互看了初剪的片段后就发生了分歧，诸如脸部特写当用两秒还是三秒半、某个镜头当挑选小全景还是近景、某句台词不让说话人出镜是不是更好、某个动作慢放是不是更震撼……

陶然阁会简单的剪辑，剪点婚礼MV之类可以忽悠对艺术要求不高却以把价格砍到最低为荣的客户。他并不懂剪辑艺术，一会儿认为图标剪得有理，一会儿认为萧引城的理念也没错，完全不像对待剧本那么坚定而强势。

我的剪辑技术连陶然阁还不如，更分不出是非长短，没有音效对情节的烘托，看这没经过色彩处理的初剪片好寡淡，像看山寨片，这怎么拿得出手？

图标认为萧引城把有个情节剪得支离破碎，而萧引城称那是在交叉叙事，图标一巴掌拍在桌上："剪辑是片子最后的一次再创作，这个关，必须导演来把。你萧引城，不该来参与初剪。"

萧引城默不作声。

图标把萧引城、陶然阁连同我一起指了指："你们，论年纪，比我小；论经验，有我多吗？我不过是外地城市来的嘛，人生地不熟；你们大城市的人，就自认为见识比我多，人缘比我广，能凌驾于我头上……我好歹也是从深圳这大城市来的，不是从四五线城市来的！"

陶然阁："图导，我们从没这个意思。谁的意见更好，就听谁的。"

我也辩解："大家都想做好这个片子，有自己的想法和建议也正常，不用上纲上线。"

图标："把我写的脚本当草稿啊！说推翻就推翻！片子是导演的艺术，不是编剧的艺术，也不是摄影师的艺术！萧引城，你摄影师都算不上，只不过是个掌机，神气啥啊！"

萧引城埋着头一声不吭。

陶然阁："图导，有新点子可以做点尝试，万一有更好的效果呢？"

图标："别以为你们的鬼点子就是好点子，不把我这个小导演放眼里。你们学过摄影摄像、美术、美学、文学就以为不得了了？那你们系统性地学过编导学、新闻学、传播心理学、导演学吗？"

陶然阁："所以你才能当导演，我们都当不了嘛！"

图标："萧引城，别以为我糊涂，你挑选出的一些镜头是你擅自拍摄的，不是按我的意图拍的……"

萧引城："不是擅自拍的，是试拍时拍的。"

图标："别以为你随心所欲地拍了，我就会用。初剪权在我手上，你不用来剪了！"

萧引城着急了："图导，近年又出现了新的镜头语言，我们可以借鉴和创新。能不能让我单独剪一版看看？"

图标："你擅长拿来主义，我擅长传统主义，传统的往往也是经典的，我不需要花里胡哨的剪辑手法就能把故事讲好。"

萧引城："有的镜头真的不能再用了，图导。"

图标："你行，你举个例看。"

萧引城："男主角被前妻气晕在地的那场戏，就别再用药瓶落地的特写镜头。这就跟听到噩耗一定手中有碗掉落在地一样俗套。"

图标把我一指："剧本上就是这么写的。"

我想了想："有错就改，把男主角掏药的情节一同省掉，这样更加干净明快。"

陶然阁也点头称是："我这思维确实也老套了，没意识到，需要有人提醒，得改。"

图标斜着头望着萧引城："编剧和总监不听我的，都要按你的意见改脚本了，你继续。"

陶然阁不服："图导，你不能以一抵万哦，我们一两次没听你的，你别当成全部没听你的。"

图标："别吵，听这位萧老师的。"

萧引城："图导，只有个别镜头我有自己的想法，一千多个镜头都是你的好点子。我没什么意见了。"

图标："你骄傲啊！别忘了，你进剧组做第一掌机还是靠我的坚持，你想用的高端摄影机也是我争取来的，你推荐的摄影团队也是我许可的……哼，我们没让必丽传媒的摄影团队进来，让你的团队进来，你就屁股翘上天了？"

萧引城："没有啊，图导。我说说我的想法，也是应尽的职责。"

图标："导演定下的方案，就得执行。别以为你的摄影团队就能凌驾于导演之上！别忘记了，我还是摄影指导。"

萧引城唯唯诺诺："图导你误会了，我听你的好了。"

陶然阁："图导，引城的团队为了支持剧组，没跟咱们讲条件，以技术入股担着风险呢！引城说出更好的想法，也是对大家负责。"

图标："你们都是股东，有分成，我才是真的白干。"

陶然阁："能不能分成保本还是未知数，我们先统一思想，听图导安排。"

图标："不是我争权，我要尊重我的电影。你们按你们的想法剪，审片的时候

按评委的意见剪，发行的时候按发行公司的意见剪，上映的时候再按影院的要求剪，说不定茗悦大大这边还要按她的意思去剪，我还当什么傀儡导演！”

陶然阁：“理解理解，剪辑权是导演的命根。不干涉你了，先按你的想法剪出来送审吧！精剪时最好控制在一百分钟之内。”

图标：“还说你没干涉！花这么大代价拍部影片，我剪个一百二十分钟的又怎么了？”

陶然阁：“故事紧凑才兴犹未尽，多点余念。时间短点，影院能为我们排三场，长了也许只够排两场。”

图标：“印度电影还三小时呢，两小时算啥！”

陶然阁把我拉了起来准备离开：“印度电影是为观众避暑而拍的，我们用不着。这故事支撑不起那么长的时间。片子太长，不是剧本的问题，绝对是剪辑的问题。”

图标：“呵，把责任推给我了？你阁子真不把导演当个人哈！”

陶然阁：“你剪，你剪，看结果说话。我闪好了，怕你图导了！”

图标又对着萧引城：“你妹妹能当主演，我顶着多大的压力，你知不知道！”

萧引城：“我知道。图导，你的恩情，我和妹妹没齿难忘。”

陶然阁：“云朵又没演砸，给谁压力了？”

图标：“我答应过顾总，让尚遥做女一号，结果被我炒了。片子如果赚不到钱，顾总会要我赔钱！”

陶然阁：“顾总是屠夫样和尚心，你又不是不知道。”

图标：“他肯放过我，但必丽亏了名声臭了，尚遥的大舅不会放过必丽，顾总只得拿我开刀呀！”

陶然阁：“那就汲取好的剪辑手法，把片子剪得无可挑剔。”

图标：“我剪，不需要多余的人手。”

陶然阁：“瞎子摸象——不识大体，没比较就不知高低。图导，这样好不好？你剪一版，引城也剪一版，你让大家看看，他差你有多远。”

图标把桌子一拍站起来：“导演的剪辑权，你无权干涉！”

陶然阁：“你俩切磋一下剪辑手法没错吧？能相互融合优点来个一加一大于二岂不更好？”

图标：“别以为谁都是那个能增值的一！你们东一锤子西一榔头来乱搞，亏光了钱，怪不得我。”

陶然阁：“亏钱只会亏在我身上，图导不用着急。”

图标：“别把我的导演名声说臭了！”

3

图标和萧引城真的各自连天连夜完成了《遇・见》的初剪版本，交给了舒茗悦，并将由主创团队来决定报哪个版本送审。

为了导演版与摄影师版的事，图标和陶然阁已闹翻，达到了不可调和的程度。比如男主角在书房所写的三幅书法，被图标删除掉了下面的两幅；而农贸市场那出戏，图标保住了包打听人员把钱退还给女主角的镜头。

萧引城的剪辑保住了陶然阁对关键情节的坚持，加入了自己的镜头风格。

陶然阁从开始的左右摇摆站到了萧引城这边，认为让萧引城加入剧组是英明的决策，他开始把萧引城由直呼其名改叫“城哥”了。

“我的版本不送审和公映，那我放弃导演署名，让片头落上‘陶然阁导演作品’好了！”图标哪肯依，火冒三丈。

“如果我会剪辑，还要出个监制版本，谁的胜出，就用谁的。”陶然阁就火上浇油。

“监制来剪辑，笑话！”

“舒大大推行的不是制片人中心制，不是编剧中心制，也不是导演中心制，而是剧作中心制，一切以全剧整体效果为准。”

“全是他妈监制中心制！”

“监制监制，就得监管制作。我不会导、不会剪、不会演，但我会辨好坏。”

过后，我只有私下提醒陶然阁：“剪辑属导演的权力，作为监制，你不要越位！”

陶然阁心里清楚，但他做不到：“不比较，图导的剪辑我会夸他干得漂亮。但是他和城哥一比，就差一个档次，好比深圳遇见了上海。”

“难道深圳就看不出自己的差距？”

“问题是这个深圳把自己当成了巴黎！总得有人来把他叫醒。”

“谁让你当初把图导的剪辑捧那么高呢？”

“小笨瓜，捧高自己的人，才接得到活儿嘛！不然谁看得起咱们？”

“你吹捧我的剧本，是不是就是为了揽到这总监的活儿？”

“我会倾家荡产地去吹你的泡泡吗？不如捧我自己的剧本。”

“我看图导对细节并不追求极致，这导演有点名不副实。”

“他本性还是想做成一部好电影，不过他高看了自己，低估了我这名观众。”

“说人家容易，你能保证自己的决定就正确吗？”

“也许不是最正确的，但不至于有低级错误啊！”

“问题是，图导看你才是犯了低级错误。”

“低级错误是风险，我看风险是肥猪，图导看风险只是绵羊。”

“啊，啥意思？”

“一个要丢命，一个只是丢毛。所以，有的事必须依我的。”

“幸好茗悦大大支持着你，为你撑着腰解着围。”

“大大是智者，清楚谁和她在同舟共济。”

“阁子，你不觉得奇怪吗？引城以前对图导百依百顺，他现在敢违抗图导了，这是自断与图导再次合作的后路呀！”

“自己亲手拍出的镜头，没被导演组装成精品，只弄成了合格品，换着我也要急得跳墙呀！”陶然阁越来越理解萧引城了。

华年忆“彼岸语”沙龙室原来是有门的！这门平时隐藏在墙体内，这晚我第一次见它关上，成了九片折叠屏风，上面绣着淡雅的《独钓寒江雪》，有着水墨画的飘逸。这静如止水的画面，与沙龙室本应有的热烈形成了强烈反差。

十六名能到场的主创已陆续赶到，牧典蓝则受联合出品方凤翎红茶业董事长所托前来观看，不直接参与投票表决。《遇・见》将以怎样的视觉节奏与风格呈现出来，即将由大家民主决定。舒茗悦也不敢做这个主。

今晚的会议规则，就是会前互不谈论影视话题，严禁拉票讲人情，初剪样片播放结束后也不进行任何阐述，大家凭直觉通过手机投票来选择自己看好的样片。评委是双数，出现投票并列情况将再加播片段，进行第二轮投票，直到不并列时为止。

即将播放的两个初剪版样片均匿去剪辑者的实名，取名为“欢版”和“喜版”，由图标和萧引城在会前五分钟秘密抽签取名，正式播放顺序则在会上由佟雪投币决定，硬币的正反面分别有字样“欢”和“喜”。舒茗悦将按投币结果播放每个版本的三小段总共约三十分钟的戏。

这些本着公平、公正、公开原则制定的烦琐规则，在图标眼里有着另一种含义——淡化导演权威。

陶然阁坐在门口这一头，图标坐在靠窗的另一头，中间隔了包括我在内的六个人，他俩同一个朝向还互相看不见。

舒茗悦最后进来时，窗户也被来上茶的麦卡给掩上了，空气中弥漫起紧张气息，再浓的龙凤茶也无法让其消解。

佟雪把“欢喜”币扔到空中，硬币旋转几圈后躺在长桌中央，面上显示着“欢”。

灯光暗了下来，投影仪上开始小声播放起还未做其他后期处理的“欢版”初剪样片。一部初剪有一百五十分钟的电影公映时可能只有九十到一百二十分钟，初剪相当于没有润色和精练的草稿，离影院播出的效果还有距离。

“欢版”播放的三个片段情节符合我的心理预期，有着一些独到的表现节奏与角度，不拖泥带水，与萧引城从前的剪辑手法有些类似，我怀疑这版出自萧引城的手笔。

“欢版”样片播放完毕，大家都未发声，等着“喜版”登场。翁显梵似乎有些坐不住。

接下来的“喜版”，重新播放相同的这几场戏，剪辑手法不一样，影片气质也变了。

“欢版”中男主角在书房发病后警报灯闪烁的特写、男主角母亲和拿着氧气包的护理工奔入书房的过程、男主角母亲焦虑的眼神在“喜版”中全被略掉；男女主角的网聊场景在“欢版”中是交替切换，在“喜版”中被并列成同一画面；男女主角准备相互视频前的打理过程，“喜版”比“欢版”明显延长强化……

两部初剪片的片段播放完毕，灯光大开，大家按约定的议程统一思考五分钟，再统一打开手机开始网络投票。

投票的最终结果在手机上显示出来——“欢版”支持人数六人，“喜版”支持人数九人。

大家不约而同地向图标和萧引城望去，图标面色铁青，萧引城喜形于色。

萧映朵坐在萧引城同侧并隔开座位以避嫌，这下探头而笑：“哥，你胜了吧！你是‘喜版’吧？”

萧引城瞪了萧映朵一眼，萧映朵收敛起了得意之色。

舒茗悦纳闷：“谁弃权了？”

翁显梵语气沉重：“我不懂电影，不知道投给谁。”

舒茗悦：“翁老师，两部都不合你的意吗？”

翁显梵叹道：“渺儿极为注重隐私，这样兴师动众、不真不假地来讲这些，他地下有知，怎么安宁？”

舒茗悦有些不安：“我也是为了让他能够安宁……翁老师，你能就这两版的剪辑手法，谈点看法吗？”

翁显梵：“隔行如隔山，你们比我懂，我这门外汉不能开黄腔。”

舒茗悦：“故事这么讲，你觉得妥吗？”

翁显梵情绪明显悲伤，他站起身来：“大家为这片子付出这么多，辛苦了，我尊重你们的选择。谢谢你们！”

舒茗悦送走了翁显梵，回到沙龙室，看了看脸色发黑的图标：“大家的意见已真实地反映出来，就这么定了吧，别再争论什么了。”

图标一巴掌拍到桌上：“你们都比我懂电影，你们都可以决定我的成与不成，我当什么导演！我退出！”

舒茗悦：“图导，无论影片怎么剪，你都是唯一的导演。”

图标：“我是傀儡，哪是什么导演！署我的名，都是我的羞耻！”

舒茗悦：“图导，剪辑只是略有差异，你不必计较。”

图标瞟了眼萧引城：“正因我开始没计较，谁都可以得寸进尺了！你们绝大多数，不是柳编剧的朋友，就是萧摄影的朋友，不是恋人，就是兄妹。我这孤苦伶仃的外地人，拼不过。”

陶然阁："图导，难道我们不是你的朋友吗？"

图标："关键时刻，朋友的亲疏就能决定我的生死。"

舒茗悦："大家都不清楚哪一版是图导的或者引城的，想偏心也不知投'喜版'还是'欢版'。今晚的规则就是尽量在避免感情用事。"

图标："谁知道他们私下有没有串通！"

舒茗悦："我不敢保证别人，但我敢保证播放的这三个片段我没给任何人透露。"

图标："真理未必站在大多数一方，我认命，但我不服输。我不承认做了这部电影的导演！"

舒茗悦把牧典蓝拉了拉："蓝筹，你算不上他们的朋友，可能少些偏见，你认为这两个版本哪个合适？"

靠在椅上的牧典蓝这下正襟危坐："我很少看电影，也不太懂剪辑。就这两版看，我更喜欢第二版，也就是'喜版'。"

图标："请牧总赐教！"

牧典蓝："'喜版'中很难看到小角色的脸，比如女主角的驾驶员、男主角的母亲和护理工。这样处理，主次更加分明，我这脸盲的人没有被过多的人脸弄混。"

陶然阁点头："对！'喜版'极少出现龙套人物的脸，这是一大特色。"

图标："在你陶总监的势利眼中，只有重要人物，哪有小人物啊！"

陶然阁："影片是新人做主演，没有明星光环，不尽量突出主角，难道让小角色来弱化主角？"

图标："对头，男主角见到来救他的母亲也视而不见！"

陶然阁："男主角发起病来，恐怕真是看不清母亲的脸。引城的这个剪辑就处理到位了。"

舒茗悦："两部版本都剪得非常好，但我们只能选其一送审，不得不尊重大多数人的意见，毕竟片子要让更多人喜欢才行。"

图标："我尊重你们的尊重。我老了，跟不上你们年轻人的思维，后面的事，你们后劲足，接着干，祝你们干出一部爆款！"

舒茗悦："图导，请息怒！后期工作，按合同是你去负责呢！"

图标指指陶然阁和萧引城，又指指我：“他们个个都能指点江山，要我做什么？让他们走起！”

舒茗悦：“我们都是第一次做电影，没经验，大家商量着群策群力，不是更好吗？”

图标：“谁在跟我商量？全是你们在决定！导演我让给陶然阁。拜拜，我不干了！”

陶然阁：“你中途退出，就违约了。”

图标：“我没拿你们任何一分片酬，我身上也分文没有。你们要追责，就放马过来，拉我去坐牢！”

图标在大家的目光中向门口走去，来到门前，与陶然阁身边的金旗对视了一眼，拉开门消失了。

不过图标的声音还是传来：“导演无法控制影片，全是他妈胡搞！亏个一败涂地，别找我，你们有钱不怕亏！”

顾老板与图标为尚遥的事有了隔阂，酒桌上称兄道弟，下了桌两人形同路人，吃工作餐他宁可与群演一起也不跟图标同桌。他冷漠地哼了一句：“也不想想自己靠的谁在耍酷。”

舒茗悦左右为难：“图导也想有个好结果，大家相互包容一下吧！等图导消消气，我就把他请回来。”

第一个会议已结束，舒茗悦就召集后期主创人员去“恒心”室再研究下步工作。

陶然阁也要参加下一个会议，他没动身，直问有点丧气的金旗：“旗帜，你投的谁？”

金旗：“不可以投图导吗？”

舒茗悦在门口劝道：“别追问了。投谁的票，是每个人的权利。”

陶然阁：“旗帜，我没有怪你。我只想知道，你这一票，是忠实内心，还是违背内心？”

金旗挠挠腮帮子，嗫嚅着：“我答应过图导，要，要给他投票。他当年鼓励过我去考表演系，还说我这次能当主演，全靠他举荐。”

陶然阁：“你怎么来分辨哪版是图导的？”

金旗：“图导给我比了手势。”

陶然阁：“唉，不自信的人就会玩这些花样！图导也不学学城哥怎么处理男主偷看女主这一幕，他就知道特写你的眼神。城哥呢，就懂得用一明一暗两个主角的剪影动作来表达。”

金旗：“图导这里多我一票，也没影响最后结果嘛！”

陶然阁气道：“再有两个学你，‘喜版’就成‘悲版’了！”

金旗蔫了，像患了病似的。

我想，这个铁杆哥们也会给陶然阁的阳光内心投下小阴影了，如同我的闺蜜当年给我纯洁的心投下的毒药，导致我至今不再有闺蜜。

我在高中时有位闺蜜，是我唯一愿意与她同啃一个苹果、她讨厌谁我就讨厌谁的那种知心同学。她在我面前老埋怨应试教育的不科学，老说这老师没朝气那老师讲得不生动，还老在我面大谈当红网络小说，并老说她在家里如何防着父母玩游戏。但她成绩老比我高一截，基本稳在班上二十名、年级百名的位置。高考时，她全市第九，全省排名前两百名，进全国排名前五的大学是板上钉钉子的事。学校请她向新一届高三学生做经验报告，她展示了密密麻麻的学习计划，周末的学习时间安排到了凌晨一点，起床时间是五点半……我不客气地质问了她，她却说考上高分是撞到了大运，既然要她做报告，不得不做得很刻苦的样子。如果她不曾有意害我，那就是在有意害下一届同学。

陶然阁那回遇到万颜后曾问过我，剧本里我把女主角的闺蜜和女同学写得那么冷漠阴暗，是不是有心理阴影？当然有，我这闺蜜考上心仪的大学和专业后不再理我，我才写出了那篇获奖小说《正面背面》解恨。陶然阁却笑我，是不是我老爱啃人家的苹果，让人家怀恨在心，根本没把我当闺蜜，只当成讨厌鬼了啊！

眼前的陶然阁有着我当年的义愤填膺，他肯玩命当影片的联合出品人，不只是为了给自己复仇，也不仅是捧我的剧本，还为了捧起金旗，指望金旗靠此片翻身，改变他们老受欺压的困境。

陶然阁一度认为舒茗悦和他率先投资这部影片，其他人就有了信心跟随投资，包括有房子可以抵押贷款的金旗。结果金旗的资金套在房子里，保本也脱不了手，他还在等着下跌了的房价升上去，不肯抵押以免影响出手。

有些信任真是伤不起，但愿陶然阁不会像我一样，失去对一个信任的人的信任。

4

图标出走剧组不是说说气话，他回深圳了。

舒茗悦以为自己出面能请图标回来，图标则说不把他剪辑的电影拿去送审就不用合作下去了。舒茗悦没有让步，图标也就不退步。

后期主创组决定，陶然阁暂任临时导演，后期工作按先前的计划继续推进。除了比较关键的调色和特效，还要按确定的声音风格对影片进行配音、拟音，再加入配好的音乐，完成音频这部分的合成，最后实现音频视频两轨合一。陶然阁必须调动所有资源解决遇到的所有困难和麻烦。他戏称，等这部影片完成，下部影片他可以做导演了。

还有一个决定也做出了，影片参赛参展和公映前后的宣传事宜，交星钻策划打理。

内容决定一部电影票房的上限，宣传则决定其下限。影片的宣传就是烧钱，一个知名网站首页出现的某部影视片的图片、视频、话题啥的，都不是凭空出现的，而是每天按所占位置与版面用数万、数十万、上百万的钱砸出来的。要让一部片子在多个网站首页露面，钞票就得铺天盖地。这还仅仅是网络上的宣传，另外还有传统媒体、物料宣传、影院路演、互动活动、综艺节目……没钱去铺？那就比着预算点对点地去布局。

星钻策划近五年已连续操盘多起营销策划，包括数家自媒体、公众号、直播网站和几部影视片，多多少少有些名气。近两年有两部青春偶像片爆火，但影片质量很一般，最终被观众分别打了5.3分和6.8分，影视圈就认定为这是两例成功的宣传案例，一时间承揽这两部影片宣传的星钻在影视界有了相当高的知名度。

得知请星钻策划来做影片宣传，我不假思索地说：“换家公司才好。”

陶然阁不明白：“这是甄老师和佟雪老师千挑万选才确定的一家，与我们的项目最为匹配，为什么要换？”

我的分析有一长串：“星钻策划的营销的确有一套，它们擅长用大众猎奇心理进行炒作，比如那个大V号成天发出的所谓正义呼声其实是别人早就说过的话题，某公众号发布的文章全是编造的虐心情感故事，某网红上演助人为乐被路人抓拍受到各方点赞……反正看似正经却没个正经事。即使那几部青春影视片，也不过是炒作初恋、失恋、虐恋之类。还有，星钻策划正因现在很火，收费相当高昂，而且会同时接几单进行各方宣传，不会潜心研究我们这部片子的宣传，性价比不太高。”

“看不出，你对星钻策划还有研究！”陶然阁笑了。

“我才没兴趣研究它，我不过是浏览了网友对这家公司的评价而已。”

“那些评价也不可全信。这家公司能把烂片宣传成功，宣传我们的片子就能如虎添翼。”

“就怕他们乱宣传，什么绯闻、水军对骂、做假数据什么的。别污了我们的片子。”

“放心，所有宣传方案和内容茗悦大大都会亲自审核，不能由着他们乱来。”

“与其把希望寄托在这一家上，不如再找一家，各负责一半。”

“那容易出现职责划分不清而相互推诿的情况，一家为好。”

“必丽传媒不是也做影视宣传吗？”

“人家做得更专业和深入。”

“既然选定星钻策划，我也没权干涉。不过，得提防总裁高锐。”

“你认识高锐！协议正是他出面签的。”

“高锐是从滋利集团出去的，我看他的宣传并不高明。”

“不会吧！他的履历里，根本就没提到过滋利集团，一直是在大公司里做管理。”

“他连档案都没管理好！”

“高总口才不错。”

“是啊，小人物逆袭史被他讲得活色生香，但没点营养。”我打心眼里看不起有一面之交的高锐。

高锐是十六年前来滋利集团的，早年的工资表里有他的名字，那时他叫高明。

上月，滋利集团新建落成的陈列馆开馆，在卓主任的提议下，现任星钻策划总裁的高锐被请回来剪彩，据传目前年近不惑的他身价已上十亿。

剪彩之后，高锐应卓主任之邀来多功能会议室给各部门负责人、主管和文书人员讲课。

通常情况下，业务培训是人力部负责，请的讲师是饮料专业领域的专家学者，教学内容属学院派。这次讲课不算正统培训，由企业文化部牵头，相当于请“网红”来谈谈如何通过网络抄近道让产品走红，不动声色地做招人喜爱的软广告。

讲课前，我把《滋利集团志》《滋利春秋二十载》《滋利邮册》送给高锐作纪念，集团公司二十周年庆时没请他回来，当时他出国去了。

起先我对这位貌不惊人、音调高得惊人的高锐心生佩服，他是多么励志的现实故事！据说他已是第三婚，育有三个子女，两个已去了国外。

没料到，来自营销公司上层的高总裁，似乎不会营销自己，他没有让我看到他光鲜的才干，倒是把他龌龊的伎俩营销了出来。

他用PPT讲的营销理论，早有讲师讲过了，比他讲得精彩有趣。他那PPT颜色搭配既刺眼又丑陋，没有视觉舒适感或者震撼感。他也没在PPT的基础上进行深度阐述，举些有分量的例子，而是走向岔道讲起了他的奋斗史。不，是他在滋利集团的屈辱史。

当年，高明技校毕业就从小城来上海闯天下，成为滋利车间的饮料搬运临时工。苦干三年后，卓主任发现长得不帅的他写的字还很帅，就让他去了办公室，档案全交他管。过后卓主任见高明为人处事热情就把他招为了正式档案员。高明不懂怎么整理档案就按卓主任教他的办法弄，但行政工资反而比当搬运工还低，他住着公司的集体宿舍，吃着最便宜的盒饭，找不着女友，饱受女同事的冷眼。当档案室有了独立的办公室后，他闲得慌，就把街上的奇特见闻写成稿子发布在网站上，有了些粉丝。后来他用办公室淘汰下来的胶卷相机把街头趣事拍下来、冲印，再扫描成电子照片发到网上。慢慢地，他发现照片上的事件可以经过加工改编成故事，编得好的话在网上的点击量会相当可观，比如两个女人一言不合吵个架可以改编成小三遇到小四什么的。就这样，他在网络上一度很火，由于他用的是网名，同事们并不知道他已是那个年代的大V博主。过后，高明节衣缩食去买了部卡片数码相机，专门拍些让人联想的照片，自己编写制造争议话题的内容，并在网页上投放广告，由此赚到了第一桶金，还有了女友。他在滋利公司评个先进无望，升职更无望，便辞职加入了网络公司专写社会奇葩事。他先后去了几家公司，最终才成为星钻策划的骨干，并把名字改为了“高锐”，参与了一些产品的炒作，一步步做到现在总裁的位置。高锐时常接待着许多公司董事长、影视制片人、项目投资人等社会名流，有时去他们的公司察看和讲座还会有专车来接送他。遗憾的是，他今天回滋利集团，是开自己的车来的……

坐在台下的卓主任分管行政类用车，听高锐讲到这里就插话：“高总，不是我没安排专车来接你，公司对车辆管控得严。你的交通费，我们在讲课费上加进去了的。”

高锐：“卓主任别想多了啊，我只是讲到这里做了个对比。这就是滋利集团不擅长营销的表现之一，迎来送往，是企业的礼仪文化。”

台下的职员们窃窃私语。卓主任一直在吹嘘高总是他当年慧眼识珠从车间挖出来的好苗子，是滋利集团走出去的人才，是集团的骄傲！这也太娇气和傲慢了吧！

随后的讲座跟营销扯上了点关系，那就是以星钻为例，要走哪类渠道进行营销怎么做预算。至于朋友圈营销，那只算小儿科，真正大体量的宣传，必须靠资金运作去推动才能影响到全国。滋利集团重金打造的陈列室，对企业营销影响不大，可谓是白花了钱，因为没有一个吸引人的故事可以流传全国，连全上海也流传不开。世上最成功的营销是钻石营销，一颗本来没什么观赏和收藏价值的碳元素石头，就因故事编得让那么多人相信了，成了全球的名贵宝石。

说着，高锐举起《滋利集团志》，认为做集团书籍时没有在封面或者封底加入公司产品二维码是失策，即使加上去了把书籍作为宣传载体也作用不明显，但没考虑到二维码就欠缺营销意识。会营销的，会把书籍做出故事来……

卓主任真想得出啊，把对公司发展毫无建树的前同事、把造成集团档案保管不善的原档案员请回来作报告，还当成人才！学他哪样的才？

高锐讲到最后谈到了他的人生结论——男人成功要靠营销自己，不成功的男人，女人都不会跟着他。

高锐在稀稀拉拉的掌声中退出主席台时，并没带走我送他的那三本书。他可能发现上面没有他的一个名字，没有他的一张照片。

漆主任把高锐送到会议室门口道了声“慢走”，就拉住卓主任直言不讳：“怎么请高总来讲这些内容？汤董知道就糟糕了。”

卓主任也没送高锐的意思，“唉”了一声：“我也没想到他会临场发挥。高锐已不是当年的高明了。”

5

视频需要剪辑，声音也需要。

影片配乐基本完成，主题曲则由图标外包给深圳的配乐师和词曲家，说是电影故事发生在广州，由深圳的朋友完成音乐部分更有广州味。配乐听取了配乐师的意见，没有完全采用中国民间乐器配乐，根据情节加入了吉他、小提琴和钢琴等西洋乐器。

有个问题没解决，陶然阁认为主题曲打动不了他，让他出戏。

图标对主题曲是满意的，陶然阁没有表达反对意见，以免又引起不和谐。图标现在出走剧组，等精剪、调色、混音效果全部出来，陶然阁反复看这段戏，才敢说出真实想法。

主题曲是为男主角默默写书法遗书的情节而配，语言不能到达时，音乐就到达，此时无言胜万言，女歌手轻唱必须渲染情感带动情绪。陶然阁一直对这歌曲感觉平平，认为要改。怎么改？他也说不出个子曰来，所以他就让词曲作者再复读图标《导演阐述》中有关音乐设计的这部分，找准感觉，达到更好的程度。

《导演阐述》是图标拍这部影片的整体构思，是当初征服舒茗悦的利器，也是统一剧组创作理念的思想法宝。音乐设计仅是其中的一部分。

陶然阁自认为不适合做导演，也就是达不到图标这样，对方方面面有准确的创作思路与把控。作为临时导演，他只有以《导演阐述》为纲，要求词曲作者按主题曲“软到心坎里”的阐述思想去修改。

抽象，做不到？做不到就得另换人来做。

不过图标已在主题曲这一项上签字认可，如果重新修改达到三分之一以上，就得按新创作主题曲的标准另外计费。而陶然阁认为换种音质可能更好，词、曲、唱需要全换。

舒茗悦无法想象更好的主题曲会是什么样子：“这歌曲很动听，能保证创作出更好的主题曲吗？”

陶然阁：“这歌曲的意境，与影像的情感有抽离，眼看我的泪要出来了，歌曲一响眼泪就退了潮。我的注意力就在耳朵上，达不到我的心坎上。如果主角和情节被人忽视，主题歌却被传唱，那音乐塑造人物是失败的。”

舒茗悦：“电影基本是一次性观看，没必要如此强求吧！还是尊重图导已定下的主题曲，别改来改去了。”

陶然阁：“我不能肯定他们能改得更好，但只要感知到不足就要去纠正。大大，这样可不可以？我请他们重新创作，如果没有更好的主题曲来替换，就干脆把它拿掉，以免破坏气氛。”

舒茗悦：“你还有多少钱请这些音乐人？”

陶然阁：“我去借。”

舒茗悦：“借？还会有人把钱借给你吗？”

陶然阁：“也许有吧。”

舒茗悦：“不敢打包票吧……我为这片子去筹钱，那各种味道也是尝尽的。”

我在旁边不信：“大大，你的富贵朋友应该不少，谁不会给你面子！”

舒茗悦：“朋友们要么以为我有的是钱，各种语气笑话我装穷。他们以为有华年忆在，钱如自来水往我家流。”

我点头：“生意这么好，又不愁房租，当然了。”

舒茗悦：“看似生意好，有些读者是从早在这里坐到晚，新来的读者没有位子可坐，只得离开。何况，谁在意我是用华年忆的利润在支撑华年网呢？”

我更不信：“华年网能自食其力维持自身运转吧？”

舒茗悦：“不行的，纯文学的作者和读者支撑不起它。”

陶然阁：“理解大大，我去借钱，别人认为我有房产不可能缺钱。”

舒茗悦：“还有些朋友，认为我靠别人得了这套铺子，没有真才能，我投资电影是有钱任性，瞎闹。”

陶然阁：“投资电影的风险真的很大。”

舒茗悦："说说看，你们为片子借钱的时候，最难堪的事是什么？"

我苦笑："记得我找爸妈说起要拍电影，请他们找亲戚借点钱出来，我妈妈那么有投资想法的人，都骂了我一句神经病！这话打击我也就算了，过后我妈妈老打电话来问我有没有什么事。我都不敢另找亲朋好友借钱了，怕他们送我去疯人院。我就去找漆主任说情，好想公司能把那三百万赞助款早点给我们救急……"

陶然阁："滋利公司对影片有信心的话，完全可以成为联合出品方；真心赞助的话，也应该把钱拿给我们，而不是雨后送伞。"

我不承认："第二个肯雨后送伞的公司咱们还没找到呢！"

陶然阁："上映后再拿钱，就是不相信我们的片子能公映的意思。我们就是要公映出来，让他们看看。"

舒茗悦又是叹息又是笑："陶总监，你最难堪的是哪次？"

陶然阁："别提了，有个要好的发小，我去了三座城市等他，磨了十天，他才答应第二天转我六十万，我特意请他和他的客户大吃了一顿，喝的是两千多一瓶的好酒，住的五星酒店。结果酒一醒，他说我拿几百万投资电影，不如借他一百万去做工程，最后我一分没得到，算起来倒贴了上万的费用。"

我提了提陶然阁已白了几根的头发："就你财大气粗！人家一看就知道是装的。"

陶然阁："我不装阔气些，谁相信我能赚钱啊！"

舒茗悦："不是稳当的投资项目，谁放心把钱交给嫩头嫩脑的我们？"

我叹道："幸好有翁老师和凤翎红的蒋董他们相信了大大，为我们助阵来了。"

舒茗悦："翁老师并非看好我们的电影，而是扶桑逼他走这一步棋。"

陶然阁："我们的片子，必须强过扶桑那部，不能有任何败笔才行。"

舒茗悦："陶总监，这样吧，如果新写的主题曲被采用，由剧组来买单；如果不采用，只有委屈你了。"

陶然阁："谢谢大大支持！"

我见陶然阁一脸喜色，怕他乐观过度："大大，你别依着阁子，他有点狂妄了。"

舒茗悦："我也是个完美主义者，这部影片的效果超过了我的预想，我相信陶总监的判断。"

我好感激："大大，我和阁子遇到你，真是遇到伯乐了，三生有幸！"

舒茗悦："我并不懂拍电影，哪是什么伯乐呀！我信任一个战壕里的战友。"

第十五场　电影节

1

《遇·见》已拿到龙标这一电影“准生证”，也就是电影公映许可证，还得反复完善细节去拿电影“户口簿”，也就是电影片（数字）技术合格证。两证齐全，方为通过审查，才有在影院上映的资格。

档期问题尚未决定，舒茗悦计划与《第45号铺子》大致保持同步，可早于它，不能迟于它。

公开消息传来，在八月中旬举办的法国尼贝通国际电影节上，《第45号铺子》入选主竞赛单元，也就是有资格参与电影节评奖的唯一一部中国电影。

晴天霹雳！

《遇·见》也申报了这个国际B类电影节，就是奔着《第45号铺子》去的，目的就是要把它比下去。谁料，我们这方落选主竞赛单元，也未入围处女作竞赛单元，只进入少女季展映单元，没有评奖资格。

如果说主竞赛单元和处女作竞赛单元是引人注目的金字塔尖端，那么展映单元不过就是塔腰，我们的影片成了为塔尖作铺垫的一块不起眼的小方砖。

舒茗悦和陶然阁的心比我还凉，我们一起在“恒心”室沉默了好久，才开始分析原因。

可能技术上的处理不够完善影响了评委观感……可能报名时间晚了些没有被评委重视……可能外国评委理解不了中国人的含蓄情感……可能字幕翻译没有到位……可能委托的电影节中介公司不太给力……

我怯怯地补上一刀：“剧本是不是哪里没设计到位？”

舒茗悦：“‘剧本医生’都说没什么硬伤了啊！我们拿龙标都很顺利的啊！”

陶然阁：“大家都觉得不错，怎么可能这样？”

医生难以给自己号脉，我们揪不出更多自身的原因，能揪出的明显瑕疵都六亲不认地加以修改了，直到基本满意了才慎重地申请了技术审查，力求一次通关。

影片做完精剪、调色、混音等后期，舒茗悦就组织过内部放映，也就是请来另几位出品人、主创人员、“剧本医生”等观看。一般性的剧情问题已通过剪辑或特效修改，硬伤问题该补拍的已补拍，该重剪的已重剪。用萧引城的话说，影片的剪辑从定下初剪版，过后反复精剪，到最终定剪，剪得他的眼都起绿豆芽了。陶然阁不满意的主题曲，歌词在女主角给男主角写的一段网络留言基础上进行押韵改编，重新配曲，就似男主角回忆着女主角微风细雨的话语去神圣地完成一个心愿与诺言。这场戏与音乐水乳交融，终于把陶然阁的情绪推到了顶点，他看哭了。

职业“剧本医生”看完影片还进行过技术鉴定，从第一幕建置、第二幕对抗到第三幕结局进行详细的技术评分，诸如开场画面、主题呈现、道德前提、铺垫、催化剂、情节点、人物成长、危机、高潮、结局等。整体评价为符合工业标准偏艺术的A级，这是艺术类电影的最高级。

为了防止个人感觉极好、大众并不认可的孤芳自赏，影片除了做上述的“内测”，还做过“试映”，也就是请来三十位外地来沪旅行或出差的游客来观看，男女老少全国各地都有，他们看不到片头片尾的字幕，不知道华年忆书吧，也没人告诉他们电影叫什么、主创人员是谁、什么公司参与制作。他们不受外界干扰地来看影片内容，只谈观影感受。十分为满分，二十六位观众打了八点五分以上，其中二十一位打九分以上，二十七位表示真实、好看、感人、哭了，表示没看懂的三位是中老年人。

整部影片看似没有明显毛病，达到了预期效果。就连书友铁甲看了这部影片后都肯定地说，比《第45号铺子》强很多，一定要为我们的片子写鉴赏稿做强推。

一两位朋友可能会安慰我们奉承我们，不可能大家都来奉承这部影片吧？这些给了我们信心的评价结果，敌不过电影节意外落选的现实带给我们难言的伤害。

陶然阁为影片在电影节失利而痛彻心扉，说话的声音都在颤抖。他不信，也不服这个结果，他害怕自己的判断和决策导致了影片的失败。他不只害怕自己失去两套房的结果，更害怕一个团队的失败落在他一意孤行的决定上。这个自称有电影鉴赏力的家伙，有点怂了。

我们都以为，参加国外举办的国际电影节能最大限度地不受国内评委习惯性思维的影响，不受有些大公司资本的干扰，我们就拿电影作品发出我们的声音。

我们都以为，这部片子用尽量少的资金制作完成并足够优秀，完全能够入选主竞赛单元，能拿一个奖回来作为最好的宣传武器也是情理之中，这样的话就能给扶桑一记响亮的耳光。

我们都以为，只要进了主竞赛单元，就有很多国内发行公司找上门来，争相为我们做宣传发行，为我们争取最有利的档期和排片，我们不但省心，还能赚钱，同时捍卫住华年忆的名誉。

我们作了最坏的打算，再不济再不济，这部影片入不了竞赛单元之围，也比扶桑的片子强，他那影片同样入不了围。

我们寄托着最大希望的这个国际电影节，什么荣誉都没留给我们，却把荣誉给了我们的对手。

扶桑的嘴大概已笑裂，他不再在“华年忆书吧”群里潜水，发了张尼贝通电影节的网站截图，上面有入围竞赛单元影片的基本信息，英法双语的，我还能认出哪些英语是指的他的那部影片。

扶桑的话并不多：“丰收季！国庆档！”

新加入的书友不知何意，几位老书友在群里道贺，激活了一连串的祝贺表情。

舒茗悦看着热闹起来的微信群，一言不发。她捂着《遇·见》不进行任何宣传，书友们似乎忘记了去年她提到也要拍部电影的事，参加电影拍摄的书友也从不敢违背她的指令在任何群里和朋友圈里关心《遇·见》的进展与命运。

舒茗悦的不宣传，对我也有影响。同事们都以为我编剧的电影已停拍流产，在我面前基本不聊电影话题。一旦有同事在我面前谈及正在上映的片子啥的，旁边好心的同事就会向他使眼色表示制止。谁知道我心里惦记着滋利集团的一纸协议呢——好希望有谁说，集团公司提前给必丽传媒转赞助款了。

金旗给陶然阁打来电话："阁子，我们的片子怎么就输了？"

陶然阁："还没公映，谁说输了？"

金旗："你去不去参加电影节？"

陶然阁："你呢？"

金旗："活动费用不低，算了吧，何必去当陪客。"

陶然阁："我要去看看扶桑那片子的首映。"

金旗："晚上一起吃个饭吧，把大大、顾老板和你的念秋他们叫来，能叫上的都叫上。"

陶然阁："吃吃吃，你还有心情吃！我不吃饭，也不睡觉了！"

陶然阁愤愤地挂了电话，舒茗悦的电话又响了起来，是萧映朵："大大，片子没入围，怎么办？"

舒茗悦："评委的看法与观众的看法不一样，怕什么？"

萧映朵："我告诉我哥去，叫他重新剪辑看看。"

舒茗悦："又不是剪辑的问题，你别多事啊！"

萧映朵："是不是我没演好？"

舒茗悦："别瞎猜了。"

萧映朵哭起来："连扶桑的电影都比不过吗？究竟哪里出了问题？"

舒茗悦："就当是我出了问题吧。"

又有人打电话为这事找陶然阁和舒茗悦，他们干脆将铃声设为了静音，安静一会儿。

屋里的三个人郁闷至极。我的郁闷还多了一重，没一个人来电话找我谈这事。

舒茗悦："事已至此，我们得想办法挽救，不能一败涂地。"

陶然阁："我去请图导回来，再审视一下我们的片子。"

舒茗悦："图导肯吗？"

陶然阁："他用心做的电影，哪有不肯的，他也不会服输。"

舒茗悦："如果他要大改影片怎么办？"

陶然阁："无须大改，我们可以把重点放在恰当的宣传点上，引导观众喜欢这部影片。先请图导去看看扶桑的影片再说，他出国的费用，我请。"

舒茗悦："这笔费用，我们团队还拿得起。"

2

电影节的主要功能就是卖片与买片，也就是电影的展销会。

舒茗悦带着五个人的小团队应邀参加了法国尼贝通电影节，无心在红毯上走秀，首要目的是尽量多地了解有关《第45号铺子》的信息，如果能遇见最合适的中方发行公司再好不过，她并不打算让这部片子走海外发行之路。

国内发行也并非易事。

通常情况下，全国院线青睐的电影有五大类——大明星、大导演、大型制作的拳头影片；大明星、大导演、中型制作的潜力影片；大明星、小导演、中型制作的风险型影片；小明星、大导演、中小型制作的试验影片；新导演、新演员、中小型制作的国际电影节获奖影片。

《遇·见》的制作团队没明星、没名导、没名编剧，没有拿到国内外奖项，不是不能进全国院线，而是难找发行公司接手这不大可能赚钱的影片，影院也不肯让这类影片占用其他强势影片的排片时间。

法国尼贝通电影节展映期间正遇上中国的七夕节。舒茗悦在微信朋友圈里发了张火红彼岸花的图片，套用了一句歌词写道：*我站在海外天涯，听见土壤萌芽，彼岸有花在开，把芬芳留给年华。*

陶然阁也在那海外天涯，为此图留言：*西边有雨东边会晴，道是无晴却有晴。*

图标同在那方，跟了句：*满血复活之兆！*

还有一个人特别在意这个节日，萧映城。华年忆纪录片在他的安排下，按计划继续拍摄。他现在是独立摄影师，凭着已完成的电影作品有了硬实力和知名度，有不少业务已排满了今年的档期。

正好是周五，晚上的书吧周末会成为拍摄重头戏。灯光已布好，萧引城使用斯坦尼康熟练地穿行在行动空间有限的沙龙室拍摄，他两腿弯曲，小碎步慢行，引来书友们好奇的眼光。

扶桑没有参加电影节，提前三天就报名成为主讲人，进场的步子带有挑衅之声，主讲席的木椅不是他用手拉开的，而是用脚挑开。

麦卡请示过舒茗悦，把扶桑加入主讲黑名单，不然他又会在周末会上带偏话题。

舒茗悦没同意，让扶桑尽情来主讲，看他玩什么新花样，兵来将挡水来土掩，书吧不怕他，也不怕任何对手。

扶桑的主讲标题是《电影院选片攻略》，直接拉开了那部影片公映的宣传阵势。他开场就自称受很多书友的请求，来给大家讲讲如何在影院挑选值得一看的电影，大意是说一部电影首先看题材是不是热点，再看主创是不是知名，还要看档期是不是在旺季档期，最后就是看出品公司、制作公司、发行公司是不是大牌。

总之，他的目标就是吹他编剧的电影多么有市场价值多么强势多么专业化制作，至于我这边的电影他只字不提。

好些书友表示谢谢扶桑编剧的指点，会去看他编剧的获奖电影。

扶桑："上面这些选片技巧，我在靓笔尖课堂上讲，就得收费，不会如此免费哦！有些课程，要来听我讲一天，费用至少一千起。"

有书友表示课程的价值应该用费用高低来衡量。

扶桑："有些地方啊，办讲座就跟网站投稿一样，让讲课人和写手义务参与，太不尊重劳动者的劳动了。"

我立即回了句："主讲并不一定是讲课。有这么舒适的讲台和好茶供着主讲人，就是尊重。"

"兴而，你挑片子看，也离不了我讲的方法，对不？"扶桑故意问。

"扶桑老师，我的评判标准只有一个，内容。就像一道菜，我不会管它是什么菜系，厨子是谁，开在哪个路段，店面有多气派，那菜是不是店小二溜着滑板送来，只要菜合我口味就是好菜。"我就是这观点。

"你总不能把所有菜都品尝一遍才去点合你口味的菜。"扶桑认为他有理。

"我更没必要在选菜之前，去调查饭店是不是进入了全国百强，哪些菜出自名厨之手，哪些是知名公司出品的食材。"

"看来，兴而看电影就是抽签，乱选。"

"我听口碑。你说的看这公司那公司，那是电影拍摄前的企划案，投资人应该了解，观众不需要去了解。"

"读书不看出版社的是外行，看电影不看出品方、制片方的，也是外行。"扶桑很懂行似的。

“书友们有认识这位的吧，摄影师萧引城。”我指了指萧引城介绍起来，“他不是什么品牌公司的，现在是独立摄影师，大家可以去逛逛他的实名博客，就不会迷信什么名家才会出好作品的说法，就会知道这位书友的水平是如何专业和强大。”

萧引城一边拍摄一边笑了：“怎么说到我这里来了？过奖了啊！”

扶桑朝萧引城冷笑：“还不是去知名影视公司磨炼出来的。”

萧引城：“谢谢扶桑老师的推荐！”

扶桑：“翅膀硬了，哪会认我这老师啊，你才是老师！”

萧引城：“哪里啊，你永远都是我的恩师！”

扶桑：“茗悦大大才是你恩师，你为她的铺子拍纪录片，什么时候说过给我的靓笔尖拍片子了？我算个啥啊！”

萧引城：“大大不是我恩师时，我就在拍书吧了。现在我给扶桑老师一个特写。”

扶桑张开右手掌挡住脸：“我没那么张扬，别让我出镜。”

萧引城把镜头对准我：“那我就拍另一位恩师，兴而，柳念秋编剧老师。没有她，我什么都不是。”

我眼睛温润，想起这三年来所认识的萧引城百感交集：“引城，你是鹰，翅膀本身就是硬的。你终于翱翔起来了，我们都为你高兴。”

萧引城把镜头转向了鼓掌的书友们。

一场周末会下来，我绝口不提自己的电影。

就算不考虑舒茗悦的“禁谈”因素，我已没有底气提及自己没有光环的影片，那是搬起石头砸自己的脚。扶桑不同，就算谈起当编剧的各种失败，也成了让人羡慕的铺路石。

扶桑更是沉稳，仿佛他一直不知道与我有关的、与华年忆有关的《遇·见》，也不知道这部影片参加了电影节。

周末会后，几位书友围在了扶桑身边，咨询起编剧培训的事宜。

看着几位陌生的书友满脸憧憬电影编剧和总编剧的样子，我像陶然阁当初担心我一样，担心起他们的未来。写写剧本也无妨，人生漫长，总得找些有希望的事打发那些没希望的时间，走走弯路也许能看到不一样的风景。

3

法国尼贝通国际电影节闭幕了，《第45号铺子》的宣传如火如荼。

这部影片在电影节上夺得最佳摄影奖，是宣传的重中之笔。片子大量运用长镜头，一百一十分钟的影像只用了45个镜头，与“45”号铺子相呼应，平均每个镜头长达两三分钟，最长的用了一刻钟。通常情况下，一个镜头平均四五秒，就一句普通对话的长度，一部影片通常要一两千个镜头进行拼接。

电影摄影获奖并非是摄影师的功劳，摄影往往是导演创作思想的体现，这一奖项相当于导演间接获奖。

陶然阁给这部电影的评价为——研究不同机位一口气能走多远的电影。

生活低调但人气不减的钟车生导演已参加了两期知名电视台的综艺节目，谈及他执导的这部影片，他不夸自己夸编剧，说是剧本改了三年，故事相当感动他，他才推掉了另一部来导这一部；演员的选定他则花了一年时间，从全国各地的演员中来敲定，男女主演是不二人选；至于是什么故事他不便剧透，敬请关注国庆档上映那天，也就是9月29日。他与9有缘，这片名的两个数字相加正好等于9。

该片的男女主演小有名气，网上流传起他们因这部影片结缘，正在和前男友、前女友闹分手。不过也有消息说他们相恋是谣言！又有消息开始争论他们是整容的还是纯天然的……是真是假，看完电影后再由粉丝作番外分析。

城里好多站台的灯箱上，不知什么时候出现了“给不了你第45号铺子，那就给你一套房子”之类的房产广告语，画面隐隐约约含一男一女相背的剪影，让人想入非非。有张广告图片还冲上了头条，全国皆知。

有个大V在微博上表示，他在网上选购笔记本时无意中发现了一个惊人巧合，有个数码网店就叫“第45号铺子”！

在别人眼里，这都是可以拿来活跃聊天气氛的生活趣事和影视八卦。

在我眼里，这些是置《遇・见》于死地的一把把闪着金光银光的匕首。

必丽传媒账户上还留有影片宣传和发行资金，似乎还在水底沉睡，没有冒出一只泡来。

这不意味着出品方资金有多么充足，只能表明包括我在内的个别主创人员牺牲足够大，我们最大限度地“克扣”自身报酬，将其换成可能分文也得不到的“风险干股”。

就是说，如果影片万幸赚了，有票房分账回款，先按由疏到亲的顺序支付所有尾款完成结账，如果能分到我这个“最亲”的编剧，则是三十万的稿费。如果回款不足以结清这类尾款，我、萧引城、萧映朵、金旗这类占不同比例“风险干股”的主创人员只有先委屈着，舒茗悦今后再逐步结账，时限不定。如果回款足够多，结完所有工作人员、主创人员的报酬，还剩钱，则按协议认定的投资比例启动“保本分红”，这个阶段除了舒茗悦之外的投资人开始回收投资，也就是陶然阁开始参与分红。等这些投资人分红达到保本的程度，还有盈利的情况下，启动“风险干股”的分红，舒茗悦才开始参与分红，占五十个点子，陶然阁有十个点子，我有零点一个点子，给图标考虑了一个点子作为奖励。总之，票房如果惨淡，轮不到舒茗悦收回一分成本；票房如果超级好，她有可能是最后一个参与成本回收，但有可能也是获利最丰厚的一个。

这笔千方百计省下来用于宣传发行的数百万，与纯制作费比起来约为一比三，占比不算高。有的中小投资影片宣发费能占总成本的一半。

星钻策划在做每类宣传得先付首款再做文案策划，收到尾款再正式投放市场启动宣传。它早先为影片做了传统媒介类的宣传策划，也就是在网络、电视、报纸、杂志、电台等多种媒体进行宣传的文案，内容不同，形式不同，但核心都是围绕网友情引起这部片子的话题，什么时候需要就能在指定的范围内铺天盖地。

舒茗悦没有赞成这个策划案。星钻又改成遗产继承话题，她担心有鼓动不劳而获之嫌。之后又改成关爱心脏病患者、古董拍卖、书吧这类话题，她说翁显梵老师不赞成。她建议改成以中国文化、书画为主的话题，星钻公司认为激不起大众讨论兴趣，必须要与钱与情有关的普世价值观相联系才行……改来改去，策划案搁浅。

星钻公司一针见血指出了影片难以宣传的另一个要害——全片没一个金字招牌人物能撑得起话题。图标那微电影省级奖、我那全国大学生中篇小说大奖都太轻，也过时，拿不上台面。奖项拿不上台面还是次要，重要的是我们所有主创人员都没巨量粉丝。萧映朵那不足千万级的粉丝量与金旗从前的影视作品都休谈

人气。

很多声称起用新人演员的人气电影都不完全是新人，都有一个主创人员至少是知名的“旧”人，能支撑全片的卖点和话题，实质是旧人捧新人。

粉丝量巨大的佟雪是《遇・见》的联合出品人和总策划，舒茗悦最初请她正是看中她有名气。不过，佟雪也拒绝拿她做宣传话题，认为电影与她的作品无关，不想被人当谈资。离开佟雪，片子只算是新人捧新人，捧得起来吗？

舒茗悦处在两难之地，按星钻的方案宣传吧，害怕她和华年忆被带入负面话题谈论焦点，这可是影响到全国范围的；不宣传吧，影片没人知晓，少人关注，找不着兴趣点，就会落得无人问津。

这不，我们还整体悄无声息，钟车生导演的消息就接踵而至，他带着《第45号铺子》部分主创人员在各大城市路演，一天走一个城市的数家影院，昨天还说在武汉，今天又出现在成都。我特意关注了一下，主创人员中从不提及编剧。

看到这类消息，我有了条件反射——片方又得花几百万的宣传费啊！

如果宣传费足够便宜，《遇・见》也可以用各种方式到处露露脸提升知名度，只可惜钱不够烧啊！

好不容易，陶然阁才跑完了发行这边的事宜，回到了许久没回的家。他对扶桑影片的宣传攻势不急不躁。

我没他这等佛性，心急如焚地指着一张钟车生导演和主演们在成都某影院与粉丝们的合影照，质问陶然阁：“钟导这片子还有三周就要全国公映了，到处在各大城市的影院做路演，我们这边就没个动静吗？”

“嗯，偃旗息鼓。”

“我们大费周章，就这么快认输了？”

“偃旗息鼓本意是啥你还没弄清楚。”

我回想了下，哦，这词还有秘密行军不暴露目标的意思在里面：“《遇・见》不会晚于29日定档，不可能不宣传就上映吧？多多少少要做点路演，与观众拉近距离，得靠他们帮我们宣传。”

“我们都不是明星，做路演也没粉丝来理咱，何苦打脸自己。”陶然阁一脸云淡风轻。

“有的明星粉丝，是花钱请的嘛！据说激动得流泪的，给的酬金都高些。”

“大大的华年网从不允许刷点击量，你以为她会买粉丝？”

“可以发纪念品，感谢大家来参与互动，并帮我们宣传影片。”

“观众才不稀罕那些，影片好看，自然会在朋友圈推荐，以展示自己的鉴赏力。”

“问题是，很多人没鉴赏力，只要看水军在叫好，就信了。”

“假的传不远，好的自会久流传。影院经理最敏感现实，一旦发现观众锐减的影片就会缩减排片，一旦影片上座率增加，就会增加排片，让利润最大化。”

“你又不是影院经理，假装内行。”

“那不是我说的，是咱们的发行公司说的。”

“发行公司认为我们的影片怎么样？”

“如果不看好，就不会接咱们这部影片了。”

“如果看好，这家公司就会大力宣传了。阁子，你要说服大大，放手去宣传，不然我们会败北。”

“小聪明，你剧本中的一句台词写得那么妙，忘记了吗？”

“啥台词来着？”

“饥饿营销。”

饥饿营销，在剧中出现在男主角与前妻告别书画家后的几句争论里。

前妻不欣赏书画家的作品，讽刺男主角：“你的饥饿营销法，成全了他（书画家）。”

男主角则回了句：“没有实力，饥饿营销，只会饿死自己。”

我不明白：“如果说我们的电影是种食物，你总得给观众画个饼，或者画个梅吧？人家什么都不知道，哪来饥饿感？”

“我这几天在忙着做一期节目，到时就画饼。”

“星钻公司策划的？”

“他们当联络员可以，内容还得我们自己来。星钻给扶桑那片子做的策划，你又不是没看见。”

“啊？星钻两头都在做啊！我们岂不是自投罗网，被星钻出卖了？”

“大大没全听星钻的安排，有一半还得靠我们来策划。”

“另一半是啥？”

“就是饥饿营销啰！”陶然阁忙着去洗漱，“困死我了，脑瓜子生痛，先补个觉。”

4

《遇・见》宣布定档，9月24日，这天是中秋节。24，寓意为电影放映转速每秒24格。

此时本片离全国公映只剩下七天时间。

发行公司最先并不赞成这个定档方案，这会导致市场的风险性和不确定性加大，不利于影片的后期也就是国庆期的宣传，同时也担心会遭受中秋档几部电影的冲击，要求再提前减少竞争。

舒茗悦认为影片是讲分离的故事，遇见团聚的中秋节才算圆满，而且不能与《铺子》时间上相隔太远，就定这天。之所以突击似的宣布定档，那是她担心齐雅甚至齐家上门找麻烦，给影片带来不可预料的风险。

发行公司已把宣传语定为“中秋季，从《遇・见》到遇见”。发行宣传语连同海报在一天之内登上了一些有热度的网页和朋友圈，形成影片第一波宣传浪潮。

主体海报是满地红色三角梅花朵被风吹开，露出一张竖式信笺纸，上面用特效制作的艺术字写着片名“遇见”，中间的一点变成红色姓名印章并被一朵三角梅覆盖住了姓名。左上角与右下角则是俯视的奔驰车与奥迪车的一部分，两车前排车窗相对，车后分别是车轮划出的男女主角两张侧脸轮廓。不用主演清晰的脸作为海报，是保持神秘感的需要，也是为了避免观众对新人主演产生排斥感。

随即第二轮宣传启动，舒茗悦趁热打铁，参加了一档电影专访节目，正式公布电影的预告片，并谈新人电影话题。

男主持人：“预告片让我印象特别深刻，演员的面孔是新的，镜头剪辑节奏也新颖，就连主创团队也是崭新的。”

舒茗悦：“是的，我也是头一次参与电影制作，万幸的是主创团队很专业，事事追求极致，执行力超强，让影片得以顺利定档。”

男主持人：“预告片中有红茶、红酒、红色三角梅、红色姓名印章的镜头，这四种物品有什么关联或者象征吗？”

舒茗悦：“红色，象征一腔热血。茶，用来交流，象征网聊；酒，有治愈之效，象征精神慰藉；三角梅，热烈如情爱，象征情感的兴与衰；印章，诚信之物，象征一诺千金。”

男主持人：“这里面，唯独红茶由女主角点明了具体茶名，特别具象，为何要植入这种不知名的茶呢？”

舒茗悦：“这家红茶集团的蒋董事长是我先生的救命恩人，我们想借此片回报他。”

男主持人：“救命恩人！怎么回事呢？”

舒茗悦：“我先生大学期间遭遇人生第一次重大挫折并受误解而身败名裂，一度万念俱灰。他趁夜色正欲在老家跳桥自尽，被乘车路过的蒋董发现并劝导，还送他去了火车站，并为他赞助了路费，让他从人生低谷和死亡线上走了出来。”

男主持人：“难得遇到这么一位好心人！”

舒茗悦：“多年后，我先生与蒋董在上海不期而遇，他凭蒋董左耳后的一颗大痣认出了这位恩人，因为蒋董当年送他去火车站的路上，他清晰地记得他左耳后的黑痣。从此我和先生与蒋董结下了不解之缘。”

男主持人：“一杯不起眼的红茶，还有这么一个感人的幕后故事。”

舒茗悦：“还不只这点。影片即将杀青时，剧组后续资金遇到了困难，蒋董得知后，就筹集资金来支持本片。那时，他并不知道影片中有红茶镜头。所以，我发自肺腑地感谢蒋董。”

男主持人：“作为总制片人，你怎么来看自己的第一部电影？”

舒茗悦：“我视《遇·见》为‘报恩之作’。剧中男女主角之间，男主角与书画家之间，都是相互扶持，知恩图报。此外，参与这部影片创作的很多新人，为了影片高质量地完成，也付出了巨大的牺牲，没有辜负这部处女之作。我很感激这些勇于追梦的新人！”

……

舒茗悦的电视访谈结束了，随即大家都在网络上转发着这个访谈节目，有关“报恩”与“忘恩”的讨论激烈起来。

我把这个访谈节目连同电影海报转发到办公群和朋友圈里，附上一句话：“一部与滋利饮料有关的电影24日闪亮登场，佳片有约，让我们在影院遇见！”

漆主任很不高兴地找我单独谈话：“舒总在访谈节目里大谈特谈红茶，怎么不带滋利饮料一字一句？”

我列出了各种原因清单：“那栏目是另一家饮料公司冠名的，不容许其他饮料在节目里被指名道姓地提及，连红茶都不许点名品牌；栏目的主题是宣传电影，不是宣传饮料，舒总不能说跑偏；舒总不谈滋利，也是因为协议中并没有上电视宣传滋利的约定；剧组的全体人员千方百计在宣传影片，就是为了让更多人看到剧中的滋利饮料；我之所以没有事先通知集团公司有这个节目，是因为我根本不知道谁什么时候上什么栏目，会谈什么内容；陶然阁即使知道这宣传方案，但他签了保密协议，不会事前透露给我。”

漆主任见我照章办事的样子，也就正式起来：“那我也按协议来吧，麻烦你代我通知舒总，把片子里有关滋利镜头的片段发给我审核一下。”

“现在审？漆主任，母板拷贝已制作好，数字硬盘正向各大影院发货，没法修改了！”我给吓着了。

“我们先看一下总可以吧？这是简副总的意思，他那段时间忙起来，也没把审核挂在心上。”

“好吧，我晚上就把这个镜头发给你。”

“当初我没让你拿片子来审，你就真不发来让我们审看哈！”

“我以为三秒多的镜头没必要审。”

“听说影片有个内部放映，也不请我们去看看哈！”

“漆主任，公映前两天有个首映式，会请我们公司代表的。”

“我是说首映前的小范围放映，是协议上没写就不请呢，还是嫌我们一直没拿钱出来不想请？”

“那是请的第三方来进行客观初评，不带个人利益的那种观众才请。”

“好吧，我相信你小柳的话。放心，滋利集团这么大一个公司跑不掉，赞助款的事，不可能违约的。”

我嘴上无语心里万马奔腾，这与漆主任以前的态度已是大相径庭。

当初在准备拍摄滋利植入广告这个镜头时，我曾特意请示过漆主任，要不要把那个片段发给他审核一下？毕竟协议写明由漆主任代表集团公司审核。漆主任当时正为陈列馆布置事宜与设计师意见不统一而争执，对我摆手说只有三秒的镜头不用审，反正拍摄脚本他看了，按脚本拍，“滋利”两个字要保持清晰不虚化就成。

我不放心，找图标要这个镜头片段打算发给漆主任审看。图标却劝我不要多事，以他的经验，只要有人审看就必定会提修改意见，最怕不懂行的凭个人爱好改这改那，甚至几个人审看会提出几个修改意见，弄得越改越难看，把整体效果打乱。

这次，我不得不把这个镜头发给漆主任了。

漆主任看过之后就有些不满：“滋利饮料用在一张留影照片上的啊！”

“是的，漆主任，拍摄脚本就是这样写的，男主角注视着女主角的一张空间照片。”

“镜头从上扫下来，扫过滋利饮料，时间太短了！”

“协议上写的不低于三秒，实际有三秒半。”

“镜头停在车牌号的时间有五秒吧，交管局赞助了舒总几百万？”

“其实只有三秒，车牌号是推动情节发展的，用了定格特写，感觉时间有点长。这跟交管局没关系。”

“你这编剧的身份，不向导演争取给滋利饮料四秒或者五秒时间吗！真是一秒一百万在向公司要价呢！”

“饮料与情节没有关系，时间太长就是注水，观众会反感。”

“对，你就不管公司这三百万花得亏不亏。”

“如果影片让观众反感，也许只有一百万的观众，这才叫亏。如果观众不反感，喜欢这部影片，吸引来一千万的观众，这才能赚。”

“小柳，公司支持你的雄心，没指望靠片子把赞助款赚回来。不过，你不为公司着想的情商，有点让我着急。”

“时间多了半秒之长，我希望这部影片能做好，能火起来，让公司借此打出名气。漆主任，请你理解！”

“但愿你的美梦成真吧！小柳，你可别学高锐，出了名就把公司给忘记了！”

我好想说，如果你这样对待我，只怕会把我逼成第二个高锐。

不过这事似乎没那么严重。

秦姐在吃工作餐的时候告诉我：“听漆主任说，在他的竭力争取下，公司与你那片子签约的三秒时长，延长到了四秒，多一秒就相当于为公司省了一百万。拍电影也太赚钱了吧……”

我突然意识到，我的智商比情商还让人着急。就怪陶然阁，他撒谎说那镜头是五秒，我也会信，还会信誓旦旦地给漆主任汇报！

秦姐又问：“你知不知道有个帖子很火，叫《谈谈你遇见的恩人&忘恩负你的人》？”

此帖就是从舒茗悦的访谈节目引申出来的，一些公众号和大V博客也在借这个访谈节目谈论类似的话题。看着秦姐的神气样儿，我要高智商一回：“我不爱看帖子。”

秦姐：“这种置顶的火帖总该知道吧！等会儿转给你，你也上去写写那些忘恩负你的人。”

我有些纳闷：“把恩人写上去表示纪念和感谢，写忘恩的人……记仇，不好吧？”

秦姐：“算命先生说得太准了，我这辈子做的好事特别多，记住我好的人特别少，我哪有恩人可写啊！”

我的心咯噔一下，秦姐莫不是对我指桑骂槐吧？

秦姐：“我在这个帖子的第3068楼讲了一个辜负了我的人，你去看看就知道多可恨了。”

等秦姐把帖子发给我，我赶紧跑去一瞧。她以“柔指”的昵称讲的是老公的某位表弟借住她家发了财后还借钱不还的事。

我以为，秦姐要讲我得到了她的各种照顾，却没捧她女儿向明星之路发展呢！谢谢秦姐的不怪之恩！

这个热帖已搭到上万层楼了，点击量有九千余万，估计秦姐的表弟是没兴趣看的。我发现，记仇的人远比记恩的人多，记起仇来，那些细节也是相当的清晰和神奇。

5

第三轮宣传在影片公映前三天启动，图标与陶然阁在一期热门的吐槽节目中亮相了。大屏幕播放完《遇·见》的预告片后，他俩以导演与监制的身份被女主持人请入休闲椅，面对台下围坐的观众侃侃而谈。

不谈合作配合默契，不谈剧组遇到的困难，不谈拍摄中的意外，他们吐槽合作中的不愉快。

图标谈起确定分场剧本时对情节的处理没有全按自己的来、剪辑权被剥夺等所受的窝心气："艺术创作不适合讲民主投票。一些经典影片，就是导演的霸权主义结晶。"

陶然阁："也有些影片，是导演的一意孤行给弄砸的。"

图标："导演不起决定作用的话，既生瑜，何生亮？"

陶然阁："咱俩既不是瑜，也不是亮。不过，你更偏亮，百分之九十是你图导拍板，我这个监制在有些人眼里是个虚职，但我得把它做实，当说的还得我说了算。"

图标："不是我不愿意接受你这小弟的意见，而是讨厌任何人破坏我的创作风格。"

陶然阁："回过头来看这片子，我发现完全吻合你当初的创作理念，并没失去你想要的风格。"

图标："片子明天就首映，让观众来评判。"

陶然阁："我从没怀疑过你的导演水平，我不过有点洁癖，希望片子没一点瑕疵。"

女主持人："陶总监，你认为图导做得最棒的事是什么？"

陶然阁："要说最，还不止一个，比如女主演的选定，我就很钦佩。"

女主持人："女一号是位新人，图导选角的确很大胆。"

陶然阁："是的，图导眼光犀利。最初，我不看好女主演萧映朵，认为她做女三号演点过场戏就不错了。"

女主持人："图导，萧映朵哪方面胜出一筹呢？"

图标："肢体语言。片中有不少女主角打电话或者上网的戏，必须演出不一样的心情，对演技要求极高。我要求试镜的演员表演坐在电脑前打五分钟电话的戏，脚不得离开原位。"

女主持人："哦，也就是不能走动。影视剧中，演员走动着打电话就是为了避免画面沉闷。"

图标："对，这下有些演员就犯难，只会用夸张的表情和手势、激烈的语气、换手拿手机或者站起来又坐下表达情绪。"

女主持人："还能演出什么花样来吗？"

图标："唯独萧映朵能把面前的道具充分利用起来，她就能想到一边打电话一边用笔在纸上画线条，从均匀到无序。她也边打电话边在电脑上查看关键信息，并不让人感觉到这五分钟很长。"

女主持人："有道理！图导，男一号金旗是科班出身的演员，是不是在选角时相对容易一些呢？"

图标："影片中的男女主角在没有相见的情况下，一步步推动情节向高潮发展，没有细腻的演技无法驾驭。金旗作为饰演患病收藏家的演员，眼神和手部细节用得很到位，也擅长用背影和影子来说话。"

女主持人："陶总监，图导还有什么让你特别佩服的事？"

陶然阁："我们都叫他导演，其实他也能胜任演员。很多戏他亲自给演员示范，把新演员们带入到特有的情感气氛之中，身临其境地进行角色塑造。"

女主持人："艺术创作的多元化注定会引起分歧，图导，你说在做后期时还负气出走剧组，分歧有那么严重吗？"

图标："不给我剪辑权，我留着何用？"

女主持人："陶总监，图导离开后，你怕吗？"

陶然阁："群龙无首，我怕得几天几夜失眠。我还得负荆请罪，把这个定海神针请回来。"

女主持人：“图导，你愿意握手言和？”

图标：“我那时还在气头上，阁子说是要来深圳接我，我就跑到了西藏，什么话都听不进去。”

女主持人：“陶总监，你是怎么说服图导回剧组的？”

陶然阁：“没法跟他说，一说就会吵，我只有追到西藏放他导的片子请他看，就看他想跟我一起回上海，还是独自去爬珠峰。”

女主持人：“图导舍不得这部片子？”

图标：“一部电影好与坏，都是导演的责任，我得把责任履行完。”

……

节目一播放完，有关“电影创作是导演说了算还是监制说了算”的辩论赛在网络上展开，声援导演的为多，骂陶然阁越权的为多，为夜生活增添了一味新的佐料。

这个节目早早就录制好了，陶然阁最担心的事还是发生了，节目还没播完，他的父亲打电话来骂他逞什么能，还逞到电视上家喻户晓，亲戚都在骂陶然阁不懂事，太过分。电话打过来的目的，是叫陶然阁赶紧向图标导演道歉，导演是一部电影的最高领导，陶然阁一个毛头小伙子，怎么能指挥最高领导呢？不知天高地厚会死得很惨！

陶然阁连声答应着父母交差，一心为第二天首映礼的布置和人员安排忙活着，只待影片有个好的票房后给父母最好的交代。不过，如果票房失败，等待他的极可能是与父母断绝往来，无脸还乡。数月来，他和我一样，都不敢跟父母分享影片的一丝一毫，害怕父母跟着我们担惊受怕并承受影片可能的失败。

电影首映礼的地点在一家影院的放映厅，省钱省事。从影片筹拍到现在有一年时间，大家已累得快散架，脑中的弦还紧绷着，几近绷断。

我负责为每个座位发放印有电影海报的纪念袋，里面装有影片音乐蝶、一盒精装凤翎红、一听滋利绿茶饮料，以及一支毛笔型的签字笔，上面印有影片名。

明天到会的嘉宾有媒体记者、影院代表、影评人士、博客大V、演职人员、协助影片拍摄的公司代表和个人，包括无偿参加群演或者提供帮助的所有华年忆书友等。影视大咖和明星？要么请不起，要么没档期来不了。

《第45号铺子》的首映礼已在一周前举行，地点在会展中心，仅仅是宣传物料就阵容强大，还请了一些影视界的大咖和明星参加……不过，反馈回来的一些赞美之声要么是赞赏长镜头的技术处理，要么就是对故事的空洞赞赏，似乎说不出多么有特色的情节。故事与最初的梗概大同小异，最大的改变是把女主角的小三身份“合理化”了一步，她让男主角想起初恋女友，男主角把对她的爱视为弥补对初恋女友的失信。故事结局仓促，数月后前妻因证据不足败诉。

突然，先前还在忙着联系媒体的舒茗悦看着手机叫了声：“扶桑也上电视了！”

几位主创人员不约而同地围到舒茗悦身边，看手机上的视频。

扶桑在一个文娱节目上谈论的话题还是那个老掉牙的——他写的《第45号铺子》不是针对上海的知名书吧华年忆，影片提档到24日公映与华年公司参与出品的电影《遇・见》公映无关。

图标鄙视一笑：“他除了揩华年忆的油，没什么拿得出手的。”

佟雪：“这节目，怎么跟我们的节目在同一天？”

舒茗悦：“公映要跟我们同一天，节目也来这套，要死拼到底了。”

佟雪：“高总答应过，两部影片的宣传路数不同，不会形成对峙。这个节目就是在与我们对峙了啊！”

舒茗悦：“高总也答应过我，不会让两部影片在宣传时提到华年忆……这是违约，我找高锐问个清楚。”

舒茗悦走到角落处拨打起电话来。

我们各自从手机上继续看扶桑说些啥。

扶桑：“《铺子》从法国尼贝通国际电影节载誉而归，我很欣慰，因为我遇到的是一个注重剧本、注重编剧的制作团队。我很感激钟导对我这个剧本的厚爱与演绎。”

主持人：“《遇・见》也参加了同一个电影节，你看过这部影片吗？”

扶桑：“是吗？恕我孤陋寡闻！近期我在创作新剧本，两耳不闻窗外事，没听说还有什么电影参加了同一个电影节。”

主持人：“扶桑老师做编剧有二十余年了，最深的体会是什么呢？”

扶桑：“部分观众分不清什么是故事，什么是事实。俗话说，太阳底下没有新鲜事，没有什么事是前人没有写过的，哪怕科幻片也离不了普世价值观。编剧不是记者，没有义务完全照搬事实，可以进行艺术加工。看到某部片子就对号入座，认为在写自己的人，是不懂艺术创作，不懂电影故事跟新闻报道的差别。”

主持人：“中秋档就有五部现实题材电影，还有仙侠片、动画片，以及引进的国外影片，你认为《铺子》会脱颖而出吗？”

扶桑：“我说了不算，电影节评委也说了不算，我敬请观众来评判。请观众们多支持！”

舒茗悦不悦地走了过来，佟雪关切地问情况。

舒茗悦：“高总说星钻没与扶桑签协议，扶桑要说什么星钻管不了。他还说，只要影片达到宣传的效果，引来票房，这两部电影相互炒作也是个良策。不愧是商人啊，只看结果，不讲手段。”

图标：“事已至此，那就在影院比拼好了！”

陶然阁：“观众的电影票预算有限，还得想点办法，先把观众拉到我们这边才行，不能让他们直奔国际获奖电影。”

我立即补了句：“我去向汤董请示，发动全体员工带着亲朋好友看电影。”

陶然阁：“重点还是攻克那些与我们完全没关系的观众。”

换作我是观众，面对一部国际获奖电影和几部没获奖的电影，面对有知名导演、知名演员的电影和陌生导演、陌生演员的电影，面对国内电影和国外电影，会为哪部电影买单？

答案我自己都害怕。

6

《遇·见》如期在全国众多影院上映，片长九十三分钟，追求一分钟、一个镜头都不能再精减的效果。用陶然阁的话说就是，要让观众憋着尿都不肯上卫生间。

“中秋季，从《遇·见》到遇见”的海报展示在影院大厅，数张海报样式相近而各有不同，均没有男女主角清晰的脸。这与旁边《第45号铺子》男女一号到男女三号成排而站的常规风格电影海报形成鲜明对比，文艺得如蒙面的红艳仙子。

这种简易的宣传物料旁边还有两个高达两三米的立体多层海报，把其他普通平面海报全都狠狠地比了下去。全国那么多影院，展示普通的平面海报就是一笔被观众忽视的昂贵开支。我不再耻笑那些老套的电影海报设计师，他们即使有惊天地的创意，一旦惊动不了制片方就可能被逼设计成抄袭的样子，创意有时一文不值。

一大早守在影院观察观众、分析观众的我，见一百余人的小放映厅只有十一位观众等候着《遇·见》开映，心情糟糕透顶。陶然阁从另一家影院反馈回的消息更糟，只有八位观众。

影院经理说，这影片适合小厅播放，容易形成场场爆满的情况，好比步行街那种烤饼小店，越是有顾客排长队，越能吸引路人去排队尝饼。影院每晚会根据当天观众情况和预约情况对第二天的排片进行调整。如果小厅达到爆满的情况，就会在第二天增加场次或者升级为中厅甚至大厅。

但，小厅也这么空空落落，每一个红色的空位如一根根针直刺我火热的心！一线城市尚且如此，三四五线城市，不敢去想。如果那里的场次空多了，就是无效场次，会拖累上座率。一见上座率低，观众更没观看欲，形成恶性循环。

漆主任已参加过首映礼，看过影片，评价很高，打起电话找到我，带着骂的口气说："小柳，我问你，公映第一天的排片，不是上午，就是晚上十点之后，我拿着赠送票都难得发出去，我老婆都选不出合适的时间。你让大家怎么去看？"

"今天是中秋节，上午有空去看吧！"我躲在影院走廊角落听着数落，好不委屈。

"这个时间，不是和家人旅游玩耍，就是做客请客，或者在返程途中，哪有心情看电影？"

"晚上能挤点时间看吧？"

"明天就是工作日，十点之后的场次，看完就快凌晨了，以为大家回家不要本钱啊！舒总是怎么在安排片子？"

"舒总没有权力安排，发行公司那边也做不了主，排片和场次都是影院经理在定。”

“你们没有做公关吗？哪怕安排一场在晚上七八点也好啊！”

“制片方和发行方降低了票房分账比例，让利一部分给影院，做了公关也只抢到近百分之三的排片率。”

“才百分之三，还是垃圾时间段！什么时候才轮得到观众来看我们公司赞助的片子？”

“其他影片的制片方财大气粗，有强势的发行公司，有部影片还是影院投资的，我们势单力薄比不过，再急也没办法啊！”

“舒总有定档权吧？我一直没弄明白，怎么不定在21、22号，把前两天的假期用足。”

“有两部影片比较强势，早定两天我们更没什么优势。定在今天，首周还可以进入国庆档。”

“片子首映时，观众反映那么好，影院不给它绿色通道去赚钱吗？”

“影院不会管影片质量如何，而是预估哪一部更能让观众掏钱，娱乐性强的片子占优势。”

“我看《铺子》从早到晚有十多个场次可选，有两个场次正在晚上七八点，影院是看好这一部啰？”漆主任只要把我们影片与扶桑写的那部片子一比，就会心理失衡。

我的眼酸酸的，刚才至少有五十多人当着我的面在售票台选了《第45号铺子》，不忘念叨“获国际大奖的”。我忍不住提醒他们“怎么不看《遇·见》呢？”回复基本是“导演和主演都不认识”的意思。此时，那部让我恨之入骨的电影正在这影院的一个中厅上映，上座率超过了三成……我好妒忌！

我不由自主地呜咽，梦想幻灭就近在公众的眼前：“漆主任，我建议集团公司在个别影院包场，让员工为头两天拉些人气，公司又不肯花这笔钱。”

漆主任：“这是笔不小的开支，我没办法，汤董也没办法，董事会上因一票之差，民主决策没通过。”

我直言道：“简副总为什么不支持这部影片？”

漆主任：“怎么？你知道简副总没投赞成票！”

我说漏嘴了，简副总没投赞成票的秘密是在会上负责倒茶水的传给秦姐，秦姐又传给了我。

简副总反对集团公司再花钱捧电影，是对我有了顾虑，这还得从邹树说起。

邹树违背集团规定，私下向客户推销红酒和啤酒的事其实是公开的秘密，碍于他与简副总私交甚密大家没好道破。半年前有位职员在推销另一品牌的饮料时被举报并受到严厉处罚，就拿邹树为例要讨个公平。集团公司只得一视同仁，对邹树也进行了调查与处罚。

蝴蝶效应就这么开始了，邹树当着大家的面把矛头直指我：“我邹树用业余时间销售其他酒水扣津贴扣绩效扣奖金，她柳念秋用业余时间当编剧为什么不处罚？集团反而还要花钱来捧她的电影？”

简副总当时替我圆场，说是制度里没规定业余写作是违纪，写作也不会打击滋利饮料的市场占有率。邹树则笑集团公司把高锐培养去了影视圈，看来还将培养一个编剧进影视圈。

谁料舒茗悦那次访谈大谈剧中的红茶之后，邹树又找到简副总反唇相讥，电影分明是在捧凤翎红茶，集团公司分明花钱在自己打压滋利饮料市场。

漆主任受简副总所托才找到我，表示对舒茗悦访谈内容的严重不满。

所以，当我再提议集团公司包场看这部影片时，赞成与反对之声势均力敌，简副总也不再为我说话，只是建议说，如果免费请员工看的话，可以组织员工观看。

电影院靠票房分账赢利，不会白白为一部影片免费，要让观众免费看，除了片方代付，就是影院或者网上购票平台等第三方票补，类似于买票房。舒茗悦只为滋利集团送了一百张免费票，认为赠送票会给观众物次价廉、可有可无之感，激不起观众看片的欲望。

漆主任见我知道简副总没有支持本片，就解释道：“你这片子讲的是网恋，能过审都算幸运，如果家长意见太大，说不定会禁播。简副总只是不赞成公司再花钱投到没保障的电影上。”

我不服：“这不是网恋片，是网上救助的片子。就算是网恋，媒人撮合，跟网络撮合，有什么实质不同吗？都可以不见面就定情甚至订婚。”

漆主任：“真正的网恋还算好，如果影片让学生们相信了网络骗子，事情就大了。”

我好急："剧中专门写了三位网友被捉弄的情节，就是在提醒防范网络骗子呀！"

漆主任："说这些都没用了，董事会定下的事，没法改了。你也是知道的，我让大家报名领赠送票，但这片子的场次……谁想去看？"

我眨巴着眼睛："漆主任，我再找舒总他们想想办法。"

挂了漆主任的电话，我又拨通中途秦姐打来的未接电话。

秦姐直接问我怎么没告诉她剧中有个小孩子角色，为什么没把小男孩写成小女孩，为什么不推荐小红果女扮男装去演小男孩。

我好言相劝，小男孩是诱发男主角犯病迅速走向生命尽头的导火索，不演为好，免得遭骂。

我才顾不上秦姐没发泄完的怨气，赶紧联系在另一家影院守候着的陶然阁。占线。

联系舒茗悦。占线。

联系图标。占线。

间隙之中，我的电话响起来，是简副总的。

简副总："小柳啊，大家都反映《遇・见》的排片很不科学，汤董事长也很不满意。你们是怎么安排放映时间的？"

我除了抱歉没有别的理由："对不起大家了，排片的问题发行公司那边也做不了主，排片和场次都是影院经理在定。即使我们做通几家影院经理的工作，向我们略微倾斜，全国还有数千家影院不会顾及我们，他们只认掏钱的观众。"

简副总："总得尽力去做嘛，把放映时间改到晚上六点至九点之间才好，不然谁去看啊！"

我把给漆主任说明的情况向简副总又重新说了一遍。

简副总表示了理解，也表示他全家当晚会看电影，并祝福这部电影能来个逆袭。

卓主任的电话也来了，问的是同样的排片问题……

我不得不在集团公司最大的群里对影院经理排片的原则做了说明：如果影片今天上座率不高，明天的排片还会被压缩，最极端的情况是直接下映，为其他上座率高的影片让路。哪怕影院与发行公司签约上映时间至少一个月，也会因上座率极低而有权提前下映。

我用了三个惊叹号表情疾呼：公映前三日是这部电影的生死战，这是滋利集团第一次做电影宣传的利剑，它不能掉在阴沟里。恳请全体同事发动亲友，牺牲休息时间，带着家人不惜代价要去各大影院支持，并在朋友圈好评推荐，这将决定明天的排片时间和场次。

漆主任发话：还有八十六个免费电影名额，只能在公映前三天看片哦，速报，先报先得。

免费票随即被预订一空。

卓主任跟进：我自掏腰包支持小柳，支持与滋利集团赞助的电影！

简副总随后接话：今天我没空，明天上午自费，约起。

邹树发来“赞”的动态图：头儿们有气质！我顶！

秦姐：节假日我要陪孩子补课，没空。能不能上班后放半天假让我们去看电影啊！么么哒！

郑主任：儿子正在南京的影院看，我问了下，是部好电影。我叫他给全校同学推荐。

姜姨：我都看哭了，你们还在空谈。不看的不是滋利人，不用面巾纸的是铁人！

……

直到中午，汤董事长在群里留言：近两天去看《遇·见》的员工，我用年薪给每人补助三十元。

各种磕头作揖和赞赏的表情图片跟到没底，仿佛抢到了过年红包。

我把汤董事长的留言用截图的方式发给了舒茗悦。她打算亲自找汤董事长谈谈，建议滋利的三百万赞助款拿一部分用来补助员工亲友看片评片，相当于片方请观众做推广宣传。

晚上凌晨时分，影院实时统计App的当天数据被舒茗悦分享在主创人员群里。这类数据以前不关我们痛痒，现在零点零一的变化都会挑动我们敏感的神经，会让我们分析其中的原因。

在全国41部上映的电影中，《遇·见》分账票房61万，票房占比1.5%，排片场次11727场，排片率3.5%，上座率1.7%，场均人数2人，票房排位第12。《第

45号铺子》分账票房2313万，票房占比12.7%，排片场次31314场，排片率9.2%，上座率14.3%，场均人数21人，票房排位仅次于上映十余天的国外3D大片和影院投资的一部喜剧片。

电影盛行马太效应，排名头三位的已占当天总票房的70%以上，从第四名起剩下的影片的票房占比直接就在10%以下。排在最末的一部电影上映五天，总票房32万，跟一大半的影片一样，从未在上海的影院出现过。

这些天大家分头行动，在微信群视频里开着小会，视频小窗里显示着各自的状态，最多的时候有九格小窗。

舒茗悦不知把车停在了哪里，在驾驶室里发言："万事开头难，形式不乐观，大家多想想办法。"

不愿过度宣传电影的舒茗悦已通过华年网首页大图发动全国笔友们观看电影，网站开辟了影评专题页面，发影评得积分。

我的宣传力量与华年网相比微乎其微。我给最在意的亲朋好友打电话或者写留言恳求他们去看《遇·见》，他们普遍认为我应当请他们看，还指望我赚了钱再请他们吃饭。我不得不发电影票价的红包请他们去影院捧场，他们又不肯收，少数几位主动在朋友圈里分享了电影海报就让我感激不尽。我已不再一对一联系，只群发消息，群发小红包，他们爱去不去，我不打算逐一去请，请而不愿去我有多贱啊！温暖我的人还是有，十余位我并没在意的群友表示近两天会去看电影支持我，在朋友圈里也做了推广，无论真假，他们的态度弥足珍贵，他们的名字我已列入好友栏，只要有机会我定会报答。那个我比较讨厌的老同学古岩还没去看电影，就在他的美容店里向顾客们推荐影片，即使他的推销术不那么高超，也变得可爱起来，我很可能成为他的用户了。

我刚回家，靠在椅上散了架，不是身体累，而是有种绝望感："我在所有群里宣传，有些群一个祝贺和支持都没有，遭原子弹袭击过似的；有几个群和贴吧还直接把我踢了出来。"

萧映朵守在她玩直播的电脑前："我用小号宣传也一样，把我当发广告的。我自称是主演，又把我当骗子。各种不信任，我比水军还不如。"

我继续诉苦："我在老家的城市论坛上发帖子，希望家乡人民来支持，浏览量上五千了，只有版主留言超过了十个字表达祝福，留言者总共不到十人。有人老想把它沉到第二页去，我只好用小号把它顶在前面。”

陶然阁还守在影院大厅里：“人缘这么差劲？”

我的天真还没吐露完：“我以为家乡的媒体人会嗅觉灵敏，来私信我进行独家报道，他们好像全都不知道。”

陶然阁：“你这想为家乡争光的，被当成骗子了吧？我也是一样，抱抱。”

我真想仰天长叹：“本想不鸣则已，一鸣惊人，原来是一鸣无人。”

陶然阁：“网红不会白白就红，咱们不可能平白无故地被喜欢，没什么好抱怨的。”

图标坐在另一家影院的放映厅里，观众已散场：“让所有轻视化为我们的动力。这一天的时间不能说明问题，我得到观众反馈回来的评价都很好，明天的数据可能好看点。”

萧引城行走在空荡的路上：“首映票房在排片这么劣势的情况下能进入前十五，也不算差。”

顾老板已走出了一家影院：“这种排片法，就是对新人班底电影的谋杀。《铺子》是胖婆娘的裹脚又臭又长，不知有什么好看，影院那么优待！”

甄济坐在出租车后排：“观众主要是图一乐一爽，怎么有些评论误导大家我们这影片是部哭片，不符合这节日气氛。”

图标：“准是星钻那边的臭点子，谁需要卖惨！我找他去。”

舒茗悦：“我把片子所有网络评论都找来看了，评论虽然大多不错，但愿意为它买单的观众不知有多少。”

佟雪坐在电脑前，能看到旁边就是各种书：“我的部分读者已看了影片，反馈回来的消息比较乐观，他们会大力推荐，今天的票房受排片影响极大。”

大家各自谈了自己的看法后，准备休息，为新一天的奋战养精畜锐。萧映朵在群里发来她在影院海报前自拍的视频，穿着吊带装张着手掌做呼唤的样子，笑容灿烂。

萧映朵发起语音：“我今天走完了城里各大影院的海报前，等剪辑好后做个视频，天亮后请各位老师疯转哈！要让三角梅的海报成为网红打卡地。好看吧？”

我夸道：“好主意！”

陶然阁：“主演这段时间要符合人设。云朵又潮又欢喜，会让观众出戏。”

我又改口："有道理！我们的男女主演不能与《铺子》相似。"

不对男女主演进行影像上的宣传是饥饿营销策略之一，要强化男主角的"神秘"和"英年早逝"人设，以及女主角的"忧伤""无助"感，男主演原则上不能在公众宣传中现身"复活"，男女主演也不能在任何公众媒体上有相遇或者喜笑颜开的场景。

这与《第45号铺子》男女主演的势头比起来是天壤之别，人家这两天正是媒体的热议话题。男主演已于前天回老家陪父母过中秋，并在今天用片酬为父母选购了一套商铺；女主演今早还去敬老院看望别人的父母，为老人们表演了歌舞，并向在国外度假的父母表达祝福。

看着那位出车祸而亡的IT精英纪逡的扮演者与父母亲密的合影，以及小三石榴的扮演者关爱老人的照片，我想，鸡皮疙瘩应该不只在我一个人身上冒。谁出的馊主意？

不由想起郑主任。郑主任是宠妻狂魔，儿子主要靠他一手带大，春节基本都回丈人家过年，都说他老婆享福。但这背后却是郑主任对父母不闻不问的现实，父母住院也由他的妹妹照料，医药费他都拿得很不痛快。不过每逢他父母过生日，郑主任定会雷打不动地回老家看望一次，然后就在朋友圈里发布与父母的合影，敬茶、搀扶、洗脚各种孝子的行为，收获朋友圈大量点赞，人气挺旺，我不点赞还过不去。

卓主任则是另一个极端。他的父亲因中风七年前就瘫痪在床，他是独子，母亲已去世，他和妻子一直在精心照顾不能自理的父亲，还四处寻找用心的保姆。他却几乎不向同事提及这苦恼家事，也从不在朋友圈发尽孝的图片。漆主任对卓主任再有不满也处处让着，汤董事长对卓主任爱占小便宜、多管闲事拉业务之类的事也睁只眼闭只眼，正是基于他生活的不易。

我们这部电影是学郑主任以一顶百地表演才好呢，还是学卓主任秘而不宣才对？没谁给我们正确的答案。

夜深深，梦浅浅，半夜里我忍不住看手机，其实大家都难入眠，群视频又热闹起来。

金旗穿着睡衣靠在床头发话："老师和校友们都发留言来祝贺，夸得我睡不着！"

陶然阁回到必丽传媒过夜，还在用毛巾擦头："旗帜，发动你的美女粉丝团帮你去海报前打卡，谁拍得最美你就娶谁。"

金旗："他们都追国际巨星去了！"

舒茗悦靠在沙发上，旁边是牧典蓝："我们内部力量发动起来都是九牛一毛，在上海影院兴许能自卖自夸冒点泡，全国那么多影院还得靠真实的观众。"

图标还在电梯里："口碑起来就好，二三线城市是重点目标。我还要去会几个朋友，请他们帮忙宣传。"

甄济已回宾馆："口碑和票房未必成正比，必须再与发行方谈谈优化排片。"

顾老板也回到了必丽传媒，坐在简易床上："就是，那3D片就占了黄金时间一半的场次，半小时一小时就一场，不想看也因时间刚好要去看了。"

甄济："我一直在联系发行公司，但其他片子同样在抢夺排片时间，影院就几个场子，也犯难。"

舒茗悦："宣发费基本花光了，怎么想办法筹点？"

顾老板："必丽这头有四百多万的款全被客户拖欠着，周转资金都困难，拿不出钱了。"

舒茗悦："另想办法。"

甄济："发行公司看好这片子，我们找它垫资，或者给它提高分成比例。"

佟雪仍在电脑前："我认识的几位发行人和影院经理都与钟导关系不错，他们为钟导保驾护航，并不怎么理睬我。对不起了！"

舒茗悦："办法总比困难多。我们只有背水一战，不能被国庆档又冲进来的电影把我们挤出去。"

陶然阁："希望观众对《铺子》失望后，转向我们的电影。"

对影片排片的焦虑，陶然阁早在参加法国尼贝通电影节就开始了。他以为电影节新片展映时会把《遇·见》排在一个相对好的时间档，结果排在了中午吃饭休息的时间段上，经多方协调也没能更改，电影节上这部影片的观众屈指可数，回来都不愿提及。影片定档期间，他专门问过发行公司能否让影片公映时排在下午或者晚上较好的时间档，酒桌上答应得爽快的影院经理酒后仍把片子排到了尴尬的时间上。

市场上似乎有一只无形的大手，让影院齐步联动。你以为数千家影院总有一些影院经理会因喜欢《遇·见》而为它安排黄金场次，总有一家影院经理会因为喝了发行方的酒把它做首位推荐，其实没有一家影院首先违背观众“看明星”“求视觉震撼”的市场心理。

7

电影票房看公映首周。一周下来有节假日供大量观众看片，口碑好坏有了主基调，会影响下周的票房。

电影的黄金宣传期也就在公映前两周和后两周，成功的宣传不能挽救烂片，但失败的宣传可以毁掉好片。

《遇·见》前半部分的宣传已完成，花钱如流水还捉襟见肘，后续宣传费难以为继。与声称投资五千万的《第45号铺子》比起来，我们的宣传属小打小闹。

舒茗悦等主创班子多方托关系请求发行公司垫资，没谈成。人家的精力在国庆档一部名导和一众明星加盟的影片上，不稀罕从我们这影片的票房中扣除更多的宣发费。

电影公映第四天晚上，影片票房突破一千万，离保本要达到的四千五百万还遥遥无期。新的国庆档影片将有四部于30日集中登场，按原进度要冲破重围实现保本会异常艰难。

舒茗悦的语音在主创视频群里响起，犹如影片女主角的悲凉：“一年来，我们求的人太多，跑过的路太长，陪的酒、看过的脸色也数不清。影片已公映，口碑良好，观众评分超过了8.5，我们不必再为它屈下高贵的膝盖，让它有尊严地等候属于它的观众，听天由命。”

陶然阁：“我们再低调，也不至于什么宣传也不跟上了吧？”

图标：“高总之类，谁给钱就吹谁，两边都吹，凭什么让他耍耍嘴皮子就轻易捞钱？”

佟雪：“高总不认滋利集团是赞助方的情分，在宣传费上一点不让步，寒心！”

图标：“他就是个唯利是图的商人，我八辈子不想见他。”

陶然阁：“多的钱都花了，不能为最后一口气憋死英雄。”

图标："咱们都成穷光蛋了，不能再舍身养活那些寄生于我们的宣发公司。"

金旗："我的房子出手了，干脆拿去做宣传吧！把我当炒作目标，无论怎么炒我，我都没怨言。"

图标："炒什么都不如炒房啊！你我一样，没什么好炒作的底料。"

金旗："钱挣来就是为了圆梦，不能让片子被排片给毁了。"

陶然阁："旗帜，只要你肯，我就敢花，别后悔哦！"

金旗："前功尽弃最可惜，这个险得冒。"

舒茗悦："放弃星钻公司。让口碑代我们做后期宣传。"

陶然阁："个别影院已把排片在往前调整，八点档的有了。我们要点最后一把火，不能轻易认输。"

金旗："是啊，我们这个团队输不起。如果成功，我今后赚回一套房子也会很容易。"

舒茗悦："谢谢旗帜！你这笔钱借给我好了，留着用来救急吧，比如了清一些尾款。"

陶然阁："我们没那么不堪！票房虽然不多，但每天在增长，跟《铺子》的悬殊没头天那么大了。"

图标："这些天主要靠我们内部粉丝在支撑，后面呢？"

陶然阁："靠奇迹！你泄什么气！"

图标："飞蛾扑火，不值得夸耀。"

陶然阁："《遇·见》的口碑持续上升，《铺子》的口碑下滑到6.3，我们差三千多万票房就能回本，他们票房五千万恐怕还差一个亿回本，他们比我们还抓狂。"

图标："国庆档的新片即将大量公映，观众又将喜新厌旧。如果你把片子定档在22日可能要好点。"

陶然阁："《铺子》定档29日时，你说要向电影每秒24格致敬，我表示24号不错，你现在就说我在定档了？"

舒茗悦："是我定的档。"

陶然阁："叫我重新选档期，我还就选24号。"

我跟了句："24号没什么不好，《铺子》都跟着我们走，他们也没敢再提前嘛！"

佟雪："无论影片结局如何，我都为它骄傲。我会在微博和公众号上继续宣传，大家不要放弃。"

想起自己没为剧组担什么真正的风险，也起不了太大的作用，我唯有安慰："咱们新手不但要与新手抢机会，还要与老手比经验，直到与高手论本事，要赢就要相信自己！"

群里，各种"加油""给力"之类的表情图片跟了上来，看不到陶然阁的反应。

我给陶然阁私信了一个拥抱：我的英雄，明晚，陪我去看这部属于我们的电影吧！

陶然阁：心有灵犀的女神，我也在这么想。

这部电影我俩已看过好多次了，却没有一遍是在影院静下心看过，我们更多的时候是在观察主创人员或者观众脸上的微妙反应，我差不多能从察颜观色中分辨出某位观众对某一情节某一人物的喜恶了。

我和陶然阁去了一家不算气派的影院，自费观看九点二十分的《遇・见》，增加一点观片氛围。

爆米花，没带。陶然阁固执地认为带这玩意儿去看电影就跟在卫生间看书一样，是对原创的不尊重，很多时候他连水都不会带。他倒想看看有多少人会忘记吃爆米花。

选择这家影院，只因头晚它把《遇・见》排到晚上八点半的黄金场次，上座率达到了百分之二十，成了本片目前上座率最高的一场，也是第一家把片子排入黄金场次的影院。今晚更是把场次提到了晚上八点一刻，这一场是两百余人的中型放映厅，上座率达到了百分之三十。纵观本片在全国的整体上座率，百分之八点五，不算高，但比头天好很多。只要数据天天有增长，影院就会有所优待，哪怕每家影院都在黄金场次为本片排一场也让我们受宠若惊。

但九点二十分的这场就没有第三位观众，成了我们的包场。我俩相依相偎，第一次以观众的平和心态来欣赏这部再熟悉不过的电影。

电影在飞腾而来的龙标和震撼的必丽传媒LOGO动画之后白屏，巨大的红色繁体“懷念”两个字占领全屏，字体由近及远并在画面中心定格——相見不如懷念。

电影随即开演。

宋娜的新娘橱窗照在影楼接待厅最抢眼的位置，白色婚纱带有红色剪纸元素，人物洋气十足、贵气满满。

安玫语与柯塞的背影一左一右并排而站，他们望着照片中的宋娜。安玫语披着头顶有小辫的长发，穿着有中国元素的创意春装，背着工艺大挎包。柯塞穿着摄影背心，挎着相机。

柯塞：“玫语，你来替换这幅。”

安玫语：“这是柯老师当年的代表作，现在丝毫不过时。”

柯塞：“她离婚了，得换。”

安玫语：“影楼里那么多新娘……”

柯塞：“她们没我想要的味道。那天看到你空间的自拍照，非你莫属。”

安玫语：“同学们知道了，准误会我！”

柯塞：“没新郎官，你只是影楼的代言人。”

安玫语：“我上当了，以为真的是来当古装模特儿。”

柯塞：“唐装旗袍，也算是古装嘛！”

摄影棚内，安玫语身穿晚装风格的长摆旗袍，新娘打扮，坐在中式实木椅上，一只手臂靠在扶手上，摆姿势，背景为深灰色。

柯塞一边指点一边拍摄：“你也不来我这儿拍照了。”

安玫语：“我想学代老师你，在街头抓拍别人。”

柯塞：“街拍，是爱好。这摆拍，是职业。头低点儿。”

安玫语：“我经常拜读你的博客，收获不少。”

柯塞：“你的摄影空间我也常去，有些片子拍得比我还好。左侧一点儿。”

安玫语：“可惜难以遇见喜欢它们的人。”

【推出片名——遇 · 见】

安玫语分别穿着不同的旗袍和唐装摆出多种造型拍摄新娘照。

【一张照片推出一类主创名单……】

片名并非翁显梵题写，是特效制作出的专用艺术字体。翁显梵在资金上支持着影片，但他并不乐意本片拍摄，也不许以他为宣传点。

陶然阁显示为“总监制”，另有两位监制是为影片发行做过重要协调工作的业内人士，这两位没能决定本片的排片时间，但决定了所覆盖的影院，增大了铺货渠道。

放映到编剧这项时，出现的是“柳念秋　陶然阁”。

影片没有加入“根据真实事件改编”字样，片中的不少情节却真实存在过，正是华年忆那套铺子不为人知的秘密，是舒茗悦和杨爱渺之间的秘密。当秘密如此公布出来，何为真，何为假变得不再明晰。舒茗悦没有改动一些真实情节，她让杨爱渺亦真亦假地活在影片中。

广州大二学生安玫语接受影楼老板柯塞的邀请，拍了新娘照以换掉宋娜的新娘橱窗照，由此遭到母亲训斥，郁闷之余就视频直播撕毁新娘照。

同城的百年老拍卖行时腾轩的原定掌门人阳爱默因病在家养病，刚与宋娜办完离婚，仍带病钻研着公司的上市以及今后的发展问题。他对浪费生命挥霍时间的网红女人极为憎恨，看到安玫语撕新娘照的视频直播后想教训捉弄她。他用网名“电光”给她的空间日志留下高质量的评论，并以他的博学在网聊中赢得了她的好感。

安玫语对“电光”在多方面的建设性意见心服口服，并做了积极改变，却怀疑他是有文化的网络骗子。他们都没想到，在时腾轩的春拍预展中，他俩曾擦肩而过。此时的阳爱默的确充当着网络情感骗子，他用多个网名、多个手机号，与多位直播网红暧昧网聊，以礼物为诱饵相约其见面，让其傻等出丑，狠狠地教训一通。

安玫语没有志同道合的朋友，她不管不顾同学们的笑话，一心创办玫雨文学网站，收集精品文章。她在网络上晒个人照片和心情日志，私下视频直播，最终目的就是全方位吸引网络粉丝，等待时机把粉丝引到个人网站上来。做直播的秘密被闺蜜粉玉透露给了安玫语的同学，而个人网站的人气并未因直播的大力宣传

得到提升。安玫语遭到同学们的讥笑，误把驾车跟踪而来的阳爱默当成校园狗仔队摆脱掉，却没注意他又等在她的家门附近，并偷看她在三角梅前玩自拍。

安玫语的视频直播表达着个性观点，有些观点与阳爱默不谋而合，加之她肯听取采纳批评意见，使阳爱默由最初想捉弄她，变成了想了解她、靠近她、提升她，并通过她照片中的车牌号码，掌握了她的详细信息。当他建议她应办原创文学网后，安玫语痛下决心找父亲筹来资金，请来专业总编筹建经营性质的原创玫雨网。

安玫语没能够利用父母职务之便帮助即将出国留学的粉玉安顿好其男友的工作，粉玉对玫雨很不满，闺蜜间感情疏远。“电光”成为与安玫语最有共同语言的人，当她同意与他视频时，他却因心肌病发作开始治疗，久不上网。

阳爱默深知来日不多，本计划把一套新商铺送给同学柯塞，但柯塞忙着七夕节的影楼生意错过了；他最想把商铺送给忘年之交的书画家程焕以感谢其对时腾轩上市工作的奔波，但被再次谢绝。

七夕节这晚，阳爱默见安玫语仍在空间发布着生活照，就道出了她家庭的敏感信息。安玫语意识到隐私泄露的可怕性，为空间加了密。阳爱默问安玫语，如果他死了，她会给他坟头献一束花环吗？安玫语就说，真若那样，她会献彼岸花。阳爱默送她歌曲《死了都要爱》后又莫名地在网上消失，她越来越怀疑他在装病装死升级骗术。

安玫语的个人空间设置了密码，能答出她原网名“花成茗”首位大写字母才能进入空间。“电光”能够答对，但HCM正是带给他无尽痛苦的字母——肥厚型心肌病的英文简写。得知“电光”患有此病后，安玫语对他有了牵挂，并逐渐认识到此病的凶险。

阳爱默去国外治病前借程焕的手机与安玫语通话作别，说是如果他不在了，她会在七夕节知道他的名字。他不告诉她有关他的联系电话，是为防止她打探他，避免家人误会，也不愿她看到他的病态，他想走得安静些。安玫语半信半疑，口头拒绝实则答应了他的请求，在网上给他留言，鼓励和祝福被疾病折磨的他。

阳爱默回国后，心肌病没有实质好转。他写诗向安玫语作谢，并用一次性电话卡与她通话，仍关心着玫雨网。安玫语同情他也更相信他，希望他能看着玫雨网成长。阳爱默被安玫语办百年网站的构想所打动，暗中查看网站的实际情况，想助她一臂之力。

阳爱默从安玫语那里得知柯塞获全国纪实摄影大奖，他辨认出作品是摆拍照，仍到影楼祝贺，发现前妻宋娜新拍摄的戏曲人物展示照。他不顾柯塞的劝告，要求将此照拆下，并带走了一份报纸。原来，时腾轩在百年大庆期间举办的秋拍遭受污蔑，阳爱默发文回击，此文正登在该报上。阳爱默在驾车时瞟了一眼程焕正评论的该篇文章，受到突然出现的小男孩的惊吓，回家时又遭到宋娜的登门责骂，心肌病发作几乎送命，心脏受到严重损伤。

阳爱默再次用一次性电话卡和安玫语通话时，把名字首位大写字母告诉了她，并说如果他走了，她会收到一份礼物，不要拒绝。安玫语难辨他病情的真假，心有不甘，总是回拨电话，总是无法接通。

粉玉的母亲摔成盆骨骨折，安玫语在医院帮着照料时，想查找“电光”住院的痕迹，无功而返。她既想打探到“电光”的真实情况给予帮助，又怀疑他是骗子不愿陷入太深，总处于两难之中。她想通过熟人去查找“电光”跟踪过她的那辆奔驰车，无果。

春节的一个夜晚，阳爱默与远在成都的安玫语通了电话，他很虚弱，已完成自己的著作《资本之策》。他第一次也是最后一次用自己的手机号与她通话，并把名字含蓄地告诉了她。她没有听懂，在寒夜里给他讲故事陪伴着说话也吃力的他，直到手机没电，她没有再回拨电话。元宵节，阳爱默借来程焕最好的笔墨纸砚，为安玫语重新写了一份遗书并加盖个人印章。

安玫语通过包打听公司人员找到疑似阳爱默的车辆监控图片，但她确认那不是跟踪过她的那辆车。终于，总编查找到车牌号。想起“电光”多次告诫不要打探他，自己也答应过不找他，安玫语决心放弃对车主信息的深入查找，还他清静。

七夕节，安玫语收到一封快递信件，寄信人为YAM。信里装有一份遗书，签名为“阳爱默”三字，信中说希望商铺代替他，看着玫雨网站成长。安玫语家门前盛开的三角梅似乎变成一片涌动的彼岸花。

影片画幅比为1.78:1，最后一个镜头是俯视镜头，安玫语的轿车在她和“电光”相遇的车道上孤独从上往下缓缓行驶，如一滴黑色的眼泪。她的画外音轻柔悲凉地响起“说是寂寞的秋的清愁，说是辽远的海的相思，假如有人问我的烦忧，我不敢说出你的名字。我不敢说出你的名字，假如有人问我的烦忧，说是辽远的海的相思，说是寂寞的秋的清愁”。

主创名单随后开始罗列播放，并滚动播放起其他演职人员和各参与部门，滋利集团列入了“赞助单位”，数十位书友列入了“特别鸣谢”。我曾反感的这些长名单变得如此亲切，一个个鲜活的姓名在银幕上快放着，看不过来也看不太清，我恍惚看到了每个人一步步走来的劳累与艰辛。

想想隔壁放映厅，《第45号铺子》由鼎少影视出品和制作，联合出品公司还有二十余家。我们的片子参与出品的公司仅有必丽传媒、凤翎茶业、华年文化三家。别人可以抱团取暖共担风险，我们呢？

数字电影技术合格证播放完毕，黑屏，全场亮起灯，鸦雀无声。我和陶然阁坐在原位一动不动。

所谓每一个人的努力都会体现在每一帧画面中，每一个人的失误也会体现在每一帧画面中。我就像看着镜子中自己的脸蛋一样，再次看完这部片子，还是没有看出明显的丑陋之处，观影体验很好，不知道问题出在哪里。我不服这张“脸”为什么不被大众喜欢，偌大的放映厅，不该这样空荡孤寂。

陶然阁的声音带着忧郁：“女主角失去了男主角，生活还会继续。亲爱的，我若失去了房子，会怎么样呢？”

我清楚陶然阁的担忧：“男主角的心房损坏了，住不下女主角。我的心房好好的，你住我的心房好了。”

陶然阁笑了笑：“对呀，你有左心房右心房两套房子，咱们又不缺房子。”

看着陶然阁疲惫的样子，我好心痛：“阁子，熬了这么久的夜，回去好好休息吧！听大大的，听天由命。”

陶然阁：“决定我命运的将是你了。”

我把陶然阁拉了起来，就像当初在电影院他第一次牵我手的样子：“都命中注定了，你还想怎样？”

陶然阁：“我不能拖累你。”

我有些恼：“你看不惯我，直说好了，少找借口。”

陶然阁："宝贝，我想让你的剧本有个最好的结局……我可能真的失败了，这不是玩笑。"

我抱住这个伟岸起来的男人："才华不以收入高低为准，电影不以票房多少论成败。"

陶然阁抚摸着我的长发凝视着我："谢谢宝贝一贯的鼓励！没有你，我坚持不到现在，早垮掉了。"

我其实也在崩垮边缘徘徊，经不住最后一根稻草的重压，已做好过清贫日子的打算，这一年来我没买过新衣服、新鞋子和多余的东西，把能省的钱全用在刀刃上。我清贫无所谓，不后悔，倘若我无法给父母舒适的晚年，让子女输在起跑线，我将如何直面功利的世界？我不能退缩，誓与陶然阁共担后果："阁子，电影署着咱俩的名字，就似我们的孩子，无论它怎样，都无与伦比、无法超越。我为它骄傲，为你骄傲！"

走出放映厅，我们不约而同关注起票房的实时数据。为了不让数据带来全天患得患失的心情，我和陶然阁有点讳疾忌医了，约定今晚看完影片后再看全天数据。

天呐，《遇・见》的全国上座率达到了百分之十点八，今天的分账票房已有六百余万，有旭日初升之感。《第45号铺子》的排片率和上座率已连日降低，今天的分账票房已跌至百万之下，老态尽显。

陶然阁一时兴起，跑到售票员面前："美女，麻烦代我谢谢你们的影院经理，感谢他把《遇・见》排到了八点档。"

售票员一脸迷惑："你们看的是九点档的呀！"

陶然阁："九点档总比十点档好嘛！谢谢啦！"

售票员："十点档的还有七个人在看。这片子吃爆米花的观众一直很少，说不定明天要增加排片。"

陶然阁："增加八点档的场次吗？"

售票员："我只是猜，做不了主的。"

走出影院，夜深人静，街道人车冷清。我有些失落，这些天，路人们包括这位售票员，没人认出陶然阁是上过电视栏目的电影监制，究竟有多少人看过我们的那些节目和宣传啊！一个人要被别人关注和记住，太难了！

陶然阁一改来时的忧郁，激动起来：“今天是第五天，最为纯粹的观众来了，我们的至暗时刻是不是过去了？”

我心情知足的明媚：“如果天天有六百万的票房，保持到国庆大假结束，我们就能回本了。”

陶然阁：“那样的话，我只想做一件事。”

我调侃起来：“不会又去写一部电影来拍吧？”

陶然阁给我来了个公主抱：“娶媳妇更紧要些。”

8

时光如水，流淌到了年底。这一年，有人静如止水，有人惊涛骇浪。

人流如织，在华年忆来来去去。他们，有人对华年忆一无所知，有人对它一往情深。

这年的最后一个周五晚，华年忆书吧周末会照常举行。我和陶然阁一起参加，龙凤茶已摆上。与往日不同的是，我俩揣着今天领到的结婚证，我已拥有佟雪写的三本书，面对的书友们全都是新面孔。

主讲席上还没开讲的女书友眼尖，盯着陶然阁好半天：“你有点像电影《遇·见》的总监，是不是叫陶然阁？”

陶然阁：“你对那位总监还有印象？”

主讲书友：“上周我才看了他以前和图标导演参加的一期访谈，印象深呢！”

陶然阁：“你没看首播的访谈吗？”

主讲书友：“我只对热门电影感兴趣。你就是陶总监，对不对？”

看到陶然阁点了头，主讲书友拿起手机以迅雷不及掩耳之势冲到陶然阁身边，与他一起自拍了一张，又回到座位，惊喜异常：“谢谢陶总监，我太幸运了！”

我恼了：“今天是我和阁子领证的大喜日子呢！你没经允许，合什么影！删掉！”

主讲书友举起手机操作起来：“抱歉，我不知道你们这情况，我删。”

陶然阁：“手机让人心隔得更远，看场电影都兴在朋友圈里晒票根，打电话推荐和聊电影也免了。”

主讲书友：“效率高嘛，一条消息就能让朋友全知道。我的婚礼请柬就是发在朋友圈的电子版。”

陶然阁：“我一分钟能给一百个朋友点赞，我一分钟也能收到两百个朋友给我的点赞。其实，像电影里的男女主角那样，一对一地慢慢聊才好，不需要别人知道，更不用谁来点赞。”

主讲书友：“男女主角全片都没哭过，我反倒哭得稀里哗啦，超级虐心，喜欢！”

陶然阁：“谢谢夸奖！”

主讲书友：“陶总监敢跟导演叫板的勇气，我欣赏！”

陶然阁：“谁也不能与导演叫板，没有谁能像导演那样调度复杂的拍摄现场，也没谁能像导演那样掌控一部电影的品质。我仅仅查漏补缺而已。”

主讲书友：“陶总监还兼任编剧，我好佩服！”

陶然阁指了指我：“主编剧是我太太，柳念秋。”

主讲书友：“有两位编剧啊！女编剧也能编这么好的电影啊！”

若是以往，如此无视我这主编剧，用这种口气说话，我的天空会灰暗几天。现在我的天空我做主，我并非原创型编剧，属于改编型编剧，没什么好骄傲。我担不起夸奖，连连摆手：“好电影真不是编剧能决定的，得靠一个团队的每一环去精益求精才能实现。”

主讲书友：“故事是真实的还是完全虚构的？”

我答道：“不问真假，只赏故事就行了。”

主讲书友：“网上说这电影是在与《第45号铺子》对决，是不是真的？”

我直接就表态：“跟那影片对决，就掉价了。主创团队的目标是用尽量少的资金做出经典电影。”

主讲书友：“可惜，这片子正火爆时，却提前下映了，说是有不完美之处。这讲得通吗？”

我指了指旁边书架上的书：“关注电影下映的原因，不如关注华年忆的好书是如何炼成。”

我好想问她，是受什么影响或者受谁的推荐去看了这部电影，但电影已完成它的使命，不宜再为华年忆带来旁枝末节的话题。

大家开始热火朝天地聊起这部电影来，赞赏的、遗憾的、好奇的……陶然阁提醒主讲时间到了，让这话题尽快平息。

数月来，我和陶然阁的经历如同坐过山车，心脏都快承受不起了。现在的我们已经沧海，心脏足够强大，看什么都可以波澜不惊。

《遇·见》在影院从倍受冷遇到不愠不火，熬到国庆节当天终于被各大影院认可，列入了黄金场次排片，包括下午场。它的真正热度则是在国庆档新片陆续退热后爆发式起来的。

国庆大假最后一天，也是这部影片分账票房猛窜的一天，一天之内突破五千万，似乎外出休完假的人回家后看了这部电影。这天也意味着影片开始获利，整个主创团队整夜没睡，难得团聚在一起狂欢了一通宵。

随即各大影院同步为影片增加黄金时间的排片场次，票房出现了天天三千万之上的情况，影片排片率保持在百分之四十以上，黄金场次更是占比三分之一强，售票台前的电影片名排序，它总在前三。紧接着的周末最高一天突破一个亿，总票房达到三个亿！我们最初奢望的总分账票房就是达到一个亿，粉丝的力量大得可怕！

有数据分析，这部影片总票房能过五亿，上十亿也有可能。图标直后悔应该卖掉房子来当出品人，同时又期待着影片能够在国内电影节上获个最佳导演奖什么的。

《第45号铺子》排片则沦落到百分之三之下，总分账票房没有达到七千万，日票房在十万以下浮动，排在全国上映票房二十位之后。不过影片还是因为互撕上了热搜，扶桑大骂导演和男主演乱改剧本，男主演则回骂扶桑写的台词不适合电影表演，导演认为这次长镜头尝试可能多年后才会被观众理解，网友则怨导演拿投资人的钱做自己的试验……

正在我们欢欣鼓舞等待五亿票房时，翁显梵代表翰盛斋与舒茗悦商谈，要求立即下映本片，因为齐家与杨家的矛盾因这部被热议的黑马影片而激化，齐家扬言也要拍部电影进行回击。

网上偶有华年忆与翰盛斋关系的帖子与议论，似乎都没激起什么浪花就烟消云散，实际上是被杨家出面公关给消解掉了，杨家不愿两大家族关系再度恶化。

为此，杨家愿以舒茗悦的出价买断电影《遇・见》的所有版权包括拍摄素材，让影片提前下映。

舒茗悦作为影片唯一的版权人，不讲条件地答应了杨家的请求，毫不犹豫地通知发行方立即下映影片。华年网同时关闭了影评专题页面，回归往日平静。这部影片的评分定格在了9.1分。

影片本可以延长上映时间赚尽最后一张电影票的利润，提前下映意味着巨额票房的损失，会涉及各方分账的损失。不过，协议有专门约定，影片上映和下映的时间，由舒茗悦做决定，分账以实际票房为准。舒茗悦为保住这些条款没有向发行公司妥协，发行费都多拿了一笔。好在影片获利丰厚，舒茗悦将拿出自己的分账为主创人员进行补偿，大家也就没有过多计较。

影片的火爆与华年忆的安宁比起来，舒茗悦必定选择后者。

《遇・见》在势头正猛时提前下映的官宣上了热搜，秦姐看到消息还大吃了一惊："我正打算把手中这部百集韩剧追完就去看你的片子呢，怎么说停播就停播了？"

我对秦姐的淡定已不足为怪："你还没去看啊！你再也看不到这片子了！"

秦姐不慌："影片不适合小红果，我只有等到网上和电影频道重播时自己独自看了。"

无论秦姐是真想看还是假想看，她将和那些不肯在影院花钱，等待从网络上或者电视电影中来看《遇・见》的观众一样，与本片失之交臂，不太可能再遇见了。

我不再记恨秦姐的漫不经心，她属于因熟悉而不在乎，因陌生更感兴趣的那类人。我何尝不是，我崇拜的歌手不过是反复听他的免费音乐，我欣赏的佟雪不过是经常浏览她的免费文章。我已开始用心爱我所爱，敬我所敬，尊重他们的作品。

看着眼前活跃着的新书友，我想起了那些再难看见的书友。

图标已连续三个月被很多媒体请去做专访，或者被相关培训机构请去做导师了，忙不过来。他拒绝了网大电影导演的邀请，把时间留给请他做院线电影导演的人。

萧引城已被一位不太知名的导演请去拍一部电影，短期难回上海。他渴望着与名导合作，但名导通常有固定的摄影师。

金旗被多家电视台请去参加访谈或者综艺真人秀节目，档期已排到半年后。他要借名气寻找影视表演机会。

片红人不红的萧映朵最让薛砚满意，两人正在为“舞者铿锵”培训屋的筹建选址。萧映朵深感成为明星的艰难，决计跳出自己的舞蹈代表作品，让培训屋不仅仅是健身级别的舞蹈训练场，最好成为舞蹈家的摇篮。

没谁请我和陶然阁写剧本，再忙都比拍片子的这一年不知闲多少，我俩就专心筹备成婚。陶然阁说，编剧的替代性和演员一样很强，要么脚踏实地做本职，要么创造条件自编自拍。

主讲书友开讲了，她受一本中国历代才女书籍的影响，认为女人不能只安于做燕雀，应有鸿鹄之志，要有自己的事业与追求，这比化妆出来的美貌更为持久，可以影响深远，乃至在历史上能占据一席之地。事业成功的女人会如那些才女一般，自动成为倾国倾城的身影，那就是不老的姿色……

我惊讶于这书友有我第一次当主讲人的状态，我默默笑了。

陶然阁朝我挑了挑眉毛：“小娘子，笑什么呢？”

我说起了心里话：“我曾经梦想成为鸿鹄，让亿万年后的人们记得我，宇宙记得我。其实，你才是我的小宇宙，你记得我这只燕雀就是天荒地老；其他人把我当成鸿鹄记住，或者视为燕雀忘掉，没那么重要。”

后 记

《书吧周末会》是《青春K线图》的姊妹篇。如果说《青春K线图》是讲华年忆书吧开业前的故事，那么《书吧周末会》则是讲书吧开业后的故事。

《书吧周末会》的写作灵感和动力来源于《青春K线图》。

2015年,《青春K线图》出版发行后我在影视之类的群直言希望有编剧将其改编成剧本，一位杭州影视公司的制片人要了本《青春K线图》拿去做市场分析。数周后他反馈回了较为详细的分析情况，结论是放弃将小说改编成连续剧。该市场分析从人物到情节都把小说与香港连续剧《大时代》对标，我不太理解，做一部新片，为何要向二十多年前的老港片对标？但我很感激这位制片人认真地对待了我的小说，让我初步见识了影视公司如何分析一部小说的影视市场。

也就是这个时候,《青春K线图》的出版人张总告诉我，他的朋友正在寻找能做影视改编的小说，也把这部小说拿去了。下文，没有。

2016年，影视界IP热、网络大电影暴发，我对影视改编与制作过程有了兴趣。网大盛宴之下，我看到了更多职业或业余编剧在网络上发出的剧本、谈及的悲喜。无名编剧、业余编剧的无助、无奈甚至无知，正如无名小说作者一样，让我感同身受。我越来越明白，与其去写无法被自己左右的剧本，不如写部自己能做主的小说。

2017年，我在一个在线写剧本的网站试着对《青春K线图》进行同名连续剧改编。先写连续剧剧本再寻买家，就跟先设计好建筑效果图再去寻找开发商一样荒谬，但我选择这么做，一是为了体验小说与剧本的思维差异，二是寻找写部新小说的灵感。我想,《青春K线图》这部股市题材的小说不适合进行影视改编，那么其中的故事核，也就是华年忆书吧来历的那部分，是不是可以改编成电影……小说《书吧周末会》的原始构思就这么形成了。

2018年，古装剧受到严格监管，现实题材被重点扶持。我所在线写作剧本的编剧网站雄总联系我说，他们新成立的影业公司准备从该网站选择一两部剧本进行重点孵化打造，我的剧本《青春K线图》是重点备选项目，预算五千万。他作为甲方的法人代表与我签订了剧本版权协议，并在北京国际电影节上寻找联合出品方。考虑到该剧风险难以预见，我属无名之辈，我勉强接受了甲方的要求，也就是等片子上映回款后才能获得版权费。无论这事成败与真假，我都得一试，别无选择。

数月后，我无意中看到网上报道连续剧《青春K线图》的男主演出席了某项活动，报道中该片的编剧变成了某女士。雄总向我解释说那是记者写错了，该女士是制片人，正在与平台协商，剧本要落地拍摄还需要时间，导演预定某某，剧组还没成立等等。之后，雄总与女制片人向我谈及了项目的进展情况，我按播出平台方的要求对前三集剧本进行了修改报送。最终，项目搁浅到一年的版权协议期满，一切归于平静。

《青春K线图》的影视改编终止了，结合这几年来的经历，我已理解一部优秀影视作品产生的不易，加之对从事电视行业的丈夫的了解，这部与影视有关、带有剧本风格的小说《书吧周末会》诞生了。

荷舞东风

2019年11月写于达州